张炜诗学研究

The Study on Zhang Wei's Poetics

王万顺 著

中国社会科学出版社

图书在版编目(CIP)数据

张炜诗学研究/王万顺著. —北京：中国社会科学出版社，2015.12
ISBN 978-7-5161-7176-9

Ⅰ.①张… Ⅱ.①王… Ⅲ.①张炜—文学研究 Ⅳ.①I206.7

中国版本图书馆 CIP 数据核字(2015)第 283139 号

出 版 人	赵剑英
选题策划	陈肖静
责任编辑	陈肖静
责任校对	刘 娟
责任印制	戴 宽

出　　版	中国社会科学出版社
社　　址	北京鼓楼西大街甲 158 号
邮　　编	100720
网　　址	http://www.csspw.cn
发 行 部	010-84083685
门 市 部	010-84029450
经　　销	新华书店及其他书店
印　　刷	北京君升印刷有限公司
装　　订	廊坊市广阳区广增装订厂
版　　次	2015 年 12 月第 1 版
印　　次	2015 年 12 月第 1 次印刷
开　　本	710×1000　1/16
印　　张	17
插　　页	2
字　　数	271 千字
定　　价	62.00 元

凡购买中国社会科学出版社图书，如有质量问题请与本社营销中心联系调换
电话：010-84083683
版权所有　侵权必究

目　录

序 …………………………………………………………………（1）
绪论　研究综述、研究思路及内容概要 ……………………（1）
第一章　张炜诗学体系的基本建构 …………………………（21）
　第一节　以"爱"为核心的道德哲学 ……………………（22）
　第二节　以"真"为核心的美学思想 ……………………（35）
　第三节　以"诗"为核心的诗学理念 ……………………（48）

第二章　张炜的小说创作、批评理论 ………………………（60）
　第一节　对现代小说诗学的祛魅与复魅 …………………（61）
　第二节　以"气象说"为尊的风格论 ……………………（75）
　第三节　以作家为中心的批评理论 ………………………（82）

第三章　张炜小说的内、外叙事模式 ………………………（95）
　第一节　外在结构模式的复调特征 ………………………（96）
　第二节　内在叙事模式的独语体式 ………………………（108）
　第三节　风格悲怆的弦乐五重奏
　　　　　——"你在高原"的复调结构 …………………（120）

第四章　张炜的民间立场与知识分子叙事 …………………（135）
　第一节　立足本土的民间文化叙事 ………………………（135）
　第二节　流于惯性的知识分子叙事 ………………………（145）

· 1 ·

第三节　一人二人,有心无心
　　　　——《橡树路》的深层意蕴……………………………(156)

第五章　张炜文学创作的互文性特点……………………………(167)
　　第一节　深度重复:理解张炜的一个诗学角度……………(168)
　　第二节　童心写作:超越童年记忆的小说创作……………(179)
　　第三节　张炜的诗:作为小说文本间性的存在……………(190)

第六章　张炜诗学思想的生成机制………………………………(201)
　　第一节　纯文学观:张炜诗学思想的集中体现……………(202)
　　第二节　新时期以来张炜的文学选择………………………(212)
　　第三节　中国传统文化对张炜的影响………………………(222)

结语　理性诗学与文本诗学之间的抵牾…………………………(231)
参考文献…………………………………………………………(236)
后记………………………………………………………………(261)

序

　　王万顺的《张炜诗学研究》即将出版，来信嘱我作序。作为导师，看到学生的学术论著得以公开发表，自然是非常高兴的事情。这部著作是在他的博士学位论文《张炜思想、创作研究》的基础上完成的，毕业之后，他又用一年多的时间，对论文做了进一步的补充、完善，立论更加谨严。我相信，这部著作的出版必将对张炜研究产生重要的推动作用。

　　万顺是2010年到南开大学攻读博士学位的。他的求学经历颇多波折，他非常喜欢文学，一直坚持小说与诗歌创作，但大学阶段读的却是工科，毕业工作几年以后，内心依然放不下对文学的挚爱，最终辞职考入聊城大学，攻读中国现当代文学专业硕士学位。我为他对文学的这种执着精神而感动。他的硕士学位论文即是研究张炜，因此在这方面打下了比较坚实的基础，也发表了几篇相关文章；在考虑博士论文选题的时候，恰逢张炜的十卷本长篇小说"你在高原"获得茅盾文学奖，这部长达数百万字的小说也切合选题要求，在当下的中国，很少有批评家会为一篇评论文章反复阅读它，我甚至怀疑那些茅盾文学奖的评委也没有从头至尾地细读过——这是由评奖时间所决定的，别人无暇顾及之事，或许正是一心向学者做学问的出发点。当然，我们也感觉到，选择研究张炜难度颇大：其一，张炜是一个高产多能的作家，迄今为止，已经写了19部长篇，还有大量的中短篇、散文、诗歌、随笔等文字，创作量1500多万字，对这样的作家进行总体研究，驾驭起来有一定困难。其二，新时期以来，张炜一直是学界较为关注的热门作家，研究他的论著很多，想要在此基础上写出一篇别开生面的论文来，绝非易事。但是，张炜研究也确实存在着有待开掘的学术空间，问题越棘手，才越有研究的必要和价值。反复权衡之下，万顺最终决定迎难而上，以张炜的思想、创作为题写一篇博士论文。

为了写好这篇论文，万顺克服了诸多困难，不仅反复细读张炜的作品，广泛查阅前人的相关研究成果，为了更深入地了解作家的创作心理，还与作家本人进行了多次访谈，可以说在资料搜集方面做足了功课。在此基础上，他选择从梳理张炜的文学思想入手，系统地总结张炜的诗学理念，进而剖析张炜文学创作的整体诗学风格。在他看来，近三十年来，虽然中国现当代文学研究已经取得了长足发展，但还存在着一些薄弱环节。例如，对于中国现当代作家的诗学思想，学界少有系统、深入的探讨。尽管不是每个作家都能有自己的诗学思想，甚至当代作家到底有没有真正意义上的诗学，都是悬而未决的问题，但也不能因此而一概否定这些作家拥有自己独特的诗学理念。以中国新时期作家而论，像王安忆、阎连科、格非、马原等人，都受到了西方文学思潮、中国古代文学及新文学传统的多重熏陶，都发表过多篇论著阐述自己的文学主张，有一些作家甚至还在高校从事文学的教学与研究工作。在这种情形下，当代文学研究如果缺失了对作家文论的系统、深入的研究，无疑是一个缺憾。而这些从新时期一路走过来的作家，到现在已经写了三四十年，进入了他们文学写作生涯的中后期，艺术上也臻于成熟定型，文学思想观念较少再发生大的变动，对他们的作品进行全景式把握，探析他们的诗学理念，正当其时。张炜研究存在着同样的问题。基于这样的考虑，作者立志通过对张炜作品的全景式把握，深入探析作家的诗学理念。

在目前学界对张炜的研究成果十分丰硕的情况下，万顺的这部著作在前人研究的基础上对作家的文学思想、小说创作和批评理论等都做了颇具新意的探讨：厘清了张炜的哲学理念、美学思想、文学观念；从叙事学角度考察了张炜小说的叙事特点；对张炜创作中的互文性特征进行了深入分析……应该说，万顺比较出色地完成了他的研究计划，论文也得到了答辩委员会的高度评价。作为导师，难免在评价学生论文时有自卖自夸之嫌，为了让大家能对这部著作有一个总体、客观的印象，谨将几位外审专家的评审意见摘录如下，供大家参考：

> 张炜创作数量庞大，作者的研读细致，梳理清晰，提炼深入，表

现出较深厚的文学研究的基础功力。论文在张炜文学思想、创作批评理论、创作实践等重要问题上展开研究，既完成了对张炜思想、创作的全面考察，清晰地揭示了张炜作为中国当代文学的重要作家的价值，也对中国当代文学发展中的一些重要问题作出了富有建设性的探讨。作者对研究对象的独异价值予以了充分关注，而各章的论述也见出作者对学术创见的自觉追求和对于较复杂的学术问题的有力驾驭，并能在研究方法与研究对象的适合性中求得研究的深入。

论文全面分析了作家张炜的文学思想体系、小说创作理论与批评及其文学创作的主要特征。论文选题具有重要意义，此研究成果将是张炜研究的一个重要里程碑。论文第三章在文本细读的基础之上结合巴赫金、昆德拉的"复调"理论，分析了张炜小说以"复调"为主要特征的外在结构及"独语体"的内在叙事模式，探讨了张炜小说的文体创新意识，这是整篇论文最为精彩的部分，也可以看出论文作者的艺术功底。

目前学界对当代文坛重量级作家张炜的研究成果甚丰，该论文能在前人研究的基础上更广、更深地全方位拓展，采取了更为精确的切入视角，对张炜的文学思想、小说创作和批评理论等做了进一步的考察、研究，有较高的学术价值，是非常难能可贵的，将张炜研究推进了一大步。

从写作方法上看，万顺的论文有两个突出的特点：一是始终与学界保持紧密的对话关系，几无遗漏地征引前人的代表性观点，或予以采信，或坚决批驳，从而强化、凸显自己的创见；二是像研究现代作家一样对待张炜，善于从研究对象那里寻找论据材料，包括各种体裁文字以及作家的日常行为表现，避免无凭无据的臆造，富有说服力。但是由此带来的负面后果也很明显，比如为了追求论证的缜密而取舍无度、烦琐冗赘，过于仰视和轻信研究对象，对作家创作的不足之处的探讨基本阙如，等等。受制于写作时间，这部著作难免存在这样那样的局限。他从张炜的创作实践中提出了一些具有挑战性的学术话题，但有些问题——如以"诗学体系"来命名张炜创作——处理得还较为仓促，有待于进一步完善。至于作者在书中提出的一些论断是否合理,还有待学界同仁的批评指正。

　　张炜的创作势头依然不减,万顺的学术研究也才刚刚起步。我相信,只要他沿着这条道路坚定地走下去,假以时日,就一定能够在学术上取得更大的成绩。

李　扬

2014 年冬于南开大学范孙楼

绪论　研究综述、研究思路及内容概要

在当代文坛上，张炜是一个不可多得的兼具小说家、散文家、诗人、文论家或批评家、学者等多重身份的复合型作家，也是备受学界关注的重量级、实力派作家。"张炜研究"方兴未艾，成果层出不穷，但也存在着许多不足。比如：局限于常用的研究方法和视角，重复研究现象严重，缺少创新，不能纵深开掘；除了小说以外，对于其他体裁作品重视不够，影响对作家的整体判断；随着后续更多更重要的作品的推出，未能及时做出富有学术深度的跟进研究，通盘重估其价值；等等。在当代文学史中，张炜的位置显得尴尬，无法将其如意归类，既反映了文学史书写的弊病，又表明了张炜的特异性——他不是一个可以随便放到某个思潮或者流派当中去的作家。鉴于这些问题，在充分了解前人研究成果的基础之上，本书决定对张炜进行全面审视，不仅精研他的小说文本，而且细读其他文体作品，发现了对其诗学思想进行理论建构的可能性，以及小说叙事风格上的独特性、多种文体之间互文并存的奇妙关系，从而析离出一个貌似复杂艰深、令人望而生畏，实则面目清晰、易于理解的张炜，洞开他那迷宫一般的文学世界。

一　张炜研究综述

张炜研究应以1982年山东作协举办"张炜短篇小说讨论会"为发端——同年他获得"全国优秀短篇小说奖"，自此之后，评论和研究日多，伴随着作家创作的持续深入而水涨船高，逐渐成长为一门学问。在30余年的时光流转中，这项事业会聚了老中青不同年龄层次的众多专家学者，他们有的慧眼独具，筚路蓝缕的开创之功不可抹杀；有的深耕细作，用坚实的学术成果奠定了它的根基；有的立意高远，借此打开了一个个崭新的研究空间，创建了自己的学术体系。从研究成果的产出渠道、发表途径、传播方式和保存形式等方面来看，大概分为三类：一是报纸期刊评论，二是高校学生的毕业论文，三是教材述评、论著等。其中可查的学术期刊专论文章有600余篇，优秀硕士论文100余篇，博士论文4篇，兼论及未被收录的文章不可胜数。专著有《审美浪漫主义与道德理想主义——张承志、张炜论》《纯然与超越——张炜小说创作论》两部。为了捋清研究的历史与现状，继往开来，出于便利需要，本书按照张炜创作的几个关键点做出分期，以历时性的纵向维度予以检视，力图展现各个时段张炜创作的状况以及研究的基本特点，揭示作家创作与评论研究之间微妙复杂的互动关系。同时，还对研究人员的群体分布、学术总貌及研究趋势做出静态与动态考察，对几部重要的学术专著做出点评。

（一）四个研究阶段

摩罗曾经对张炜的创作进行分期（两次分期并不一致），[①] 提出了"编年史研究"的方法，做出了"四次腾跳"的判断。无独有偶，吴秀明主编的《中国当代文学史写真》也对张炜的创作试图分期，但稍嫌简单。不过，以作家作品为牵线，从文学影响或学术反应的角度，对张炜研究进行阶段性分期是可行的，并且分期与新时期以来的文学走向大体一致，关节点基本暗合。依此大致可划分为四个阶段：

第一个阶段为"声音"期，即长篇《古船》问世之前（1986年）张炜用创作进行发声、发力的早期，是引起文坛和学界注意、从无到有品评之声渐起的时期。短篇《声音》的发表及获奖是张炜文学生涯中的一个重大事件。早先，《山东文学》杂志以推重老一辈作家及王润滋、刘玉堂、尤凤伟、左建明等青年才俊为主，与张炜常常相提并论的矫健也较为惹人注目，却没有一篇文章对他进行专论，顶多是捎带论及。短篇《达达媳妇》发表时，只有三句编者按语。[②] 直到两年之后《声音》发表，终于有

[①] 摩罗：《灵魂搏斗的抛物线——张炜小说的编年史研究》，《当代作家评论》1997年第5期；《张炜：需要第四次腾跳》，《当代作家评论》1998年第1期。

[②] 本刊编辑：《生活诗意的描写》，《山东文学》1980年第3期。文中说："后者犹如一首格调清新的散文诗。一个有高尚道德观念的妇女达达媳妇的形象，在诗意的描绘中显示出她贤良朴素的面貌。作者文笔略见稚嫩，因为他还是一位很年轻的学生。"

人唱出了赞歌。赵鹤翔《〈声音〉艺术特色试探》一文发了先声，对小说内容进行概述，指出按照"美学原则"创作的特点。随着该小说获得全国优秀短篇小说奖，由山东作协牵头组织的"张炜短篇小说讨论会"在济南召开，张炜通过自己的努力以及地方扶植，开始走向全国。次年，第一本文集《芦青河告诉我》出版，宋遂良为之作序，从主题、艺术风格、作者文艺观及不足等方面做了分析。① 后来他不负所望，通过富有说服力的作品回应了宋遂良的好心指摘。如果说接踵而来的短篇《草楼铺之歌》《一潭清水》和中篇《秋天的思索》《护秋之夜》等小说还不能让宋感到满意，待到《海边的雪》出来，终于得到了"大手笔，几乎是无懈可击"的满分评价。② 《秋天的思索》发表时配发了雷达致张炜的一封信，是外省最早从道德伦理角度做出评论的文章。③ 短篇《黑鲨洋》、中篇《秋天的愤怒》《海边的风》等写出了海明威笔风的"硬汉形象"和阳刚之美，彰显了另一副笔墨。此间对张炜的褒赞、批评出于对一个文学青年的美好祝愿和殷切期待，静审其"美"，动察其"变"，关注的作品主要是"芦青河"系列。宋遂良、于清才、于广礼、杨政、萧平、杨桂欣、于青、房福贤等山东学界和高校师生做出了大体一致的评述。由于20世纪80年代中期以前的文学语境奉现实主义为唯一的正宗和主流，学界秉承的也是以茅盾、李健吾、周扬等为代表的现代文学批评的传统套路，缺少新鲜的风气和方法论更新，局限于古代文论中的知人论世、感性评点及社会历史批评、意识形态批评等模式，其特点必然是读后感式的、印象化的赏析文字，甚至残留着几许政治话语色彩。

第二个阶段为"古船"期，即长篇《古船》发表之后到《九月寓言》发表之前的1986年至1992年。不像卢新华、刘心武等人，张炜没有被自己以及别人的声音所累，他总是勉力推陈出新，默默挖掘，上下求索，向前突破和超越。仅用了数年时间，他就从一个"稚嫩"的学生成长为"文坛新秀"，④ 在

---

① 宋遂良：《〈芦青河告诉我〉序》，张炜《芦青河告诉我》，山东人民出版社1983年版，"序"，第1—8页。
② 吕家乡、宋遂良：《〈秋天的思索〉二人谈》，《山东文学》1985年第4期。
③ 雷达：《独特性：葡萄园里的"哈姆雷特"——关于农村题材创作的一封信》，《青年文学》1984年第10期。
④ 本刊记者：《为纪念〈山东文学〉出版300期——本刊举行茶话会》，《山东文学》1984年第12期。

而立之年，真正意义上的成名作《古船》的问世奠定了他在文坛上的地位。在当时复杂的社会语境中，《古船》的发表遭遇了一些挫折，引起了一部分人的警觉，错过"茅盾文学奖"一定程度上说明了这一点。《古船》的出现是文坛的重大收获。陈宝云认为，它"突破了自己观念的局限，走出了自己的思维定式"，特别指出作家站在超离世俗的高度描写"苦难"是一种超越。① 在后续评论中陈宝云不断阐释作家的"苦难"核心命题。宋遂良从人物塑造方面表示充分肯定。经手《古船》发表的何启治则称赞它的史诗性，誉其为"历史长歌"。陈村从一个作家的经验和感觉出发，从结构、人物、语言等方面做了赞许分析。雷达认为它是"一个奇迹"，作家"野心太大"，称之为"民族心史的一块厚重的碑石"。② 省内的周海波、冯立三、郭建磊、宗元，外省的吴方、王彬彬、鲁枢元、汪晖、刘再复、胡河清、陶东风等人，都对《古船》做出了评议。回顾这些研究，多从历史反映、现实主义层面展开解读。80年代中期，中国文学一元发展的态势开始瓦解，走向多样化，呈现出不同以往的新动向。1985年被称为"方法论年"，文学批评理论逐步摆脱过去倚重感性的窠臼，开放多元，空前繁荣，涌现出了许多以新角度、用新方法评述张炜的文章，采用比较论的有：《俯瞰和参与——〈古船〉和〈浮躁〉比较观》（王彬彬，载《当代作家评论》1988年第1期）、《人生之旅与人性之梦——路遥与张炜创作比较》（曹增渝、梅蕙兰，载《当代作家评论》1989年第5期）、《病态与崇高——高觉新、祁瑞宣、隋抱朴悲剧人格纵论》（郭建磊，载《齐鲁学刊》1992年第3期）等；从文化视角切入的有：《隋抱朴的人道主义与〈古船〉的整体意蕴——续谈〈古船〉的缺憾兼答丁彭同志的"商榷"》（黎辉、曹增渝，载《小说评论》1988年第4期）、《论阿城、马原、张炜：道家文化智慧的沿革》（胡河清，载《文学评论》1989年第2期）等；主题学、语言学及叙事学方面的有：《思想的雕像：论〈古船〉的主题结构》（罗强烈，载《文学评论》1988年第1期）、《关于〈古船〉叙事形式的分析》（基亮，载《小说评论》1988年第5期）、《张炜小说语言概

---

① 陈宝云：《张炜对自己的超越——评〈古船〉》，《当代作家评论》1987年第2期。
② 雷达：《民族心史的一块厚重碑石——论〈古船〉》，《当代》1987年第5期。

述》（刘一玲，《徐州师范大学学报》1991年第1期）等。此时理论方法的运用不够纯熟，深度也不够。从《古船》开始，俨然大家风范的张炜呈现出不同于早期的风格特征，其走向已不是外界舆论所能左右。至于后来《古船》不断被重提、重读、重评、重新阐释，除了新的理论和研究方法的介入，则属于作品经典化层面的问题。

第三个阶段为"寓言"期，即长篇《九月寓言》发表之后到《外省书》发表之前的1992年至2000年。1989年对人文知识分子来说是一个转折点，但很快被90年代的经济繁荣所覆盖。在有的人看来，邓小平南行讲话的1992年是新中国文学思潮两种基本形态的分界点（所谓"政治文学思潮"和"新启蒙文学思潮"）。[①] 期间，张炜以惊人的速度推出了6部长篇小说，命运遭际形同天壤。《九月寓言》被视为转型之作，反响热烈，很多人由此"惊识张炜"。[②] 值得一提的是，它引起了以陈思和为首包括郜元宝、张新颖、王光东等在内的"海派"学者的注意，他们的评价用一个词来概括即是"民间"，民间文化（形态）、民间立场、还原等成为频繁使用的关键词，此作成为诠释民间理论的代表作品。张炜被称为"大地守夜人"，一些研究上升到了精神哲学层面。王彬彬所言从《古船》到《九月寓言》发生的变化，意指与"海派"学者大同小异。[③] 这一时期发生的影响深远的事件是"人文精神讨论"，由上海学者王晓明等人发起，在大约两三年的时间内波及文学、文化、思想和哲学等领域，张炜和张承志（二张）作为作家代表粉墨登场。散文《融入野地》被视为张炜的宣言，长篇《家族》《柏慧》被认为是用创作实践对当前人文精神危机做出的回应，"道德理想主义"成为定评。文体的特异和主题内涵的晦涩等原因导致了小说可读性的减弱，褒贬不一，表示质疑和提出批评的有：《〈柏慧〉：不成立的写作》（孙绍振，载《小说评论》1995年第6期）、《〈家族〉：疲惫而狂躁的挣扎》（张颐武，载《文学自由谈》1996年第1期）、《危机写作：〈家族〉作为长篇小说写作失败的病例》（殷实，载《小说评论》

---

① 张健主编：《新中国文学史》，北京师范大学出版社2008年版，第2页。
② 张业松：《张炜论：硬汉及其遭遇》，《文艺争鸣》1993年第4期。
③ 王彬彬：《悲悯与慨叹：重读〈古船〉与初读〈九月寓言〉》，《当代作家评论》1993年第1期。

1996年第4期）等；正面评价文章有：《历史的坚冷岩壁和它燃烧着激情的回声——读张炜的〈家族〉》（张清华，载《理论与创作》1996年第4期）、《拷问灵魂之作——评张炜的长篇新作〈柏慧〉》（吴义勤，载《小说评论》1996年第1期）、《王蒙、张炜们的文体革命》（王一川，载《文学自由谈》1996年第3期）等。以"海派"学者为主，四方呼应，李洁非、谢有顺、李建军、吴炫等人都做出了十分精彩的评论。热闹之余，研究进一步深化，比如王辉对于张炜创作思想机制的探究，耿传明对于张炜与俄罗斯文学渊源关系的考察，都产生了富有开拓性的成果。王安忆对《融入野地》《九月寓言》等文本的解读值得关注。其他作品如《我的田园》《怀念与追记》《远河远山》等没有受到足够重视，当时它们的价值还远远没有被觉察——现在大都纳入到了"你在高原"系列中。

第四个阶段为"外省""高原"期，即从2000年长篇《外省书》发表后至今。期间还出版了《能不忆蜀葵》《丑行或浪漫》《刺猬歌》等小说。在21世纪的第一个十年里，国内政治环境相对平稳，经济发展迅速，社会矛盾日益凸显，迎来了令人爱恨交加的网络时代。坚持"纯文学"写作路线的张炜表现复杂，反映在长篇小说和直抒胸臆的散文、随笔和文论中，主要态度是求之不得而后的力不从心的"抵抗"。随之张炜陷入了众说纷纭的混乱的学术话语中，此时已没有占绝对优势的或支持或反驳的舆论——这与当下同样作为知识分子的学者的境遇和立场有关。《外省书》应为摩罗所言实现"第四次腾跳"的作品，雷达认为它是张炜以往作品的"超越和突破"，[1] 同时指出了诗性减损的缺憾。有人认为它是对"世纪末的回眸"，充满对本民族甚而全球性的文化批判，反思上升到了哲学高度，[2] 切近作者的创作动机。按照列维—斯特劳斯的观点，神话是一个封闭的系统，历史是一个开放的系统，由"寻根文学"开始的20世纪八九十年代的小说大都具有"神话"品格，历史的"神话化"和"寓言化"是一种显著倾向，围绕《外省书》展开的批评也多基于神话的破灭这一点。《悖离民间的尴尬——从〈外省书〉看知识分子处境》（刘海波，载《文艺理论与

---

[1] 雷达：《执著的追问，成功的超越——谈〈外省书〉》，《百科知识》2001年第5期。
[2] 王凤仙：《世纪末的回眸——读〈外省书〉》，《当代文坛》2001年第4期。

批评》2002年第1期)、《理想主义的挽歌》(白烨,载《书摘》2002年第5期)、《天堂的尘落——对张炜小说道德精神的总批判》(张光芒,载《南方文坛》2002年第4期)等文,多持此论。陈思和认为自从《蘑菇七种》以来的《外省书》《能不忆蜀葵》等小说"隐含了传统的批评术语所无法涵盖的新因素"。① 新因素就是"恶魔性因素",这是论者对作家进行新一轮盘查的一个视点。张炜创作上的矛盾心态和精神立场遭到了众多批评家的围攻和全方位批判。这一时期的研究以高校教师、硕博士研究生居多,侧重主题思想、风格特征、文化内涵等方面的分析,大都在前人研究的基础上做出进一步阐释,而创作转向、心理机制、意象分析、历史叙述、诗化特征、现代性与反现代性及生态研究等,也被一再重复言说。

2010年,"你在高原"系列推出,次年获得"茅盾文学奖"。鉴于该书规模过于庞大,阅读及把握起来比较困难,全面清理工作有待深入进行,研究显得迟滞。从目前看到的评论来看,多从道德、理想、知识分子、底层叙事等角度展开阐述,没有出现高质量的评论,也没有引起真正意义上的学术论争——这让作者感到失望。如同《古船》之谜一样,"你在高原"也是一个谜,它的诞生过程首先会引起人们一探究竟的兴趣。除了作者自说自话,与张炜在日常生活中保持着良好的文友关系的作家也以见证人的身份进行解密,不仅揭示了这部书的创作经过,也包含着独到的见解,陈占敏、赵剑平、马海春等胶东作家的相关文章是其代表。自此之后,张炜开始对自己的人生和创作生涯进行反思总结,在多个场合表达了这一想法。创作上则以"半岛哈里哈气"系列的儿童文学作品为主,分别于2012年、2014年推出,市场销售良好。

(二) 三方研究重镇

目前,张炜研究"形成了多层次、多样化的研究格局和以上海、山东、北京等为基地的几个研究重镇"。② 以活跃度、成就和影响而论,山东、上海、北京三地分别聚集着一支各具特色的研究方阵,是张炜研究的主要组成部分,体现着最高学术水准。

---

① 陈思和:《欲望:时代与人性的另一面——试论张炜小说中的恶魔性因素》,《文学评论》2002年第6期。

② 王辉:《纯然与超越:张炜小说创作论》,中国社会科学出版社2007年版,第1页。

山东是张炜的故乡，是他潜心创作、走向全国的根据地，也是张炜研究的发源地和大本营。张炜小荷初露的时候，山东文联和作协部门给予了积极扶持，得到一些老领导和老同志的大力提携，有邱勋、赵鹤翔、陈宝云等人，他们以《山东文学》为阵地发表文章，为张炜的作品集撰序，鼓励颇多。山东师范大学是张炜研究的一个重心，并辐射周边包括聊城大学、曲阜师范大学、鲁东大学、山东大学及其他地方高校。研究者主要有宋遂良、袁忠岳、于清才等人，中青年学者有吴义勤、张清华、王辉等人，他们大都是"传帮带"的留校师生，多年来形成了阅读张炜、研究张炜的传统。21世纪以来，由于各种原因，山东高校出现了人才大量流失的现象，许多有着深厚造诣的专家学者离开山东，或者有的兴趣转移，或者有的从事与学术较远的工作，导致张炜研究大幅度滑坡，不得不依赖于更年轻的后生，甚至是在校学生，一向有赖高校师资力量的张炜研究受到极大影响。经过几年的调整之后，研究力量又形成了新的凝结。从地域来看，首先是研究呈敞开、泛化趋势，山东师范大学逐渐失去重心地位，形成了以济南为中心的山东师范大学、山东大学、聊城大学、曲阜师范大学等新的阵线。其次是在张炜的老家和大学母校以烟台为中心的鲁东大学、烟台大学，连带青岛、潍坊的胶东地区高校，一些坚守者和新生力量坐享着天时地利人和的便利条件，发展势头迅猛。鲁东大学致力于打造"鲁大作家群"[①]名片的同时，积极筹建"张炜研究中心"，有望聚集一批志于此学的学人。近年来还崛起了一批后起新秀，他们学历高，知识丰厚，理论结构科学合理，在前人研究的基础上注重面向未来，对张炜有着自信的认识和把握。四散流寓到全国各地的学者有的没有放弃张炜研究，而是落地生根，利用现有的资源优势研究张炜，推广张炜，使得研究提升到了一个新的层次。

雷达是北京张炜研究的一个领头者，20世纪80年代初就跟踪批评，发表了许多"快评"，是从事张炜研究不可绕过的评论家。另外，一些驻地北京的文学期刊编辑与张炜有亲密过往，何启治、胡殷红、舒晋瑜等提

---

① 鲁大作家群可追溯到20世纪30年代末，教师作家有吴伯箫、臧克家、何其芳、萧平、倘佯、山曼、李慧志、刘传夫等，学子作家有慕湘、曲波、牟崇光、张炜、矫健、李尚通、滕锦平等。

供了一些性情的、所见所感的文字，是重要的参考资料。那些写出了较高学术价值的文章、产生较大影响的研究者则对张炜不够持续关注，比如刘再复、王一川、白烨、汪晖、张颐武等人。李洁非、李建军等作为专业批评家，写出了许多质量上乘的批评文章，深得张炜认同。北京作为一个研究重心在21世纪初前些年才显示出其重要性，即在"鲁军"北上之后，包括部分山东籍的媒体从业人员，不仅推动了张炜研究，而且扩大了张炜在全国的影响力。

以取得的成就或宣传张炜的作用论，山东的研究者只是先行几步而已，后来的主要推手是"海派"学者，比如陈思和、王晓明、张业松、郜元宝、王光东、张新颖、宋炳辉、周立民、倪伟、王鸿生等人，形成了一支不同年龄层次的研究梯队。另外一个值得提及的是自辞人世的胡河清，以中国古代思想哲学切入研究当代作家，产生了一些创新成果。海派学者以上海为中心，影响所及大江南北，包括江苏、江西以及福建、广东等南方省市地区。南方地域的研究者大都有过在沪求学的经历，与陈思和牵络着复杂的"学案"关系，比如南京的王彬彬、张光芒、贺仲明、吴炫等人。其他如江西的颜敏，江苏的王尧，福建的孙绍振、南帆，广东的谭运长、洪治纲、谢有顺，湖北的邓晓芒、於可训、上官政洪，甚至包括河北的郭宝亮，河南的鲁枢元等，也都写过不少研究文章。总体来说，他们对张炜的评判比较客观甚至严苛，不像张炜的老乡和老友一样偏袒，再说张炜已不再是当年急需呵护的文学新人。何平对张炜的严厉批评戳中要害，[①]称其为惯用"精神致幻术"的道德家，对他这一代作家的精神缺陷进行彻底清算，是一种全盘否定的毁灭性的激烈攻讦。

（三）两本研究专著

关于张炜研究的专著不多，能看到的只有颜敏的《审美浪漫主义与道德理想主义——张承志、张炜论》、王辉的《纯然与超越——张炜小说创作论》两部。[②]前者选取1994年前后"人文精神讨论"中两位"旗手"作家张承志和张炜作为研究对象，基于他们在文学观念、文化立场和精神

---

① 何平：《张炜创作局限论》，《钟山》2007年第3期。
② 前者由华夏出版社出版于2000年，后者由中国社会科学出版社出版于2007年。

价值取向等方面具有的相似性，做出了"类"的归纳，从叙述主题、深层意蕴、审美情感以及创作风格特征等方面分析比较。"审美浪漫主义"与"道德理想主义"是对两位作家的总体概括，而不是分贴标签。该书对于张炜研究影响较大，但主要从现象出发，限于篇幅文本分析不多，本体研究欠缺。王辉的著作属于"创作论"，该书将张炜作为一个独立的研究对象，将其放置在特定的历史文化语境中，结合具体的文学作品对张炜的创作和思想进行了梳理，是当前张炜研究最为坚实的学术成果。与颜敏的著述一样，都有因成书较早未能涉及张炜后续作品的缺憾，但对张炜的中前期研究具有重要价值。

除此之外，由孔范今、施战军主编，黄轶编选的《张炜研究资料》（山东文艺出版社 2006 年版）收录了数十篇张炜研究的代表性文章，作者均系知名学者或批评家。《境外谈文——中国当代文学中的历史叙事》（张清华著，花山文艺出版社 2004 年版）、《遮蔽与发现》（吴俊著，上海文艺出版社 2007 年版）、《小批判集》（郜元宝著，复旦大学出版社 2008 年版）、《悲悯情怀》（摩罗著，中国青年出版社 2008 年版）、《民间的意义》（王光东著，吉林出版集团有限责任公司 2009 年版）、《当代文学六国论》（贾梦玮主编，江苏文艺出版社 2009 年版）、《河汉观星十作家论》（贾梦玮主编，云南人民出版社 2004 年版）等，虽然不是专著，却涉及了对张炜的专门评述。还有一些研究家族小说、生态叙事、乡土作家等专题的著述，也以张炜为典型个案进行了详略不等的分析。

（四）一个作家的文学史——张炜在文学史书写中的遭遇

新时期以来曾经涌现出许多惹人注目的文学现象或小说思潮，然而翻遍当代文学史，于 20 世纪 80 年代初登上文坛的张炜大多时候徘徊在各种思潮和流派之外，虽偶有被拉进论及，但从没有成为其中的中坚代表人物，几次皆被另立名目以"其他作家"来处理。

在"伤痕文学"时期，张炜还是个学生，尚没有引起人们的注意，直到《古船》发表之后才脱颖而出。洪子诚著的《中国当代文学史》提及说有人把"贾平凹、张炜的一些小说"归入"改革文学"。[①] 比如牛运清把

---

① 洪子诚：《中国当代文学史》，北京大学出版社 1999 年版，第 258 页。

《古船》与《沉重的翅膀》《故土》《花园街五号》《新星》等列为改革文学中的"杰作",①周克芹认为《古船》《沉重的翅膀》和蒋子龙的小说是改革文学,②万同林把《古船》和《浮躁》视为反思与改革文学中得到"提升和完善"的作品。③后发的《古船》刚刚搭上"改革文学"的末班车,被排除在外很正常。人们对于"改革文学"的评价不高,以《古船》为代表的一些作品以其历史厚度、丰富内蕴、上乘质量冲决出了这一框定。

真正称得上"改革文学"的是张炜前期的一些农村题材小说,例如《一潭清水》《秋天的思索》《秋天的愤怒》等。孔范今领衔主编的《二十世纪中国文学史》在"地域作家群落"部分专列"山东作家群的农村改革小说"一节,三个代表人物是张炜、矫健、王润滋。这种地域划分也是其他史家普遍采用的策略。洪子诚版文学史分析说,作为创作特色的重要构成,在对作家的类型划分上地域会是首先考虑的依据,于是出现了"京味小说""津门文化小说""齐鲁乡土作家"等名目,或者从文化格局的中心与边缘关系上,做出"湘军崛起""陕军东征"的描述,而韩少功、史铁生、张炜、张承志等作为"其他重要小说作家","在八九十年代的评论和文学史叙述中,常有多种'归属'。他们有时会被放进'知青作家'行列,有的曾在'寻根作家'名下生存一段时间。在20世纪90年代的文学语境下,他们创作的倾向的某些相似点又会被突出,为有的批评家看作是追求和捍卫精神性理想的一群。"④有人认为张炜是"知青一代"作家,⑤虽然他生在那个火热的时代,实际上并没有当过知青,也不以写知青题材为主(他着力书写的"50后"也极少是知青),还不是真正的"知青作家"。

在"寻根文学"流行时期,公认有几大地域文化或文学派系,比如以贾平凹为代表的"秦汉文化派"、以张炜为代表的"齐鲁文化派"、以郑义

---

① 牛运清:《改革文学与文学改革》,《山东大学学报》(哲学社会科学版)1987年第2期。
② 周克芹:《写在菊花时节——改革文学漫笔》,《当代文坛》1988年第1期。
③ 万同林:《反思文学、改革文学的再评价》,《文学自由谈》1989年第4期。
④ 洪子诚:《中国当代文学史》,北京大学出版社1999年版,第326—327、347页。
⑤ 王蒙:《张炜莫言获奖是对知青一代作家的肯定》,《新华每日电讯》2011年9月23日第16版。

为代表的"晋文化派"、以李杭育为代表的"吴越文化派"、以韩少功为代表的"楚文化派"等。① 李庆西将王润滋、张炜、矫健称为"山东的寻根派",其作品普遍"渗透着重义轻利的传统人格精神"。② 季红真等人也把张炜、矫健等人列为"寻根"文学作家。③ 南帆认为:"一批作家共同对文化渊源表现出前所未有的关注,但他们所关注的具体层面远非一致。"④ 需要注意的是,1985 年年初张炜曾给"寻根文学"代表人物李杭育写过一封信,递交了一份关于《土地与神》的读后感,而当时《古船》还没有发表,张炜也不是很有名。

与张炜有关的另一个写作潮流是"新历史主义小说",即对小说中的所谓历史或历史时空背景采用了非传统、非主流意识形态的处理方式,特点是高度个人化、民间化、狂欢化,注重偶然性,表现的是人之命运的灰色、荒诞与无常,以 90 年代以来的格非、余华、苏童、叶兆言、北村、刘震云、杨争光等先锋作家为主,可以追溯到莫言。也有人把张炜列入,严格来说是一种误读。恰恰相反,新历史主义是相对于新时期以前"革命历史小说"以及像《古船》这样的注重"史诗性"、对历史有着宏阔表现的小说而言。不过,也有人认为《古船》在认同唯物史观的同时,也弥漫着历史神秘主义和历史循环论的矛盾迷雾,使得庞大的象征系统陷入散乱和尴尬,而"理性与非理性的历史观念的相互映现正显示了主体意识的强化",⑤ 但把张炜纳入到"新历史主义"范畴之中还是显得勉强。

甚至也有人将张炜看作是先锋作家中的一员。洪治纲就将张炜和格非、余华并列。⑥ 或许作家的某一部作品会显示出一些先锋性质,但把张炜整个列入先锋作家,相信不会取得大多数人的一致认同,因此还没有一部文学史如此归类。

---

① 康夏:《情绪化的寻根思潮》,《齐鲁学刊》1988 年第 6 期。
② 李庆西:《寻根:回到事物本身》,《文学评论》1988 年第 4 期。
③ 季红真:《历史的命题与时代抉择中的艺术嬗变——论"寻根文学"的发生与意义》,《当代作家评论》1989 年第 1 期。
④ 南帆:《札记:关于"寻根文学"》,《小说评论》1991 年第 3 期。
⑤ 刘成友、徐清:《新历史小说的哲学困境》,《理论与创作》1996 年第 1 期。
⑥ 洪治纲:《逼视与守望——从张炜、格非、余华的三部长篇近作看先锋小说的审美动向》,《当代作家评论》1996 年第 2 期。

在当代文学史上,张炜的定位和归属处理起来是一个颇为棘手的问题,但又是一个非常重要的问题,因为这将影响对他做出具体评价。一般的做法,除了将其放到乡土作家群中,或者因为"人文精神讨论"的关系,多与张承志相提并论,陈思和提出"民间"理论之后,又成为民间写作的一个代表作家,其他时候基本上属于无门无派、自成一脉。一个事实是,与蒋子龙、刘心武等人相比,张炜晚一步登上文坛,而与余华、苏童等人相比,又出道较早,加之早期受到传统现实主义创作方法的影响,一时难以转向,来不及赶上新的写作潮流,常常落在热闹之外。一直以来,张炜的写作处于一种追击状态,不能发出先声,又提供不出最具代表性的文本,也就很难成为走马灯般某个思潮或流派的代表人物,在若即若离的状态下会被忽视。

二 对张炜进行诗学研究的可能性

张炜研究存在的突出问题有:一、缺少纵深的跟踪研究。尽管关于张炜的相关研究文章成百上千,但有独到见解或做出精当评述的寥寥无几,绝大部分都是浅尝辄止,以快评和泛泛之论居多。对于单部作品的评析,因为受到阅读面的局限,缺少对作家的整体关照,容易陷入望文生义和过度阐释。而对某几个阶段的综合评述,也大都选择一些代表作,只能看到张炜的半张面孔。那些在自己的研究领域或方向有着深厚造诣的专家学者对张炜又不能保持长久的兴趣,从一而终、长期跟踪研究的少之又少。二、研究视域开放之后的窄化趋势。从批评方法来看,从早期印象化的、社会历史的、道德伦理的批评方式,到后来包括精神分析、神话原型、英美新批评、存在主义、结构主义、解构主义、女权主义、接受美学、殖民主义等在内的现代主义和后现代主义批评,以及人类文化学、主题学、比较学、叙事学和生态、民间等元素的发现,虽则多样态、跨学科的研究视域进一步开放了,研究对象却沦为诠释、佐证、注解上述理论方法的个案,甚至是可有可无的注脚,而没有把张炜作为一个独立自足的文学宇宙进行考辨,容易产生肢解的狭隘。三、文体研究的不平衡。张炜写了19部长篇小说,10多个中篇,130多个短篇,诗集3部,近1000篇散文、随笔和文论,但如果从张炜研究的既有格局来看,似乎只写了《古船》《九月寓言》《外省书》"你在高原"等几部小说而已。不仅长篇研究不平衡，对于占据其创作量半壁江山的散文、随笔和文论文字还没有人认真检视。一些评论意识到探讨张炜诗学思想的必要性，但仅限于简单引用个别话语，没有做出梳理，把张炜的思想、文艺观作为一项系统工程来看待，更不能从哲学、美学、文艺学等角度进行理论提升。张炜研究之所以仍然汲汲于他的精神思想和道德观念、文化立场以及产生了上述不能深入、浮泛、窄化的缺憾，就在于没有注意到作家的诗学思想的体系性及其在具体创作中的贯穿显现，反映出学术自觉的匮乏。

张炜对此也感到不满。2013年，他委托两家出版社将以前写下的散文随笔和中短篇小说两类文字进行结集，出版了18卷本的《张炜散文随笔年编》和7卷本的《张炜中短篇小说年编》，2014年又将所有的文字集结为48卷本的《张炜文集》出版，蔚为大观，至少从数量上看，这在现当代文学史上极其罕见。

从张炜的近期创作来看，出现了一些新状况。最引人注目的是写出了号称"史上最长"的纯文学作品——"你在高原"十部书，并获得第八届茅盾文学奖，引起文坛、学界及社会上的热切关注。他还史无前例地先后推出了两套儿童文学作品《半岛哈里哈气》、《少年与海》，出版了几本全新的随笔、演讲、文论文集，特别是带有学术气息的《也说李白与杜甫》。这些极具分量的后续作品既说明张炜仍然葆有旺盛的创作精力，又显示出一些新鲜质素，不仅值得好好研究，而且需要对他做出更为全面客观的重新审视和评估。过去，学界对张炜的评价虽然不低，在文学界的地位也得到了认可，但是公众形象和社会知名度不高，原因当然可以归罪于作品与当下的大众阅读趣味存在差距，但更深层次的缘由没人追究。另外，为什么张炜在这个淹没一切的网络时代神奇复现，他之独特意义又在哪里？如若苦苦叩问的话，恐怕就不仅仅是解答一个张炜的问题，而是对当下文学、整个中国社会以及全球化趋势的质询。张炜是一个实力派作家，其创作活动持续了40多年，或许将来还有大作产生，还会给人带来意想不到的惊奇，但就目前来说，他正处于作家创作大好时光的尾声，不只是他自己需要回顾检阅，别人对他的研究也到了中后期总结的时候。通过梳理可以发现，作为一个热门的研究对象，张炜研究貌似繁荣的背后实则留下了太多的缺憾、不足与空白，充斥着太多的肤浅、浮躁和远离学术的东西，有些定论不仅偏颇甚至还是误读。鉴于这些原因，需要用全新的眼光、采取更为精准的切入视角审视张炜，使得张炜研究进一步科学、深化、升格，进入一个崭新的阶段。

（一）诗学的内涵

在国内，"诗学"是一个被广泛使用的术语，其泛滥程度超越了文学学术领域。即使在文学范围之内，诗学也存在着广义与狭义之分，有人为了追求所谓的诗意色彩而随意套用，并不顾及本义。庸俗化的原因，在于人们对诗学这个常见的概念缺乏专业理解，或者不求甚解。至于什么是诗学，国际上也存在很多分歧，语言学派有语言学层面的定义，结构主义者有结构主义角度的解释，他们内部各成员之间也难以统一，且均有为之释义的欲望和尝试。以文体论，研究小说的常声称采用了小说诗学理论，研究诗歌的则认为只有他们的诗学最为正统；作为诗歌研究，现代诗歌和古代诗歌的诗学也迥然而异；在现代诗歌内部，创作规范意义上的诗学和理论意义上的诗学又大相径庭。从不同学科来看，除了古代文学、现当代文学，文艺学也言必称诗学，当学者们高谈阔论奉诗学为圭臬的时候，对国外文学和文艺理论更精通的比较文学研究者就笑了。应当说，诗学是属于文艺学的一个分支。过去人们一般把文艺学分为三大门类：文学理论、文学史和文学批评。诗学（poetics）的意思，据《牛津文学术语词典》词条，是"诗歌或一般文学的基本理论，或者是这些理论的理论研究。作为一种理论本身来说，诗学关注的是诗歌或一般文学的区别性特征及其语言、形式、体裁和构成模式。"① 更为具体的解释是，诗学（The Poetics）"指对特定文艺体裁的一般性法则所作的理论研究。现代意义的诗学是指有关文学的本身的、在抽象层面展开的理论研究。它与文学批评不同，并不诠释具体作品的成败得失；它与文学史也不同，并不对作品进行历史评价。它所研究的是文学本身文本的模式和程序，以及文学意义如何通过这些模式和程序而产生。"② 诗学似乎是一个理论问题，关心的对象既是文学

---

① ［英］波尔蒂克（Baldick, C.）：《牛津文学术语词典》，上海外语教育出版社2000年版，第172页。
② 尹建民主编：《比较文学术语汇释》，北京师范大学出版社2011年版，第284页。

整体（研究成果形成理论），又是文学理论自身（研究的研究、理论的理论、诗学的诗学），不与具体的文学作品直接发生作用，隔着一层。比如，对于某一长篇小说的阐释，注重的是小说文本的"模式和程序"及其意义的产生，有别于一般性的分析批评。对于"比较诗学"来说，"它为具体研究提供思考的新起点和新框架，并最大限度地发挥理论对比较文学研究的积极作用。"① 对于"结构主义诗学"来说，尤其注重于"符号的追寻"，"力图揭示出文学符号意义指称的规则和程式"。② 而滥用诗学一词的原因，是人们将其简单地与一般的文学研究、文学批评或文学评论画上了等号。

还有一种约定俗成的应用趋势，即把诗学作为某种理论、学问的代称，比如叙事诗学、现代性诗学、文化诗学等，其重点不在后面的诗学，而在前者。诗学与文学理论有着相当的重叠，视其为文学理论的一个别称也未尝不可。也有人将诗学等同于文学理论，"就这个意义来讲，诗学领域中包括：说明艺术创作的特点，研究文学作品构成、其思想主题内容、结构和情节、形象体系、诗和散文语言的特点，以及分析文学过程的规律性，发展文学创作方法、流派、风格、文学的种类、类型和体裁"。第二层解释是，"表示这一或那一艺术家风格特色的独特的艺术特点（例如符·符·马雅可夫斯基的诗学、电影导演谢·米·爱森斯坦的诗学）"。③ 由此来看，诗学之风行也是可以理解的了。对此，韦勒克曾有过纠结，但最终因为"诗"限制于韵文、涵盖不够宽泛而倾向于采用"文学理论"的命名。④ 半个世纪过去了，人们对诗学的认识早已超出了诗歌的范畴，今天的诗学除了试图打破不能零距离触碰文学文本的禁忌，也正在冲破与文学史、文学批评相隔阂的藩篱，大有对"文学理论"形成反包围之势。

另外，诗学研究的兴盛不是一个单纯的文学现象，它自古就与哲学、美学、历史学、心理学等有着极为密切的联系和互渗；在全球化背景、多

---

① 尹建民主编：《比较文学术语汇释》，北京师范大学出版社2011年版，第284页。
② 王敬民：《乔纳森·卡勒诗学研究》，中国海洋大学出版社2008年版，第21页。
③ ［苏联］M. Ф. 奥甫相尼科夫、B. A. 拉祖姆内依主编：《美学简明词典》，苏杭译，商务印书馆1987年版，第153页。
④ ［美］R. 韦勒克：《批评的诸种概念》，丁泓、余徵译，四川文艺出版社1988年版，第9页。

学科交叉融汇的今天，更有包括社会学、文化学、人类学甚至经济学等在内的诸多学科杂糅进来，它们之间的关系将持续深化——这为我们企图急于弄清诗学的内涵和外延增加了困难。鉴于这些复杂的原因，以及本书不是专门研究"诗学"理论的专著，自当知难而退，免去对其来龙去脉和发展理路进行考古式的寻根溯源的辛苦，而是采信上述对诗学基本概念的涵定，且在参考借鉴现有的为人们所公认的诗学理念之下，以相对自由宽泛的处理方式进行把握，针对张炜这个具体的研究对象做整体性的分析考察，但注意与一般文学批评相区别。

（二）研究设想及内容概要

首先有必要对"张炜诗学研究"进行简单的语法功能分析，即区分是对"张炜"进行诗学研究，还是对"张炜的诗学"进行研究。前者首先预置了一套诗学理论，这套理论是通用的，研究的对象主要是张炜的各类作品，研究结果并不确定，不知道导向何方，得出什么结论，极有可能会落入他人惯用的庸俗化诗学研究的窠臼。后者是在承认张炜（初步）形成了属于自己的诗学"思想"的前提之下（尽管作家没有意识到也没有系统地进行总结阐述，但却开始对外言说和自觉不自觉地在创作中应用），通过他人对其文艺观、创作机制等的分析研究，进而完成理论性的系统构建，有着明确的目的性和导向性。两种理解虽有不同，却很难泾渭分明。为了彻底厘清张炜的诗学，最基础的工作还是要对他的作品进行清理，尤其是作品呈现出来的风格特征和内外构成机制、意义传达方式等，无不条条大路通罗马——指向诗学内涵的核心。毕竟诗学不是空中楼阁，也不是天花乱坠，必然与张炜的文学创作实践紧密联系（也必然存在矛盾和裂痕）；反之，诗学作为枢纽性的发源，也将影响张炜的创作。

对于一个卓有建树的学者来说，其诗学应该是长期以来通过研究实践积累形成的较为成熟的学术理论体系，这一体系建立在前人的研究成果或相关基础理论之上，且以超越前人的理论创新和独到的学术观点为重心，在研究领域内产生了重要影响，并有着实际应用价值。诚然，一个作家的诗学思想影响于当今和后世，不一定非得通过理论形态的文字，更在于其文学作品所蕴含的理念。但是，一个在创作上走向成熟的作家，如果没有自己的诗学思想是不可想象的，缺乏系统的诗学思想的作家也不太可能在创作上走向成熟，有所成就。也就是说，作家的诗学思想可以通过多种渠道去寻找，不仅是作家的文学作品，还有作家的理论形态文字，甚至是作家日常的宣讲言说。在过去，对作家的诗学思想或者创作思想的研究多从作品出发，原因就在于作家留下的文字多为文学作品，文论欠缺，或者仅仅是只言片语，不足以成为完整的体系。而张炜是一个喜欢表达创作思想的作家，创作也有非常明显的思想倾向。本书的前提，是将张炜的文学世界视为一个完整的相对独立自足的系统，里面不仅有长篇小说、中篇小说、短篇小说，而且有散文、诗歌以及长期以来被人忽视的随笔、杂文、访谈、演讲录等类型的作品；除了琳琅满目的静态呈现的文本，还有作家在纸上构筑的一个又一个彼此相连的想象空间，内中活动着他精心塑造的各色人物，他们的行为思想与其创造者一道回应着并不遥远的过去与未来；作者怀有的那颗文心，跋涉的文学之路，留下的文思字迹，也都含纳在这个系统里。著者将综合运用批评史研究、文论研究、症候式阅读、文本细读等方法，全面动态地考察张炜的文论及其特点、形成、进化的过程，发现、梳理、整合张炜的诗学思想体系。

对于一个作家来说，其诗学思想体系的形成主要来自两个方面：一是自觉的理论探寻，在具备一定的理论素养的同时又有自己的探索发现，或者发展了某些即成的理论，或者形成了较为独特的创见，能够使得他与众不同；二是基于亲身创作体验，形成了对某些文学体裁以及一般意义上的文学、文学理论的理解，并在文学创作过程中长期坚持、不断发挥。"文学理论"具有丰富的内涵，大概包括文学原理、范畴分类及判断标准等方面的内容，有着繁多的细分，同时也不能割舍与文学批评和文学史的联系。由于"子非鱼"的缘故，任何一个人都不可能走进另一个人的内心，不仅无法完全探知他的思想，也无法穷尽其思想在形成过程中的经历、经验和作用机制。研究张炜的诗学思想，也只能是择其大略，在一个具有理论构型的框架之下，关照一些重要的组成条件。因此本书将理论性问题研究与作品研究并举，予以有机结合，互相论证，以便更好地打开张炜的诗学空间。

本书主体内容共有六章。第一章，提出并完成了对张炜的文学思想进行诗学建构的基本设想，厘清了该诗学体系赖以成立的哲学基础、美学特点以及对文学的本体论涵定。张炜的哲学思想建立在道德伦理学之上，以"爱"为核心，是张炜从事文学创作的根本动机，也是理解其作品主题的一个落脚点。张炜的美学思想以"真"为核心，继承了前人"真、善、美"三位一体的观念，创作上最大限度地坚持并发扬了现实主义的文学传统，形成了自己的特色。张炜的文学理念以"诗"为核心，是对文学审美属性的充分肯定，创作上也表现出了鲜明的诗性特征，达到了"诗、思、真"的有机融合。第二章，通过与既有的中外小说诗学理论的比较，对张炜的小说创作理论和批评理论进行清理探源，窥其创见。小说创作理论从语言、故事、人物、主题四个方面予以分析，语言的虚构、语言的角度、方言是真正的语言，不止于讲述一个故事、讲述无法转述的故事，小说人物之于作者的相对独立关系、小说的烟火气，小说主题是对于世界的总体看法等论调，值得重视。批评理论从作者、读者、批评三个角度展开讨论，强调作者的道德完善、追寻实际并不存在的理想读者、对批评的不满与苛求，无不紧紧围绕作者为中心，与传统的现实主义批评理论有诸多相合之处。张炜还倾心于中国古代文论，提出了以"气象"为最高境界的现代小说风格观，注重感性品评，带有浓厚的印象主义批评色彩。第三章，从叙事学的角度对张炜小说的内、外叙事模式做出探析。张炜小说的结构形式以"复调"为主要特征，形成了多线并置、形散而神不散的叙述风格，显示了一定的文体创新意识，其理论来源及文学影响受之于巴赫金和昆德拉的"复调"理论、结构现实主义文学思潮。张炜小说的内在叙事模式是"独语体"，叙述视角多为第一人称，主观性较强，擅于塑造具有复杂思想情感的人物，通过对黑夜、老人等的描写表现与现实世界相疏离的深深的孤独感。张炜主要依靠统一的主题、情感的激流来统笼他的独语体小说，而不是具有吸引力的故事。此类小说不排斥对话，但是它的对话努力是失败的，在这一点上受到鲁迅的影响很大。内、外叙事模式的特点在长河小说"你在高原"中体现得十分明显。第四章，从主题学、精神现象学等角度对张炜小说中两大显在的叙事特点进行分析，一是民间文化叙事，二是知识分子叙事。前者通过徐福传说在小说作品中的演进作为例证，说明张炜的创作如何受到了民间文化的制约，凸显出他的民间立场。然而张炜的民间立场并不彻底，实际上仍然是知识分子立场的一种表达方式，知识分子的边缘化和软弱无力注定了作者不能实现启蒙与拯救的愿望。"你在高原"系列之《橡树路》一书对民间底层大众的苦难、知识分子的无奈做了详尽描述，可以见出作者民间理想幻灭的过程。第五章，指出了张炜文学创作中的互文性特点，并从三个方面选题论证：一是张炜小说中存在着大量的重复书写，作为一个蕴含丰富的诗学概念，重复属于互文性范畴，是理解张炜繁复多样的小说创作的一个新的视角；二是通过对极少为人关注的张炜的儿童文学创作与其他小说作品进行比较，从而发现张炜小说创作中的变与不变，并对未来的创作动向有所预计；三是从不同的体裁作品比如诗歌和小说之间寻找证据，揭示在张炜的所有文学创作中无所不在的互文性关系，便于从整体上对张炜做出准确把握。第六章，解析张炜诗学的生成机制。"纯文学"是张炜诗学的另一种表述或集中体现，通过对以迎合消费者、追求商业利益为主导的通俗文学的批评确立其"纯文学观"，同时也决定了他不甘流俗的文学创作倾向以及曲高和寡的市场命运。在复杂的社会、政治、经济、文化及文学语境下，张炜诗学思想的形成离不开两个方面的内外互动作用：一是面对现实的发言，二是自觉的诗学追求。不过，张炜的诗学观念确实保留了许多传统的内容，作品的思想主题也趋于"保守"，这与其所受的中国传统文化、民间地域文化影响不无关系。

第一章 张炜诗学体系的基本建构

巴赫金说:"没有系统的哲学美学做基础的诗学,从根本上便成为一种脆弱的偶然的东西。"① 一个完整的、成熟的诗学体系在认识论上应有相对稳固的哲学观作为根柢,在起到联结哲学和诗学之间桥梁作用的美学方面也应有富足的修养与储备。张炜也拥有自己的"哲学",其哲学思想建立在道德伦理学之上,"爱恨辩证法"是经由现实观感和空想情绪发酵衍生出来的形而上思考,"爱力说"是其本源哲学;在急剧动荡的社会转型中,面对"人文精神"滑落,他以激进的战士姿态和保守的"大地守夜人"形象示人,其"战斗哲学"的实质是对20世纪末文化困境中不良现象及异化力量的批判,类似"法兰克福学派"的主张;从小说作品反映的思想来看,笼罩着近现代积极的"功利主义"色彩。张炜的美学观以"真"为核心,"真、善、美"三位一体;源于对历史与现实的大胆审视,对生存境遇和主体价值的冷静观照,使他将"苦难"确立为首要的写作主题、审美对象,由于表现得真切、深刻、富有艺术效果,形成了涵蕴独具的"苦难美学";长期坚持现实主义的创作原则,但没有故步自封,通过广泛深入的写作实践对推动现实主义文学在中国的发展做出了创新性贡献。张炜是一个具有高度理论自觉的作家,基本诗学理念可以用一个字——"诗"来概括,这是他对文学本体或文学本质的根本性认知,巧妙地回答了"文学是什么"这一难题;文学的诞生来自一个真诚生命的内在驱动,"文学是生命中的闪电",是奇异的自然现象;张炜的创作自始至

---

① [苏]巴赫金:《文学作品的内容、材料与形式问题》,钱中文主编《巴赫金全集》(第一卷),河北教育出版社1998年版,第309页。

终呈现出饱满、生动、超拔的诗化风格，在极力张扬审美意蕴的诗性书写中将主体性表现与客观性描述结合起来，达到了"诗、思、真"完美融汇的化境。

第一节 以"爱"为核心的道德哲学

哈贝马斯提醒说："把哲学、科学与文学之间的界线铲平，这是把文学理解为源于哲学的一种表达方式。"[①] 作家应该有自己的哲学，虽然多不能达到用哲学思维思辨或者著书立说的水平。张炜具有一定的哲学素养，欣赏许多哲学家和思想家，熟读他们的著作，在创作时经常援引哲人语录，时有哲思妙语，或者流灌着自己的哲学思想，富含哲学韵味。"一个没有个人哲学和诗学的作家，无论处于何地，都显然会被分崩离析的历史碎片和众声喧哗的现实光景淹没。"[②] 但是张炜的哲学到底是什么？尚没有令人信服的答案。本书认为，张炜的哲学思想主要体现在对道德伦理的关注以及对历史与现实的批判性上，可以纳入到伦理学或道德哲学的范畴。如果通过阅读他那些海量的散文随笔文论等文字，多方汇总主要印象，可能会得出这样一个结论：张炜宣扬的是一种"爱的哲学"！他围绕着爱与恨的辩证关系自说自话，以道德判断作为依据，无论是从其言说还是从具体作品中，可以发现这种道德伦理意义上的哲学充满了积极的"功利主义"色彩，具有现代性特点。爱与恨相克相生，由爱生恨之后，他转而对社会现实进行激烈抨击，特别是面对人文精神"沙化"、道德滑坡以及商业时代社会中的丛丛乱象，扛起了"道德理想主义"大旗，对物质主义、商业主义、技术主义等思潮现象进行抵制、回击、理性反思，颇有堂吉诃德的战斗精神。虽然置身的社会时代、文化背景不同，但在面对四伏的危机时，其"战斗哲学"与西方法兰克福学派的"批判哲学"存在着共通之处。

[①] ［德］哈贝马斯：《现代性的地平线——哈贝马斯访谈录》，包亚明主编，李安东、段怀清译，上海人民出版社1997年版，第201页。
[②] 王尧：《在个人与时代紧张关系中生长的哲学与诗学——关于张炜的阅读札记》，《扬子江评论》2010年第2期。

一 爱、"爱力说""爱恨辩证法"

冰心的"爱的哲学"以母爱、儿童爱和自然爱为主要内容。泰戈尔的"爱的哲学"爱人类、爱神,把爱绝对化,等同于世界和宇宙。康有为也有"爱的哲学",爱就是儒家的"仁",但他过分夸大了爱或者仁的作用,"因为看到自己现实肉体力量的渺小,就喜欢把自己的精神力量鼓吹得万分巨大",[①] 具有主观唯心主义倾向。张炜为人,可以概括为一个"仁"字。[②] 仁者爱人。虽然这些"爱的哲学"诞生于不同的时空环境,各自有着不同的使命、目的,宣扬的却是以泛爱思想为基点、以人道主义为实质的自由、平等、博爱精神。不同的是,张炜把"爱"作为处理人与人、人与世界之间关系的一种方式,没有把它当成世界的本源,他所持的仍然是唯物主义的世界观。

张炜"爱的哲学"既是心灵的哲学,又是行动的哲学。"爱一种职业、一朵花、一个人,爱的是具体的东西;爱一份感觉、一个意愿、一片土地、一种状态,爱的是抽象的东西。"[③] 爱是一种态度,它既是具体的,又是抽象的。他并不主张悬浮无根的虚无主义的浮泛之爱,爱母亲,呵护爱情,是最基本的要求,然后推而广之。比如施爱于动物,在《它们——万松浦的动物们》一文中,张炜写出了近四十种动物,显示了惊人的识别能力。张炜的小说经常使用动物意象,比如《秋天的愤怒》《葡萄园》《古船》《柏慧》《家族》中一再出现的马,《九月寓言》中的鼹鼠,《刺猬歌》中的刺猬和土狼,《外省书》中每个人的外号——鲈鱼师麟、狒狒师香、真鲷史珂、扬子鳄史东宾、小考拉师辉、小刺猬肖紫薇,"你在高原"系列之《忆阿雅》中的"阿雅"……张炜喜欢将小说人物比拟为动物,或者以其对待动物的态度判断人品,或者以动物的眼光来审视人类。"一个对动物植物都体贴入微的人,对他人对社会当然要有所不同。这样的人必然是善良的。生活中我们发现,对动物好的人就不会对人不好,对人不好的人往往对动物也不好。对动物很凶狠的人有可能是个善良的人吗?不太可

---

① 李泽厚:《论康有为的哲学思想》,《哲学研究》1957年第1期。
② 邱勋:《张炜的河》,《山东文学》1991年第3期。
③ 张炜:《融入野地》,《散文与随笔》,山东文艺出版社1993年版,第13页。

能。一个讨厌动物、讨厌植物的人,他的心一定是很冷的,冰冷的心不会去爱人爱社会,不会追求完美,也不会和我们一起来建设一个适合人类生活的环境。"① 又说:"我不相信无缘无故伤害动物的人会有一颗善良的心。一个人道主义者也会广爱众生。人道不仅用于人,人道应该是为人之道,是人类存在的基本原理和法则。"② 张炜关于爱的理论是以人类的普世价值为前提的,是不分地域、超越国家、民族和阶级界限的既朴素又富于理性色彩的情感。这种"爱满天下"的泛爱主义其实出自对人之爱,"爱人"是其本质,判断的依据基于人的道德伦理。"现在有很多人不重视人,不爱人。……真正伟大的人必有高贵的心灵,必爱人、重视人。"③ 因为他相信"人是最可宝贵的"。不过,当面对无穷无尽的大自然的时候,人还是显得十分渺小、脆弱和浅薄,不值一提。人不能盲目自圣,人必然自失于自然的伟力。人也绝非万物的灵长。人与自然的关系不是万物为我所用,不是主体与客体之间的对象化。"人与自然的关系是世界上无数法则、无数关系之中最重要的一个",人离不开土地的滋养。在写作上,"土地的气质决定了艺术的气质"。"一个不热爱大自然的人,难以培养起很强的美的感受能力,也难以写出有华彩的文章,更成不了真正的作家。"④ 在对待动物、大自然的态度、具体表现上,每个作家都不一样,将其当作评判是非好坏的标准,有其偏颇之处。

对土地、对大自然的爱也可以说是一种存在主义的"大地哲学"或者"自然哲学"。有人认为这一哲学思考是从《融入野地》《九月寓言》开始的,以为找到了张炜的"本源哲学"。⑤ "大地守夜人"随之而出。⑥ 由此总结出来的"大地哲学"更多的是溢美之词,或者是一种修辞术。对此,张

---

① 张炜:《更清新的面孔——与香港屯门中学生的聚谈》,《午夜来獾——张炜2010海外演讲录》,作家出版社2011年版,第196页。
② 张炜:《天籁,橡树和白杨》,《精神的思缕——张炜的倾诉与欣悦》,上海人民出版社1996年版,第8—18页。
③ 张炜:《精神的魅力》,《期待回答的声音——93张炜文学周》,明天出版社1995年版,第196页。
④ 张炜:《天籁,橡树和白杨》,《精神的思缕——张炜的倾诉与欣悦》,上海人民出版社1996年版,第8—18页。
⑤ 郜元宝:《保护大地——〈九月寓言〉的本源哲学》,《当代作家评论》1993年第6期。
⑥ 张新颖:《大地守夜人——张炜论》,《上海文学》1994年第2期。

炜有自知之明,并不完全领情,认为有标签化、简单化的倾向,强调作家尤其不能自诩为精神导师、守夜人、道德理想主义者,否则会成为笑柄。①

爱是精神的支柱,是灵魂的内核,同时爱是人类的本能,是一种能力,由此张炜提出了"爱力说"。"爱力"一词也可追溯到泰戈尔、康有为。② 张炜的"爱力说"与弗洛姆对于爱的观点也相似。"人显然是有爱力的。它也确是一种能力、一种力。""一切良好的心意、美丽的愿望,都与爱力的驱使有关。""可见一个人生活着,最为重要的就是保护和培植自己的爱力。……关键是滋润自己的心灵,修筑自己的心灵,让其变得越来越适合于成为爱力的居所。一旦人的心灵之巢被爱力盈满的一刻,他就会变得更有力、更从容、更自信和更坦然,他就真正地走向了自己的生活……人的幸福从根本上讲,是建立在友爱他人的基础之上的。"③ 爱力是生命力的健康体现,是人类幸福、世界和平、社会文明的源泉保障。爱力是写作的基础,决定了一个作家能否走远。"爱的能力、对真理的渴望,大概对任何一个写作者而言,都比技法之类的要重要得多。即便是单单以技法论,它也源自它们。"④ 创作根植于爱,"爱是一切创造活动的内在驱动力。"⑤ 最后,爱几乎成了文学甚至是人类的唯一。张炜的"爱力说"发自作家对于人生、社会、世界的责任感或使命意识,同时也是持续强调的热爱人民、深入生活等要求的概括或升华,也应该是文学的题中应有之意。

对于张炜的"爱力说",连批评他的人也曾击节称赏。⑥ 在当代,还从来没有哪一位作家像张炜一样被寄予了如此巨大与沉重的使命与希望。尽管张炜经常在民间与知识分子立场之间往返,但是"在小说中却自始至终激荡着作家的高昂的民间情怀和自觉从民间文化的丰富资源中汲取抗击邪恶的精神力量"。⑦ 张炜早已不能平静地隐逸在社会生活的边缘地带,而是

---

① 师文静:《以精神导师自居可能会成为笑柄》,《齐鲁晚报》2013年1月12日第A12版。
② 康有为、谭嗣同的"心力说"包含"爱力",增长"爱力"主要是激发爱国主义。
③ 张炜:《张炜自选集:葡萄园畅谈录》,作家出版社1996年版,第136—143页。
④ 张炜:《昨日里程(代跋)》,《瀛洲思絮录》,华夏出版社1997年版,第573页。
⑤ 张炜:《交流与期待——答大学生》,《张炜读本》,花山文艺出版社2002年版,第339页。
⑥ 张光芒:《天堂的尘落——对张炜小说道德精神的总批判》,《南方文坛》2002年第4期。
⑦ 宗元:《张炜小说的民间情怀》,《山东师范大学学报》(人文社会科学版)2002年第4期。

忧心如焚地关心世事，且常常迅速地走出民间，主动履行一个当代作家所负有的重要职责。张炜的"爱力"没有减灭，反而越来越强烈了。

有人认为，张炜的小说超越了"仇恨美学"。① 从根源上讲，毋宁说是"爱的哲学"成功挑战了"仇恨美学"。从具体作品中，我们既能看到深沉的爱，也能看到彻底的恨。"爱"的反面就是"恨"，爱极生恨，爱与恨既相矛盾又可以互相转化。从《古船》开始，张炜胸中就郁积了太多的恨，他写了许多现实的和历史的阴暗、苦难与不平，又通过隋氏两兄弟将家族之恨、感情之恨、事业之恨等仇恨形式展现出来，以至于恨得太多，怨气过重。

张炜的"爱恨辩证法"在《爱：永恒的渴望》一文中有着充分阐明。② 文章开头说："我爱你们。可是你们并没有爱更多的人。你们同情更多的人吗？你深深地同情这个世界上的人吗？"这两个问号如同隋抱朴对隋见素的质问，是一种超越了个人私欲的基于集体主义、人类主义之上的要求，这种爱也必然会导致对个人合理欲求的否定和取消，否则"你们仅仅是自己可爱着"。因此，隋抱朴既渴望着爱，又压抑着爱，陷入了无限的痛苦之中。对于如何超越苦难，张炜认为首先是不能遗忘，这是爱的起点。"爱是一种记住，是一次走出世俗。爱是诗意的，它牵引了生命之车。爱只要不熄灭，青春也就不熄灭。我想，只要能如此地对待和理解爱，走向恨、学会恨也就不难了。"他并不反对博爱，但是如果让他因此而放弃恨是做不到的，因为那样会"把爱当成了一次苟合"，与他一贯反对妥协、主张战斗的精神不相容。"爱就是爱，是永恒的渴望之中最柔软最有力的元素，是人类向上飞升的动力。"而恨一样也会达到爱的效果，恨等于爱。"恨就像爱一样熟悉，它的根脉扎得像爱一样韧长。我要把恨或爱的力量，让它一刻不停地催化和加强……"爱与恨并不截然对立，而是相反相成，内在统一，或者是一种东西。"有时候，恨并不是爱的结束，而是爱的延续。"一般认为，张炜执着于在城乡之间寻找美，仇恨和鞭挞城市，是反文明、反现代的保守主义者。但他说："我实际上非常喜欢城市，因为我

---

① 张均：《张炜与现代中国的仇恨美学》，《小说评论》2005年第3期。
② 张炜：《爱：永恒的渴望》，《精神的思缕——张炜的倾诉与欣悦》，上海人民出版社1996年版，第1—7页。

喜欢人，城市里是人最多的地方。我喜欢人类创造的文明成果，所以就更加离不开城市。……'不满'是因为爱，是想让它变得更好。"① "爱之愈深，恨之愈切。"张炜的爱与恨存在着辩证否定关系，实则以爱为基础，统一于爱。

张炜是一个情感外溢的作家，作品中容易暴露出某种明显的倾向，将作者出卖。他不仅善于在小说创作中通过人物的言行表达好恶，喜欢插入作者的议论评判，而且在散文、随笔、文论等文字中毫不掩饰自己的观感，直陈己见，宣泄爱憎情绪，显示出锋芒毕露的批判意识。在他那里，善、恶、美、丑有着截然的分界，对于它们也应持有迥然而异的态度。"美丑不能混淆，爱憎必须分明。没有对美的深切的爱，就没有对丑的深切的恨。他忘情地、沉醉地歌唱美好，也会勇敢地、坚定地揭露丑恶。这二者是统一的。"② 体现在小说人物塑造上，他赞颂老得（《秋天的思索》）、李芒（《秋天的愤怒》）、隋抱朴（《古船》）、宁珂（《家族》）、刘蜜蜡（《丑行或浪漫》）、廖麦（《刺猬歌》）、宁伽（"你在高原"），抑制不住自己的偏爱，以"正面人物"极尽刻画，以至对他们身上的严重缺陷视而不见；而对王三江、肖万昌、赵炳、赵多多、殷弓、飞脚、吴定根、小油锉、唐驼唐童父子、霍闻海等人则视如仇雠，以恶人或小丑形象毁之。除了所谓的"主旋律"作品，如此黑白分明的人物塑造在当今的文学写作中已不多见。进入21世纪，他也写了一些善恶共生的复杂人物，比如师麟（《外省书》）、淳于阳立（《能不忆蜀葵》），给人留下了深刻的印象，但仍然能从品德、能力、社会作用等方面分别做出评判。每个作家都有自己的爱恨情仇，但并不是都会向我们表现出明晰决绝的非此即彼的立场。张炜不惜以直露的笔法予以展示，在非小说文本中以严肃的态度不断进行探讨，或冥思苦想，或自我辩驳，或呐喊宣告，俨然一个热切关注世道人心以及人生、世界、物质与精神的关系等形而上问题的思想者、社会哲学家。

说到爱与恨，我们不能忘记鲁迅，张炜可谓鲁迅精神的当代继承者。"艺术家的主要特征是'会恨'。'会恨'包括了恨的方向和深度——特别

---

① 张炜：《大自然、城市和文学》，《午夜来獾——张炜2010海外演讲录》，作家出版社2011年版，第74页。
② 张炜：《像写信一样》，《散文与随笔》，山东文艺出版社1993年版，第135—136页。

是深度。这不是一般的恨,不是一般的冲动,而是深深的、永久的,永远也不会遗忘,永远也不会转移。恨得结实,恨得无私。一般的人会这样恨吗?一般的人只会为自己恨。那说穿了是一种平俗无奇的情感。而这种情感是有害的。"继而以鲁迅作例:"鲁迅说他没有一个私敌。鲁迅的伟大之处就在这里。鲁迅正因为会仇恨,所以我们才时常能感到他博大的爱,这种爱是那样的深。不会仇恨的人,永远也没有那种爱。仇恨是人性的力度,是做人的原则,是一种道德的召唤。真正的艺术家、有力量的艺术家,要学会仇恨。这也等于说,要学会挚爱。会仇恨可是了不起的一种能力。"① 鲁迅被认为是最会恨的人。在鲁迅那里,爱与恨(憎)之间存在着内在的紧张关系。他说:"人在天性上不能没有憎,而这憎,又或根于更广大的爱。""爱憎不相离,不但不离而且相争。"他多次表示说:"能杀才能生,能憎才能爱。"说法与张炜近似,创作上的表现却不相同。同样写乡土题材,鲁迅表达的不是迷恋,而是批判,以达到他适应现代性转型的需要;张炜则不然,他恨的基点和主要表现还是爱,写作上更多地承继沈从文、孙犁、汪曾祺甚至是赵树理的传统,所以他才对苦难进行审美,对乡村大地报以礼赞。"爱虽给你加冕,他也要将你钉在十字架上。"② 肩负文学使命、相信文学社会功能的作家,无论爱还是恨,都将付出代价,做出牺牲。

二 从"战斗"到"抵抗"

20世纪80年代末,张炜集中写了一些与时风时文格格不入的文章,单从题目上看不难揣测他当时的思想状况及其与现实世界的对峙关系:《缺少稳定的情感》《缺少自省精神》《缺少说教》《缺少不宽容》《缺少行动》《缺少保守主义者》……既是针对当前流行的文学观念的反弹琵琶,又是对于混乱的社会现象和流行庸俗的大众思维的有感而发,同时也有来自外界对其创作产生的非议所进行的自辩和反驳,以及面向未来写作的自

---

① 张炜:《你是艺术家,只要你不沉睡》,《期待回答的声音——93张炜文学周》,明天出版社1995年版,第25—26页。
② [美]纪伯伦:《先知·爱》,《纪伯伦全集》(中),伊宏主编,甘肃人民出版社1994年版,第112页。

第一章 张炜诗学体系的基本建构

我提醒。这种逆反心理和执拗性格使得张炜能够较为长久地保持一种与众不同的思想个性。在 90 年代的"人文精神讨论"中，他与张承志、韩少功等被确定为积极响应的旗手作家，他们在这前后的一些文章被翻出，好像除了用小说无声发言，还用散文、随笔、文论等形式宣示立场。一位学者在批判《家族》时说："这部相当冗长的小说所喻示给我们的是一个充满了对当下文化的仇恨与愤怒的知识分子的绝望的战叫，也是他的迷乱与狂躁的文化选择的一个极为有趣的记录，也是一位业已由小说作者蜕变为原始自然神的膜拜者和文化冒险主义的精神偶像的人物试图抓住小说这一形式的一次最为绝望而痛苦的努力。"① 实际情况并非这位动辄抓狂的知名学者所想。张炜回顾道："我被引用的一些文章，大多是 20 世纪 80 年代初、中期的，而讨论却是 20 世纪 90 年代的事，可见我并非是为了这场争论而写了那些文章。"② 虽然张炜等人有被强行拉入、为参与讨论者帮闲的嫌疑，但讨论确实切合他们对当时社会文化环境的堪忧判断，也乐于向人们显扬他们的主张。对于人文精神的理解，他认为它是人文工作者必备的东西，是起码的情怀和基本操守。"'人文精神'的坚守，它的本质，是现代理性思维的一个组成部分，是一个时期里对现代蒙昧主义的一次揭露。"③ 他将讨论视为当代中国文化界的重大事件，是思想和文学论争中最具有实际内容的一次。长篇《柏慧》发表时，关于人文精神的集中讨论已经接近尾声，作家在书中留下了自己的思考。他对人文精神的追索没有终止，早期值得重视的言论文章结集在"抵抗投降书系"之《忧愤的归途》中，后来又写了大量的文字，比如《精神的背景》也曾引起当年参与讨论的肇始者的注意，④ 似乎社会反响不大。

李洁非在《张炜的精神哲学》一文中，⑤ 试图梳理发掘张炜的精神世

---

① 张颐武：《〈家族〉：疲惫而狂躁的挣扎》，《文学自由谈》1996 年第 1 期。
② 张炜：《对世界的感情》，《世界与你的角落》，昆仑出版社 2003 年版，第 141 页。
③ 张炜：《远河—蘑菇——答李红强》，《我跋涉的莽野》，春风文艺出版社 2001 年版，第 162 页。
④ 陈思和等：《文学创作与当下精神背景——关于张炜〈精神的背景〉的讨论》，《当代作家评论》2005 年第 2 期。
⑤ 原文载《钟山》杂志 2000 年第 6 期，后分别被收入张炜文集《怀念黑潭中的黑鱼》作为附录、《张炜精选集》作为代序。

界中"诸多改变当中保持不变的东西",指出 90 年代张炜与外部世界的"对抗"、思想的改变"全形成于 80 年代且一以贯之"的事实。文章点明张炜在"艺术哲学"和"精神哲学"上保持连贯性,但没有申明张炜的"艺术哲学""精神哲学"究竟是什么。好在他与其他论者一样提醒说张炜与外部世界的紧张关系一直存在,那种"对抗"的独立思想应该就是张炜精神哲学中最可宝贵的东西。

由于深受齐鲁文化以"仁爱""民本"等儒家理性精神的影响,"深刻的现实批判意识,'兼善天下'的入世观念与外来马克思主义人道主义和宗教忏悔意识相融合,形成了张炜独特的社会价值观,成为张炜对现实政治缺陷进行批判的有力武器和对历史传统惩恶扬善的审美动力。"① 张炜的早期创作描写的是乡间事物,多以审美的眼光看视对象,以至于沉浸其中不能自拔,除了流露出些许淡淡的哀伤之外,尚没有表现出金刚怒目的一面。随着 70 年代末 80 年代初改革开放后农村经济和社会改革的展开,张炜的创作从对农村自然自足状态的书写,转向关注改革对乡村生活、农民心态及基层政权体制的冲击(《草楼铺之歌》《你好!本林同志》《童眸》),而对落后愚昧思想的反映(《操心的父亲》《看野枣》),对美好传统的淡化和遗失的担忧(《一潭清水》《夜歌》),更是当时习见的表达主题。对乡村基层体制改革落后、邪恶黑暗势力披着合法外衣横行乡间及不良现象等现实的暴露(《秋天的思索》《秋天的愤怒》),亦趋强烈,提出了质疑,反抗意识开始萌芽。到了 80 年代中、后期,以至进入 20 世纪 90 年代、21 世纪之后,随着中国社会转型期的深进,张炜对于一系列侵犯农民、有违人性、压抑自由精神以及现代性"异化"带来的恶果等丑恶现象进行了越来越有力的揭示和批判,成为小说创作的主色调。

张炜没有当兵打仗的经历,但他始终把写作看作是一场战斗,信奉文学的战斗功能。"如果把写作比做战斗的话,好的作者就应该像个勇敢的战士,在绝路中杀出一条通道。"② 不同于毛泽东以阶级斗争为纲的斗争哲

---

① 郭建磊:《病态与崇高——高觉新、祁瑞宣、隋抱朴悲剧人格纵论》,《齐鲁学刊》1992 年第 3 期。

② 张炜:《开拓和寻找》,《散文与随笔》,山东文艺出版社 1993 年版,第 114 页。

第一章 张炜诗学体系的基本建构

学,更不同于"十七年"时期以战士自居的作家,张炜的"战斗哲学"类似于鲁迅的反抗绝望、一个都不宽恕的战斗精神。"作家一辈子处于征服与被征服之间。……唯有一点才是神圣的,那就是一个人的战斗精神。""选择了艺术,你差不多也就等于宣布了你是个永不妥协、格外拗气的讨人嫌的人。你不会放过揭露黑暗和抨击丑恶的机会,与强暴和专制斗争到底,只为自由而歌唱。"张炜试图将"战斗之神"与"艺术之神"紧紧结合起来,这与其所受的文学影响深深叠印。"我崇拜的大师们留下了战斗的记录,而不是闲情的描绘。他们的著作是我的教科书,纸页里有他们奋不顾身的影子。这种战斗还包括了与自己灵魂的搏斗和撕扭,那是更为深刻的勇气。正因为他们比较起来更无私,所以他们比较起来才更无畏。他们是上帝派下来控诉的人,是扑扑跳动的良心。揭示所有的隐秘吧。我听到了战友们在轻轻呼唤。"[①] 战友就是鲁迅,以及西方19世纪以来现实主义、批判现实主义的经典作家。文学是战斗的,作家就是战士,这样的理念在中西文学史上不难找到实例和知音之论。

近代以来,特别是20世纪末,人们总是拿西方与中国进行对比,也往往会惊奇地发现一些相似之处。在张炜看来,西方社会走过的路有时也与中国目前面临的情况大体相当。"创造的力量呼唤出来了,魔鬼也应时释放出来了。"[②] 在这样的背景之下,"时代的前进使人面临着一种文体转换:知识分子的使命不仅止于抨击守旧意识,为改革鼓与呼,而且要从价值层面对现代化的方向、后果或伴随现象加以监督,做社会公正的发言人、精神和文化的守护者。"[③] 张炜对新时期的判断是将中国的文化语境置于全球化大视野中对比勘察论证的结果。张炜与时代同行,又与时代刻意保持着距离。在四十多年的文学创作中,他始终用批判的眼光来观察社会,审视人,对意识形态、大众文化、唯技术论、科学主义等极尽批判,用理性的眼光看待貌似理性实则非理性的社会发展趋势。这与"法兰克福学派"极其相近。法兰克福学派的任务主要是发现资本主义社会文明出现问题的根

---

① 张炜:《开拓和寻找》,《散文与随笔》,山东文艺出版社1993年版,第189—190页。
② 张炜:《精神的魅力》,《期待回答的声音——93张炜文学周》,明天出版社1995年版,第199页。
③ 马驰:《西方马克思主义与中国当代文论》,河南大学出版社2010年版,"引言",第Ⅲ页。

源，通过对社会和文化的批判性反省来研究令人失望的原因，继承了马克思主义哲学的批判意识，但不局限于政治经济学领域，而是对整个社会文化与文明进行否定性的批判。这样的批判具有积极意义。"创造性思想常常是批判性的思想，因为它能撤弃一定的幻象，并且更接近于现实的意识。"① 张炜一方面被人斥之为"保守"，另一方面又显示出了令人不解的"激进"，在保守与激进两端，显示了他的独特价值。

张炜的"战斗哲学"出于爱与恨的辩证思想。"是的，我有时候常常用到'恨'这个字，那是由于我太'爱'了。我太爱了，我害怕有人侵犯这种爱，侵犯我所看过和经历过的一切美好。当我看到这种侵犯之后，我就要勇敢地使用'恨'这个字。有时候它们是银币的两面，'爱'和'恨'写在了同一枚银币的两面。"② 一正一反爱、恨二字，让他坚决地走向了不合作，走向了批判，充当一个战士。但总体来看，张炜在这场抵抗斗争中处于负隅顽抗的不利位置，是在大兵压境之下发起的一场自我拯救的战役。他并非没有救人的思想，实则是在无助中感到了巨大的绝望，在被救者纷纷反叛加入了现代化大潮心甘情愿被吞噬的时候，他"荷戟独彷徨"，招致了来自四面八方的嘲讽。

张炜写过一个短篇小说《一个人的战争》，③ 主人公吕义本是一个目不识丁的杀猪人，一个偶然的机会无意识地偷抢了一把枪，自此不再杀猪，拿着枪骚扰炮楼，敌疲我打，敌打我藏，竟然渐渐闻名，成为"孤胆英雄"，后被吸纳为战士，受到表彰，一直到战争胜利，据说立了大功，但是熟悉他的人都知道，他从来没有消灭过一个敌人。"你在高原"系列之《橡树路》中的梁里（小铁来），《海客谈瀛洲》中的霍闻海（小闻海），都是曾经位高权重的人物，他们的革命经历非常偶然、滑稽和荒诞，没有真正上过战场，顶多作为后勤人员，没有受过重伤，也就是擦破了鼻子耳朵，没有浪费一枪一弹成为革命功臣，坐享革命成果。张炜以反讽的笔调

---

① ［美］弗洛姆：《弗洛伊德思想的贡献与局限》，申荷永译，湖南人民出版社1986年版，第4页。
② 张炜：《我的自语打扰了你》，《冬天的阅读》，东方出版中心1997年版，第79页。
③ 小说写于1988年秋，发表于《当代人》杂志1995年第6期。林白《一个人的战争》发表于1994年。

质疑了历史当中看似名正言顺实则可笑、虚假的表象。张炜不想做被嘲讽的对象，他肯定和同情的是另一部分人：真正做出牺牲却没有得到应有的回报，甚而遭到误解、受到冲击、被不公平对待。他们在敌人面前英勇无畏，但在自己阵营里连自我保护的能力都丧失殆尽，不能把握自己的命运。反观信奉"战斗哲学"、进行一个人的"圣战"的张炜，是深有意味的。

三 与功利主义哲学的关系

张炜以"爱"为核心的精神哲学属于道德哲学范畴。"道德哲学是关于规范和价值，关于是非善恶的观念，关于应该做什么不应该做什么的哲学探究。"① 目前，从道德视角研究张炜已有许多成果，但还没有人更进一步，指出张炜的哲学及其在作品中的体现与"功利主义"伦理学十分相近。

真正的"功利主义"学说简单明了，符合伦常理性，基本论点是合乎道德的行为或制度应当能够促进"最大多数人的最大幸福"。这种判断基于经验主义。穆勒说："功利主义要求，行为者在他自己的幸福与他人的幸福之间，应当像一个公正无私的仁慈的旁观者那样，做到严格的不偏不倚。"② 至少从张炜的言论来看，他是持有这样的大公理想的。他一度将道德作为区分善恶是非的标准，也就是功利主义者所说的"良心"，但是他又不能期望人的良心发现。因为他所处的恰恰是另一种庸俗的"功利社会"，是利己主义、人不为己天诛地灭的时代。人们追逐的只是个人的快乐和幸福，甚至为了满足自己的一己私欲而不择手段，侵害他人。这与现代"功利主义哲学"格格不入。张炜痛恨不断重演的悲剧——个人的幸福建立在别人的痛苦之上，个人的不幸也将导致大多数人的不幸。"具体人的痛苦和不幸，就是全社会的痛苦和不幸。……评价社会生活离开了具体的人的痛苦和幸福，也就失去了标准和原则。社会的不公道总是以个人痛苦的形式表现出来的。"③ 整个"你在高原"系列就是用小说语言阐释了功利主义哲学的要义，其中以《家族》为最。曲、宁两家为了革命胜利献出了一切（宁周义代表另一派，但他们为国家和为人民的目标是一致的），

---

① ［英］D. D. 拉斐尔：《道德哲学》，邱仁宗译，辽宁教育出版社1998年版，第10页。
② ［英］约翰·穆勒：《功利主义》，徐大建译，上海人民出版社2008年版，第17页。
③ 张炜：《张炜自选集：葡萄园畅谈录》，作家出版社1996年版，第301页。

做出了巨大牺牲，结果却是："我们家以全部的热情、生命和鲜血投入的这份事业成功了，胜利了；但我们一家却失败了。"作者不是颂扬某个党派领导的革命战争为了大局不惜牺牲个人的利益甚至生命，而是对通过卑鄙手段、非正义的方式获取成功的行为表示极大的鄙夷和愤慨。这里的"目的善"和"手段善"是不一致的。趋乐避苦、追逐自我利益最大化是人的本性，但是当面临抉择的关口，应该以他们的行为是增多了还是减少了当事者的幸福为判断的依据。其实《家族》中所描写的许多悲剧本该可以避免，通过其他方式得到解决，比如诱捕宁周义，枪杀小河狸，不仅利用了自己同志宁珂、许予明，而且是在后者极端反对、痛苦不堪的情况下强制执行的。殷弓、飞脚之流对革命胜利做出了贡献，但个人私欲极度膨胀，阴险狡诈，心狠手辣，背信弃义，不顾及别人感受，对自己得不到的东西耿耿于怀，施以报复，比如殷弓对于宁珂的私人恩怨，通过对他落井下石导致其被打成反革命被劳改并最终致死，飞脚偷偷掠走曲家的丫鬟小慧子，囚为家庭奴隶。这两个人后来都成为革命成果的坐享者，终养天年，而全力支持革命、关键时刻影响局势的宁曲两家却以悲剧饮恨而终，不得不说这是不公。这与《忆阿雅》中"阿雅"衔金粒报恩却遭捕杀的故事并无二致。"把'功利'或'最大幸福原理'当做道德基础的信条主张，行为的对错，与它们增进幸福或造成不幸的倾向成正比。所谓幸福，是指快乐或免除痛苦；所谓不幸，是指痛苦和丧失快乐。"① 与这些卑鄙小人相比，曲予、宁珂等人扮演的是不幸者的角色，他们的不幸既是别人强加的，同时也是自找的，他们在追求幸福的时候，把个人幸福和集体幸福（大多数人的幸福）进行考量，为了增进"大多数人的幸福"而在别人面前忍气吞声，毫无做人的尊严，已经不是一个具有主体意识的人。像宁珂这样意志坚定的革命者，在被冤枉诬陷下狱劳改的时候，仍然保持着对党和国家的绝对信任与忠诚。小说塑造的人物不是把追求一己的快乐作为唯一的善，而是把整体的快乐作为唯一的善。张炜遵从的是普遍道德原则。这一主题在张炜的小说中屡屡被大力刻画，如果认识到了这一点，也就理解了张炜作品及其哲学思想的内涵。

---

① ［英］约翰·穆勒：《功利主义》，徐大建译，上海人民出版社2008年版，第7页。

第二节 以"真"为核心的美学思想

美就是真,真就是美,是古已有之的美学观念。远迄古罗马时期,近肇18世纪,许多哲学家、思想家和文学家都做过类似的阐述。时至今日,许多文学艺术家依然遵奉着这一信条,视其为一生恪守的最高原则。张炜就是其中的一个忠实门徒。在长达四十多年的文学创作生涯中,尽管他的写作主题、表现手法、审美风格、精神立场、思想状态等在不同的时期发生过大小不等的变化,但其美学思想始终以"真"为核心,秉承"真、善、美"三位一体的审美逻辑,敢于直面现实,追求真理,于沉重坚毅的"苦难"书写中彰示着他的可贵品质,并最终上升到了一定的思想境界和哲学高度,但是对苦难的执着书写与审美也造成了对苦难"合法化""为苦难而苦难"、无法超越苦难等问题。求真是现实主义文学的基本要求。张炜没有固守现实主义文学传统,而是在现代主义、后现代主义文学思潮侵袭下对它们进行比较鉴别,反躬自省,有所汲取,在文学创作中融入了一些新的元素,比如英雄浪漫主义、理想主义、魔幻现实主义等,呈现出博采约取、熔炼百家、自成一格的景观,突出特点是实现了现实主义与浪漫主义的合流。张炜既是现实主义文学的优秀继承者,又是众多文学思潮的集大成者,通过具体的创作实践实现了对现实主义的扬弃、发展和超越,是研究当代现实主义文学的典型个案。

一 真、善、美三位一体

于20世纪80年代登上文坛的张炜,早期所置身的文学环境、受到的文学熏陶、开展的写作训练、持有的文学观念是以现实主义为主导的。现实主义文学创作的根本要求就是"真"。"现实主义也有真有假,我们不能搞假现实主义。现实主义作为创作的一个原则就是坚持了两个字,就是'诗'与'真'。""求美必然求真,求真就是求美。"[①] "真实的就是美,虚

---

① 张炜:《谈谈诗与真》,《散文与随笔》,山东文艺出版社1993年版,第244页。

伪的就是丑。"① 以真为美是张炜美学思想中的一个准则，具有方法论上的意义。在他看来，现实主义既是一种创作方法，又是一种创作精神。"在当代社会，一个称得上真正现实主义的作家，他的现实主义精神主要体现在：同人民、同生活保持密切的血缘联系；在善与恶、真与假纷沓呈现、错综复杂的现实生活面前，有勇气说真话，不违背自己的艺术良心。"② 直到今天，张炜仍然毫不避讳地使用"人民"二字，可见（社会主义）现实主义对他的"毒害"之深。

纵观张炜四十多年的文学创作，虽然和此起彼伏的各种文学思潮、流派不即不离，甚至各行其是，却始终与时代社会保持着十分紧密的联系，这种联系不是依附其上、苟同协作，而是一种毫不妥协的对抗关系。从 70 年代末到 80 年代中期以前，与"反思文学""伤痕文学""改革文学"等主流创作不同，张炜立足乡间，切身感受着农村社会在政治、经济、文化等方面的变化，在农村背景下发现问题、挖掘素材并注入思考，陆续写出了《看野枣》《生长蘑菇的地方》《草楼铺之歌》《一潭清水》《秋天的思索》《你好！本林同志》《秋天的愤怒》等一百多个中短篇小说。这一类作品的主旨重在反映人的主体的觉醒和思想解放，往往通过对比手法表现那个时期的各种"人民内部矛盾"，以达到爱憎分明、凸显主题的效果。因为有所依托，时代性强，产生了一些为人津津乐道的作品。80 年代后期及进入 90 年代以后，社会风气为之一变，文坛乱象纷呈。理智、警醒的张炜没有纵身加入大合唱，而是力避陷入庸俗、迎合市场大众，选择了像一个农民一样默默耕耘，像一个战士一样孤军奋战，有时也像一个老旧文人一样慎独执守，或者对激变的社会万象予以直斥、揭露和迎头痛击，或者退守大地，通过描绘理想的近似乌托邦的乡野天地来反衬堕落的尘世、粗鄙的商业文化、为害四方的工业文明和劣迹斑斑的全球化浪潮，更多时候则以多种表达方式有机结合，为我们呈现了一个光怪陆离、急速旋转、诗意消失的世界。张炜的创作往往通过各个层面的城乡对比，对当下现实进行抨击，同时不忘对美好事物的积极向往和热烈赞颂，"唯美"倾向十分明

---

① 张炜：《人体艺术》，《散文与随笔》，山东文艺出版社 1993 年版，第 224 页。
② 张德林：《现代小说的多元建构》，华东师范大学出版社 1998 年版，第 9 页。

第一章 张炜诗学体系的基本建构

显。进入 21 世纪，社会发展形势犹如孙中山百年前所言："世界潮流，浩浩荡荡，顺之则昌，逆之则亡。"张炜明知个人力量微乎其微，面对滚滚洪流无异于螳臂当车，也曾有过彷徨犹疑，但初衷不改，矢志不移，不遗余力地做着他的敲钟人工作，并且力度不断加大，显示了难得的求真勇气。

在读过《芦青河告诉我》文集之后，有人认为张炜对"昨天"的描写恪守着现实主义的真谛，对于"善"这一浓厚伦理色彩命题的深入开掘闪射出人道主义光辉，"在艺术的欣赏中读者的心灵不知不觉地受到了'善'的感召，这种崇高的心理反馈到作品的欣赏中去的时候，善便产生了美"。[1] 从具体作品来看，无论是人物塑造、环境描写、故事叙述、语言表达还是意蕴呈现诸方面，张炜也是秉持"真、善、美"三位一体的审美思想，极力在各个环节和细节进行渗透。从女性描写可见其审美情趣，各色女性寄托着他的审美理想。一般认为，张炜前期小说中的女性人物多缺乏自主性，处于依附于男性的"女仆"地位，比如《声音》中的二兰子、《秋天的思索》中的小雨、《秋天的愤怒》中的小织，她们在农村传统的重男轻女观念压抑下不受重视，性格柔弱，表现被动，难能把握自己的命运。这种判断并不完全准确，另外一些作品比如《看野枣》中的大贞子、《天蓝色的木屐》中的小能、《夜莺》中的胖手，就非常主动，性格活泼开朗，成为着力描写的对象——遗憾的是，她们很大程度上仍是为了反衬男主人公的懦弱无能、不思进取以督促其思想转变。两种类型的女性在后来的长篇小说中多有出现，《古船》中的含章、闹闹、小葵，《家族》中的阿萍奶奶、曲婧、闵葵、淑嫂，《九月寓言》中的赶鹦、三兰子、肥，《柏慧》中的鼓额、响铃，《外省书》中的师辉、狒狒，《丑行或浪漫》中的刘蜜蜡，《刺猬歌》中的美蒂，《无边的游荡》中的荷荷，形象塑造比较丰满。她们即使有的外表长得不够漂亮（鼓额），有的难以约束（刘蜜蜡），有的还发生了堕落（严菲），性格和命运不尽相同，但无一不是自然、健康、朴素、美丽、善良，都（曾）有一个美好的形象。三十多年前张炜就

---

[1] 于清才：《向芦青河唱出少年的歌——评张炜〈芦青河告诉我〉》，《山东师范大学学报》（人文社会科学版）1985 年第 2 期。

说过:"我厌恶嘈杂、肮脏、黑暗,就抒写宁静、美好、光明;我仇恨龌龊、阴险、卑劣,就赞颂纯洁、善良、崇高。……我深深地爱着河边上那些心地光明、美好、坦荡无私的年轻人。说我塑造他(她)们,还不如说我羡慕他们。在我眼里,女的,没有一个不是伶俐秀气;男的,没有一个不是英俊端庄!"① 为了写出心目中的完美女性,作家有所取舍和巧妙剪裁。即使人物有着致命的缺陷,只要有着善良的心灵,仍然是美的。张炜写了一些"畸形美",比如扭着水蛇腰的老得和相貌丑陋的小罗锅。相反,很多负面人物不但大多数没有端庄好看的外表,连内心都很龌龊。有人认为,在张炜那里存在着用传统的道德观念去观察、评价生活和人物的局限,如果单用道德标准就会影响对社会生活本质的准确把握和深刻表现。② 雷达论述过"经济与道德评价的关系问题",认为张炜早期的作品"基本上还是站在传统美德的立足点上,拿着一把道德的尺子,来评价生活、臧否人物的"③。到了《古船》,在人物形象的描绘方面,他有意突破道德的束缚,所写的几个主要人物除了赵多多是恶魔的化身而外,其余不再是道德意义上的好人与坏人,而是充满着矛盾的复杂人物。④ 但陈村觉得"赵多多"这个恶贯满盈的人物应该刻画得更丰富一些,认可他办乡镇企业的行为,"道德在不怎么道德中生长",虽然不能接受,但是给人以思索。⑤ 张炜的"以美衬丑,以美揭丑"的审美观,与古典美学理论中"见美然后悟丑"的主张明显一致。⑥ 正是把人身上最本真、朴素的东西当成了美,把善良当成了美,他的小说才充满了诗意的描述,在正义凛然、愤世嫉俗、悲壮有余的空气中调和着阴柔的分子,更能衬显其阳刚风格。这样一来也在一定程度上屏蔽了客观的"真",是不小的缺憾。

从源头上来说,张炜首先强调作家的态度要真诚,这是作品优秀与否以及能否导向"真、善、美"的前提或基础。他引用托尔斯泰的话说:

---

① 张炜:《后记》,《芦青河告诉我》,山东人民出版社1983年版,第321—322页。
② 于广礼:《探索中的新突破——评张炜的几篇新作》,《山东文学》1985年第4期。
③ 雷达:《独特性:葡萄园里的"哈姆雷特"——关于农村题材创作的一封信》,《青年文学》1984年第10期。
④ 陈宝云:《张炜对自己的超越——评〈古船〉》,《当代作家评论》1987年第2期。
⑤ 陈村:《我读〈古船〉》,《小说评论》1987年第4期。
⑥ 杨政:《张炜的美学追求》,《山东文学》1985年第8期。

"搞文学，首先要面向人类，不要说谎，不要害怕真理。这话说得真好。这就是说，真等同于美。永远不要说谎，也就是永远追求着美。说假话，就是害怕真。"① 至于写了什么和怎么写以及是否符合事实是次要的，最重要的是作家要真诚、勇敢，后者做到了，前者也就不成问题。他举以合作化运动题材的小说为例，认为如果作者是满怀热情的参加者和记录者，即使作品有所偏颇、瑕疵，也不能轻易否定和轻蔑。"一篇好的忆苦报告也比那样的'史诗'有价值。因为声泪俱下的忆苦往往是有真情的，讲述者是真的悲痛了。"② 由此，我们不难理解《九月寓言》《刺猬歌》等小说中为什么充斥着大量的"忆苦"场面描写，走向了狂欢式的表演，成为挥之不去的精神创伤、生活习惯以及娱乐方式。作家要真诚，张炜不厌其烦地重复："我们的真诚首先保证了作品的质量，使其有了一个人的灵魂。"（《沉浸到艺术中去》）"一部作品、一个人，良好的气质首先来自朴素和真实。"（《心灵与物质的对话》）真诚是比才华更重要的因素："艺术的最高原则是真挚、真诚和朴素，所以一个作者从这个高度出发写作，就能进入一种品格中去。你可以让才华在情感的驱使下尽情地泼洒，最后达到的艺术高度就由才华决定着。"（《期待回答的声音》）真诚必然善良，善良可以产生创造力："由于过分的心软，过分的慈爱，你的挑剔就产生了，你的悲愤也产生了。你会仇恨那些强权、欺压、腐败，仇恨那些不平等，仇恨那些多少年来人们要推翻的东西、还有穷人和富人之间不能达成的谅解、障碍……你会深深仇视这些，然后再把你的牵挂、仇视，还有一腔挚爱写在纸上……"③ 这与其"爱的哲学"紧密联系。

  与英美"新批评"把作品作为本体研究的起点和终点不同，张炜则从创作者开始进行推导，只有作者感情的真挚，才能让作品及其表达的一切显得真实可靠，才是优秀的作品。反之亦然。作家的态度与作品流露的情感可以互相印证，是统一的。因此，张炜无论如何也不承认《金瓶梅》是

---

  ① 张炜：《谈谈诗与真》，《散文与随笔》，山东文艺出版社1993年版，第244页。
  ② 张炜：《怀疑与信赖》，《期待回答的声音——93张炜文学周》，明天出版社1995年版，第130页。
  ③ 张炜：《我的忧虑和感奋》，《期待回答的声音——93张炜文学周》，明天出版社1995年版，第79页。

堪与"四大古典名著"比肩的杰作，质疑其作者。他推己及人，认为文学属于善良美好的人们，作品与作者互相正向指涉："任何美好的作品，不可能是在卑下的念头迸发膨胀的时候创作出来的，而一定是在他很善良和美好的那一些东西发扬光大的时候；他自己认识到自己的优美、善良，进而要去讴歌这种东西，把它捉住，紧紧地不放，溶进作品中去的。他的作品一定是这样写出来的。"他还对读者提出要求："在文学方面，不仅创造者要善良，严格地讲，欣赏者也要善良。欣赏者不善良，文学作品去打动他的时候'刀枪不入'，因为他不可能和作品里显示的美的、善良的东西发生共鸣。"① 如果作者真诚了，也就有了善，才会产生美，才能为向往善和美的读者所接受，体现文学的价值，彰显文学的审美、认识和社会批判等功能。真、善、美是依次递进的关系，并融为一体。真才能导向善，真就是美，善就是美，这是张炜的审美逻辑。

一切好小说都说真话，一切坏小说都说假话。② 问题是，对于作家态度的真诚与否无法直接判断。事实也证明，"文如其人"有时候是欺人之谈。叙事学理论认为，作者是文学研究中最不可捉摸的环节和最不稳定最不可靠的因素，并不等同于叙述者，也不等于隐含作者。连张炜最为崇拜的托尔斯泰也没有站在他这一边：虽然善能判断其他一切，但是"善是任何人所不能判断的"。托翁对18世纪美学理论奠基人鲍姆加登以前上至古希腊哲学家关于真、善、美三位一体的传统看法做了全面否定，不仅认为真和美之间毫无共同之处，美和善甚至相反。③ 张炜自认为献身给了文学事业，但别人未必如此。至于他自己能否完全做到，也存在很大疑问。

二 审"苦难"之美

在伤痕文学、反思文学、改革文学中，蜿蜒着一股苦难之流，发表于1986年的《古船》实乃接三大文学思潮的余绪，但它涉及的历史范围和内

---

① 张炜：《文学七聊》，《散文与随笔》，山东文艺出版社1993年版，第270—271页。

② [秘鲁]巴尔加斯·略萨：《谎言中的真实》，赵德明译，云南人民出版社1997年版，第75页。

③ [俄]托尔斯泰：《什么是艺术？》，《列夫·托尔斯泰文集》（第十四卷），丰陈宝译，人民文学出版社1992年版，第184—191页。

容大大拓展。城市及农村经济改革、大地震、中越战争、"文化大革命"、破四旧、四清、三年自然灾害、大跃进、人民公社、反右、三反五反、镇压反革命、两次土改，新中国成立前后几乎所有的对社会生活产生过影响的政治运动和重大历史事件无一遗漏。小说重点塑造的人物隋抱朴作为老隋家的长子，一个"哈姆雷特"式的思索者，像那条埋藏地下重见天日的古船一样，满负重载历史灾难，是一个受害者、家族悲苦命运的亲历者、洼狸镇乃至整个中国坎坷历程的见证者。可惜，这些苦难缺少正史（镇史）记载。"他们不知道我们老隋家的苦难史，不知道洼狸镇人的苦难史，他们只为了快意，伪装大度的人，有时也伪装学者。"他对洼狸镇经受的历史苦难有着痛彻的反思。"我害怕回到那样的日子，我害怕苦难！见素，我一想起那些日子就心里打颤。我在心里祷告，'苦难啊，快离开洼狸镇吧，越远越好，越远越好，永远也别回来！'"他"恨那些传染苦难的人"，并且"为咱们整个儿人害羞，这里面有说不清的羞愧劲儿、耻辱劲儿！"在现实中，还活跃着正在制造苦难的人。"洼狸镇人实在经不起苦难了，可苦难老是跟在他们身后。"最后发出了"谁来救救我，谁来救救人"的悲鸣。作者为史家代笔，对洼狸镇人经历的历史苦难进行了渲染和描绘。除了历史苦难，当下的苦难即是洼狸镇正在经受的苦难，主要以个人的遭遇体现出来，比如隋氏三兄妹各自的爱情悲剧，小葵的不幸婚姻和贫困生活，隋大虎的沙场捐躯，闹闹的被玷污，等等。隋抱朴没有胆魄走出老磨屋，没有胆量公开与小葵的关系，对此有着痛苦的反省和自罚。他阻止隋见素夺回粉丝大厂，两人多次争论，几近反目，因为他认为隋见素不能让镇上的人摆脱苦难，过上幸福的生活。探矿队遗失的那只铅筒给洼狸镇蒙上了阴影，是对未来的生存危机和潜藏的新的苦难的一种昭示，这在后来的创作中体现出来。

张炜在《古船》中对各种运动残忍场面的淋漓描写确实达到了有力控诉之目的，围绕着这些处于半解禁状态或尚存政治忌讳的内容，当年争议颇大，但在今天看来，其忘情程度以至于写到"笔滑"。到了《九月寓言》《柏慧》《家族》《外省书》《丑行或浪漫》《刺猬歌》以及"你在高原"系列中，苦难叙事不但没有收敛，反而愈演愈烈，弥漫全书，成为惯用的一种策略。有人认为，当代中国拥有丰足而鲜活的苦难叙事资源，但是由于受到历史的局限未能孕育出多少令人震撼的苦难叙事文学，即使是张承志和张炜，在"寻求对苦难的超越，表现苦难生存背后的美与价值"的时候，有着刻意书写、过分沉迷的问题。① 他试图将苦难作为审美对象，通过对历史苦难、大地苦难、当下社会现实的苦难以及未来不可预期的苦难的多重书写，诘问并不遥远的中国历史，剖视人性之殇，思考城乡关系，揭示人的生存危机，通过"融入野地""拒绝遗忘"、张扬生命意志等方式，走向精神高原，实现对苦难的超越与救赎。这种难以自拔的苦难书写是以基本的伦理道德判断、普世价值为标准的，最终导致了"以苦难为美"的"倒退"与"保守"心态。对于这种民间之美，张炜的态度相当矛盾，一方面他痛恨贫穷、愚昧、苦难，以揭示它们为己任，对生活其中的人们寄予深深的同情和人道主义关怀，"苦难不是茶余饭后聚到一起说说而已，它非常具体地排列在生活之中"。② 一方面又对原始的、自然、自由自在的生命极力赞美，将其视为大美，美的本源和依据。在《九月寓言》中，作者没有梳理一系列的历史运动和事件，而是在一定的历史背景之下，从民间的角度，为乡土大地杜撰一部溢出正史之外的野史。贫穷和愚昧虽然是被谴责和怜悯的对象，但更多的是从中看到了所谓的原生态的古朴、自然之美。赶鹦、肥等乡村姑娘穿着虽然破破烂烂，但无不健康朴素，活力四射，被赋予一种内在的源自生命力的美感，对外来的"工人拣鸡儿"（工人阶级）产生了极大诱惑。为了改变村人的伙食，做出美味的煎饼，金祥"千里背鏊"犹如一个神话，像盗火的普罗米修斯一样被人铭记、崇奉。小村人习惯了"忆苦"，在"苦啊！苦啊！"的呼叫声中找到了过日子的感觉，作为娱乐消遣方式打发着贫瘠的精神生活。小村的颓败景象也成为作者眼中的风景。张炜在赤贫的民间大地上只是找到了"自己的"归宿，他把《融入野地》附录在后面作为代后记，③ 形成互相解释的关系，立意毕现。《丑行或浪漫》《刺猬歌》等小说也带有明显的审苦难之美的特点。

这些小说都是面对人类生存处境这一宏大主题，切入方式却各不相

---

① 斯炎伟：《当代文学苦难叙事的若干历史局限》，《浙江社会科学》2005 年第 6 期。
② 张炜：《作家的温柔》，《散文与随笔》，山东文艺出版社 1993 年版，第 176 页。
③ 参见《九月寓言》，人民文学出版社 2005 年版。

第一章　张炜诗学体系的基本建构

同。"《古船》从叙述罪孽入手，终而在人伦层面抵达对苦难的体认，并显示出超越苦难的努力；《九月寓言》则直接从苦难切入，在人与自然的和谐状态下臻于超越苦难的欢乐，而最终又使人类认下另一重苦难；《柏慧》则力图在人伦和人与自然的双重层面上面对苦难。"[1] 其实，从《古船》开始，对苦难的书写基本奠定了张炜的写作风格，成为每部长篇小说必然涉及的内容，只是对不同人物及其命运的描写侧重点不相同，有时还上溯到古代历史的苦难。在"你在高原"系列中，除了一如既往地描写历史苦难、现实苦难，对穷乡僻壤的人们表示深深的同情、怜悯，对社会不公，对地方和权势阶层表达强烈的愤怒，重点对知识分子的遭遇进行渲染。此时的描写不再局限于形而下的物质的、肉体的、客观境遇的苦难，而是通过智性者——知识分子的亲身体验和理性审视来达到形而上的对苦难的超越，也就是升拔到"精神高原""升华至迫害达不到的高度"。除了道德至上之境，也是一种洞彻人生或宇宙本相的哲学彻悟，但它与底层人民如何摆脱苦难没有任何关系。

　　在文艺领域，"审美"与"审丑"是一对"似非而是"的概念，其"是"就在于统一于美的本质。对此，作家的理解、采取的策略、表达方式并不一致，也不能强求一致。乔伊斯和莫言以屎尿污秽为美，劳伦斯和贾平凹以性色淫黄为美，都达到了文学审美之目的。张炜曾经在小说中借一个年轻人的口这样评价现代主义："真正的现代主义，当下，我是指一种进行时的写作，应该有精液、屁、各种秽物，再掺几片玫瑰；特别是精液……不过我实话告诉你，也是对你负责，算了，你还是别写了！"（《外省书》）与很多作家不同，张炜逆市场潮流而动，选择以苦难为美，并且将其作为一生的追求。这一选择使得他显得较为独特。首先，张炜所受到的文学影响以及所持的文学观具有十分传统的色彩，不允许他诲淫诲盗。张炜受到俄苏文学熏陶很深，俄罗斯文学中有着深重的苦难感，其中托尔斯泰是他最为推崇和有心效法的作家。托翁的人格力量，作品中的道德纯洁感以及深沉的人道主义情怀，令张炜叹为观止，心向往之。陀思妥耶夫斯基一

---

[1]　宋炳辉：《面对苦难的现身说法——论张炜的三部长篇小说》，《当代作家评论》1995 年第 5 期。

生思索最多的是人民生存的痛苦和如何摆脱痛苦获得拯救。"任何一个伟大作家的作品,都具有深刻的苦难感。"① 但他并不认为苦难意识是一种风格或手法,"它只是一种朴素的认识和自然的表达。……我害怕那种刻意的书写苦难。……苦难从来不是技法,它在文学上从来不是技法。……为写苦难而写苦难,那就成了上面说的冷手。……俄罗斯文学给我精神和技法,但没有给我苦难。"② 其次,张炜来自乡下农村,与大地和农民有着天然的联系,使得他不能不关注农村,不关注底层人——他们命运悲苦,受到各个权势阶层、外来各种蛮力的压迫,无可逃遁。张炜没有土地可以分给农民,但他认为农民最苦,理应得到最优厚的待遇和最大的尊重。他特别强调人与人之间的自由平等,把知识分子看做是与农民一样的劳动者。而作为一个知识分子,一个艺术家、思想家,其责任就是思考这些不平等。"依我看,作家一辈子什么也不想,只想人类不平等这一件事,也可以成为极好的作家。"最后,在张炜看来,苦难是天生的,面对它们有时候无能为力。"苦难是人性中最不可超越的那一部分。苦难对于我们人类来说简直就是天生如此。……苦难既然是天生的,人类的历史中就会充满苦难。我们人类也在自觉不自觉地制造苦难,这是我们的老本行。我们仍然需要对苦难的记忆和追究,仍然不能对其一概淡漠。我们只有拥有了自己的记录员和时代的秘书,才能避免遗忘。"③ 大有为其苦难叙事张目、把自己的快乐建立在别人的痛苦之上的嫌疑。张炜的"苦难"带有些许"神义论"的倾向。④ 按照韦伯的观点,这种苦难或不幸的"神义论","往往给困难本身安上了一种它本来全然不知的正面价值",⑤ 特点是注重仪式的纯洁性,目的是为了满足人们强烈的精神需求。按此说,《九月寓言》就是这一倾向的最好的阐释文本。

---

① 张炜:《心中的文学》,《散文与随笔》,山东文艺出版社1993年版,第259页。
② 张炜:《伦理内容和形式意味》,《世界与你的角落》,昆仑出版社2003年版,第134—135页。
③ 张炜:《忍住和回眸》,《守望于风中》,上海三联书店2003年版,第26、27页。
④ 神义论是德国哲学家戈特弗里·莱布尼茨于1710年在他的《神义论:关于上帝美善、人类自由和罪恶起源的论文》一书中提出的,其论点是"世界上的罪恶并未与上帝的美善冲突"。
⑤ [德]马克斯·韦伯:《导论(〈世界宗教的经济伦理〉)》,《儒教与道教》,王荣芬译,商务印书馆1995年版,第13页。

三 现实主义与浪漫主义的合流

新时期以来，现实主义与现代主义、后现代主义出现了混杂共存的局面，对于一个作家的判断已经很难界定他是现实主义还是现代主义、后现代主义。现实主义不是一种自我封闭的系统，也在发展变化，在当代有两个主要表现："一是沿着传统现实主义创造自身的方向稳步地发展变化；二是在各种现代主义社会思潮、文化思潮、哲学思潮、文艺思潮的撞击下，现实主义创作引进新质而引起的发展变化。"① 《古船》发表的时候，有人认为这部小说"打破了现实主义和现代主义的界限，冶传统的写实手法与象征、隐喻、荒诞等现代技巧为一炉，使惊心动魄而又真切感人的社会历史景观同作者的冥思玄想穿插交织，显得气魄宏大，风格奇特，几令评论者有难以把握之感"②。除了受到现代主义、后现代主义的干扰，现实主义发生变异，加之对中国传统文学的回溯，更难一概而论。在多元共生、边缘交叉的时代，张炜的全部创作表明，他既可贵地坚持了现实主义文学传统，又自觉地学习借鉴其他理论技巧，在艺术形式上不断探索创新，显示了当代文学的基本发展趋势。

现代主义不再刻意追求对现实的如实描摹，转而对人的内心世界进行发掘和刻画、分析，开始"向内转"。张炜小说的一个侧重点就是对人的内心世界的揭示，关注人的生存境遇，大力张扬生命意志，追慕自由境界，带有鲜明的浪漫主义色彩。正如论者所概括的那样，"审美浪漫主义"成了他的一个标签。早期的张炜创作更多表现为唯美主义倾向，到了《古船》，现实主义的力度加强，而从《九月寓言》开始，浪漫主义精神凸显出来，给人耳目一新的感觉。一是表现内容的大力扩展，触角涉及社会的各个层面，大地意象包含的景致和蕴藏更为丰富；二是人物形象越来越具有英雄浪漫主义气质；三是民间传奇浪漫因子的渗入，特别是地方文化的浸淫，一种狂欢式表达浮出水面。雅各布森把隐喻和转喻看作是语言的二元对立的典型模式，以此可以区分19世纪的现实主义与浪漫主义。张炜的

---

① 张德林：《现代小说的多元建构》，华东师范大学出版社1998年版，第20页。
② 黎辉、曹增渝：《历史的道路与人性的冥想——评〈古船〉中对苦难的思索》，《小说评论》1987年第5期。

作品则以隐喻为主导特征，尽可能地把要表达的意义隐含在字里行间，让读者自己去品味、去赏析。① 寓言式的抽象笔法的运用，逾越了传统现实主义的真实反映方式，摆脱了它的束缚。

大地意象最能彰显浪漫主义色彩。张炜徘徊于城市与乡村之间，批判的锋芒直指前者，惜恋的对象则是后者以及两者浮游之下的大地。大地作为具体的实在，是寄身的居所，又是心灵栖息的故乡。《九月寓言》、"你在高原"系列等都对大地进行了泼墨描绘。对大地的这种细描，更多的是对大地生命的礼赞。无论他们多么贫乏，精神上却向往和追慕自由，奋力鼓动着生命的风帆。《丑行或浪漫》中的刘蜜蜡生在贫穷愚昧的乡下，受到欺辱骚扰，出于对雷丁老师的倾慕以及对铜娃懵懂的爱恋，为了追寻自己的幸福，义无反顾地出逃，她被囚禁、追捕、批斗，受尽折磨，历尽千辛，最终如愿以偿。有人将她称为"奔跑女神"。刘蜜蜡身上集中体现了张炜的审美观，作为自然、朴素、健康、富有激情的生命个体，按捺不住内在的精神欲求，展现了任何偏见、权势、黑暗都不能遮蔽和扼杀的美。具有英雄浪漫主义色彩的男性人物形象比如《刺猬歌》中的廖麦，也以野地奔跑为擅长。历史传奇部分最典型的莫过于对徐福的敷写，作为故事本体、故事原型以及精神意蕴贯穿于全部创作的始终。

张炜把艺术比作沿着钢轨滑动的车，"浪漫"主义就是飞起的一辆车，它已经稍稍脱离了正常之轨。② 巴尔扎克、狄更斯、托尔斯泰、陀思妥耶夫斯基等人之所以伟大，就在于超越了严格意义上的现实主义美学原则，拥有了浪漫主义的精神品格。

张炜反对对现实主义做简单庸俗的理解，比如"它是现实生活的反映，既源于生活又高于生活"。当我们努力按照生活真实去表达和描摹的时候，实际上已经开始背离文学的品质。"文学不是客观的复制品，而是一些极为独特的灵魂的捕获之物。""文学作品不是客观生活的表述者，……日常流动的生活要变成文学，变成诗，还需要下一道工艺流程：先进入艺术家的心

---

① 李荣启：《文学语言学》，人民出版社2005年版，第5页。
② 张炜：《讨论"浪漫"》，《散文与随笔》，山东文艺出版社1993年版，第117页。

灵端口；当它再次输送出来的时候，就是文学了。"① "一般读者常常自觉不自觉地把文学作品当成了某种程度上的'写实'，在理解上夸大了作品与现实的依托关系。实际上越是优秀的作品越会是神秘的心灵之果。它汇聚了灵感的闪烁，包括了联想，梦境，隐喻，是多种欲望空间的综合呈现和复制。"② 张炜给人们的感觉，一方面是赤裸裸的真实，同时又带有神秘、虚幻的成分，给人一种不真实的感觉。有人说，真正的艺术都厌恶现实主义。③ 即便是歌德，他也认为那种写实只是简单的模仿，虽然已经达到了令人难以置信的地步，作品可靠有力而且丰富，但表现还是狭窄的，还需要通过虚拟（形成一种言语，借助它讲话人可以将他的精神直接表达和表征出来）达到艺术的最高水准——形成独特的风格。歌德认同虚拟的重要作用，是"简单模仿"和"独特风格"之间的一个中间体。④ 在张炜那里，客观描绘与主体性体现并不矛盾，这是想象虚构与客观真实的关系，也就是诗与真的问题。

魔幻现实主义是浪漫主义与现实主义相结合产生的一种奇妙的结果，是以反现实主义为特征的后现代主义文学思潮的一个例外。不过，张炜创作中浮现的所谓的魔幻色彩并不一定全部来自马尔克斯代表的拉美魔幻现实主义。除了中国古典小说、浪漫恣肆的屈楚文化、胶东特有的地域文化，他还受到俄苏作家的影响——艾特玛托夫就是一位。艾氏是张炜十分推崇的作家，在影响自己创作的作家名单中多次提及。艾氏与阿斯塔菲耶夫、拉斯普京等的小说因为充满了神话、传说、寓言、梦幻等假定性因素，成为20世纪70年代苏联文学中突现的一股新的创作趋向。他的《白轮船》《花狗崖》《一日长于百年》等，对海明威有所效仿，并融合了民族文化中的神话传说，加之对于现实生活的深刻反映，使得现实主义中显扬着鲜明的浪漫主义风格。批评家们认为艾氏属于主观型的作家，不是现实主义。艾氏自认为是"严格的现实主义"，强调的是以严肃的现实主义为

---

① 张炜：《文学的自我提醒》，《世界与你的角落》，昆仑出版社2003年版，第79页。
② 张炜：《龙口访谈》，《流动的短章》，作家出版社2000年版，第53页。
③ ［法］雅克·马利坦：《艺术与诗中的创造性直觉》，刘有元、罗选民等译，生活·读书·新知三联书店1991年版，第22页。
④ ［德］歌德（Goethe, J. W. V.）：《论文学艺术》，范大灿译，上海人民出版社2004年版，第8页。

基础，在创作技法和表现手法上与"社会主义现实主义"大异其趣。① 有人指出，张炜属于主观型作家，《古船》就不是传统的现实主义，而是"执着于现实的非现实主义之作"。② 张炜也曾表示反对"严格的现实主义"，这里的"严格的现实主义"指的是对现实主义的庸俗理解，不符合艾氏的提法，实际上两者的本质是一致的。何况，艾氏的民间立场与人民形象、大地——母亲情节、对理想的人道主义的追求以及对信仰与宗教精神的执着，也与张炜非常相似。

第三节 以"诗"为核心的诗学理念

米兰·昆德拉认为，自从1857年《恶之花》《包法利夫人》出版之后，"小说的历史就是变成了诗的小说的历史"。③ 与小说创作富有浓郁的"诗化"风格相一致，张炜的诗学理念是以"诗"为核心的。这个"诗"是一个超体裁甚至超文体的概念，是小说、散文、诗歌、戏剧等文学形式的本质蕴含，概括来说是一种富有创造性的精神活动，强调个性化，带有强烈的主观色彩。张炜小说诗化风格之体现在于对自然景物和乡村大地的深情描写，使用了大量的诗学意象，语言上富有节奏和音乐性，还在于作者意念化的诗学思维、回忆性的诗学机制、第一人称的诗性叙事，特别是有意淡化故事情节，使之具有了散文化、诗歌化倾向。从文体上看，张炜的小说作品实现了"诗、思、真"三者的艺术性结合。作家都是诗人，文学的本质是诗，这是对文学审美特性的强调，正是这样的观念使得他的创作以诗为方向，也必然打上了诗的印记。这一诗学理念以作家的生命体验为基础，诗作为文学的本体性特征，由生命的本能所决定。"文学是生命的呼吸"，"文学是生命中的闪电"。张炜小说中的"生命叙事"源自作家

---

① 马尔克斯却说："麻烦在于，很多人认为我是一个写魔幻小说的作家，而实际上我是一个非常现实的人，写的是我所认为的真正的社会主义现实主义。"语出美国《巴黎评论》对马尔克斯的访谈，参见《巴黎评论·I》，黄昱宁等译，人民文学出版社2012年版，第153页。

② 李星：《执着于现实的非现实主义之作——评张炜的〈古船〉》，《文艺争鸣》1987年第5期。另请参见《〈古船〉与现实主义》（张晓岩，《山东社会科学》1988年第6期）一文。

③ [捷克]米兰·昆德拉：《小说的艺术》，董强译，上海译文出版社2004年版，第183页。

悲天悯人的人道主义情怀，是对历史、现实中的人进行生存关照和精神探询的结果。

一 诗：文学本体论的轴心

张炜经常用"诗"来指称包括诗在内的其他文学体裁，逐步形成了对于文学本体论意义上的理解。首先，一切文学艺术形式都是诗。这是对文学审美本质以及文学性的充分肯定。小说是诗："任何形式的文学作品本身都是诗，小说当然也是，也应该具有诗的品质。"① 散文是诗："诗与叙事性散文作品在形式上的差异较大，但其内在之核却往往一致。"② 艺术是诗："诗是艺术之核，是本质也是目的。一个艺术家无论采取了什么创作方式，他也还是一个诗人。"③ 总而言之，"不过任何形式，内核都是一个诗。你离开的是它的形式，没有离开它的根本。……如果一个作品本质上不是诗，那么它就不会是文学"。④ 文学的研究批评也离不开诗，而当前的批评界恰恰相反。"对于作品，一切都得归入诗性诗心诗学的意义去理解，只有如此才能走进文学的意象。"⑤ 其次，文学家或作家都应该是诗人。19世纪英国浪漫主义诗人和小说家司各特说："成功的小说家都多少得是个诗人，哪怕他一行诗都没有写过。"⑥ 张炜与之不谋而合。"当今的小说家，特别是一个优秀的小说家，要求自己首先是一个诗人，的确是第一要义。现代世界的小说家原本应该是一个诗人。"⑦ "好的小说家应该是、也必然是一个诗人。……现在好的小说越来越少，是因为纯粹的诗人越来越少。"⑧ 用诗人的标准要求小说家，强调的是小说家身上具有的诗人素质，

---

① 张炜：《谈谈诗与真》，《散文与随笔》，山东文艺出版社1993年版，第247页。
② 张炜：《序〈野草莓〉》，《最美的笑容》，陕西人民出版社1998年版，第310页。
③ 张炜：《诗意》，《散文与随笔》，山东文艺出版社1993年版，第231页。
④ 张炜：《周末问答》，《他的琴》，明天出版社1990年版，第362、363页。
⑤ 张炜：《回顾与畅想》，《我跋涉的莽野》，春风文艺出版社2001年版，第140页。
⑥ [英]司各特：《多比亚斯·斯摩莱特评传》，《欧美古典作家论现实主义和浪漫主义》（二），中国社会科学院外国文学研究所外国文学研究资料丛刊编辑委员会编，中国社会科学出版社1980年版，第258页。
⑦ 张炜：《诗性的源流》，《最美的笑容》，陕西人民出版社1998年版，第218、219页。
⑧ 张炜：《抵抗的习惯》，《张炜名篇精选》（增订本，散文精选），山东友谊出版社1996年版，第201页。

比如生机勃发的超常激情、洞彻事物真相的深邃理性、悲天悯人的人道主义情怀、忧国忧民的责任感使命感，而不仅仅是浪漫情调或天才、才情。20世纪90年代初，当他喊出"诗人，你为什么不愤怒"的时候，诗人已经不是一般意义上的不问世事、附庸风雅、躲进小楼成一统的诗人，他呼唤的是铁屋中呐喊的人，是灵魂的唤醒者，是社会的良知和时代的代言人，颇有五四文学或者左翼文学的革命斗争精神。基于文学的诸种社会功能而言，小说家是拜伦那样启蒙大众、鼓舞战斗、疾声呼告的诗人。正因为此，张炜的小说作品充溢着诗人一样的饱满激情，他深情描绘，忘情叙说，大胆抨击，充分显示了一个诗人敢爱敢恨的勇气。最后，诗是生命力的一种呈现，一个人生命的底色决定了诗性的大小强弱。虽然诗性是生命里原有的东西，但是它需要后天培养才能在创作中展现更大诗意。对于写作者来说，诗性的有无与多少，诗化品格的形成，都需要经过训练。作家应该有一颗诗心，小说家一定要写诗，具有写诗的才能或功力，才能在小说中显现出浓郁的诗性。只有通过写诗，懂得语言文字的节俭和凝练，才能捕捉到诗意，进行富有诗意的表达，最后把"诗意"运输到小说里面去。

在张炜那里，"诗"是一个超体裁甚至是超文体的概念，具有丰富的美学内涵，是小说、散文、诗歌、戏剧等一切文学形式的本质蕴含。概括来说，它是一种富有创造性的精神活动。具体来说，作为文学的统称、内核或者某种文学体裁、某件作品，文学就是"诗"，首先要符合一定的文学规范、审美规律，然后灌注作家的创新活力，强调个性化，带有强烈的主观色彩，还要对文学的社会功能有所苛求。

雅克·马利坦的分析对于理解张炜的诗学理念极有帮助。他说："伟大的小说家就是诗人。"[①] 但在他眼里，伟大的小说家或诗人寥寥无几，只有巴尔扎克、陀思妥耶夫斯基、艾米莉·勃朗特、麦尔维尔、普鲁斯特、乔伊斯、塞万提斯等人才有资格入选。对于诗与艺术之间不可分割的联系，他认为：一方面，诗自然地依附于艺术，而且本质上趋向艺术；另一

---

① [法]雅克·马利坦：《艺术与诗中的创造性直觉》，刘有元、罗选民等译，生活·读书·新知三联书店1991年版，第296页。

方面，艺术依赖诗所赋予的生命而存在，并且永远受诗的支配。艺术和诗包含着同一种东西：精神的创造性。但是，诗具有超越艺术的超然性，因为精神的创造性的释放是自由的，而对于艺术来说，它不自由。从根本上说，马利坦的研究（诗性直觉的神秘主义及形而上学的性质，相信灵感，对音乐性的重视，等等）与张炜关于"诗"的理解大体一致。由于张炜是一个以创作来显示艺术个性的作家，并不以理论见长，关于诗与文学艺术的关系的论述缺乏学理性，侧重于经验感悟，不像马利坦那样以哲学家、文艺理论家和美学家的眼光来对艺术与诗既相区别又不可分割的关系做出表述，对智性（理性）与直觉创造性活动的表现做出心理学意义上的阐释。尽管如此，张炜把诗看作文学的本质的基本观点值得重视。在当代作家中，还从来没有哪个作家如此频繁、鲜明地以诗喻文，将诗看得如此重要，视为一生的艺术追求，并从具体的文学现象开始，走向了相对抽象的"文学到底是什么"的本体性思考。

作为一个勤勉的作家，同时又是一个热衷写诗的诗人，张炜的小说呈现出十分鲜明的"诗化"特征，这与其一生坚持以"诗"为文学本体的观念相应和。张炜"诗化小说"的基本特征，其中之一表现在故事情节的淡化上，不直接讲述复杂曲折的故事，也不通过引人入胜的故事集中表现激烈的矛盾冲突，不去有意展现意义重大的社会内容而自然包孕其中。这在早期的小说创作中体现得比较明显。短篇《声音》写了两个农村男女青年二兰子和小罗锅在平凡的劳动中相识的经过，没有波澜起伏的情节，只是善于造境，渲染诗情画意，在意境中给人以美的享受。小说对人物的心理刻画和景物描写也非常成功，与叙事内容浑然一体，含蓄蕴藉。张炜延续了从鲁迅以来的废名、沈从文、孙犁、汪曾祺等一脉小说风格。"现代抒情小说""真正承续和发扬诗性写作特征的应是汪曾祺和张炜"。[1] 在后续小说创作中，除了进一步发挥早期形成的优势特点，还增加了或扩充了新的"诗化"表现内容和手法。故事性略有增强，但仅限于在局部情节上制造事端，整体上仍然呈散化、淡化、均化格局，不靠玄思虚构、怪诞大胆的故事抓人眼球，而是用艺术语言、文本的内在意蕴、凝结的精气神摄人

---

[1] 周龙：《沈从文、汪曾祺及张炜诗性艺境通论》，《江西社会科学》2003 年第 7 期。

心魄。形式结构上看似笨拙，有点"无技巧的技巧"，却更加精于巧妙营构以及叙事视角的选择。诗性语言不再以"唯美"为唯一追求，杜绝过分修饰，大量使用自然、准确、富有张力的日常化语言甚至是方言土语，在不损伤音乐性的前提下注重语句的喻意、幽默、色彩等附加意义的传达。景物或自然环境描写在时空维度上更为广阔，格局变大，意义纵深。正如车尔尼雪夫斯基所言，像敏锐的观察力、细腻的心理分析、描写自然景物的饶有诗意以及质朴而优美这些特点，在很多作家那里都能找到，虽然正确，但绝不足以道出他们各自的不同特点。① 历史关注度和现实感的加强，地域文化的大举侵入，象征手法的频繁运用，主观抒情，浪漫主义情怀，对人物情绪和精神气质的着重表现，回忆的叙事手法，对人情人性的审视关照，以及在城乡二元对比中彰显出来的田园乌托邦理想，在张炜那里一起涌动，得到了较好的熔铸。除了为人津津乐道的《柏慧》《九月寓言》以及"你在高原"系列，即使是在最不该有诗意的《外省书》和《能不忆蜀葵》中，仍然能够感到诗意的存在。它们诞生于世纪之交，此时中国的现代化进程、商业社会的发展达到了一个新的极致，在西洋文化与本土文化、城市文化与乡土民间文化交织冲突之间，在对物欲、性欲、道德或精神等不同对象的追逐过程中，淋漓尽致地描绘了社会众生相，而知识分子面对来自物的压迫或诱惑、文化上的焦虑，使得他们惶恐、无奈、退缩，即使迎上拥抱也必将导致失败。这两部小说与其他小说相比明显突兀，对于当代社会形态、复杂人性的思想探索更为大胆深入。"民间"断了地气也好，"理想主义的挽歌"也罢，② 尽管张炜寄予厚望的史珂和桤明不具备浮士德精神，最终也"指望"不上，但他的书生意气，对于主人公的英雄浪漫主义的带有悲剧性的描述，谱写成了一首伤感的具有《浮士德》意味的叙事诗篇。张炜本人的真意也不是为了求得个人的完全，他的文学锋芒仍然是向外的，也与昆德拉对小说中"抒情"的拒斥不相悖。

---

① [俄] 车尔尼雪夫斯基：《列·尼·托尔斯泰伯爵的〈童年〉、〈少年〉和战争小说》，《西方文论选》（下），伍蠡甫等主编，上海译文出版社1979年版，第425页。
② 白烨：《理想主义的挽歌》，《书摘》2002年第5期。

二 "文学是生命中的闪电"

有人说:"就作家写作而言,有的人用技巧,有的人用语言;有的人用生活,有的人用经验;有的人用智慧,有的人用聪明。只有很少数的作家是用生命写作,我以为,张炜是这很少数作家中的一个。"① 还有人说:"作家有三种,一种是凭才气写作,一种是靠知识写作,还有一种是依生命写作。张炜显然属于后一种。"② 拿生命与语言、技巧、才气、知识等东西并列,不仅不对等,而且轻视了张炜的创作才华。"用生命书写"与"书写生命"不同。对"生命"的书写可以大略从生存意识、死亡意识、性爱意识三个方面来审视,窥得作家对待生命的态度及其文学观。具体到生的艰难、死的夸张、性爱的泛滥,在渲染的程度上,张炜不一定比得上余华、莫言、贾平凹和陈忠实。张炜善于写人生苦难,更注重对人的生命力的张扬和赞美,即使写到对知识分子的残害、对弱势群体生命的轻贱,也仍然以善者之心为之抚慰,发出不平的悲鸣。他写了难以计数的死,但不是为了审死而写死,从中获取快感,而是"不知生,焉知死",旨在对人的存在价值进行质问。他也写到了性爱,死去活来强烈的欲望,多用以表现人性的复杂、作为道德伦理的审判对象以及展现人的内心冲突,下笔谨慎,点到为止。

张炜写了许多被压抑的生命。压抑来自多个方面,比如沉重的历史包袱、现实的困境、乡村民间原始封闭落后的生活样态、得不到满足的生理欲求、道德负罪感、物质主义的压迫或者政治迫害等。作为一个生命个体,必然纠结着矛盾的多重性格,张炜总是采用对比手法进行表现,比如《古船》中的隋抱朴之于赵多多和赵炳赵四爷,《能不忆蜀葵》中的桤明之于淳于阳立,《外省书》中的史珂之于师麟,《刺猬歌》中的廖麦之于唐童,《海客谈瀛洲》中的纪及之于霍闻海,前一类是被肯定的人物(也有质疑),面对来自肉欲、精神折磨以及道德伦理拷问的时候选择了自我压

---

① 杨德华:《张炜——用生命写作的作家》,张炜:《在半岛上游走》,作家出版社2009年版,"读后记",第317页。
② 李伟:《从传统人向现代人的蜕变——谈张炜的中篇小说〈秋天的思索〉和〈秋天的愤怒〉》,《烟台师范学院学报》(哲学社会科学版)1993年第4期。

制，纵然在道德和道义上取得了胜利，然而在爱情或感情、现实生存等方面归于失败。相反，后一类人为了攫取自己的欲望对象而陷入了放纵与疯狂，不择手段，阴险狡诈，同时又是复杂的善恶共生的人物（亦有可取之处）。其中淳于和师麟比较特殊，他们对于生命、爱情或金钱的赤裸追逐，达观的人生态度，为了至爱而不惜牺牲的精神，虽然不为作者完全欣赏，却不禁流露出几丝羡慕之意。事实上，前一类人也不是什么道德超人，隋抱朴与小葵暗恋、偷情，又置后者于更加不幸的境地，并不比赵炳对隋含章的占有道德多少。在进行道德判断的时候作者使用了双重标准，或如有人所说"在道德和生命双重规制之中反复突围"。① "你在高原"系列之《橡树路》中离家出走赎罪的老教授许艮，作者对他也没有丝毫责备之意，相反对他的悔恨赞赏不已。许艮信奉孔子和斯宾诺莎的哲学（两者的思想、行为都具有伦理学上的典范意义），却达不到那种境界。论者认为："对生命的张扬终于导致生命与道德的分裂以及对道德的超越，但与此同时又带来生命自身的劫难。这正是《九月寓言》生命叙事的悖论，反映了张炜对生命理解的现代性的同时也反映了他对生命的忧虑与质疑。"② 事实上，张炜笔下的人物虽然解脱了，却没有超越。张炜的"活着"是艰难的苟活，是逃亡，是追寻，更多的是补偿性的自我救赎，最后只能陷于虚无，寄望于幻想中的精神高地。

张炜大力宣扬和肯定自然自为的生命，塑造了许多血肉丰满的人物形象。他善于写"流浪"与"奔走"，是一种不可遏止的本能冲动，例如《古船》中的隋不召，《九月寓言》中以赶鹦为首在夜里奔跑的男女及金祥、露筋、庆余，《丑行或浪漫》中的刘蜜蜡，《刺猬歌》中的廖麦，无不以传奇艰辛的流浪生活作为突出小说人物形象的重要手段。

关于文学与生命的关系，张炜打过两个比喻："文学是生命的呼吸"，"文学是生命中的闪电"。第一个比喻强调文学与生命不可分离、互相依赖的关系，文学不仅以生命作为表现对象，而且渗入和集结了作家全部的生

---

① 李生滨：《展现生命诗意和大地浪漫的文学——关于张炜创作的回眸与述评》，《当代文坛》2004年第4期。
② 董健、丁帆、王彬彬主编：《中国当代文学史新稿》，人民文学出版社2005年版，第615页。

第一章　张炜诗学体系的基本建构

命体验。只有这样，才能如鱼饮水，以真挚悲悯的眼光看视人间冷暖，写出来的作品才会带着灼热的温度，有人气，有人性，从而达到哲学的高度和思想的深度。既然文学与生命的关系如此，那么每个人都有文学表达的欲望，或是向往文学的普通情感。文学是全世界人的共同财富，为不同民族、不同语言的人互相欣赏和理解。生命既是鲜活具体的存在，又是高度抽象的概括，把文学艺术看成是与生命等同的东西，上升到了宗教信仰的位置，具有永恒性质。第二个比喻是经过漫长的文学创作实践之后产生的新的感悟，将文学比喻为自然界的放电现象，既平常又让人感到惊异，肯定了人的激情释放、灵感发生，也隐隐有一种神秘力量在主使。① 诗人林庚以诗的理念写成了《中国文学史》，曾频繁使用"惊异"一词，用以形容文学的发生及其发展中的高潮现象，论者将其归纳为"惊异精神"。② 惊异属于超乎平常的生命体验和平凡的生活经验的反应，是一种不仅仅止于内在情感能量的迸发。张炜不赞同把写作当成一种职业，不是谋生手段，称自己属于业余写作。因为"文学是一种生命现象，它不可以作为一种职业去理解。文学是生命中的闪电，而正如闪电是自然界一次次的激情释放一样，它也不会是一种职业和专业。……在文学中，我警惕用理性阉割蓬勃的生命感性"③。他不断重复这一观点，做出了更恰当的阐述："文学创作中的一部分，比如小说这种形态，有时必要展现貌似平凡的日常生活细节。但只要是文学，骨子里仍然是诗，是极不通俗的生命的核心。生命在极为感动或感激的某些瞬间，的确会有一些特别的发现和表达，有激烈的非同凡响，有神奇的感悟——它相当于天空大气中的'放电现象'，所以才说文学是'生命中的闪电'。"④ 之所以做出这样的阐释，意在说明文学不是一种大众生产，它杜绝平庸，是人的内心情感的衷心表达，是创造性的精神活动，是对文学主体性的强调。

---

① "电"也曾被赋予哲学上的意义。康有为说："不忍人之心，仁也，电也，以太也。"（《大同书》）谭嗣同说："脑为有形质之电，是电必为无形质之脑。"（《仁学》）
② （香港）陈国球：《文学史书写形态与文化政治》，北京大学出版社2004年版，第115页。
③ 张炜：《诗意及其背景——〈能不忆蜀葵〉及其他》，《书院的思与在》，广西师范大学出版社2004年版，第260页。
④ 张炜：《坚信强大的人道力量》，《告诉我书的消息》，新华出版社2012年版，第223页。

三　诗、思、真：诗性书写的三个维度

张炜的全部创作可以用"诗"来高度概括。他有一种将小说与诗看似互不干犯的两种文体神奇地结合在一起的能力，使得小说呈现出明显的诗化特征，充盈着浓郁的诗意，迸发出诗性的光辉。但是，对于诗性的追求往往会导致走向另一个极端，招致批评。对此，当代文学史对张炜的评价分歧颇大。洪子诚版文学史认为张炜的创作表达了一种强烈的对社会文化现实的批判立场，缺点是"这种急迫的、论辩的文化立场直接进入小说写作，对小说文体不能有更多的专注，精神复杂性的探索也难以更好展开，而多少表现出某种程度的'宣言化'倾向。"[①] 孟繁华、程光炜版文学史指出，从《古船》开始转入对历史文化进行深厚沉郁的思索，使得作品具有了"精神思辨"倾向，像《九月寓言》的思想早已飞越出作品文本，进入他个人更广大的精神世界当中。"作者这种'思想'大于'文本'的小说叙述方式，在同龄作家中是比较少见的，所以一般评论者认为，他的小说氛围厚重，视野开阔，有思想者的气度和胸襟。但这类作品，有时候阅读起来，也让人产生某种疲惫之感，在叙述节奏上显得拖沓。尤其是大量哲学、社会学著作的引用，一定程度上损害了小说本身的叙述特色，对作品有一种游离的迹象。"[②] 吴秀明版文学史也有类似指摘。不过，这种指摘或许给我们提供了有必要对张炜进行思想研究的启发，恰恰是其独特性所在。议论过多，叙述过多，作者的干预过多，一般来说会有损小说的诗意。一些图解政治的作品，就是因为过于直露、缺乏文学性而遭到唾弃。在文学性与思想性或其他非文学性之间，难以两全。即便是伟大的托尔斯泰，小说中充斥的人物自我反省、议论、哲学和宗教内容，仍会受到责难。这里既有内容的问题，也有技巧的问题，还有度量的把握问题，学者和读者的理解能力、接受程度也各不相同。孔范今版文学史认为这不仅没有削弱诗意，恰恰是诗性的流露：张炜"不像陈忠实那样通过书写历史表达自己的现实思考并对现实给以缺席审判，而是直面现实、逼视现实，并

[①] 洪子诚：《中国当代文学史》，北京大学出版社1999年版，第350页。
[②] 孟繁华、程光炜：《中国当代文学发展史》，北京大学出版社2011年版，第382页。

第一章 张炜诗学体系的基本建构

从不同角度对现实给以批判和拷问,同时这种批判和拷问不再采用一种委婉曲折的方式,而是更多地采用直陈、倾诉、呐喊、疾呼的方式。因此,同样在追求史诗,如果说陈忠实偏于史的话,张炜则偏于诗——偏于对知识分子个人话语的诗性表达"①。在对诗与思的理解上,这部文学史似乎更胜一筹,也更贴近本书的讨论。

陈村对于《古船》的看法值得参考,他认为作者似乎采用了"不介入"的语言,没有太多的议论和心理分析,然而又在微妙地介入。②

张炜从文学功能的角度肯定议论,因为他看到作家在解决人们渴望的现实问题上的力量相当微弱,不够直接。在"半岛哈里哈气"系列之《养兔记》中,小主人公"果孩"写作文的弱项是"议论"不行,"锅腰叔"借酒发表了对"议论"的看法,就是"直话直说"。张炜不是从锅腰叔那里学会了议论,作为托尔斯泰的崇拜者,最大可能是从托翁那里承传了这一要诀。车尔尼雪夫斯基曾说,有些天才作家观察事物能做到冷眼旁观而不感情用事,但新的作家身上已经找不到这种冷漠的态度。他认为托尔斯泰注重一些情感和思想如何从另一些感情和思想演变而来,并把这种心理分析方式称之为"心灵辩证法"。③ 张炜为之倾心以及活学活用的可能就是这一法宝。

对于诗与思的关系,张炜认为文学应该有思想,有哲学,有高度,但"思想"不是通过"议论"来表达,而只能是诗的方式。对于"诗性"的强调与思想性并不矛盾。"比起惯常所说的'思想性'和'探索性'以及其他诸性,'诗性'是至为关键至为要害的一个部分。抽掉了它,其他或不复存在,或七零八落。我们发现,诗也是思想的最好表达方式,伟大哲学家,最后也总是走进了浓郁的诗情。……既然诗性被视为艺术的本质,那么采取什么形式去表现也就无关紧要了。诗,小说,报告文学,散文,戏剧,文论,只要体现和洋溢着生命的真挚与饱满,都将是我们最好的抉择。"④

---

① 孔范今主编:《二十世纪中国文学史》,山东文艺出版社1997年版,第1535页。
② 陈村:《我读〈古船〉》,《小说评论》1987年第4期。
③ [俄] 车尔尼雪夫斯基:《列·尼·托尔斯泰伯爵的〈童年〉、〈少年〉和战争小说》,《西方文论选》(下),伍蠡甫等主编,上海译文出版社1979年版,第426页。
④ 张炜:《十二月文丛》,《流浪的荒原之草》,浙江文艺出版社1998年版,第129、130页。

诗人感知触角的敏锐程度非常重要，因为诗人能够捕捉到不被人注意的"流动的意蕴"。诗可以达到一种神秘的意境或境界，使小说的品格得以提升。

张炜把文学作品分为客观和主观两种。前者不掺杂作者的横加议论，也不通过人物大发议论；后者反之。他发现，绝大多数被称之为大师的作家其作品的主观性很强，于是提出了主客观相互转化的历史观点："无论是多么强的主观性，最后在遥远的历史里面，都会抽身而去，超脱为一种客观。……原来主观和客观有时是会相互转化的，极其主观的作家在后来的读者眼中变成了一个伟大的客观存在。而在一个故事中隐藏得很好的作家，在文学历史的长河中却会化为一种主观指认：作家在刻意的精明中极大地暴露了自己的经营意图，甚至是思想倾向。一旦退远，这个作家又被推到了一种主观化的审视之中。"[①] 这一表述虽有意抹杀两者的区别，加入了读者角度的理解以混淆视听，但也自有其令人信服的地方。

一般来说，越是主观的作品诗性越强，越是客观的作品诗性越弱。但是张炜在文本中繁密的讨论和议论性话语太多，对历史、现实等问题关注、反思也过频，致使在阅读过程中出现了阻滞，影响了文学性。自从20世纪90年代末以来，学界、批评界面对张炜迭出的作品似乎很难再发出有分量有创见的声音，抑或是迷茫于张炜创作上的多变，抑或是无奈于张炜创作中的不变。一直关注张炜创作的雷达就看出张炜中后期的创作出现了诗美损伤的现实与趋势。[②] 虽然张炜后期在文化视野、对人的生存境遇、在简洁内敛的语言风格等方面都有突破，但无法掩盖诗性减损的遗憾。

文学作品的诗性与作者主观意识形态在文本中的表现本来并不矛盾，也与所反映的社会真实不抵牾。韦勒克认为："当一位小说家试图成为一个社会学家和宣传家的时候，他就只能生产出一些拙劣的、沉闷的艺术；他就只会去呆板地展示自己的材料，并将虚构同'新闻报道'和'历史文献'混淆起来。"[③] 虽然张炜的创作总体上看仍属于现实主义，但他反对对

---

① 张炜：《阅读：忍耐或陶醉》，《在半岛上游走》，作家出版社2009年版，第181、182页。
② 雷达：《执著的追问成功的超越——谈〈外省书〉》，《百科知识》2001年第5期。
③ [美] R. 韦勒克：《批评的诸种概念》，丁泓、余徽译，四川文艺出版社1988年版，第242—243页。

现实主义做庸俗理解，更把自己与新闻记者区别开来。

在"诗、思、真"三个方面，张炜尤其强调诗和真两端。"好的作家不可能回避也没法回避社会问题，他应该是恪守'诗与真'的：'真'是真实地描绘人与社会，反映人类社会形态；'诗'是焕发自己的想象力，超越一般的再现和记述。'诗'与'真'合成的力量才能抵达人性的深处。"① "心里没有世界和现实，就没有诗。"② 现实世界或许本身缺乏诗意，却是酝酿诗意的温床。他反对虚假的描写、空泛的议论和缺少感情的写作，作品中透露出来的精神思想自然而然会在诗与真的巧妙融合和孕育中挥发出来。张炜总是充分调动各种表现手法，以期达到最为完美的效果，即使有所直露、有宣言化倾向也在所不辞。长篇《柏慧》正是通过"我"的倾诉自语，反思几代知识分子的坎坷命运，刻画了一系列农村人物形象，表达了对于历史的叩问，对于当下社会中物质主义、拜金主义和商业化、城市化及其对大地的摧残、对乡间生活的破坏的忧虑和愤怒，展现了纷繁复杂、尖锐、发人深省的社会矛盾。"《柏慧》有优美的知性化风格和说教性特点。"③ 尽管议论和说教色彩很浓，但不是空洞玄虚，而是切实朴素、率真、饱含着激情，因而是一种"诗性的议论"。该书是"你在高原"系列的前奏，却没有给人松松垮垮的感觉，简明疏朗，又不缺乏细密的描写，确实有着散文之精美，杂文之犀利，诗歌之质感，也只有这样的文字才能写出建设、保护、失去"葡萄园"的梦碎过程，其现实刻画、审美意蕴、思想内涵三个方面恰恰是诗、思、真的有机融合。

---

① 张炜：《大自然、城市和文学——在香港中央图书馆的演讲》，《午夜来獾——张炜2010海外演讲录》，作家出版社2011年版，第90页。

② 张炜：《齐文化及其他——2007年春天的访谈》，《告诉我书的消息》，新华出版社2012年版，第247页。

③ 李建军：《坚定地守望最后的家园——评张炜的〈柏慧〉》，《小说评论》1995年第5期。

第二章　张炜的小说创作、批评理论

朱光潜说："随着人类文化的进展，文艺日益成为自觉的活动，最好的文艺批评家往往是文艺创作者本人。"① T. S. 艾略特就是一个典型的诗人兼批评家的例子，并且倡导"作家评论化"。20世纪80年代初，王蒙率先发出了"作家学者化"的呼吁，②对于作家投身于文学研究、批评活动起到了推动作用。张炜是积极响应者之一。从新时期走过来的一些作家正在进入创作的中后期，也是成熟期，他们积累了宝贵的创作经验，对文学及文学批评有着自己的见解，到了该总结的时候。像王安忆、残雪、格非、马原、阎连科等人，已有相关论著出版。他们有的甚至进入高校，一边创作，一边从事研究活动，一边通过讲授方式传播、分享关于作品鉴赏、写作技巧、文学批评、文学理论等方面的知识、个人心得。张炜也不能免俗，虽然没有离开作协管理部门担任教职，却从90年代初开始就被聘为多所高校的兼职教授，③到高校演讲、授课，甚至带研究生。

小说创作理论、文学批评理论是张炜"小说诗学"的主要构成部分。具体到小说创作技法，张炜从语言、故事、人物、主题、修改等方面展开详细论说，从中可见一个新旧文学理念之交的作家受到的多重影响。他从外国小说诗学、传统的现实主义小说理论以及古代文论中汲取营养，为我所用，既有明显的沿袭痕迹，又在前人基础上有所发展和深化。张炜的批

---

① 朱光潜：《西方美学史》，人民文学出版社1979年版，第5页。
② 王蒙：《一个值得探讨的问题——谈我国作家的非学者化》，《读书》1982年第11期。
③ 曾聘张炜为兼职教授（包括客座、名誉、外聘、特聘教授，驻校作家，名誉院长，研究生导师等）的高校有：鲁东大学、山东师范大学、聊城大学、中国石油大学（华东）、中国海洋大学、北京师范大学、华中科技大学、潍坊学院、山东理工大学、香港浸会大学等。

评观念以作者为中心，与传统的文学观念有着直接承续，同时掺杂了许多现代文学思想，与西方现代主义叙事学理论有着某些共通之处。越到后来，张炜对舶来的文学理论亦趋表现出抵制情绪，转而倾心于本土的批评传统，不仅在创作上向古代经典看齐，而且希望文学批评和研究能够以古代文论为榜样，建立在对文学作品鉴赏理解的经验基础之上，小说的"气象"说表明了这一愿望。

第一节 对现代小说诗学的祛魅与复魅

2010年3月到6月间，张炜受邀到香港浸会大学做访校作家，授课记录整理成书，出版了《小说坊八讲——香港浸会大学授课录》，[①] 集中解析小说创作诸般问题，是他三四十年来创作经验的汇总。从章节设置及内容来看，《小说坊八讲》与福斯特的《小说面面观》有着不少相似之处，[②] 对于传统文学以及现代小说的某些观点也不尽相同。福斯特的小说创作理念早先在国内流播甚广，张炜难免不受其影响。在具体讲述的时候，除了构架相近，已逸出了福斯特的阈限，他从个人的写作体验出发，结合对中外文学经典作品的阅读感受进行阐发。该书着重从语言、故事、人物、主题、修改五个方面论述，清晰地展现了张炜的小说创作观，涉及的问题及观点既有与前人相合的地方，又提出了一些独特见解。总体来看，张炜对于小说创作发表的看法与流行的小说观念背道而驰，有意反其道而行之，乍一看显得保守老土，与现代小说观念格格不入，实际上体现出了一定的先锋性，显示了他的客观、理性与勇敢。

20世纪八九十年代的社会转型期同时也是中国文学及文学理论动荡剧变的时期。按照陶东风的说法，新时期以来的文学经历了两次"祛魅"过程。[③]

[①] 张炜：《小说坊八讲——香港浸会大学授课录》，生活·读书·新知三联书店2011年版。后面引用不再一一注明。

[②] 《小说面面观》是福斯特应邀在剑桥大学主持"克拉克讲座"时发表的演讲汇集。

[③] 参见《文学的祛魅》（陶东风：《文艺争鸣》2006年第1期）。第一次"祛魅"发生在80年代，由精英知识分子发动，祛的是"无产阶级革命文学"和"革命文化"的魅。祛魅的过程同时也是"赋魅"的过程，赋的是知识分子、精英文化的魅。赋魅分两个阶段：第一个阶段（转下页）

在祛魅、赋魅的过程中，作家们的文学观念也会随之波动、调整与改变。从西方涌进的现代小说诗学以及后现代主义文学理念被迷信盲从，被确立为规范，为一些作家达成一体化共识，比如先锋小说作家的命名及其主张。张炜在接受现代小说创作理念的同时也看到了它的弊病以及带来的危机。他结合自己的创作实践进行思考，有意打破一些固有的僵化认识，驱散神化的光环，企图在诸种文学创作理论之间分辨良莠，拨乱反正，博采众长，在对现代小说诗学进行祛魅的同时，也在复魅（赋魅、附魅、返魅），保留了自认为好的、适宜的创作理念，也提出了一些争议性的创见。他还对中国传统文论中的精华部分进行了创新改造，雅俗互见。张炜的小说创作理论是开放自由的，有时经验感性，有时客观理性，既是传统的，又是现代的。

一 语言观：虚构从语言开始

文学是语言的艺术。语言在传统文学与现代文学观念中的地位并不一样。80年代中期中国文学发生"语言学转向"的时候，有人做过论述，① 指出了"用"与"体"或者"工具论"与"本体论"的区别，促动了文学语言观念的变革。张炜强调说："夸张一点说，语言在许多时候简直可以看做目的，而不仅仅是手段——语言差不多就是一切，一切都包含在语言中。"语言就是目的，这是后现代主义文学的主张。汪曾祺说："写小说，就是写语言。"② 该观点具有文学本体论上的意义，但是在指出林斤澜的小说属于"文字游戏"的时候说的，主要从语言的使用技巧方面进行肯定。语言第一重要，是文学的本体所是，但还不是唯一目的。

积数十年的写作体验，以对文学语言的理解，张炜提出了三个值得重视的观点：一、虚构从语言开始；二、方言是真正的语言；三、语言是有

（接上页）是从80年代初期到中期。这个时期的文化与文学笼罩在精英知识分子的批判——启蒙精神之中，诞生了一批以继承"五四"为己任、以鲁迅为榜样、以社会与文化为使命的启蒙知识分子。第二阶段是80年代中后期的所谓"纯文学"思潮，"先锋实验文学"是它的主导存在形式。第二次"祛魅"发生在90年代，祛知识分子、精英文化刚刚所赋之魅。

① 参见《得意莫忘言》（黄子平：《上海文学》1985年第11期）一文。
② 汪曾祺：《林斤澜的矮凳桥》，《汪曾祺全集》（一），北京师范大学出版社1998年版，第103页。

第二章　张炜的小说创作、批评理论

角度的。

　　虚构从语言开始。通常所说的虚构是指故事或者人物，张炜却提出小说虚构首先从语言开始，目的是使小说语言在"一般好"的基础上更进一步，"呈现出一万个面目"。语言的虚构是指"说话的方式"，"小说的语言就像小说的故事和人物一样，不是追求简单的'生活的真实'。作品中的人物说话的方式，以及作品讲述和描述的方式，都是由作者虚构出来的"。小说语言不仅与日常生活用语有根本性的差异，作家与作家之间也不尽相同。这种语言强调与众不同，不是重复，而是创造，是一种个性化的话语方式，是独一份儿。按照沃尔夫"语言决定论""语言相对论"的假说，语言决定思维，语言不同的人，思维亦不同。"一个人思维的形式受制于他没有意识到的固定的模式规律。这些模式就是他自己语言的复杂的系统。"① 人们变得盲目，失去了独立思考的能力，对世界、对某个问题没有独特见解，正是从语言大众化程式化的一个字词一个句子开始的。虚构语言指的就是不同于日常生活话语的富有创新性、独特性、能够彰显个性的文学语言。张炜强调文学的本质是诗，从俄国形式主义再到英美新批评也都强调文学语言应该是"诗歌语言"，正是对文学性的独尊。"诗的语言以其比实用或日常语言更具系统性而实现其自在目的的功能（即摒弃所有外在功能）。"② 张炜与形式主义文论家的根本不同，在于对创作主体的推重，而不是以语言为本体和目的，带有语言"工具论""载体论"的思想残留。

　　马原也曾提到语言的虚构问题，③ 但他所说的语言的虚构主要是为了区别虚构文学与非虚构文学之间的语言，比如他认为小说语言与散文语言不一样，没有张炜说的那么玄妙难以理解。

　　方言是真正的语言。普通话是以北京话为基础的标准语，能够满足人们的日常生活交流，但在文学创作中有着许多单凭普通话难以表情达意的

---

① ［美］本杰明·李·沃尔夫：《论语言、思维和现实》，高一虹等译，湖南教育出版社2001年版，第255—256页。
② ［法］托多洛夫：《批评的批评：教育小说》，王东亮、王晨阳译，生活·读书·新知三联书店2002年版，第7页。
③ 参见马原《小说密码》，作家出版社2009年版，《语言的虚构》《对话的虚构》两篇文章。

地方，甚至还会成为束缚。而"方言是一方土地上生长出来的东西，是生命在一块地方扎根出土时发出的声响"，这种连血带肉的泥土语言，跟文学贴得最紧，最能表达个性，生动，生活化，具有表现力。张炜作品中充斥着许多方言，但他又不同意全部采用方言创作，因为这会阻碍交流传播，还需遵守普通话的规范，服从大多数人的阅读需要。从方言到普通话中间有一个"翻译"环节，尽管翻译过程会导致语言的韵致、文字意蕴和作品内涵发生损失，但是为照顾大众的阅读习惯，张炜也不得不妥协，要求作者在写作的时候自觉地完成翻译或转换，即采用大众看得懂的语言。尽管如此，仍然有人认为他的作品中显露出来的方言痕迹、一些方言的使用不一定妥当。[①] 张炜对方言的纠结可以试举一例来说明。"出发"是张炜常用的一个词语，除了"离开原地到别处去"的意思，在胶东地区还有"出差"之意。在长篇《我的田园》的各个版本中，张炜对这个词的处理就很不一样。《我的田园》初版于1991年，后来几经改写、重写，最后收入"你在高原"系列。其中有一小段对话，初版本是这样写的：儿子小宁比母亲要聪慧。他有一次张大眼睛问我："爸爸，你又要出发吗？"我点点头。他一语中的。"妈妈，爸爸又要出发！"在1996年作家出版社版本中，语句略有删节，并给"出发"加了页下注：即"出差"。在2002年漓江出版社"完整版"中，则在"出发"后面加了括号，括号里面以"出差"二字作为说明。到了2010年"你在高原"系列版本，是这样写的：小宁比母亲要聪慧。他有一次问我："爸爸，你又要出远门去吗？"我点点头。"妈妈，爸爸又要出差了。"从直接使用方言"出发"、给"出发"加注释、括号解释、再到弃用"出发"换用"出远门""出差"，每次修订都使之更进一步地贴近读者，可以见出作者在二十年间对待方言经历了一个不断向普通话投诚、转变或者自觉转换的过程。方言的使用关切到文化身份、语言身份，也是一个技术问题。有乡土背景的中国作家大都要面对方言的处理，周立波的解决方案具有代表性："使用方言土语时，为了使读者能懂，我采用了三种办法：一是节约使用过于冷僻的字眼；二是必须使用估计读者不懂的字眼时，就加注解；三是反复运用，使得读者一回生，

[①] 刘一玲：《张炜小说语言概述》，《徐州师范大学学报》1991年第1期。

二回熟，见面几次，就理解了。"① 纵观张炜各个时期的写作，方言运用较多，但从量上看呈现逐渐减少趋势，中后期保持着比较平稳的水平，尽量在不引起误解、能够真实反映民风民俗、人物个性的情况下使用。例外的是 2003 年出版的《丑行或浪漫》，所谓"登州方言"的喷涌引起人们的注意。"用民间语言来表现民间，民间世界才通过它自己的语言真正获得了主体性；民间语言也通过自由、独立、完整的运用，而自己展现了自己，它就是一种语言，而不只是夹杂在规范和标准语言中的、零星的、可选择地吸收的语言因素。"② 实际上这本书并不难懂，这次语言实验也不是太成功。方言作为作家的"母语"，从民间的角度来说具有反主流意识形态性质，同时语言上的焦虑也反映了作家文学观念正在发生的位移。在 2000 年出版的长篇《外省书》中，学者史珂在京腔和乡音之间因身份认同问题遭受着折磨，可以猜度作者在此前后也大概经历了这样的方言（语言）危机。

　　语言的角度。这是一个玄虚的表述，是语言虚构观点的另一层阐发。"当代小说语言，每个分句都有一个'起势'——这差不多等于'离地'那一刻的姿态。想象中它们起势不同，与水平面构成了不同的角度——语言是有角度的，如果前一个分句与下一个分句构成的角度相同，这个复合句就必然是平直呆板的，形成一条僵直的斜线。如果每一个分句在起势上都有些角度的变化，由它连接起来的语言就加大了动感，起伏跳跃，语言也就活泼起来了。""除了句子有角度，词汇还有方向。""想象中每个词在句子里都是一条短短的直线，由它连接起来才能抵达目的地。好的句子、清晰简明的句子，从起步到目的地的这段距离应该是最近的。"由于没有举出实例，听起来让人费解，大概是指包括声韵、节奏在内，以及长短形式、动名词使用、修辞手法，特别是在语境中的作用凸显等层次上的丰富变化。张炜多次使用"想象中"一语，具有很大的臆想成分，很难用准确的语言表述清楚。或许可以从张炜对当代虚胖浮肿的语言表示不满反证这

---

① 周立波：《关于〈山乡巨变〉答记者问》，《中国当代文学研究资料：周立波专集》，华中师范学院中文系编，内部刊印 1979 年版，第 104 页。
② 张新颖：《行将失传的方言和它的世界——从这个角度看〈丑行或浪漫〉》，《上海文学》2003 年第 12 期。

一点。他对不分青红皂白地使用形容词、状语修饰句子的做法深恶痛绝。"语言中最有力量的还是名词和动词,它们是语言的骨骼,是起支撑作用的坚硬部分。如果重视并突出它们的作用,语言就会变得朴实有力。状语部分是附着的肉和脂,没有不行,太多了就得减肥抽脂,不然要影响到行动。"突出语言的动感,要求写出能够充分调动人的所有感官功能的语言。[①] "语言的角度"与语言的节奏有别。语言的节奏分为内外节奏,即语言的顿歇、平仄、韵律等形式因素构成的节律,以及作者内在情绪流动的规律性表现,重在指饱含情感的语言节奏,是人的情绪节奏的体现,以及引起接受主体主观上相应的情绪体验。张炜所言的"语言的角度"也讲究内外节奏,并需要修辞手法配合,但根本的是字词句的选择和排列组合、艺术运用,起决定作用的是作者的写作功力。

二　故事观：讲述不可转述的故事

张炜用一句俗语来概括小说故事"写什么"和"怎么写"即形式与内容的关系问题："包子好吃不在褶上。"一定程度上反映了他对叙事技巧的轻视,但初衷是反对为形式而形式,为技巧而技巧,为了形式技巧而漠视、有损内容的做法。他并不拒斥集形式和内容于一体的故事,而是反感把故事看做小说的唯一,优秀的小说作品必然是内容与形式的完美结合。他承认文坛的繁荣和活跃主要表现在对艺术形式本身的勇敢探索上,但是形式上提供的新东西虽然非常多,却没有产生多少"伟大作品"。"形式热的时候,人们更容易注重文学山峰的'相对高度',而忽略了它们的'海拔高度'。"他不断进行自我提醒："我想好的作家在进入创作的时候,形式、技巧之类一定离他很远；但作品发表之后,这一切好象又离他特别近。我愿意、我渴望将技巧推远、再推远。"[②] 形式技巧是不言而喻的东西,是写作中自觉不自觉的流露。"好的作家大概会厌恶谈论技术。这样的时代,有许多重要的事情要谈,技术暂时还挨不上号。技术既然要一直伴随作家活下去,他为什么还要谈呢。"[③] 除了"写什么""怎么写",张

[①] 张炜在不同时期对语言有过许多表述,可参见《齐文化及其他》《谁读齐国老顽耿》等文。
[②] 张炜：《冷与热》,《散文与随笔》,山东文艺出版社1993年版,第180页。
[③] 张炜：《作家的不同房间》,《书院的思与在》,广西师范大学出版社2004年版,第244页。

炜进一步说道:"我从十几岁开始写作,后来一直轻视技巧。教科书上反复说'怎么写'才重要,而'写什么'并不重要。可是这会儿让我说,我说比较起来它们都不重要——起码不是最重要的。什么才是最重要的?在我看来,'用什么写'最重要。用什么写?当然是用'我'了!……我怕的是自己对这个世界没有感情,深深地害怕。这不是指一般的感情,一般的不够用。"① 张炜不是一个把故事、技巧、语言当作写作目的的人,与这些相比,他更相信文学的社会功能。

余华曾就先锋小说对形式的过分追求做过一番检讨。② 虽然先锋文学在形式上的努力及其意义不可抹杀,但文学表现的内容和价值后来得到了更广泛的认同。

张炜不否认小说对故事性的讲求,但反对一味强调用故事来吸引人,用故事来决定小说的本质。他把矛头指向了通俗文学。"其实好的小说家都是最会讲故事的人。而一般的故事,一般的讲法,是没有什么魅力的。讲点大路故事,一般的人都会,因而也就不用作家来讲了。民间说书的人,他们最会讲曲折的故事,但他们的故事有套路,缺乏诗性,所以还不是小说家作家手中的故事。作家的故事不仅曲折有趣,主要是有意象,能抒情。作家写出的故事具有强大的挥发功能,而且意味深长,极为特别,留有巨大的品咂余地。"③ "今天的小说家讲的是文学故事,而不是一般意义上的故事。""我们要求今天的小说故事以文学的方式讲出。要求它大致区别于通俗读物,如言情和演义类的故事。"他质疑当代作家讲故事的能力,关注的重点是"怎样写出无法转述的故事"。④ 依张炜来看,在现代小说诸元素中,故事或情节的重要性要排在语言甚至人物之后。用故事性来框定或评价小说,应该是对待通俗文学的做法,小说一词应该用来专指通

---

① 张炜:《做什么,不做什么》,《我跋涉的莽野》,春风文艺出版社2001年版,第91页。
② 余华:《我的写作经历》,《没有一条道路是重复的》,作家出版社2008年版,第106—107页。文中说:"我一直认为中国的先锋文学其实只是一个借口,它的先锋性很值得怀疑,而且它是在世界范围内先锋文学运动完全结束后产生的。……现在,人们普遍将先锋文学视为80年代的一次文学形式的革命,我不认为是一场革命,它仅仅只是使文学在形式上变得丰富一些而已。"
③ 张炜:《远河—蘑菇——答李红强》,《我跋涉的莽野》,春风文艺出版社2001年版,第163—164页。
④ 张炜:《从"词语的冰"到"二元的皮"——长篇文体小记》,《我跋涉的莽野》,春风文艺出版社2001年版,第38页。

俗文学。而书卷气较浓、现代感较强的《红楼梦》及"五四"之后的所谓小说作品,则不太适宜,容易让人产生混淆。他突发奇想地建议把"小说"这个概念固定到通俗文学上,因为它来自中国传统的一个说法,大抵指的是一些街谈巷议的通俗故事,比如《世说新语》《搜神记》以及后来的《三国演义》《水浒》等。五四白话文运动以后,中国文学借鉴了外国文学传统,精神气质上有了很大改变,"书卷气"越来越浓,便产生了"可以读而不大可以讲的所谓的'小说'",纯文学和通俗文学之间拉开了距离,至少在形式上变得雅俗分明。现在的文学作品"已经是集哲学、美学、历史、小说于一体的散文"。他建议把这样意义上的"短篇小说"称之为"短篇文学",把中长篇称之为"中长篇文学",戏剧、诗、散文、报告文学等可以沿袭原来的叫法。① 由此可见张炜对通俗文学存在严重偏见。宋遂良说:"张炜对纯文学、严肃文学的热诚是无可怀疑的,但他对俗文学有某种偏见,似乎过于看轻了通俗文学。"② 至于原因,论者认为是孤独性格造成了他的偏激,实际上,这是作家秉持的文学观所致。

张炜认为自己的短篇小说很少有吸引人的故事。"一开始我就不满足于讲述一个故事。我发现自己不是一个故事能手。故事在我看来更多的是一种技艺,一种技术。而这些对我的吸引都是表面的。我对技术性的东西一开始就没有表现出过多的热情。"不过,他声称并没有鄙视故事,没有贬低它的意思。"我对一切技术性的试验始终抱有极大的兴趣。但我却常常被另一些更有力的手拽回了。它让我回到灵魂上——一切稍稍离开了灵魂、离开了那种根本性的吸引,都会让我淡远、撤离,不由自主地走开。"张炜拒绝的是"职业上的操作和玩赏"。他甚至对"创作"一词表示不满,认为一个"作"字"或多或少地透露出一点职业的无聊"。他强调的是更少"创作"的痕迹,更少的职业意味。③ 除了故事、形式或技巧,小说还有更重要的东西需要表达。"写法无论多么高超高妙都没有太大意义,一定要突破技法。""情感的浓烈、深入的牵挂、作品的灵魂,这些东

---

① 张炜:《葡萄园畅谈录》,《散文与随笔》,山东文艺出版社1993年版,第393—394页。
② 宋遂良:《一个作家的境界与追求——在"张炜文学周"研讨会上的发言》,《烟台师范学院学报》(哲学社会科学版)1993年第4期。
③ 张炜:《艰辛和收获》,《冬天的阅读》,东方出版中心1997年版,第66—67页。

西才是最重要的。"① 还说："当代任何一部伟大的小说不仅要有一个迷人的故事——且不是通常意义上的故事——更为重要的,它还必须是真正的美文。而美文绝不是辞藻的堆砌,不是水流之上的一层浅薄浮载。它是一排敲击心灵的长键,离开共鸣就无从领略其美。"② 又说："一个写作者主要是深入人民,努力写出心灵的真实,有良知,有勇气——有起码的一点也好。小说只是作品之一种。作品的形式不重要,内容才重要。"③ 比之于故事、技术、形式等因素,值得珍视的是作者的生命性质。"艺术永远是生命隐秘的流露,是生命、是特殊生命的迸发,是激情的倾泄,是灵魂的颤栗"。"技术性事物总是强烈地吸引着一般化的艺术家。"此番言论让人想起《庄子·天地》中"汉阴丈人"的话："有机械者必有机事,有机事者必有机心。机心存于胸中,则纯白不备,则神生不定;神生不定者,道之所不载也。吾非不知,羞而不为也。"这则"圃者拒机"的寓言表达了一种机械批判思想,不是无视技能,而是在肯定技能的前提下反对主体被机械异化,批判了工具主义。张炜反对文学上的技术主义,这不是文学产生的根蒂："最完美的、不可思议的艺术只能来自一些极特殊的生命。这些生命有巨大的突破能力,而且这能力不仅作用于内容,还作用于形式和技术。艺术的技术,也纯粹是生命力的铸造。"④ 归根结底,没有脱出生命力的决定论。

三 人物观:给人物说话的权利

纵观文学发展史,张炜发现人物在作家手中发生了很大变化。一般认为,人物是小说最重要的一个组成部分,写好了人物等于写好了整部作品,也就有了一切。到了20世纪,现代主义文学高涨,这一观念受到挑战。"很多小说根本就不是写人物的,即便在传统小说当中,那一类着重写境界的作品,人物的地位也在悄悄地降低。"热衷于写人物、完成一两

---

① 张炜:《丛林秘史或野地悲歌——关于〈刺猬歌〉的对话》,《在半岛上游走》,作家出版社2009年版,第245—247页。
② 张炜:《解开缆绳》,《我跋涉的莽野》,春风文艺出版社2001年版,第82页。
③ 张炜:《不能丧失的》,《激情的延续》,湖南文艺出版社1996年版,第17页。
④ 张炜:《葡萄园畅谈录》,《张炜自选集:葡萄园畅谈录》,作家出版社1996年版,第26页。

个绝妙的形象的作家往往很难是一个伟大的作家。像托尔斯泰、歌德等人,"他们胸中始终装着比人物重要得多的东西","人物在他们那里,既不是手段,也不是目的"。但是放眼国内,张炜的期望不是出托尔斯泰这样的大师,而是"希望看到他拿出最基本的一手:写好你的人物!"① 可见他对当前文学写作的强烈不满。

传统文学的人物观认为人物(也可能是动物、植物)是小说的核心,张炜再次提出来,是针对现代小说中出现取消人物描写的现象而言。对于人物在小说中的地位,与作者的关系,有人认为人物是作者创造的,是作家手中的玩偶或者傀儡,也有人认为,人物一旦创造出来,在小说中就与作者分庭抗礼,具有了自己的思想和灵魂,不为作者所左右。张炜认为,小说人物是作者塑造出来的,人物的思想也是作者所赋予的,虽不否认人物也具有自主性,但始终不能摆脱作者的控制。"'人物'的背后隐着一只手,那就是写作者的手。"他也认为:"'人物'分明有自己的灵魂,这灵魂顽强到不死不灭,强大到足以自主行动、不受一切力量约束——甚至是不受作家本人约束的地步。""如果作家本人取代了笔下的'人物',站到了这个核心的位置上,那就是一种'僭越'——作品将不会有超强的魔力征服读者。"作者与人物之间的关系如同很多人所说是母亲与孩子之间的关系,在张炜看来,这种关系"不是变得更现代了,而是变得更封建了"。"给人物言说的机会,不仅是让他们对话和发言,而是真诚和放任地给他们行动的权利。"他反对完全由作家掌控的傀儡式的人物,应该对现代小说家的权力设限。

在现代小说学中,从强调作者的道德介入,到"隐含作者"概念的出现,又到"叙述者"身份的确立,再到"作者之死"论的出场,现代小说学中的作者地位渐次降低,最终作者成为语言和文本的附属物。② 虽然布斯反对作者的粗暴干预,但也说:"虽然作者可以在一定程度上选择他的伪装,但是他永远不能选择消失不见。"③ 因此他认为小说的"讲述"和

---

① 张炜:《葡萄园畅谈录》,《散文与随笔》,山东文艺出版社1993年版,第391页。
② 王洪岳:《现代小说作者论》,《浙江师范大学学报》(社会科学版)2005年第3期。
③ [美] W.C.布斯:《小说修辞学》,华明、胡晓苏、周宪译,北京大学出版社1987年版,第23页。

"显示"两种修辞手法都是客观存在的。张炜虽然是这样说的,但未必能够做到让小说人物自主行动,他的小说作品中往往有作者或直接或间接地显身,或者人物背后拖曳着作者的影子。纳博科夫说:"我笔下的人物是清一色的奴隶。"他对福斯特认为的笔下人物不听指挥、自行决定小说发展的看法不以为然,且认为这个观点"老得跟鹅毛笔的历史差不多"。① 张炜也说:"作品中的人物当然有自己的独立性,有不完全按照作者意愿行事的时候。但是他们毕竟是作者创造出来的。"② 在现代小说中,张炜的执中之论具有代表性。张炜渴望的理想人物形象具有真性情,要说就大说一通,不说就干脆让他闭嘴,就像大师们的做法一样。在面对托尔斯泰等人的作品时,张炜认为他们作为大师,可以在小说中说得比人物更多一些。他觉得现代主义小说不像当年的大师们一样要说就自己说,而是总会伪装成某个人物,通过人物发言,但是"我们很少在这种言说面前产生一种崇高感、获得一种力量"。因此他得出结论:"现代主义"只有卓越,没有伟大。

　　按照申丹的论述③,叙述学上的人物观乃是"功能性"的,将人物视为从属于情节或行动的"行动者",情节是首要的,人物是次要的,人物的作用仅仅在于推动情节的发展;与此相对的是"心理性"的人物观,即作品中的人物是具有心理可信性或心理实质的(逼真的)的"人",而不是"功能"。"心理性"人物观的根基为人本主义、浪漫主义、现实主义、现代心理学等思潮、流派或学科。同时,注重人物行动的功能性的分析方法较适用于以事件为中心的小说,而注重人物自身特征的心理性的分析方法较适用于侧重人物塑造的小说。张炜的人物观倾向于"心理性",即不把人物看成是绝对从属于情节,而把人物作为小说的主要因素,小说的一切都为揭示或塑造人物性格而存在。从小说创作来说,张炜笔下的人物多是以"心理性"为主,但后期的创作比如"你在高原"则显示出了较多的"功能性"特点。

---

① 美国《巴黎评论》编辑部:《巴黎评论·I》,黄昱宁等译,人民文学出版社2012年版,第68页。
② 王万顺、张炜:《生命的质地——张炜访谈录》,《创作与评论》2012年第10期。
③ 申丹:《叙述学与小说文体学研究》,北京大学出版社2001年版,第51—70页。

此外，张炜提出了人物的"烟火气"和"清贵气"一对概念。他认为小说与散文和诗都不一样，它一脱胎就有比较重的烟火气，比如包含肉体描写、性描写等世俗化的东西。所谓的纯文学，并不能保证如数祛除它的烟火气。比如托尔斯泰写了妓女、流氓等社会下层人物，索尔·贝娄写了一些粗俗的人物，但不觉得难堪、龌龊和肮脏。相反，现在的许多小说却以粗俗为美，将龌龊下流的文字当成了反映时代的杰作，理由是当下的生活就很龌龊很肮脏。"杰出的作家有清贵气，这方面的例外是很少的。"张炜认为《红楼梦》中的烟火气偏重了一些，《金瓶梅》则有许多黄色段落，但它们本质不同，他把后者打入另册。他认为《聊斋志异》的字里行间有一股不洁的气息，烟火气更重。张炜极少涉及性爱、暴力等描写，即使有也比较含蓄，经过了艺术处理，这样做并没有削弱表现力。他从而得出一个结论：不在于写什么，而在于怎么写。这与其"故事观"中提到的在"怎么写"和"写什么"之间倾向于后者的观点自相矛盾。

四　主题观：对世界的总体看法

任何一部作品都有其主题存在，不会是"无主题变奏"。叙事学认为，与现实中的事件不同，小说中的故事是由作者虚构出来的，作者创作故事的目的是为了表达特定的主题，故事具有"主题性"。[①] 人物、故事事件都具有主题功能，都是为主题服务的。在创作与构思过程中，"主题先行"固然不值得提倡，作者、读者对同一部作品主题的解读可能不一致，但不能否认小说中确乎存在着主题这种东西。

主题是内容与形式的统一，写什么和怎么写是主题得到呈现的基础。由于受到同时代作家的影响，以及来自批评界的干预，早期擅长农村题材的张炜也曾为写什么、表现什么而费尽思量。"我有时也十分矛盾：既想把童年少年的东西写透，写下去写个痛快，又想写写更广阔的生活。不然就在色彩上太相似，太重复，我也会烦腻。不过再一想，如果真的能把我

---

① 申丹、韩加明、王丽亚：《英美小说叙事理论研究》，北京大学出版社2005年版，第365页。

印象最深的那片林子、那个海滩平原写好，同样也写出了一个无所不包的大世界。"① 张炜并非冥顽不化，当熟悉了机关生活之后他就尝试着写起了城市，创作了《童眸》《黄沙》等中篇。"近来我常常想，怎样才能把城市生活、机关生活写好？……我想了不少，最后明白了一点，那就是作者也许根本就没有多少必要过多地考虑城市和乡村的区别，只是放松地写就成。写城市也要重笔写土地，写田野，也要立志做一名自然的歌手。"② 随着时代社会的变迁，他的写作不再局限于脚下的一小片泥土，而是把城市纳进了土地的广袤范畴，通过深刻的城乡书写，呈现出了一个宏阔的完整的大地，小说主题自然扩大了，深刻了。

　　张炜认为，对作家的作品进行主题搜索是"通过什么说明了什么"的庸俗做法。小说虽不是论文，但并不比论文、散文和戏曲等其他文体的说服力小，甚而更强大、更深入、更长远，更能深深地打动读者、"说服"读者。一部现代小说作品里面可以容纳不同的主题。"'主题'对于小说来说不是没有，而是真实存在着，是作为最可宝贵的东西藏在了作者那儿。"但它并不是那么浅显易见，在某个具体的小说中可以找到，而是深深地藏在作者的心里，甚至有时连作者自己也难以窥察说明。"小说的'主题'是以各种方式存在的，无论是潜隐在深处还是流露在外部，都源自作者的世界观——作者对这个世界的总的看法，一定会在作品里展现出来。"新中国成立后的一些小说作品，由于受到政治影响以及汲汲于社会功利要求，主题过于浅陋，使得多种表达的可能性、诠释的空间都被大大简化和省略，对文学艺术造成了伤害。主题或思想观念应该自然而然地得以流露，不过以张炜的性格和风格，他坚持认为"事实上越是好的作家越是固执的人，他们总要将自己对世界的看法表达出来，一有机会就会顽强地表达。他们不会是理念世界中的缺席者，一定要有自己的发言。不过他们的发言方式不会是简单化的，不会做传声筒——他们的思想是相当深入和宏大的，而不是肤浅和狭隘的"。作家的全部作品会有一个总的主题。无论作者的创作经历如何延展，创作路径如何转向，创作风格如何变化，他的

---

① 张炜：《文学讨论会》，《周末对话》，江苏文艺出版社1991年版，第259页。
② 同上书，第263—264页。

所有文字总能表现出作家与社会、时代的关系。"一个杰出的作家必然有自己的世界观,有关于人类生存的形而上的思考。这是他整个创作的恒久的主题。具体到某一部作品,可能只是诠释这个主题的局部或一个侧面。所以他的每本书常常有所不同,既以新的面貌出现,又不会使我们在阅读中产生巨大的陌生感。"虽然不能说主题就是作家的世界观,但是作品的"主题"受制于作家对世界的总体看法。因而张炜主张对作家进行全面阅读,了解他的全部创作以及个人的人生履历,然后再做综合阐释,而不能从一本书甚至是几句话中得出结论,否则就会片面。

这里的主题指向了作家的思想。张炜并非不懂得主题的含义,只是避免从某部作品中抽象主题的做法,有意将主题的含义泛化,笼统总结,首先是为了拒绝别人对他进行贴标签的评价行为。当年经手《古船》发表的何启治曾说它是一曲"历史长歌",具有"史诗审美特征",已经接近于"史诗"。① 张炜不以为然。"我没有追求'史诗',而是相反,愿从细小的、眼前的感知写起。我反对大跨度、大格局、大人物、大主题……反对这一切大而无当的东西进入我的构思。因为它们太大了,就有些做作,就不自然、不真实。""如果先入为主地拣起了大的东西,带来的损害一定也很大。"② 张炜所谓的主题不易捕捉,它总是包含在作家的思维方式、语言表达方式、故事当中,由作家的生命性质决定着。正是基于主题是对世界的总体看法的观点,主题的重要性不言而喻,因为这牵扯到作家的世界观,对文学的社会责任的审视,终极价值的追问,特别是道德问题。"一个道德激情特别强大的作家,一个思想上积极不倦的探索者,终究不太可能是技术上的低能儿;相反,那些嬉戏生活、没有精神追求的实用主义者、机会主义者,倒是很难拥有出色的艺术表达。"因此,主题在张炜那里才是最重要的东西,只有所有的元素都合归于主题,才能使"语言"有生命,"人物"有气息,"情节"成为人的行动。

历史上有许多作家都强调主题的重要性,比如詹姆斯就认为小说必须

---

① 何启治:《壮阔、激越、凝重的历史长歌——略论〈古船〉的史诗色彩》,《文学自由谈》1987年第2期。
② 张炜:《你是艺术家,只要你不沉睡》,《期待回答的声音——93张炜文学周》,明天出版社1995年版,第21页。

要选择富有典型意义的主题，而且小说是个人对生活的直接印象。①但詹姆斯等人的观点相对具体，没有张炜说得那么泛化。张炜的主题观具有神秘主义色彩，将其当成不能找寻甚至无法理解的东西，与其主题鲜明的创作表现并不合辙。

第二节 以"气象说"为尊的风格论

在小说的诸要素中，故事（包括讲故事的方法或技巧）退居于语言、人物之后。这并不是说张炜不重视故事，不钻研技法，相反，他是太过重视、钻研和讲求故事、技法了，只是他不想像流行写作潮流、大众文学一样让小说完全仰仗、止于甚或玩弄故事、技法。"我以为专心于故事的不会是个好作品……，一部作品里总有比故事好得多的东西让作者激动。"② "一部作品当中往往有比主题、比故事重要得多的东西。那是一种奇怪的颜色和意味，是无法言喻的那一切，只靠你去感觉了。"③ 好得多、重要得多的东西只可意会不可言传，它饱含了作者的情绪、个性、生命和灵魂的内容，使得作品富有意境和境界，整体上显示出有器局、有品格、有气质、有气韵的万千气象，也就是古人所讲的有"气象"。对此，张炜思接千载，熔炼古今，从"境界"到"气"再到"气象"，有着自己的层次性阐发。

一 小说的"境界"

在中国的传统文论当中，"境界"是一个重要的美学概念，有着十分丰富的内涵。王国维在他的《人间词话》中以境界作为词学理论的核心，提出了"境界说"，在文学批评领域产生了深远影响。张炜也喜欢用"境界"来评价小说，形容作者，以及用来指称具体创作过程中的情感程度或

---

① 申丹、韩加明、王丽亚：《英美小说叙事理论研究》，北京大学出版社2005年版，第106页。
② 张炜：《文学讨论会》，《周末对话》，江苏文艺出版社1991年版，第292—293页。
③ 张炜：《大学的文学》，《散文与随笔》，山东文艺出版社1993年版，第282页。

情景特征。他对境界的理解多指某种风格或品格，也有涉及境界有无、有我无我、造境写境、大小高低等层次的类似表述。这一切首先是从反故事、反技术问题开始的。张炜认为一个好小说未必一定以故事或者以炫技取胜，判断一个小说成功与否有很多因素，切入的角度也会不同，只要在某一个方面获得成功，都能达到一种境界。但是，写故事、写主题、写人物都不如写境界。"一个作家起步时往往都要'讲故事'，讲得曲折生动；成熟一些了，就要用力表达他们的思想，也就是写主题了；而有的作家却善于写人物，成为很有特色的作家。不过我认为一些伟大的作家都是写'境界'的。"①

境界是什么？"写作之前，你更多的是感到了一种境界、一种氛围、一种情致，你把它尽力地写出来就行了。我想不要过早地去琢磨人物和主题，更不要太多地去编织故事。如果好好写下去，那些东西一点一点都来了。"② 这里的境界融合了真实、想象与情感，是一种预设的理想审美状态。王国维的境界说归之于"真"，"能写真景物真感情者谓之有境界，否则谓之无境界"，③ 与张炜对"真"的追求相合，但他更侧重于情绪上的感受。从他对表现对象的层次划分上可以看出这一点。他把"生活"大致分为三个部分：第一部分是生活中的故事；第二部分是生活中的人物；第三部分是生活中不同的情绪和氛围。表现生活中的不同情绪和氛围是最难的。"我觉得同一个故事，由于作者创作时的心境不同，可以写成味道和意蕴差别很大的两种东西。作者和作品的境界相同时，才有和谐有力的东西出现。"④ 境界属于更高一层次的意识形态范畴。这里同时提到了"作家"的境界问题。作家的境界与其性情、品质、文化修养、关心的事物及观察世界的方式有关。张炜对作家境界的判断只能通过作品，而且是通过作品的雅与俗来区分。以他对蒲松龄的分析来看，蒲公的境界停留在"乡间秀才"的水平上，在"大俗大雅"的文路上最终导向了"大俗"，是

---

① 张炜：《心中的文学》，《散文与随笔》，山东文艺出版社1993年版，第263—264页。
② 张炜：《葡萄园畅谈录》，《散文与随笔》，山东文艺出版社1993年版，第357页。
③ 王国维：《人间词话》，《王国维集》（第一册），中国社会科学出版社2008年版，第211页。
④ 张炜：《她为什么喊"大刀咪"——关于〈声音〉》，《散文与随笔》，山东文艺出版社1993年版，第333—334页。

"民族唱法"与"通俗唱法"的混合物,只能算是"第二流境界",而第一境界常常由"美声唱法"或"民族唱法"才能到达。① 张炜对蒲松龄颇有微词,因为蒲公个人及其作品不够干净和纯粹,趣味不高,境界也就高不了。

王辉认为张炜的创作"境界说"主要有两个方面的内容:一是针对创作过程而言的;二是给作家分类——一些伟大作家都是写境界的——实际上道出了作家进取的不同阶段,即从"故事型"作家、"主题型"作家到"境界型"作家。"在某种意义上正展示了一个作家从幼稚到成熟、从单薄到浑厚、从沉醉到超脱的艰难历变"。张炜的"三段论"与王国维的三种境界的认识一脉相承。写"境界",实际上也就是写超脱,即写超脱视野下的生活、人生,不过这其中已经带有一定的审美感悟和顿悟内涵。② 其实张炜的用意更多的是借以对所谓的"纯文学"与"通俗文学"的差别做出区分。

二 小说的"气"

早期张炜常用"境界"来说明小说的"品格",后来"气象"这一术语更能表达他对小说的审美要求,也包含了或者说超越了"境界"的层次。从发表的文论来看,大概从 2006 年、2007 年开始提出并不断丰富着他的"气象说"。在此之前,他一般用"气"一词来进行阐发。"气"在中国古代哲学中被认为是客观存在之物,是世界万物的本原。通常来说,"气"指人的主观精神。汉末魏初"气"作为美学范畴的意义进入文艺批评,曹丕说:"文以气为主,气之清浊有体,不可力强而至。"(《典论·论文》)反映了以创作主体精神作为衡量作品优劣标准的思想。刘勰的《文心雕龙》敷衍曹丕,将"气"确立为文学创作的一个重要因素。"风骨第二十八"篇以风为名而篇中多言气,风、气一也。"诗总六义,风冠其首,斯乃化感之本源,志气之符契也。""情之含风,犹形之包气。""情与气偕。""气"作为一切生命存在的前提,是作品获得生命力的本源。因此判

---

① 张炜:《八位作家呆过的地方:蒲松龄之道》,《流浪的荒原之草》,浙江文艺出版社 1998 年版,第 58 页。

② 王辉:《张炜文学创作观论》,《聊城师范学院学报》1995 年第 1 期。

断文章的好坏,可以看其中是否有流贯的"气"。

　　有意思的是,《古船》曾提到了"气"。话说隋见素进城得了绝症,被镇上的老中医郭运接到家中疗养,隋抱朴前去探望,碰到老人在藤萝架下读书,只见他手捧一本线装书,两眼盯住字行,头颅微微活动,几秒钟就翻动一下书页,一会儿读完了多半本书。隋抱朴惊奇于他的阅读速度。老人说:"有人读字。有人读句。我读气。"并进一步解释说:"写书人无非是将胸襟之气注入文章。气随意行,有气则有神采。读书务必由慢到快,捕捉文气,顺气而下;气断,必然不是好文章。一页书猛一看无非一片墨色,字如黑蚁;待文气流畅起来,有的黑蚁生,有的黑蚁死。你两眼只看活处,舍弃死处,顺势直下,当能体会写书人运笔那一刻的真趣。不然就枉费精神,只取皮毛,读书一事全无快乐可言。"这里的"气"指的是包含创作主体的情绪、情感、思想、精神等在内的生命意志的综合体现。"好的文章一眼看过去,通篇都有流动的生气,靠这个把死板的铅字激活了,打动了读者的心弦。有的文章也没有写太多的人和事,看完了还是令人兴奋,令人感叹不已——待要向别人复述时,又觉得无话可说。这是因为文章的内在的生命在打动你、召唤你,而不是什么事情什么道理。"[①] 在张炜看来,作品的成功与否不是单纯依靠技艺或经验所能改变,也许一个作家写了一辈子,写的越来越多,题材越来越宽阔,思想越来越深刻,却让人喜欢不起来,原因就是缺乏更内在更久远的魅力。"原因是什么?作品也像人一样,有自己的气质。气质,我们知道它会受很多因素制约,没有什么可以取代它。它是一种综合的、内在的,它由灵魂和肉体一起决定。"[②] 因此,作家获得成功的关键不在于写了什么,而是要从生命的角度去体验、去感觉、去探索,他的思维指向、他的笔力才会自然而然地把该表现的表现出来,并能让读者从中获得生命的感动和思想上的共鸣。

　　张炜把"气"理解成作品的呼吸,一呼一吸,就有了生命。依此,他把作品分成两种:会呼吸的和不会呼吸的。前一种是活的,后一种是死的。虽然明白这个道理,但他自己也不一定能够做到。他说,在二十多年

[①] 张炜:《文学讨论会》,《周末对话》,江苏文艺出版社1991年版,第294页。
[②] 张炜:《葡萄园畅谈录》,《葡萄园畅谈录》,作家出版社1996年版,第188—189页。

前(以此推算大概在《古船》出版前后的八十年代中后期)才掌握了一点这个方法。写作过程必须要"得气"。气随意行,笔到气到,有时候笔墨的转折并不完全是理性的。而精心设计章法的小说很难是上品,因为设计难免伤气。对于阅读也是这样,从作品中能够读出"气"来的才是优秀的读者,如果不在"气"里,也就难以读懂作品,否则不如去读通俗故事。①

张炜有时还用"气韵"来指代"气"。讲述离奇的故事并不难,完全依赖故事很容易陷入既成的套路,也无法摆脱历史上的故事原型。"不如把注意力移开,大致想一下人物的关系和格局,专注于细节,渐渐进入一种意境,让它把整个篇章笼罩起来——这就抓住了作品的气韵。作品的气韵与故事贴在一起,故事才能飞扬起来。"有了气韵,故事就会不俗,不会僵硬僵死,成为任人摆布的零件。这与《文心雕龙》"风骨"通篇所阐述的意思相同,要让文章飞扬起来,必须要有风骨。气韵相当于灵魂、神采。张炜还提到"文气",文气的长与短从根本上决定着一部小说的长与短。作家设定作品的长度如何,给它的"气"是不一样的。作品里面有一股"气","气"断故事就讲不下去。"气"属于精神层面,而不是物质层面,但是可以决定物质层面的某些东西。人物、故事属于物质空间的东西,再多再大也可能给人狭窄的感觉。文气充沛,精神空间才有可能辽阔。②刘勰的《文心雕龙》屡屡提到"力",其实也是一种"风骨"。注重"力"的作品具有一种外向的力量,方向性明确。这样的作品往往缺少"气"。如同老中医所感悟的,"气"在文字间默默流动,迟钝的读者很难察觉。"气"的形成甚为复杂。"简单一点说,我想这是一个生命的性质所决定的。一个生命力旺盛、无时无刻不在燃烧着创造欲望的人,必然是'文气'充盈。他手中做出的一切都带有他的强烈的个性。"③ 张炜所言的"气"与古人的"气"在内涵上是一致的,都强调创作主体生命力的张扬,从而使作品达到畅达、辽阔、浑朴的风格,至此才有了"气象"。

---

① 张炜:《齐文化及其他——2007年春天的访谈》,《告诉我书的消息》,新华出版社2012年版,第257—260页。
② 张炜:《小说坊八讲——香港浸会大学授课录》,生活·读书·新知三联书店2011年版,第96—97页。
③ 张炜:《长篇的"气"与"力"》,《散文与随笔》,山东文艺出版社1993年版,第240页。

三 小说的"气象"

正是从境界、气等概念出发，张炜继而提出了小说的"气象"。"气象"在古代文论中也是属于审美范畴的概念，是论诗的重要标准。白石道人姜夔在《诗说》中说过"气象欲其浑厚"的话。严羽在《沧浪诗话》（"诗辩"）中说："诗之法有五，曰体制，曰格力，曰气象，曰兴趣，曰音节。"他提出"盛唐气象"，与"诗之九品"之"雄浑"相当。"诗之'气象'，是创作主体的生命之气通过具有一定审美意义的形象所表现出来的一种精神风貌。这种精神力量，是人的生命之契机，是积极的，是人的一种奋勇向上内在动力，在诗歌艺术中应表现为一种积极向上的精神，显示出雄伟、博大的气势，……严羽……强调主体的生命之气，寄托了自己的审美理想。"[1] 尽管张炜在上面说过气象可以经过孕育而成，但文学作品的气象从根本上说是由生命的性质所决定的。气象也是以内在生命的规定性来辨别，是气味，色彩，气度或气质，也可解释为风格、个性。因为此说颇具神秘主义色彩，不可言明，张炜自己宁愿称之为"气象"。人的生命的性质决定了作品的气象，这尤其不是表面的，而是内在的质地。但是，作家可以形成或者为了创作而"孕育"涵养出不同的气象。[2]

"气象"同时也是一种器局。这种器局首先是对作者的要求，即他不能将故事和人物与社会生活相隔离、游离。"写什么故事塑造什么人物，是由人的器局决定的。器是器具的器，指储备空间；局是格局。作家的经历不同，家世不同，品性不同，包含力就会不一样。有时谈风格之类，都不能脱离人的器局。所以一个好的写作者，首先要有一个大器局，这样讲出来的故事、描述的人物，才会是不同的。"[3] 威廉·福克纳说过："大动

---

[1] 杨晖：《严羽"气象"说述评》，《安徽师范大学学报》（人文社会科学版）1999年第4期。

[2] 张炜：《齐文化及其他——2007年春天的访谈》，《告诉我书的消息》，新华出版社2012年版，第253—254页。文中说："气象的孕育有两个方面值得注意，一是看你如何处理与外在客观现实的关系。……第二个方面是指在孕育一个具体作品时，也要养成一个不同凡俗的独特气象，这往往是决定性的。一部作品能否成功，当然在于它的气象。"

[3] 张炜：《小说坊八讲——香港浸会大学授课录》，生活·读书·新知三联书店2011年版，第68页。

物都有一副平静的外貌。"张炜非常欣赏这句话，多次引用。因为大作家只会让人想到一头大象或犀牛，他们动作稳健，甚至有些笨拙，但毕竟是大动物，拥有大气象。有的作家机灵得像猴子，或者黄鼬，越来越漂亮，越来越刁钻，无比狡猾，花样无限，灵巧到让人瞠目结舌的地步，但气象狭小或者没有气象。在文学创作上，大气象不能从技巧中得来，终归与人的生命质地有关。但是，由于时代社会发生变迁、环境恶化等问题，现代人已经长不大了，产生不出精神巨人。他的对策是，回避现代毒素，吸收不同的营养，尤其是要阅读中国古典、西方经典，向古人、大师们"借气"，借司马迁、苏东坡、托尔斯泰、雨果等人的气。[①] 张炜在文学观上，一向是逆风而行，开倒车。这一点从他的言论以及具体的创作中可以见出。写于1973年的《木头车》是张炜的第一篇小说，被弃置的木头车的重新启用，在农村路况下优于胶轮车的事实，作为隐喻表明了作者对遭到遗弃的传统文化与文明的留恋态度，传达出了他的倔犟，还有一种睿智。

但是，虽然姜夔将"气象"作为评诗的标准，并不是一味以"气象"为尊，同时指出了盲目追求此道的缺憾。"大凡诗，自有气象、体面、血脉、法度。气象欲其浑厚，其失也俗。"（《白石诗说》）这里，姜夔肯定了气象之于诗的重要，但反对单纯追求气象浑厚，认为那样会导致诗的俗鄙、老套。对张炜来说，这是很有启发意义的。事实上，从他后期的创作来看，确实也出现了许多令人诟病的问题，这与其所坚守的创作理念和文学观不无关系。

四　与印象主义批评的关系

从写下的大量的创作经验、文学批评、文论文字来看，张炜确实具有文论家、批评家的身份，但与专门从事研究批评的人相比，他走的不是专业化道路，风格基本属于传统的印象主义批评。他在《从创作到批评》一文中指出，"有写作经历的人往往才是一个好读者"。这与艾略特的观点是一致的。蒂博代也提出了第三种批评，也就是作家的批评、大师的批评，

[①] 张炜：《小说坊八讲——香港浸会大学授课录》，生活·读书·新知三联书店2011年版，第102—103页。

它们在内涵上是相通的。感动、感悟是张炜在论述阅读和批评时最常用的关键词。感动，既是起码的要求，也是当前文学批评最需要的能力。"在阅读中感动、着迷，是走向文学批评的第一步。"张炜推崇古代文论中"以诗论诗"的批评传统，认为"充满了真感受，渗透了生活和艺术的大体验，表现了难言的悟想力"①。乃是面对当前艺术批评漠视艺术本身的病症有感而发。"批评的基础如果不是悟想和赏读，没有一场深入的纠缠和感动，不是参与阅读并一起创造和激动，批评也就变成最无价值最无聊的事物。"②张炜倾向于古典文论，批评观有着明显的印象主义色彩，注重批评自身的艺术性和创造性，反对从国外引进的那种像做实验一样的对文学进行科学分析的做法。张炜呼吁要重视古代的批评传统，特别是高等院校的老师和学生都应该多读一读《诗品》《文心雕龙》等著作，要学古人先在作品里面陶醉，才能对作品做出"激赏"，而现在的人连"微醺"都没有，更无法深入。③这样的观点与蒂博代所说的同情批评或者赞赏性批评是一般无二的。

虽然古代文论和当代文论时空阴阳相隔，甚至存在着不小的语言障碍，但不妨碍当代作家从中找到知音之论。当代作家的后天努力弥补了先天的不足，实际上他们坎坷的文学生涯和丰富的创作经验使得他们更有资格面对文学发言。与那些专事研究文学理论的专家学者相比，或许当代作家在中外古今以及跨学科的努力方面真正实现了"打通"。

第三节 以作家为中心的批评理论

艾布拉姆斯提出文学批评的四要素，以作品、作者、读者、世界为坐标，视其倾向可以衡定文学理论的基本范式。艾氏自信这一化繁为简的发

---

① 张炜：《从创作到批评——在烟台大学的演讲》，《书院的思与在》，广西师范大学出版社2004年版，第153页。

② 张炜：《书院的思与在》，《书院的思与在》，广西师范大学出版社2004年版，第88—89页。

③ 张炜：《小说坊八讲——香港浸会大学授课录》，生活·读书·新知三联书店2011年版，第109页。

现最能说明 19 世纪早期大多数理论所共有的一个根本特点:"一味地依赖诗人来解释诗的本质和标准。"① 但是,意欲了解作家的文学创作观念、文学思想,老办法或许更有效力,即以作家为重点考察对象,从其言论和作品中窥探堂奥,而不能过分套用外来理论,否则就是缘木求鱼。张炜作为一个勤奋著述、善于表达、深谙文学创作规律的作家,经过多年的揣思、积淀、锤炼,对于文学及文学批评自然有其逐渐成形、成熟、成套的见解,既有对前人观点的阐发,也有自己独到的体悟。张炜关于文学及文学批评的相关论述是以作家或作者为中心的,作家在四要素中处于枢纽地位,这既是中国古代文论以及现实主义文论的传统,同时也与时代语境对作家的逼视有关。在张炜眼里,作家是一个非常严肃的称谓,"真正的作家"是人类灵魂的工程师、"精神世界的建设者",与时代社会保持着非常复杂的对应关系,作家通过作品比思想家、哲学家更能潜移默化地影响和改造人心、社会;人品决定作品,作家必须是一个"好人",在道德上要超越一般的社会水平,作品中也要充满人道主义力量,具有强烈的艺术个性,才能为向往真善美的读者所接受。由于张炜对"真正的作家"的标准规约甚高,连他自己都不得不承认难以达到。张炜重视读者的存在,但他并不为了迎合普通读者而写作,他之理想读者与作者在品性、文学感受力等方面极其相似,理想读者难以寻觅,最后他只能以写给"遥远的我"聊以慰藉。张炜认同知人论世,也试图与批评家对话,希冀批评家能够像作家一样对文学做出感性与理性相结合的客观理解,但在与批评界对话失败之后,他认为文学的进步只能归于作者的"自省"。

一 作者论:道德超人

张炜对文学、文化、人文精神领域的持续关注紧紧围绕着作家群体,从源头上对作家进行批判性审视,以高标准来衡量,同时反躬自省,把对自己的苛刻要求施加到他人身上。早期他以社会主义现实主义要求作家,比如要真诚、热爱生活、与人民站在一起、富有使命感,等等。这一要求

---

① [美] M.H. 艾布拉姆斯:《镜与灯:浪漫主义文论及批评传统》,郦稚牛等译,北京大学出版社 1989 年版,第 7 页。

的极端结果会导致作家主体性被削弱甚而被取消,而在张炜那里作为作家应该具有的良好品质被保留了下来,并逐步深化发展成为一生坚持的信念。比如他认为作家是大地上的一个"器官",是土地的"代言人"。作家大致有两种:"一种是柔和宽厚的,对大自然满怀深情;而另一种正好是冷漠的,对大自然无动于衷。"作家通常在做两个方面的工作,一是给所处的时代留下一点记录,更重要的是给当代和后代提供思想。作家有责任改变一个时代的人的素质,对社会生活发生作用,甚至还应该有更大的抱负,"给整整一个时代、一个社会提供自己的思路。他应该深深地左右和影响一个民族的文化趣味,把整个民族带入敏感多思的境界。"[1] 对于作家与大地自然、社会时代关系的思考,反映在创作中就呈现出浪漫主义与现实主义、传统与现代、诗与思交相融汇的特点,形成了独具魅韵的矛盾统一体。

20世纪80年代之后,形形色色的作家队伍鱼龙混杂、参差不齐,各种创作倾向杂然并存,张炜预感到文学正在面临一场可怕的危机。究其根源,在于它的制造者——作家自身。因此,张炜不得不一次次地对"真正的作家""好的艺术家"做出指认,以示区别。他屡次强调,作家不应该仅仅是一种职业,"作家是一个崇高的称号,它始终都具有超行当超职业的意味。"到底怎样才能算得上是真正的作家?"一般而言,作家应有广博的知识、深邃的思想、高超的技艺,有成熟的风格、突出的成就,是'人类灵魂的工程师'。"会写作不一定是作家,写作行为"必须具有超越职业的意味,必须投入生命的感动,必须显现独特的灵魂",才能从"职业写作者"向"作家"过渡和提升。"每个世纪、每个时代,都需要自己的作家。他应是记录者,是跳动的良心、永生的精灵。"[2] 他把作家与思想家、哲学家并列:"作家一般也会是思想家、哲学家,是诗人的同类。他们都是人类当中的杰出者。一个社会和一段历史时期,并不会有太多的作家。作家不是一种职业,而是一种尊崇的称谓。"[3] 作家不要回避政治、历史、哲学以及整个社会生活的宽阔领域,不能像通俗作家一样只在世俗的层面

---

[1] 张炜:《心上的痕迹》,《融入野地》,作家出版社1996年版,第203—204页。
[2] 张炜:《"作家"及其他——访问张炜》,《最美的笑容》,陕西人民出版社1998年版,第233—234页。
[3] 张炜:《交流与期待——答大学生》,《张炜读本》,花山文艺出版社2002年版,第339页。

制造故事、悬念，应该关心事物的深部，从文化的角度看问题。作家是"精神世界的建设者"："区别作家与匠人的重要指标就是心灵的性质。如果不关心巨大的事物，没有悲天悯人的情怀，不试图晓悟命运中的一份神秘，就不可能是个作家。纯粹搞技术的有时很难过心灵之关。"① 正因为作家的许多决定性素质天生如此，作家在张炜那里也有天赋神授的意味。

尽管不主张机械简单地将作品与人品挂钩，但他表示人格决定作品从根本上说不会错。如果人格低下，作品想要做到境界高远几乎不可能。"所有杰出的作家和作品，在当时一定是居于最高的道德基础之上的。无论是他的创作还是他的言论，必须具有很高的道德标准，这是不容置疑的。"即使是美国"垮掉的一代"作家，比如写出《在路上》的凯鲁亚克，也是在"以反艺术的方式来表达自己的完美，以反道德的方式来确立自己的道德"。② "作家是点燃精神之火的、有信仰的人。"应该"心洁手灵"。作家应该是一个向往真善美的好人。"一个人的良心丧失了，字里行间总要流露出鄙劣。""一个好的作家就是献身，就是不念回报。"③ 人的职业不一样，道德基础就不一样。"教师、作家、思想家，作为一种职业，在道德感上就比某些阶层要高。对整个人类，对社会、对民族，对国家的前途有一种巨大深刻的关怀力，是不可简单放弃的职业要求。"作为知识分子中的代表人物，作家应该有勇气站在时代前沿，保持知识分子的先锋性，不能失去了大爱大恨的能力，失去了关怀的能力、感动的能力。"必须关注社会、关注时代，必须勇敢地为弱者、为人民讲话，这是他思想活动的基础。"因此，"艺术家、知识分子，的确应该想到大多数人，想到人民，应该有起码的道德和正义。良知，就是有理性、有选择、有操守，有奉献。"④ 作家负有参与改造社会的责任，与某些时期的文学观念相似。

张炜也承认，历史上的一些伟大的艺术家也会有道德瑕疵，甚至有着严重的缺陷、犯过不可饶恕的罪行，比如李白、陀氏、托翁、毕加索等，

---

① 张炜：《谈不沦为匠（代序）》，《纯美的注视》，上海远东出版社1996年版，第148页。
② 张炜：《文学散谈四题》，《在半岛上游走》，作家出版社2009年版，第215—217页。
③ 张炜：《心洁手灵》，《张炜名篇精选》（增订本，随笔精选），山东友谊出版社1996年版，第238—240页。
④ 张炜：《心上的痕迹》，《融入野地》，作家出版社1996年版，第207—213页。

但不能因此而轻易否定他们。

　　W. C. 布斯不赞同凭着作家的意图是"严肃的"或"商业的"、揭露或赞美等去评价作品，但也不同意作品的道德判断应当含混晦涩。"在小说中，写好的概念必须包括成功地安排你的读者对一个虚构世界的看法。小说中'结构精巧的短语'必须远远多于美的成分，它必须为更大的目的服务；艺术家具有一种道德义务，就像他想要把'写好'、把尽可能在一个给距离上实现它的世界作为自己审美义务的一个实质部分一样。"还说，从这一立场出发，"作者对非人格化、不确定的技巧选择有着一个道德尺度"。① 亨利·詹姆斯则说："道德观念和艺术观念在一点上是非常接近的，那就是根据这个非常明显的真理：一部艺术品的最深刻的品质，将永远是它的作者的头脑的品质。……一个浅薄的头脑绝对产生不出一部好小说来——我觉得对于写小说的艺术家来说，这是一条包括了所需的一切道德基础的原则。"② 这与张炜的观点如出一辙。

　　按照张炜的标准，作家像是不食人间烟火的完人、"超人"。冰心笔下的超人是对人际关系冷漠的局外人。尼采"超人哲学"中的超人则超越了自身、周围的不利环境，成为真理与道德的准绳，是规范与价值的创造者，是所谓的充实、丰富、伟大且完全的人。尼采的超人是不存在的。张炜对作家的要求甚高，除了具备基本的写作能力，还须有足够的心灵敏感，身心健康，热爱生活，精神向上，拥有非凡的人格力量，富有高度的社会责任感，善良，勇敢，思想道德高于社会一般水平。作家是哲学家、思想家、社会学家、艺术家、诗人等的集合体。这种愿望是积极美好的，但很难做到，只能归之于作家的良心发现、自我约束、反省和提高。即使连张炜自己都谦称不是一个真正的作家，可想而知。

　　从创作上，张炜把作家分为两种类型，一类是"突爆型"的，一类是"积累型"的。第一类作家凭借着才力不断突爆，靠的是智慧，写出了几个闪闪发光的作品可能因此不朽；第二类作家依靠不停地积累，使用的是

---

① ［美］W. C. 布斯：《小说修辞学》，华明、胡晓苏、周宪译，北京大学出版社1987年版，第433页。

② ［美］亨利·詹姆斯：《小说的艺术》，朱雯、乔忆、朱乃长等译，上海译文出版社2001年版，第29—30页。

心灵，写出的杰作与其本人及其他一些作品联系密切。前一类作家外向，后一类作家内向。前一类作家一开始难以埋没，后一类作家开始的时候并不引人注目。前一种是鲜亮迷人的，而后一种是深长久远的，有着不衰的魅力。一个作家属于哪种类型，也是天生的，大概在一开始就规定好了，不可更变。①张炜推崇的是"积累型"作家，比如他所膜拜的那些文学大师，认为"大师们身上有一种超人的力量，有一种神奇的特异的力量。这种力量就象我们今天所看到的一些具有特异功能的人一样。"②无疑，张炜把自己看成是积累型的作家，也是在为自己"拙笨"的写作方式打掩护。

二 读者论：理想读者

作家在创作的时候一般会想到读者，读者在阅读的时候也会想到作者。西方的接受理论、读者反应批评皆以读者作为研究中心或出发点，文学阅读不再是读者根据作品的内容对于作者意图的寻解过程，读者也不再是被动的接受者，而是参与文本意义生成的主体。张炜意识到了读者的重要性，是判断作品的一个坐标，但没有独尊读者，依然从作者的角度出发对读者提出要求，对意向或潜在读者、隐含读者、理想读者、现实读者等做出了规定。

20世纪80年代末在关于《古船》的一次讨论会上，他说："我想一个人是不可能完全被理解的，我不能理解别人，别人也不能理解我。但每个人又不断试图让别人理解，也不断让人理解。"③ 这是他思考、处理作者与读者之间关系的一个心理前提。由于张炜坚持所谓的"纯文学"创作理念，与"通俗文学"划定界限，拒绝向市场低头，导致读者到他这里发生了分化与分流。像很多作家一样，张炜的心态十分矛盾，既要吸引、争取最多量的读者，又不能一味迎合读者，因为一旦那样就容易失去个性，等于取消自己。人类文学史表明，在现实评价与历史评判两方面只有极少数人能够做到两全其美。作家必须做出选择，中间道路是走不通的。张炜公然宣称：艺术家只向一小部分人讲话！与坚持"纯艺术"的前辈作家稍有

---

① 张炜：《作家分两类》，《散文与随笔》，山东文艺出版社1993年版，第171—172页。
② 张炜：《葡萄园畅谈录》，《散文与随笔》，山东文艺出版社1993年版，第401页。
③ 张炜：《文学讨论会》，《周末对话》，江苏文艺出版社1991年版，第289页。

不同的是，在张炜看来，那些对读者选择特别苛刻的艺术家"人民性"或"责任心"更强。作者只能与"装在心中"的一小部分读者进行"对话"，才能让艺术变得纯粹，而且要求越高，越能提升艺术品质，进入"良性循环"。一个作家读者的多少是历史辩证的："这样的艺术和艺术家，其听众和读者将是非常之多的。因为纯粹的艺术较之芜杂浅近的艺术，更为具备欣赏的普遍性和长久性。这一代和后一代，都能够从中获得共鸣。从累计的人次上看，这种艺术的对话者也将是最多的。""内心的对话者愈小，展现的艺术世界愈大。"① 这样的对话者、读者只能是向壁虚造，实际上作家并没有把他们放在心里。

张炜把读者分为三种：一种是对文学书籍有着极大喜好的普通劳动者；一种是受过良好教育、有着较高文化素养、离不开文学或者干脆以文学为工作对象的人；第三种人夹在上述两类读者之间，最为可怕——"由于读了几本书而变得不可理喻，或者成了斜视眼，或者成了偏执狂，不辨稼禾，竟然在白纸黑字面前失却了起码的进入能力。"② 前两种人为张炜所欣赏，第三种人类似《颜氏家训》中所说的读了几卷书"便自高大""以学自损"的人。有人说：张炜的故乡野地只为那些依旧能够享受清凉的人们呈现。这些人是他的理想读者，也是他一意寻找的同类，而且为了纯化他心目中的月亮地而对同时代那些所谓的知识分子做出了最后拒绝。③ 彼得·拉比诺维茨曾提出"四维度读者"："有血有肉的个体读者；作者的读者，处于与作者相对应的接受位置，对作品人物的虚构性有清醒的认识；叙述读者，处于与叙述者相对应的接受位置，认为人物和事件是真实的；理想的叙述读者，即叙述者心目中的理想读者，完全相信叙述者的言辞。"④ 除了第一种读者受制于个人的身份、经历和接受语境，后三种读者全部为文本所预设。"理想读者"与作者的地位不对等，不是平等对话的关系。张炜的"理想读者"不是基于文本做出区分，而是带有些许"阶级论"的阴

---

① 张炜：《葡萄园畅谈录》，《葡萄园畅谈录》，作家出版社1996年版，第21页。
② 张炜：《读者有三种》，《散文与随笔》，山东文艺出版社1993年版，第173—174页。
③ 郜元宝：《保护大地——〈九月寓言〉的本源哲学》，《当代作家评论》1993年第6期。
④ 申丹、韩加明、王丽亚：《英美小说叙事理论研究》，北京大学出版社2005年版，第215页。

影，出自作为一个精英知识分子的价值立场和个人的好恶情绪。张炜愿意为两种读者写作："一部分是为分散的大众，即很自然的阅读——因为他们生命里有一种很自然的对文学作品的渴望，其理解力和阅读力是与生俱来的，生命本身具有这种能力。这种先天的能力如果没有被破坏，是最可靠的。第二部分就是为敏悟杰出者写作。这部分人无论怎么学习，怎么接受概念，怎么接受学术训练，也仍然能够进入作品内部，能够保持自己生命中的那份敏感。"张炜对读者的选择是为了对抗现实社会中通俗的流行文学，有着极强的目的性，而不是基于文本的假设。

张炜还为作者和读者描绘出一幅和谐相处、其乐融融的理想图景："它的创造者和欣赏者都可以身心放松、自由自在，过一种纯净的精神生活；由于读者的淳朴坦然和无牵无挂，自然而然地除消了世俗的偏见和任何眼障，打开慧目，真切地看到作家心灵的颤动和一个生命的流淌，任何人都可以不顾情面地、毫不费力地指出哪些是伪装的和没劲的，同时也忘情地进入一个他心中的美丽世界。"① 他把读者视为朋友、同类和知音。然而在现实生活中，这样的读者，或者对读者产生如此吸引力的作者，恐怕少之又少。即使是上述列举的前两种读者，张炜也没有从中看到大多数。有人说，阅读张炜需要一些基础，首先是对真正的阅读有理解，其次是读者要有一定的修养，然后是重点了解张炜的理性意识和知识分子性。② 这可不是一般的读者所能做到的。张炜对理想读者的幻想归于破灭，由此得出了读者已经"迷失"的结论，认为文学失去读者的原因主要有三个：一是生活中非文字性的好听好看的东西多了，吸引了人们的业余时光。二是曲艺性质的读物多了。三是文学作品变得越来越不实在了，与生活中的人们毫无关系。③ 人心不古，世风不纯，兴趣转移，张炜的埋怨并非没有道理，但没有从现代小说发展大势以及自身找原因。

在现实中寻找理想读者失败之后，他决定不再为此纠结。当有人问他到底是为谁写作的时候，他说："我真的想不到一般意义上的读者、想不

---

① 张炜：《萨利哈尔，别把音乐停下来》，《纯美的注视》，上海远东出版社1996年版，第149页。
② 刘烨园：《阅读张炜的基础——我所认识的张炜》，《理论与创作》1996年第4期。
③ 张炜：《读者的迷失》，《散文与随笔》，山东文艺出版社1993年版，第229—230页。

到具体的读者。因为我更多的时候难以确定自己在为哪一部分人写作。准确点说我是为自己——一个非常遥远的'我'而写。""'我'是惟一的、全部的读者。"① 但"遥远的我"也不是作者自己,它没有具体的所指,如果有的话,只能指向未来,显示了作者对文学宗教性的信仰,对文学恒久价值的追索。"遥远的我"读者论的提出,表明了像张炜这样的纯文学创作在当世的遭遇。然而,"真正意义上的作家都是与时尚保持了距离的。因为不这样做就会走入一种消费性写作,不管他愿意还是不愿意。所谓的'时尚',必然是一个时期达成的某种妥协,是思想和趣味诸多方面经过折中的一种产物"。② 他继续自辩道:"一个作家随着写作历史的延长,心目中的理想读者也许会越来越少。看起来写作的对象变得越来越狭窄、固定和具体,好像是越来越没出息了,但实际上也只有此刻,才算开始迈出自己决定性的艺术步伐。"最后,"他甚至觉得只是在为自己写作:不是正在持笔的'我',而似乎是那个更加遥远的'我'。那是一个充满期待的、高贵的灵魂。那个遥远的'我'始终在注视自己的劳作"。"作家的写作对象集中到这样一个点上,这个点接近于虚无和没有,于是也就走向了真正的阔大无边。大概只有这时候他才第一次踏进了'为人民写作'这个空旷遥邈的概念边缘。"③ 张炜一再对"遥远的我"进行申明,不禁给人无奈又悲壮的感觉。

布斯的《小说修辞学》归根结底谈的是作者在文本中的隐现以及如何面对读者的问题。他对"真正的艺术家只为自己写作"的观点提出了批评,对发出"严肃作家就是那些头脑里不考虑读者的人"的言论进行回击,从"纯艺术"理论开始追溯,最终得出"自然客体是自足体"的观点只能是"部分正确"的结论。"小说修辞学的最终问题是,决定作者应该为谁写作。"并分析了两种情况,一种是为"他自己"写作,一种是为"他的同类人"写作。布斯还分析了"作者创造他的读者"的说法。张炜的问题在于,"在所有纯洁性中等待理解能力和思想规范都碰巧与他自己

---

① 张炜:《遥远的我》,《世界与你的角落》,昆仑出版社 2003 年版,第 118 页。
② 张炜:《翱翔于云端的精灵》,《书院的思与在》,广西师范大学出版社 2004 年版,第 247 页。
③ 张炜:《文学的自我提醒》,《世界与你的角落》,昆仑出版社 2003 年版,第 81 页。

的相一致的读者",而不是"很好地创造他们——亦即使他们看到以前从未看到的东西,使他们进入一个理解力和经验一体的新秩序中"。① 张炜决计要与布斯对着干。感慨于自身的遭遇,在对中国的阅读现状基本把握的基础上,他撰写文章、接受采访、公开演讲,畅谈阅读心得,向大众传播所谓健康的阅读方式,倡导读书。他说:"阅读是最高尚的事业。"读者应该阅读优秀的作品,培养自己对文学的感受能力。读者要有胸怀,应该多方汲取,同时阅读也需要训练,付出巨大的努力去理解作者。"阅读是什么?就是与那些我们压根儿不熟悉的人、遥远的人、另一个世界另一个时空里的人做灵魂的对话。"② 文学家的写作要站在"深沉的阅读者"一边。③ 这都给读者制订了很高的要求。他不像布斯说的那样通过自己的创作去创造读者,而是规定读者,身体力行、言传身教培养读者。由于张炜的读者观建立在以作者为中心的基础之上,很多时候所言的读者是作家自己,特别是以自己的阅读体验为基准,把对自己的要求强加到别人身上,难免有"投射效应"之嫌。

三 批评之批评:与同路人分道扬镳

张炜新出道的时候非常重视批评家的声音,并不避讳自己曾受到过批评家的影响,会根据批评家的意见修正自己的学习、创作道路。但是他很快就发现批评界没有想象的那么客观公正权威,并不是所有的批评家都厚德博学,认真负责,能够给作者指出缺点和不足,助其提高、进步和成长,有的人因为修养素质不够根本谈不上是真正的批评家,不值得敬重。"一些搞评论的意见要听,因为他们能及时给你指出创作上的一些问题,使你及时矫正方向。但我觉得在文学道路上,自我反省比什么都重要。有些评论者有浅薄和不负责任的,你必须看到。他们不仅从来没有进入你的世界,而且从来也没有进入过艺术世界。"④ 他于 1982 年说的这段话成为

---

① [美] W. C. 布斯:《小说修辞学》,华明、胡晓苏、周宪译,北京大学出版社 1987 年版,第 440—441 页。
② 张炜:《阅读是一种珍惜——在香港浸会大学分校的演讲》,《午夜来獾——张炜 2010 海外演讲录》,作家出版社 2011 年版,第 150 页。
③ 张炜:《风会试着推毁他》,《告诉我书的消息》,新华出版社 2012 年版,第 237 页。
④ 张炜:《谈谈诗与真》,《散文与随笔》,山东文艺出版社 1993 年版,第 244 页。

今后对待批评的基本态度，在此基础上逐渐树立了自己的批评主张。

张炜对批评家的总体要求是——他首先必须是一个艺术家，是一位真正的诗人。"他是一位艺术家吗？如果不是，我们彼此就站在了两个世界里。我们无法对话。""他不是一个诗人，可是他严厉地裁决诗章。""只有一位真正的诗人才可以充任批评者的队伍。因为只有诗人才懂得字里行间那些无法表达的、难以名状的色彩、韵致、情思、意味……"① 他曾经一厢情愿地认为："好的评论家和作家是共同成长，杰出者总是结伴而行。"② 可惜，放眼望去，已经很难找到同路人了，他在创作过程中只好自我提醒，自我反省，而不再寄希望于外来批评。③ 张炜对批评的批评，是针对20 世纪八九十年代真正的文学批评的缺席、文坛和学术界上的一些热点议题有感而发的。他对批评家的不满主要有三点：一是没有感悟和灵性，进入不了文学内部；二是批评观念陈旧僵化，面目可憎；三是缺少操守，不讲原则，道德沦丧。首先，文学是"心灵的产物"，是难以言传和表述的个性创造艺术，逻辑分析、量化、分类梳理等固然需要，但应该建立在对艺术的把握和理解之上，当下许多批评令人不满就在于"术"多"悟"少，面对鲜活的文学作品失去了基本的阅读能力，使得文学批评和研究变成了一门呆板、僵死的学问。福斯特曾直言，有人在进行文学批评时"简直是在作孽"，"因为他用的是真学者的方法，而又缺乏真学者的素养。在尚未阅读或理解那些书籍之前便进行分类，这是他犯的第一大罪。"④ 张炜反对套用国外术语、使用个把洋文唬人，并称西方的研究方法害苦了中国人。其次，由于过多依赖和仰仗技术、惯性等因素，批评家失去了心灵的洁美和健康，加之当代社会风气使然，物质诱惑，人文精神滑落，道德状况堪忧。他们失去了对真善美的判断能力，嘲弄真诚、正义，为贬低文学、非文学势力摇旗呐喊。他们缺少"前后一贯的分析能力"，对于越来

---

① 张炜：《批评与灵性》，《散文与随笔》，山东文艺出版社 1993 年版，第 124—125 页。
② 张炜：《丛林秘史或野地悲歌——关于〈刺猬歌〉的对话》，《在半岛上游走》，作家出版社 2009 年版，"读后记"，第 247 页。
③ 张炜关于批评与批评家的相关论述非常之多，可以参见《怀疑与信赖》《序〈张业松评论集〉》《真挚的诗声》《伦理内容和形式意味》《文学的自我提醒》《自己上路》《方式和内心需要》《对世界的感情》《写作：八十年代以来》等文。
④ [英] E.M. 福斯特：《小说面面观》，苏炳文译，花城出版社 1984 年版，第 9 页。

第二章 张炜的小说创作、批评理论

越多的作品讨论会,"他们往会场上走来了,却把原则放在了家里。"把讨论会变成了"办喜事分糖吃的场合"。① 所谓的"有原则"的人一般都具有以下特征:一、专业上比较平庸;二、总跟着风头跑;三、尽可能地追逐有权势的人。张炜将他们视为"蛀虫"。② 1993年,张炜对批评家的不满似乎达到了一个顶点,他为自己制订了三项规定:其一是"多读不时髦的书",因为这些书是沉静的人所写并且经得住了反复淘洗;其二是"少看或不看文学艺术方面的报道和评议,因为它们常常有害于人的心情";其三是"与某些专业评论家相逢只谈友谊,不谈艺术,因为他们现在又迷上了痞子创作……"③ 他对于当时文坛上出现的玩文学现象表示不满,批评家非但不去批评反而纵容,为之张目,成为帮凶,令他大失所望,"只谈友谊,不谈艺术"反映了他与批评家亦敌亦友的关系。

在张炜看来,文学批评建立在正常、健康、充分、深入的阅读体验之上。"批评的基础……不过是对文学作品的朴素而真实的理解,是好的阅读,平常而又正确的阅读。他首先要使自己处于一个普通读者的位置,去感悟和感动,欣赏和流连。这是一个不能省略的过程,省略了,即可能走到文学艺术的反面。"④ 日内瓦学派代表人物之一乔治·布莱认为,阅读行为意味着"读者的意识和作者的意识的结合"(遇合)。⑤ 他赞同蒂博代的"同情"说,即"批评首先是一种同情和理解的行为,批评者首先是一个读者,他要努力使自己站在作者的立场上,'根据支配作品的精神来阅读'作品。"⑥ 这一观点与张炜雷同。张炜多次倡言,不仅是作家,批评家也必须是一个优秀的读者。但与"同情批评"不同的是,张炜并不要求批评家以读者身份站在作者的立场上说话,读者、批评家与作者很难达到精神或意识上的完全遇合。如前所述,张炜始终认为一个生命个体不能被另一个生命个体完全理解,读者、批评家所能做到的只是(无限)"接近"作者

---

① 张炜:《葡萄园畅谈录》,《张炜自选集:葡萄园畅谈录》,作家出版社1996年版,第126页。
② 同上书,第250页。
③ 同上书,第272页。
④ 张炜:《从创作到批评》,《书院的思与在》,广西师范大学出版社2004年版,第146页。
⑤ [比]乔治·布莱:《批评意识》,郭宏安译,广西师范大学出版社2002年版,第3页。
⑥ 郭宏安等译:《二十世纪西方文论研究》,中国社会科学出版社1997年版,第41页。

及其作品。对读者来说，文学欣赏的几个阶段分别是对故事情节、人物、意境的追寻，到了意境或境界这一层次，读者才算是优秀读者，进入到阅读的最高阶段。对于一个批评家、学者来说，"寻找逻辑脉络，区分作品的各种层次，并在做这些的同时，给予史的纵横比较和关照，在类上稍稍鉴定"比初级阅读更等而下之，应该做的是"艺术的悟想"，在文学欣赏中逐步把握。最高的阶段是一个生命与另一个生命的交流，只有体会到作品的境界才能达到。"每一本书的境界都有所不同。逐步地把握和进入一本书的境界，是非常愉快的事情。这是与另一个生命进行深入而开阔的交流的开始。"① "艺术评论说到底不仅是一种判断，而且是一种充满了诗意的寻觅过程。"② 又说："批评者或智识阶层的全部，他们的一个重要工作和责任就是挖掘和扩大——将角落里的声音复制仿真然后送到街头。"③ 可见，这也是"寻美"的过程。张炜用对作家的要求来要求评论家，强调"天分"，认为要成为一个评论家首先要具有先天的资质，其次才是后天的修养，再次是生活经历，最后是灵魂的性质，总之都要有"生命的依据"。④ 至于对诗意的天生敏感，是后天的学习所不能补救的。

比起职业批评家，张炜更欣赏作家批评。有人指出，小说在大分化趋势中"越来越走向小型化、圈子化和专门化"，这是对所谓全知全能型的批评家的挑战。⑤ 张炜与许多同时代作家有着批评来往，还对国外经典作家发表评论，结成了多本文集。另外，他十分关注当下文坛的状况，对文学发展趋势以及社会文化现象不失时机地进行评说，撰写文章，有的在学术刊物上发表。张炜对批评的抨击是因为有着切身体会，认为自己就是受害者，所以才从一个作家转而充当了一个批评家，并在对他人的批评中践行着自己的批评理念。

---

① 张炜：《葡萄园畅谈录》，《张炜自选集：葡萄园畅谈录》，作家出版社1996年版，第144—145页。
② 张炜：《术与悟》，《流动的短章》，作家出版社2000年版，第22页。
③ 张炜：《存在的执拗》，《张炜名篇精选》（增订本，随笔精选），山东友谊出版社1996年版，第250—251页。
④ 张炜：《从创作到批评》，《书院的思与在》，广西师范大学出版社2004年版，第154—155页。
⑤ 吴亮：《当代小说与圈子批评家》，《小说评论》1986年第1期。

第三章　张炜小说的内、外叙事模式

早在《古船》发表的时候,有人认为它是一个"主题群",像交响乐那样"一起响",若干主题共同构成长篇小说的魂灵。[1] 到了《柏慧》和《家族》,有人敏感地觉察到了张炜意欲创作类似《约翰·克利斯朵夫》《浮士德》《神曲》等长篇大作的企图。李洁非从《家族》中看出它有着像《约翰·克利斯朵夫》一样的"回响",并且断定:"这是一个'家族'的故事,却不仅仅是一部家世小说。"[2] 王一川不无兴奋地指出,张炜的《家族》创造了一种"双体小说"的新文体:"通常的统一文体在这里分裂为两半:抒情体与叙事体交错、历史叙述与现实叙述分离、抒情人与叙述人竞现,也就是说形成诗体与小说体双体并立格局。"[3] 而《柏慧》和《家族》在整体构筑上借用了交响音乐创作中"复调织体"的技法,且具有"倾诉"语体的叙事特征。[4] 这些论述不经意地指出了张炜小说文体的两个特点:一是外在结构模式上的复调特征,二是内在叙事模式上的独语体式。这两点在张炜小说中体现得十分明显,但缺乏详尽论述,大都仅就某个文本点到为止,并不深入,且表述各异,将张炜的全部创作当作一个整体做历时性总括分析的研究还没有,当时也没有多少代表性文本予以支持,缺少说服力。从叙事学的角度来看,通过分析张炜小说的内、外两种叙事模式,可以深入文本肌理,真正了解作者的叙述行为和动机。一内一外两种形式互相依

---

[1] 罗强烈:《思想的雕像:论〈古船〉的主题结构》,《文学评论》1988 年第 1 期。
[2] 李洁非:《圣者之诗——对〈家族〉的体味》,《当代》1995 年第 5 期。
[3] 王一川:《王蒙、张炜们的文体革命》,《文学自由谈》1996 年第 3 期。
[4] 王培远:《走向精神和人格的高原——张炜〈家族〉、〈柏慧〉读解》,《菏泽师范专科学校学报》1997 年第 1 期。

存不可剥离，只有达到了高超的和谐境地，才能使得作品凸显其独到之处。

第一节 外在结构模式的复调特征

尽管张炜说过"作品的形式不重要，内容才重要"，[①] 但并不是说他完全不重视形式，形式毫无意义，在小说创作中没有任何形式上的创新、形成自己的特点。张炜反对的是玩弄形式炫耀技巧的风气。在具体的写作实践中，他不仅不拒斥形式，而且非常注重形式，讲究形式，执着于形式或技巧上的探索实验。"我一直认为自己是二十多年来在艺术形式的探索上，花费心力极多的一个写作者，从《古船》《九月寓言》到《蘑菇七种》《瀛洲思絮录》一路下来，乐此不疲。但我不愿从翻译作品中作简单的模仿，那不是成熟作家所为。根植于本土的生长，形式探索只是其中的一个组成部分，这显示了写作的力量。……形式上任何的固守陈旧，都会影响到内容的生气勃勃，最终沦为一个时期的下品。"[②] 2010年"你在高原"十部书一举推出的时候，它被认为是作者从文三十多年来创作生涯的一次大扫除、大总结，以巨大的容量灌注运用了所有的文学经验，特别是他所熟悉掌握的各种技法、主义：浪漫主义、现实主义、现代主义、后现代主义、批判现实主义、魔幻现实主义、意识流、新历史主义……不一而足。就结构形式而论，综观张炜的创作，最具典型性、最为纯熟、最为他青睐的小说体式就是"复调"。如作者所说，这种"复调"不是对外国翻译作品的简单模仿和移植，而是在大量阅读、熟知相关理论、领会参悟的前提下，立足本土实际，结合已有创作资源，进行学习借鉴、融会贯通、发挥创造的结果，带来的审美风貌必然与"原版"有异。

一 复调结构小说的理论来源

在分析陀思妥耶夫斯基的小说艺术时，巴赫金认为陀氏创造了一种全

[①] 张炜：《不能丧失的》，《激情的延续》，湖南文艺出版社1996年版，第17页。
[②] 张炜：《齐文化及其他——2007年春天的访谈》，《告诉我书的消息》，新华出版社2012年版，第265页。

新的小说体裁——比资本主义的寿命更长久的"复调小说",作为"他的艺术视觉中那些较为深藏而又稳定的结构因素",[①] 强调众多小说人物"声音"的独立性及其与其他人物、作者之间的"对位"关系。陀氏描写了形形色色的不同人物,不管是主要人物还是次要人物,包括作者、叙述者在内,都一律平等,他们竞相发言,充满了各种声音和议论,杂然并陈,互相辩难,甚至充斥着许多矛盾和悖论。在此类小说中,作者的观点或意图不再像传统小说一样那么清晰凸显,而是模糊、颠倒、混淆,无从分辨;作者的行为也不再粗暴专断,干扰程度竭力降低,充分放任小说人物说话的权利。

熟稔乐理的米兰·昆德拉对巴赫金的理论另有一套阐发,他通过借用音乐上的"复调"概念,指出了现代小说领域出现的文体形式意义上的"复调"现象,即"复调结构"或结构上的复调。它指的是一种打破传统"单线小说"叙事模式的复杂形式,以多重叙述线索作为平等的"声部"向前运行,讲究结构性的"对位"关系,注重各个部分的"平等性"以及"整体的不可分性"。[②] 他从奥地利作家赫尔曼·布洛赫那里受到启发,布洛赫的小说《梦游者》之第三部分包括五个元素或由五条不同性质的"线"构成,文体种类或性质不同,却在作家手里同时得到处理,交替出现,显示出明显的复调意图。虽然这五条线没有得到很好地衔接,但由一个或几个共同的主题统一在一起。昆德拉看重的是各条"线"同时发展、互不相遇、彼此平等,类似音乐学上的复调特点。为了践行这一发现,他在自己的小说中有意采用复调结构,在形式上果然令人耳目一新。

复调结构小说不仅是对"线性叙事"传统的反叛,更是对小说创作技巧成规的蔑视。"不要过渡,而要突兀的并置,不要变奏,而要重复,而且始终直入事物的心脏:只有道出实质性内容的音符才有权利存在。"昆德拉以命令式的口吻如是说道。"现代文学叙述有强烈的破坏叙述结构的冲动,因为现代作家明白结构是作品强加于生活之上的。"[③] 过去的小说大

---

① [苏]巴赫金:《陀思妥耶夫斯基诗学问题》,《巴赫金全集》(第五卷),钱中文主编,河北教育出版社1998年版,第2页。
② [捷克]米兰·昆德拉:《小说的艺术》,董强译,上海译文出版社2004年版,第95页。
③ 赵毅衡:《当说者被说的时候——比较叙述学导论》,中国人民大学出版社1998年版,第175页。

都遵循时间关系、空间关系、因果关系等"可追踪性"形式,到了现代,这种"可追踪性"变得非常复杂,遭到了质疑与破坏。昆德拉最感兴趣的还不是叙述方式的变革,而是小说作为一种文体在形式上的可能性——边界不断拓展,具有极强的融合能力,诗歌、散文、哲学、科学等以相对独立的方式跻身其中,变成了无所不包、无所不能的艺术。复调结构小说深刻地反映了作者所处世界的复杂性,深藏着作家对人的真实存在的探寻企图。

昆德拉不难找到同道。博尔赫斯、阿斯图里亚斯、科塔萨尔、卡尔维诺、帕维奇、埃科、略萨、库切……他们的小说在结构形式上呈现出明显的"复调"特点,其中以略萨为代表的"结构现实主义"小说与之更为相近。略萨是20世纪六七十年代拉丁美洲"文学爆炸"涌现出来的一个重要人物,他的小说注重形式结构上的创新,借鉴电影、电视以及绘画等艺术技巧,创造出了多角度和多镜头对话与独白的写作手法,追求整体上的立体感,同时在内容上坚持写实,因而被称之为"结构现实主义"。他的《潘达雷昂和女客服务队》《绿房子》《城市与狗》等小说都设置了平行叙述的多条线索。在《潘》中,情节主线"女客服务队"和副线"方舟兄弟会"双线交叉并行,故事各不相干,却围绕着同一个主题;除了多角度、多镜头及对话手法的运用,还采用了"公文佐证法",在第二章、第四章、第六章罗列了许多公文和文件,第七章、第九章借助广播和报纸进行反映、评述,也属于此手法。

结构现实主义作家把小说事件看成是一个一个的"零件",将它们进行重新组合,既取材于现实又区别于现实。与现实主义的传统创作方法不同,此类小说不去塑造典型的人物形象,而是描写反映某个社会或集团,涉及的人物都是芸芸众生,常常以一个社会集团的面目出现;突破了现实主义的常规表现形式,尤以"章节穿插法"最为突出。比如《胡利娅姨妈和作家》,讲述的是作者与胡利娅姨妈恋爱结婚、遭到干涉的故事,单数章节作为主线,双数章节是一系列看似毫不相干的小故事。阿斯图里亚斯的《危地马拉周末》干脆把整个故事情节的发展分割成平行的两个部分来写。略萨的《绿房子》采用了"中国套盒"的写法,这些大小不同的"盒子"分别反映着当地社会的各个侧面,组汇成一部社会百科全书。这不是结构主义小说作家的首创，中国的宋元话本小说也喜欢采用这种叙述模式。

昆德拉的复调结构小说和略萨的结构现实主义小说存在着许多共通之处，比如摆脱线性叙事模式，善于运用平行结构以及故事的"嵌套"手法。两个人都说过"并置"，但不是简单的拼凑，他们都提到了"套盒"（中国套盒或者俄罗斯套娃）的故事讲述方式。略萨说："这种性质的结构：一个主要故事生发出另外一个或者几个派生出来的故事，为了这个方法得到运转，而不能是个机械的东西（虽然经常是机械性的）。当一个这样的结构在作品中把一个始终如一的意义——神秘，模糊，复杂——引进到故事内容并且作为必要的部分出现，不是单纯的并置，而是共生或者具有迷人和互相影响效果的联合体的时候，这个手段就有了创造性的效果。"①《一千零一夜》《堂吉诃德》就是机械的。对昆德拉来说，统一这些不同故事的手段是主题的统一，使之形成一个不可分的整体。对略萨来说，主题统一没有问题，具体到技法上，他用"连通管"来形容它们之间的衔接关系："发生在不同时间、空间和现实层面的两个或者更多的故事情节，按照叙述者的决定统一在一个叙事整体中，目的是让这样的交叉或者混合限制着不同情节的发展，给每个情节不断补充意义、气氛、象征性等，从而会与分开叙述的方式大不相同。"② 福楼拜的《包法利夫人》存在着诸多主线，其中被人津津乐道的"农业展览会"一章就采用了连通管的手法，将喧闹混乱的农村集市与罗道尔夫诱引爱玛的情节结合在一起，形成了一个对位的统一体。

除此之外，张炜还注重从 20 世纪以前的中西方文学汲取营养，比如罗曼·罗兰、普鲁斯特及托尔斯泰、陀思妥耶夫斯基，在长河小说、复调小说、结构现实主义小说等有着相似特征的各种小说体式的杂糅中形成了自己的风格。

二　张炜复调结构小说的衍生

张炜小说结构上的复调特点在其成名作《古船》中已经初步显示出

---

① ［西班牙］略萨:《中国套盒：致一位青年小说家》，赵德明译，百花文艺出版社 1999 年版，第 86 页。
② 同上书，第 107 页。

来。概括来讲，《古船》以胶东地区"洼狸镇"从"土地改革"至改革开放四十多年的历史作为背景，表现了隋、赵、李三个家族之间的恩怨情仇。该书反映的时间跨度长，涉及人物多，现实与历史相互纠缠，故事情节繁复，思想容量巨大，不易把握。从情节结构来看，推动小说前进的主要线索是改革开放之后围绕着粉丝作坊的承包经营发生的明争暗斗的较量，其中包括赵家、隋家、李家三方对待粉丝厂的不同态度，以及隋家内部抱朴和见素之间的分歧；而隋氏三兄妹的爱情悲剧作为与主线相伴随的副线向前发展；两条线索所处的时空背景一致，在或平行或交叉之中运行，值得重视的是那些交叉相遇的点，比如含章与赵家和李家的两个人物赵炳和李知常的关系，闹闹暗中助见素让粉丝作坊"倒缸"，等等。从叙述向度来看，一是向前的，讲述改革开放之后围绕着洼狸镇发生的一系列变化展开，是正在进行时；一是向后的，对过去历史的回顾，也就是逐渐被人遗忘的"镇史"，尤其是政治运动中的洼狸镇和三个家族的兴衰史，是过去追述式。它们也不都是按照时间先后顺序发展，后者就显得十分凌乱，却是不可偏废的一条重要叙述线索，且完全是为了照应当下的需要而穿插设置，历史与现实的冲撞必然会合归一处。叙述当下的那条主线也经常插入破坏正常叙事的故事情节，比如隋不召虚虚实实的传奇和古怪的行为表现，隋见素进城创业经历，而隋大虎牺牲前后的情景描写，李技术员与李知常、隋抱朴、隋不召等大谈星球大战、华约、北约、军备竞赛等国际局势，写"大跃进"、三年自然灾害、"文化大革命"，像化不开的疙瘩，[①]许多人对此感到不解。不过，正是因为这些看似具有破坏性的情节的加塞，使得小说更具有现代感、现实感，符合人物所处的社会时代发展背景，而且"星球大战"的讨论将国际紧张的局势与整个洼狸镇的不祥、危机感结合起来，与作家对技术理性的思考不无关系，隋大虎作为战斗英雄被人们铭记，与老隋家的血脉紧密联系，增加了苦难感，强化了小说的主题。对此，吴方从历史与现实的"意识模式"角度入手，看到《古船》在现实与超现实、实录与传奇之间对明确的叙事性和因果性机械限

---

① 陈宝云：《说长道短——谈张炜对两个环境的处理》，《山东师范大学学报》（人文社会科学版）1987年第3期。另请参见《沉重的回顾与欣悦的展望——再论〈古船〉》（冯立三，《当代》1988年第1期）。

制的现实主义的突破，在文体上造成了散文与诗交叉互渗的变格或者变形；他特别指出小说的叙述"由线性形态向并置形态置换变形"，导致事象、时间、视点、心理等在"不稳定的、令人不安的语言秩序"中形成独特的理解。① 可惜的是，他也没能看到张炜后来更为大胆的创作，不了解张炜在作品中用复调手法结构小说的深意。

中篇《童眸》没有得到评论家应有的重视，它是张炜从农村题材转向城市题材的一个过渡作品。小说描写了"机关生活"，以一个热爱艺术的青年杨阳在机关受到的不公正待遇为主线，表现了"文化大革命"以来残余思想或腐败势力的不良影响。小说共有十六节，双数节写的是沈小荒的机关生活；单数节写的是沈小荒少年时代与长乐、胡头两个中年汉子在一起的难忘时光，三人为了保护因父亲问题在乡下改造未能返城的"女特务"免遭民兵头目斜眼老二的欺负，设下机关，在抓捕女特务的时候，三人挺身而出，为女特务解难。两条线索好像毫不相干，唯一的连接点或者"连通管"就是沈小荒的童年回忆；然而从思想意蕴来说，对城乡生活和人情、人性进行了对比，表达了对美好正义人格的怀恋，比如两个孤独的在村里没有任何地位的汉子，虽然长相不美，却认真、执着、嫉恶如仇；相反，在城市大机关里，衣冠楚楚的公务人员却生活腐化，没有原则，狗眼看人，与乡下的民兵头目本质上没有差别。因为是一篇试验性作品，反映的主题比较单薄，然而从此开始，自觉不自觉的城乡对照影响了张炜后续的小说创作。几年之后，他完成了《蘑菇七种》，这部作品在主题上与《童眸》有着某种联系，但他回到了更为熟悉的农村题材。张炜的这篇得意之作"由两封求爱信、两篇批判稿、一封告密信、一篇生日献词、一篇学术文章组成了故事的骨骼。它们也是结构的框架。"② 这些部分绝不是没有任何关系，也绝不是简单地拼凑在一起，它们无不为主题服务，经过了艺术性的融合，使之成为了一个有机的整体。

与西方作家不同的是，张炜在短篇小说中极少采用复调结构手法，可能那时候还没有形成明显的"复调"意识。也与一些作家仅仅在小说的局

---

① 吴方：《"历史理解"的悲剧性主题——〈古船〉管窥》，《当代作家评论》1988年第1期。
② 张炜：《远河—蘑菇——答李红强》，《我跋涉的莽野》，春风文艺出版社2001年版，第163页。

部进行复调处理不同,张炜在大结构上敢破敢立,使其长篇小说大都具备了复调结构或者结构现实主义的特点。"如果说《古船》是架势做足、有板有眼的出演的话,那么《九月寓言》则是歌哭任性、野腔失调的狂唱。从有所依傍、有所顾忌到洗尽铅华、任意挥洒,这一变化过程也正是张炜在一种刻意为之的执拗坚定、师心自善之下所走过的小说个性化之路逐渐明朗化的过程。"① 但不是说放任自流,想到哪写到哪,走哪山砍哪柴,复调结构小说同样经过了精巧运思,只是在整体风格上显得粗放开张。后期的长篇小说因其长度容量上的优势,更能体现张炜在形式上的探索,以及精神思想的充分自由表达。比如《九月寓言》由七个中篇组成,《外省书》由十一个中篇组成。在《九月寓言》中,"作为背景环绕着全文的是村庄所具有的整体性的流浪象征、修辞,作为主音存在的是金祥寻鏊、闪婆与露筋、独眼义士、欢业等所具有的对于个体性流浪意义的探寻与深化。两种声音彼此应合,叙述者的声音与个体的声音结合在流浪这一事件之中,在互不融合的基础上,平行演奏出具有结构意义的交响"。② 张炜说他是第一次采用"散点式"结构,七大章节既各自独立又相互连贯。说起来简单,做起来实难。至于为什么这么做,他认为是为了打破传统小说的因果关系叙事方式。因为,"实际生活除了纵的特性之外,也还有横的特性。生活本身也具有自己的单元性、重复性,比如我们就常常说生活是'一幕一幕的'。每'一幕',就是一个单元。可见,也可以从单元的角度去理解生活。"传统小说是人为地将生活连成故事,有开头、高潮和结局,实际上我们的生活并没有预先的安排,也不会按照设想进行。《九月寓言》在结构上与《鱼王》《小城畸人》等有着类似的结构,后两者恰恰是张炜最为欣赏的,但他认为它们更像是中短篇小说集,而《九月寓言》的不同在于,除了更加精练,还有形成一部真正的长篇小说的理由,即它的地理背景和人物是统一的,情节之间有着许多微妙的照应,并非一盘散沙。张炜也模仿过《鱼王》《小城畸人》的结构形式,比如其小说散文集《如花似玉的原野》,就曾被人误认为是长篇。到了《外省书》,结构小说的方式又

---

① 张业松:《张炜论:硬汉及其遭遇》,《文艺争鸣》1993 年第 4 期。
② 彭维锋:《狂欢书写与修辞隐喻——以张炜〈九月寓言〉为个案》,《济南大学学报》(社会科学版) 2005 年第 1 期。

第三章 张炜小说的内、外叙事模式

为之一变。按照作者的说法："《外省书》借鉴《史记》和《汉书》的方法，用一个个人物做单元，为他们开列传。"① 小说以人名为章节标题，每一章节重点介绍一个人物，但是必须读完全书才能领略小说的主题。其他长篇小说都不屑于平铺直叙，章节的体式不一。《丑行或浪漫》的开头和结尾是赵一伦（铜娃）的叙事视角，而中间部分则是刘蜜蜡的奔逃传奇。对此，日本学者坂井洋史的观点值得重视。在他看来，这部小说由两种不同的叙述交错在一起而构成，包含着两个"世界"："第一层叙述以刘蜜蜡为主人公，叙说她冒险跋涉的故事。这个叙述具有明确的情节，所以能够给全篇以稳定的形式性和脉络感。"也就是"能写梗概的世界"。"第二层叙述是指第二章至第五章之间开展的寓言世界。"也就是"不能写梗概的世界"。

但是，这两层世界不是少了谁都不行，而是有着相对的独立性，形成了他所说的"文本叙述的复调结构"。坂井说这两种小说是后现代小说今后趋向的两个相反的方向，一是强调故事性滑向娱乐性，二是牺牲可读性和娱乐性使之成为"少数知识分子才能享受的理智性占有物"。张炜的这部小说是"现代/前现代叙述的折衷"。② "但当仔细分析这看似平凡的结构意义时，却发现它里面蕴含着一种大智慧。"因为它不同于一般的回忆型小说，而是通过二十年前的一面镜子反观当今，透露了一种隐性的声音。③ 对于《刺猬歌》，张清华认为作者使用了"散淡的笔记体文字"，用以收罗关于地方风物的神异描写，这与以前的抒情文体、主观色彩相比有所变化，但独白性文字仍然与过去的小说有一贯的情感与个性色彩，总体上呈现了"多种声音的奇怪混合"的复调特点。④ 这些小说虽然已经具备复调结构的规模，但叙事结构还不够复杂，有些小说未必以复调为主要特点，有的隐而不显，而以"你在高原"为总题收拢的十部长篇小说才充分体现了张炜创作的复调特色。

---

① 张炜：《时髦或边缘》，《世界与你的角落》，昆仑出版社2003年版，第157页。
② ［日］坂井洋史：《致张新颖谈文学语言和现代文学的困境》，《当代作家评论》2006年第3期。
③ 宫达：《在八百万台阶之上》，《大家》2003年第2期。
④ 张清华：《在时代的推土机面前》，《小说评论》2008年第1期。

三 张炜对复调的理解

张炜对复调结构小说有着清醒的认识和充分的自觉,以至不能自拔,十分推崇在文本形式、小说空间、情节故事等方面的"复调"处理,也只有如此才能达到一种深度,创作出优秀的作品。像昆德拉和略萨一样,张炜也把复调理解为"并置"。他认为,"单纯追求娱乐性的作品"其思维方式是"线性"的,结果势必会导致"结构的单一",而只有"不同场景和思维的并列和并置",包括情节、人物在内,才能表现小说的层次感。他甚至认为,"单单是情节结构的并置性也许并不难做。最难的还是其他,比如情感和思想一类。不同声音的内在交响,不同思想的并列呈现,这需要胸怀,需要强大的认识力和包容力,更需要对世界的怀疑精神。这种由于多重并置而形成的空间感,往往也是一种伟大感和博大感"。① 张炜又从昆德拉的复调回到了巴赫金的复调,这已经不是技术层面讨论的问题,也不是一个势单力薄的作家所能做到的了。

在《小说坊八讲》第二讲"故事"中有两个小节"同时呈现的故事""讲述方式和小说边界",② 阐明了张炜以及擅长复调结构小说的作家们处理故事的手法。他认为博尔赫斯在小说的形式实验方面走得很远,具有范本意义。略萨"通常用镶嵌的方式,将几个不同的故事在书中同时呈现出来。""'结构现实主义'有一个特征:读者刚开始顺着它的情节往前走的时候,另一个故事板块就硬生生地插了进来。""它的几个故事板块当然不是简单地镶嵌,还要有些照应,有些粘连点、焊接点。"张炜也提到了"套盒""套娃",即故事的层层嵌套。但他仍然认为,单纯玩弄方法没有多少难度。他还是认老理儿:内容决定形式。不过张炜通过阅读发现,现代小说的讲述方式已经发生了巨变,那些伟大的作家,被人称道的作品,往往都是不顾一切,他们执着于在自己认定的道路上进行顽固的探索,甚至无视读者是否喜欢。穆齐尔的《没有个性的人》,普鲁斯特的《追忆似

---

① 张炜:《消失的分号——在鲁迅文学院的演讲》,《告诉我书的消息》,新华出版社 2012 年版,第 66—68 页。
② 张炜:《小说坊八讲——香港浸会大学授课录》,生活·读书·新知三联书店 2011 年版,第 41 页。

第三章 张炜小说的内、外叙事模式

水年华》,乔伊斯的《尤利西斯》,包括托尔斯泰和陀思妥耶夫斯基的作品,作者往往喜欢在作品中插入大量的看似非文学性的或者是冗长的看似破坏文学性的因素。他还提到库切的《凶年纪事》,故事虽不新奇,讲述方式却出人意料——在纸上用直线画出三栏,三栏中写了不同的内容,甚至不是故事,而这些正是最有价值的部分。

从张炜关注的现代作家作品来看,他越来越欣赏那种看似随意拼凑的结构形式,虽然笨拙、夸张,却带来不同的审美效果。他把这种结构形式看成是小说走向现代之后文体边界扩大的表现。文学就像一个塔,以前小说被压在最底层,现在则发生了倒置。"因为小说里不光有诗,还有理论和散文,有戏剧和历史;小说边界无限,疆域无限,里面要什么有什么,已经包括了其他种种。"这些小说模糊了小说与其他文体的边界,因为容纳了诗性和哲思,品质发生了变化,已经远非以前的传统小说可比,使其从"小道"跃升为"文学之最上乘"。

张炜借鉴了西方诸如"结构现实主义"的技法,但还不太一样。首先是在写作题材或主题上,西方的小说多从政治的视角切入,表达的是个人对历史或者政治的个人见解,其风格最终是一种调侃或者解构;而张炜则基本与政治无关,多从个人视角投入,关心的是社会、历史、精神价值等问题。其次,借用了中国本土的古典文学的结构方式,与之相结合。再次,西方作家经常会"毫无解释"地采用本土语言,充满自信地采用本土素材,张炜在官方语言与地方语言上则进行了折中,突出地域文化的容量,与现实主义进行结合,混合了写实的风格,达到了立体效果。还有,乡村和城市均有涉及,并始终不忘国际化大背景,对社会意识形态关注较多,却唯独对政治不感兴趣——张炜仍然没有背弃自己的乡土大地。"我在写作中,特别是长篇写作中,决不让形式感、让各种技法的实验和尝试飘浮到空中,或溢到内容之外。"① 从整体来看,结构上的复调还是以诸多主题的分叉进行技术处理,国外的复调小说基本上搞成了简单的"主题并置",有时候关联度不大,没有特定的因果关系;张炜的小说虽然有时也

---

① 张炜:《齐文化及其他——2007年春天的访谈》,《告诉我书的消息》,新华出版社2012年版,第248页。

没有明确的时间顺序，多个故事或多条情节线索并置，甚至构成文本的情节线索或子叙事之间的顺序可以互换，互换后差异不大，但都是以较为明确的主题作为灵魂或联系纽带，可谓落地有根，繁复有致。更重要的是，张炜大力强调诗性或文学性，一些传统手法没有抛弃，比如典型人物的塑造，景物描写，心理描写，得到了适度运用。虽然张炜的小说中也充斥了大量的跨学科的知识内容，比如哲学、美学、古典文学、语言学、民俗学、植物学、动物学、地质学等，有着百科全书式的倾向，但不是简单插入拼凑，而是融入其中，让人找不到凸出的把柄。

昆德拉的复调结构也招致了不少非议，有人认为他从陀氏那里借鉴来的复调形式，只是用来丰富小说的叙事手段、修辞形式，充其量只是陀氏的"外衣"。① 但是不可否认的是，它也是一种"有意味的形式"，甚至是决定性的形式。张炜选择采用复调结构，可以从三个方面来解释。首先，正如巴赫金对陀氏的分析，张炜选择复调结构是与他所处的时代客观上的复杂性、矛盾性和多声部性密切联系的。面对社会以及人际关系的复杂性，一般的小说讲法已经无法做到真实深刻的展现。其次，作家的个人经历、内心感受、观察世界的方式以及张炜自身的思想家气质，与中国当前的社会思想多声部之间存在着某种对应关系。最后，这种形式上的创新——声音及结构上的复调，深刻地反映了作家自己以及当代人精神上的危机。

从 20 世纪 70 年代末开始，特别是 80 年代中、后期，对于西方以及第三世界国家流行的文学思潮、文学理论、重要作家作品几乎悉数被译介到中国，诸如博尔赫斯、昆德拉、马尔克斯、略萨等在中国都曾掀起过阅读和接受热潮。通过检阅当代作家创作可以发现，对于博尔赫斯、马尔克斯等所谓的后现代主义小说大师的学习借鉴、模仿甚多，比如先锋作家余华、苏童、残雪，以及至今活跃在文坛上的陈忠实、贾平凹、莫言等人；对于昆德拉、略萨等作家虽然倍加推崇，敢于效仿并获得成功的却极少。纵然是红极一时的博尔赫斯，人们学到的恐怕也只是皮毛，中国语境以及作家自身决定了他们不可能学到精髓。不管是昆德拉所推

---

① 格非：《陀思妥耶夫斯基与复调》，《文学的邀约》，清华大学出版社 2010 年版，第 286 页。

崇的复调结构小说，还是略萨代表的结构现实主义小说，对作家个人的要求非常之高，他们必须拥有丰富驳杂的知识结构，具有多重身份（不仅是文学的），除了首先是一个作家，往往还是学者、哲学家、思想家、美学家、出版人、记者、社会活动家，甚至是政治家。他们往往成长于国际舞台的边缘地带，具有多个国籍，或者有着流亡经历，具有开阔的国际政治视野。体现在小说创作上，他们能够熟练运用各种文学以及自己从事过的公文文体，而且没有任何障碍隔阂。反观国内的当代作家，一则受教育程度普遍不高，从事的职业大多不够公众化，缺乏哲学思想的深度。要找出一个具有国际或社会背景，哪怕是个新闻记者（还常常成为作家嘲笑的对象，从作品上极力与之撇清关系），具有学者素养，在哲学和美学等方面深有造诣的人，恐怕寥若晨星。复调结构小说以及结构现实主义小说的极端阶段就是百科全书式的小说，看起来并不高深，没有什么难度，但是真要做到这一点，却是比装神弄鬼的魔幻现实主义难得多。张炜具有多重文学身份，尽管不能跟西方作家相比，但在当代作家队伍中属于综合素养较高的作家，所以能在小说创作中表现得比较沉稳自信，不过分迷信形式实验，不跟风，而是按照自己的选择去深入探索，也能够走得更远。

在小说形式上，他走了一条与先锋作家不同的路。对他来说，形式上的把戏有些小儿科。在谈到"你在高原"的写作技巧时他说："使用现代写作技巧的目的，是为了更有利于表达和阅读，而不是相反。……如果在长达四五百万字的篇幅中，只用一种叙述节奏和结构方式，那就十分单调了，阅读的人也会疲惫。从内容的复杂性上看，它也需要用多种方式来处理。这么说，其实也是内容所决定的。"[①] "每当我在作品的形式上过分用力的时候，我就怀疑自己这一段的创造力衰退了。"[②] 他对国外的魔幻现实主义以及包括《西游记》《聊斋志异》在内的中国古代的神怪小说并不拜服，就是因为他认为这种形式以及无边的想象都不需要什么难度。

[①] 张炜：《从春天到秋天——〈你在高原〉访谈辑录》，《告诉我书的消息》，新华出版社2012年版，第128、136—137页。

[②] 张炜：《长篇估》，《散文与随笔》，山东文艺出版社1993年版，第142页。

第二节　内在叙事模式的独语体式

巴赫金在分析陀思妥耶夫斯基小说的诗学问题时，将其"复调"小说与欧洲传统的"独白型"小说进行对比，① 两者的根本区别在于小说人物之间及其与作者之间的思想意识关系有着本质的不同，前者是"对话"，后者即是"独白"。虽然张炜的小说也具有对话性，就像陀氏的小说中也有独白一样，而且通过上一节的分析可知张炜小说在结构形式上呈现出明显的复调特征，但是其内在叙事方式的主要特点却不是对话意义上的复调。20世纪80年代中期《古船》发表的时候，很多人就认为，隋抱朴在老磨屋痛苦挣扎的沉思形象，以及抱朴见素两兄弟的激烈争论，是最精彩的两个部分，显示了典型的独白和对话两种叙事形式。抱朴和见素是"一个人分成的两半"，是既分裂又统一的一个整体，两个人之间的对话实则是灵魂上的对话，是作者叙述意图的集中体现。② 那么，毋宁说它是以独白为主调。后来有人将张炜的大多数小说界定为"独白型小说"，也有人用"倾诉""私语"等关键词称之。"张炜作品的倾诉往往表现为一种语言倾泻式的内心独白方式。"③ 这些点评抓住了部分实质，但过于简单、不够含蓄、流于浅薄，不能高度概括张炜小说的基本特点。如果从叙事学的角度来看，用"独语"一词来指称似乎更为确切。这不是在玩文字游戏，独白、倾诉、独语等词语之间存在着不小的差别，至少三者在指向对话与独白的程度上有着不同倾向。独语不仅包含了独白，也有充满对话欲望的倾诉，兼具内、外双重聚焦的叙事功能，蕴含更为丰富，从叙述主体、叙述层次、叙述时间、叙述方位、叙述话语、故事情节等方面来分析，符合叙事学的阐释需要。独语在哲学层面上的意义也更值得探讨。从现代文学传统来说，由鲁迅开创的"独语体"散文以及真正现代意义上的"独语体"

---

① ［苏］巴赫金：《陀思妥耶夫斯基诗学问题》，《巴赫金全集》（第五卷），钱中文主编，河北教育出版社1998年版，第6页。
② 基亮：《关于〈古船〉叙事形式的分析》，《小说评论》1988年第5期。
③ 夏瑞虹：《诗意的叙述——张炜小说艺术二题》，《云梦学刊》1998年第1期。

小说已是为人们所认可的文学体式。

一 独语体小说的叙事视角

在现代文学史上,"独语体"有其特指,即以鲁迅的《野草》为代表的内敛型的散文叙述方式。何其芳的"独语"散文与之承续,也就是如《野草》般的"自言自语",基本特点是封闭性与自我指涉性,不考虑读者的存在,注重内心世界的自我观照,通过自言自语、自说自话、旁若无人的叙写,强化作者主体的孤独感与荒凉感,从而传达一个个体面对世界时获得的生命体验。小说的"独语体"表语特征在"五四"时期凸显,与作家所处时代的世界变化、文化氛围和创作心态密切相关,促其形成的坚实基础是现代主义的哲学思潮,是"反思与理性省察的结果"。[①] 独语体小说与独语体散文在许多方面有着共通之处,但因体裁有别,前者在叙事上有着更为复杂的表现,也不同于巴赫金所贬抑的"单旋律"独白型小说。简单地用独白型或者独语体来涵定一个内蕴盈实的作家有失偏颇,我们只能说他在叙述方式上呈现出了独语特征。

张炜小说独语体式的特点,反映在叙述主体上,多用"我"来叙述,也就是第一人称叙事,即使是第三人称叙事也有一个明显的"我"在。按照布斯和乔纳森·卡勒的看法,即持一种"讲述"的语调,而不是"展示"。反映在小说人物及其与作者的关系上,有着十分容易辨识的类似"代言人"的联系,主体意识往往发生重叠,或者属于多重性格的分裂。反映在作家、作品与读者的关系上,保持着一定的距离,或者干脆不与读者进行交流对话,不顾一切、无所顾忌的叙述导致文本语境亦趋疏离日常生活场景,为读者阅读制造了不小的障碍。即使小说中出现"你"作为对话对象,也不以交流、获得认同为目的,而是出于讲述的便利。叙述层次、叙述时间虽则多变,然而容易辨析,只是因为多种文学手法的综合运用使得小说复杂起来,比如意识流、魔幻、象征等技法的糅合增加了独语体式显现出来的神秘、内敛风格。叙述语言个性化,注重口语、方言的使用,话语符合各个人物形象,但在非对话性语言上有着尽量使用书面语的自觉,而且

[①] 李惠彬:《现代主义、独语与中国现代小说的艺术生成》,《齐鲁学刊》1992年第3期。

更加讲究，充分发挥语言的表意功能，不止于叙事。弗吉尼亚·伍尔夫对那些"关心的是躯体而不是心灵"的"物质主义"作家进行了责难，倾心于展现灵魂与内心的作品，主张要从小说中看到"活动的心灵"。"在普鲁斯特和陀思妥耶夫斯基的作品中，在亨利·詹姆斯的作品中，以及在所有追踪感情和思想活动的作家的作品中，总是有一种从作者身上洋溢泛滥的情绪，似乎只有把那部作品的其余部分变作一个思想情绪的深深的水库，如此微妙、复杂的人物才能被创作出来。"① 伍尔夫论述的是所谓的"心理小说"。写出"你在高原"的张炜与普鲁斯特、陀思妥耶夫斯基、詹姆斯等人在这些方面有着相似之处。从与传统小说的区别来看，独语体式小说注重内心活动的表现，揭示人物复杂丰富的内心世界，但与严格的心理小说不尽相同，不仅"向内转"，擅长心理描写，运用包括意识流、内心独白、心理分析、时空交叉等艺术手法，同时还关注现实，对外在世界保持着敏锐而深入的体察，具有强烈的时代气息，对人物形象的塑造刻画也是内外兼修。当年也有人不喜欢隋抱朴，因为他老坐在那里。张炜说自己有意把他塑造成一个头脑发达、有着沉重的思想负累、行动受阻的"坐着的巨人"。② 因此，张炜的独语体式小说展现的不是一般层面上的艺术审美，不是为了向读者提供通常的阅读快感，而是最大程度地融合了不同类型小说的特长，深含寓意，属于思考型的作品，最大的特点就是富有思想性。

  张炜早期的中短篇小说有许多以"我"（或"我们"）为视点。③ 有些小说使用第一人称并不能说明一定具有独语特点，有时只是出于叙述便利的需要。因为有"我"存在，小说的表达欲望明显强烈。与无"我"的作品比较而言，有"我"的作品会以"我"作为叙述者，或以"我"作为主人公，或由"我"寻找一个主人公展开故事。故事一般包括两个时间向

---

  ① ［英］弗吉尼亚·伍尔夫：《论小说与小说家》，瞿世镜译，上海译文出版社1986年版，第4—5、165页。
  ② 张炜：《我的忧虑和感奋——与烟师学生对话录》，《期待回答的声音——93张炜文学周》，明天出版社1995年版，第82页。
  ③ 比如《槐花饼》《小河日夜唱》《花生》《战争童年》《他的琴》《钻玉米地》《造琴学琴》《石榴》《下雨下雪》《在路上》《田根本》《初春的海》《自语》《老斑鸠》《荒原》《生长蘑菇的地方》《猎伴》《灌木的故事》《秋林敏子》《三想》《美妙雨夜》《梦中苦辩》《满地落叶》《童年的马》《远行之嘱》《请挽救艺术家》《割烟》《一个故事刚刚开始》《消失在民间的人》《武痴》《晚霞中的散步》《山洞》《书房》《面对星辰》《消逝的人和岁月》等。

度,一是对过去的回忆,二是现在正在向前发展的故事。短篇《荒原》开头第一段只有一句话:"一个初春的早晨,我在芦青河下游走着。"接下来描写芦青河的周围环境,"我"触景生情,叙说流浪的原因,追述青年时期的生活——当年"我"放弃高考机会下乡到海滩果园,成为园艺场场长,因为与支持海边造田的县委副书记发生冲突,一拳将其"打死",不得不隐姓埋名远走他乡;十年之后回到故地,决定继续完成昔日的梦想,承包荒地建设果园,并最终获得了当年老朋友的支持。小说以"我"的思想、行为活动为主线,从一个侧面反映了改革开放之后人们思想观念的转变。这是一篇结尾光明的小说。张炜更多的作品采用了如鲁迅"离去—归来—离去"反复循环的叙述模式,这也是由第一人称的特殊视角所决定的。从这些小说中我们能够明显地看到两个不同的自我,"经验"自我和"叙述"自我,第一人称叙述者将两者集于一身,他们的对立、交叉、统一能够造成独特的戏剧性张力。① 《生长蘑菇的地方》亦如是。而《田根本》《古井》《秋林敏子》等,不仅讲述自己的故事,还讲述他人的故事,重在对另一主人公的今昔进行对比叙述,这时的"我"只是一个配角,起着陪衬、统笼、推动故事情节向前发展的作用。而像《自语》《三想》《美妙雨夜》《梦中苦辩》等,则是独语体式昭彰的小说。《梦中苦辩》以当年的"打狗"风潮作为背景,为了保护家中那条养了七年的狗免遭劫难,全家人为打狗人会突然闯入而担惊受怕;半夜,打狗人果然来了,"我"与他进行了一番对话,"我"据理力争,慷慨陈词,打狗人受到震动,不辞而去;"我"自以为得胜,遗憾的是,这只是一个梦而已,狗还是没有逃脱被人残杀的命运。与陀思妥耶夫斯基笔下的对话不一样,这里的对话更多是在独自申诉,倾吐的对象不仅是打狗人,而是面对整个社会乃至人类发表意见。《书房》写的是"我"与死去的外祖父穿越时空的对话——也只能是一种幻想出来的对话,对话的目的不在于跟某个人说,而是超越了具体的个人,言说的内容多为关于具有普遍意义的历史、真理和价值等问题的探讨。

独白型小说有的采用日记体、书信体。中篇《请挽救艺术家》由"给

---

① 罗钢:《叙事学导论》,云南人民出版社1994年版,第171页。

局长朋友信""给画院副院长信""附杨阳信"等几组通信组成,每一组都有五到六封信,描述了一个艺术青年的现实遭遇。《自语》是写给母亲的一封信,记述因为父亲历史问题兄弟两个在学校受到的不公正待遇。书信体小说有着叙述上的一些优势,可以采用不止一个写信的人(至少有书信来往),可以让作者从不同角度、立场来描述一个事件,或者以不同的身份、态度来刻画一个人物,从而对叙述对象得出整体了解。在戴维·洛奇看来,即使作家把写信的人限定为一个,"但是信件不同于日记之处在于它必定是写给某个特定收信人的,那位收信人的预期反应必定会影响信件里的思绪话语,必定会使得信件的思绪话语更为复杂、有趣,更能拐弯抹角地透露出信息"。[①]《柏慧》也是书信体,是"我"写给大学恋人"柏慧"的信,柏慧的父亲既对自己有恩,也导致了他与柏慧的不可能结合,而且柏老还在当年的运动中迫害过他人,这封信的内容虽然讲述了自己学习、工作、爱情上的遭遇,而以追叙过去那段残害知识分子的屈辱悲惨的历史为主,同时映射了年轻知识分子的处境及其未来的命运。

有的作品虽然没有"我",但是叙述人却明显具有"我"的身份,这个"我"更接近于作者自己。比如《黄沙》《葡萄园》等小说中的"罗宁",身上集结了作者独特的生活经验和感受。宁子(《问母亲》)、老宁(《荒原》)、罗宁(《荒原》《葡萄园》)等带有"宁"字的人物,不管是我还是不是我,基本上以作者为情感原型。关于这一点,可以参照以《家族》开头的"你在高原"十部书,十部书中的"我"就是宁家的后代"宁伽"。在大学油印刊物《贝壳》中,张炜曾经使用过两个笔名,一是"姚纪宁",二是"巧兰",[②]"宁"和"兰"是他最常用的人名组成。珂(宁珂、史珂)字也是如此。张炜小说中的人物命名显示着作家的精心设计,有其内在联系,要通读张炜的全部作品才能找到答案。

二 独语体式小说的艺术特点

首先,深挖心灵境界,刻画了几类血肉丰满、思想复杂的人物;但是

[①] [英]戴维·洛奇(Lodge, D.):《小说的艺术》,卢丽安译,上海译文出版社2010年版,第26页。
[②] 参见张炜在烟台师专中文系读书时主编的油印刊物《贝壳》1980年第1期(仅出一期)。

由于小说整体的思想主题、价值观念、精神境界等由作者主导,纵然人物图谱繁复,仍逃不出作者的牢牢掌控,容易产生人物形象雷同化、类型化的弊病。长篇《古船》以第三人称、全知视角展开故事,推动故事往前发展的主要线索人物是隋抱朴,历史运动中隋家和整个洼狸镇的苦难,大都通过他的个人视角进行回忆、追述和痛苦反思。与隋抱朴合二而一的隋见素既承担了听众的角色,同时也是隋抱朴的灵魂对话者。在对待粉丝厂的态度上,一个理性有余,在忍耐中通过算账、阅读《共产党宣言》来积蓄力量,一个非理性,虽然他也算账,但目的为了找到赵多多非法经营的证据,不惜一切代价夺回粉丝厂。每一个家族都形成一个独语体系,隋家、赵家、李家,依据血缘关系可以在精神血脉上做出区分。他们相互独立,但是其地位上的合法性十分可疑,并非自由平等的关系。观察角度只能以隋抱朴为主,而对于其他人物则可以用正面人物或者反面人物进行大概划分,从而构成作者写作的指导性原则,成为组织小说文本世界的基本作用力量。这一点与陀思妥耶夫斯基《卡拉马佐夫兄弟》中每个人物皆善恶难辨不同,这些人物不能互相指涉、取代,或者说互不相容。张炜的小说人物则不然。"你在高原"中的人物不仅可以根据精神血缘进行判断归类,而且每一类的个性气质、道德水平及遭遇的精神危机大体相若,有着共生的文本意义。再比如《外省书》中的史珂、史铭兄弟,史铭、史东宾父子,史珂、师麟两个老友,胡春旖、师辉母女,师麟、师辉父女,甚至是史珂、师辉两个看似不相干的人物,他们之间无论从性格命运还是思想倾向来看,或者相类相同,或者相反互补,都可以捉对作为一个人的不同显影观之。

其次,独语体式的笔调、人物以及文本语境都呈现出深刻的孤独感、苦闷感和焦虑感,作家在个体与群体、社会之间,在历史与现实之间,对生命意义、存在价值的追问,充满了哲学意味;然而,在亦真亦幻之间,小说的故事世界显得荒诞不经,命运上无法把握,精神上也无法自赎,更找不到出路,消极悲观情绪在所难免。张炜小说中的"我"经常以不同的面目出现,在性别、年龄、身份等方面有所变化,他不仅根据自己的人生履历书写青少年、中年,更钟情于老年人的形象塑造。翻阅张炜的小说可以发现,绝大部分作品中都会有一两个老年人,是浓墨重彩、以传奇笔触刻画的重点对象，比如《两个姑娘和一个笑话》中的银生、《拉拉谷》中的骨头别子、《第一扣球手》中的半拉、《挖掘》中的牛筋叔、《草楼铺之歌》中的二老盘、《秋雨洗葡萄》《秋天的思索》中的铁头叔、《灌木的故事》中的黑老京子、《一潭清水》中的徐宝册、《黑鲨洋》中的老七叔、《海边的雪》中的金豹、《踩水》中的老道、《蘑菇七种》中的老丁……诸多长篇小说也写出了给人印象深刻的老年人形象，《古船》中的隋不召、李其生、史迪新老怪、郭运、赵炳等，《外省书》中的师麟、史珂，"你在高原"中的老年人群像……早期有人认为张炜的老年人形象"看不到模仿和借鉴外国文学的痕迹"，具有显著的民族特点。[①] 后一点是对的，前一句却值得推敲，至少海明威的《老人与海》就深深影响了张炜。老年人阅历丰富，拥有较多生活经验特别是故事储备，从民间文学角度来看，老年人是最合适的叙事人，从他们的角度讲述故事，会产生一种容易被人接受的效果。老年人作为社会弱势群体，孤独的边缘人，经常不受重视，他们观察社会的眼光与主流人群不一样。老年人通常是伦理道德体系的代言人，是传统文化的集中承载者，是历史的象征，有时候还被赋予民族寓言色彩。《海边的雪》《冬景》就是两篇十分优秀的刻画老年人生活和心理世界的作品，由此也传达出社会情境和现代人心理的变迁。作者未老先衰，直接用"我"作为老年人回忆的方式讲述故事深有意味，独语特征十分明显。长篇《九月寓言》前面有一句小引："老年人的叙说，既细腻又动听……"暴露了小说独语的实质。小说中在"心智"一章中写道："人人都想寻觅街巷上的事迹，人人都想获得小村的秘史。故事在老年人舌头底下呀，不用慌急，你得沉住心性看，等老头子用火绳把烟锅触上。"叙述者是一个饱经忧患历尽沧桑的对小村的过去、现在和未来都非常熟悉的老年人。而且，张炜善于在描写两代人之间微妙关系的基础上进行表现，这也是值得注意的。

还是陈村说得好："张炜有年轻人的锐气，还有老年人的深沉。我们处在一个需要老头的年代，社会太复杂了，年轻的想法不能适应这多变的

[①] 杨华伟：《"芦青河老人"走来了——浅论张炜小说近作的老人形象》，《广西民族学院学报》（哲学社会科学版）1985年第3期。

复杂的历史。所以就创造了一些老头。象张炜这样年方三十,便写出这深沉凝重的著作,我觉得他也是一个年轻的老头。"① 在"你在高原"之《人的杂志》中,宁伽见到的"大藏书家"、能够组织城市沙龙、人脉关系甚广、影响甚大的神秘人物"黄先生",竟然是一个十七八岁的少年!超乎宁伽的想象。《远河远山》是一部以"我"为叙述者的小长篇,记叙的是"我"独特的少年时代,在孤独的家庭环境中,写作成为"我"倾吐的唯一方式。小说开头是以一个老年人的语态来写的:"我多年来一直想把内心里藏下的故事写出来,尽管这故事留给自己回想更好。它纯粹是自己的。可是不知为什么,一直把这故事忍在心里,对我来说太难了。"然后介绍自己是一个有着写作癖的孩子,交代不幸的家庭背景,继父对家人的凶暴和对自己爱好的干扰,以及对他人(永立致残)的伤害,最后母亲去世,"我"出走流浪,在流浪之途结识许多文友,最后进城。这部小书没有受到很多人的注意,因为它采取了一种回忆录或自传的方式,缺少大事件,在他的创作中显得无足轻重。其实不是这样。小桤明("我")后来在《能不忆蜀葵》中出现,不能不让人产生许多联想。《外省书》尽管采用了所谓的"人物列传"形式,但也是以一个老年人的视角进行叙述。老年人的叙说更具有某种权威性,他的触角更为敏锐,而对现实生活的不解以及存在的自我矛盾,恰恰能够反映社会文化、思想观念等方面的冲突。同样,用儿童、女性等视角也会取得一定的效果。而当"我"以中青年的身份出现的时候,他的孤独、不屈又脆弱甚至在他人眼中带有神经兮兮的性格仍然没有改变。孤独作为一种最本真的状态,具有一定的哲学意义。

  除了写老年人,张炜还写自然,写风景。张炜的早期创作处于青年阶段,涉世不深,尚没有摆脱自我感知的樊笼,描写对象局限于乡土资源,取景多为乡间的海滨丛林野地,充斥着许多似乎与故事叙述没有实质关联的自然环境描写,带有浓郁的泥土气息,富有诗情画意。据自述,张炜在海边丛林度过了十几年的童年时光,这里有他生活和情感的根脉,小说中予以频繁表现不仅正常,而且也是他倾吐孤寂心声的方式。擅长景物描写的苏俄作家对他影响甚大。"景物描写不仅表达了作者、还表达了作品中

---

① 陈村:《我读〈古船〉》,《小说评论》1987年第4期。

人物对自然的理解和情感；表达了整个的人与自然的关系。写自然，也曲折地表达了你对人生的态度。"① 早期张炜对人的探索只能求诸自己的内心，后来视野有所扩散，经历日渐丰富，对照变幻的现实，更多反映的是苦难、社会不公对人造成的精神创伤等，越到后期，他就更需要叩问人的心灵，需要内心的洗涤，自然的抚慰。因为没有可以信赖的对话者，只能倾心于自然景物的描写，通过描写自然景物并向其诉说，以起到自我疗伤的作用。在自然面前人是渺小的，只能沉默。自然也具有深刻的哲学意蕴。面对自然的独语，可以是一种超尘脱俗的对话，通过这种对话，人与自然达到了合一的境界，最终实现了对世俗的超越。

　　同样具有哲学含蕴的是黑夜，张炜喜欢描写黑夜，许多故事情节都在黑夜中发生，夜景较多。黑夜是最适合独语的时空环境，人物的沉思独语感悟往往在黑夜进行。黑夜很神秘，比如浮现的梦境，具有独特的作用，能够对困境、事件做出某种隐喻、幻想或者预言，推动故事发展。"你在高原"中几部书的结尾安排了缀章，比如《鹿眼》中音乐老师的"缀章：墨夜独语"，《人的杂志》中的淳于黎丽的"缀章：前夜—后夜"，《荒原纪事》中眼镜小白的"缀章：小白笔记"，这些大段的文字不是描写黑夜，而是在黑夜中写就的独语，以日记、随笔等形式记录下来。这些缀章通过人物自说自话，将正文中没有交代的细节清楚地补述出来，比如淳于黎丽对待宁伽的态度为什么发生转变，有什么难言之隐，读后让人豁然开朗。他们将来的命运，在这些独语文字中有所揭示。而在《人的杂志》中出现了十三处以"驳夤夜书"为题的小节，分散在每一章中（第一章除外）。"驳夤夜书"分为"夤夜书"的正文和后面的"批驳"两部分，是在一个城市知识分子中间流传的手抄本。"夤夜书"记录了午夜絮语，"是一个长夜无眠的家伙随手划下的痕迹，是零碎思绪，是一些夜声"，内容涉及种种社会现象、社会伦理等方面的内容，比如"论勤劳""不得入内""傻子算账""论崩溃""爱情研究""论娱乐""论浪货""论腐败""社会公平之我见""论明天""论嫉恨""论体育""爱猫者说"，有时慷慨激烈，有时沉痛反思，有时幽默讽刺，可

---

① 张炜：《文学七聊》，《散文与随笔》，山东文艺出版社1993年版，第271页。

见炮制者的思想乃至精神状态与现实有着十分紧张的关系。后面的"批驳"也很有意思，有文白夹杂的夫子口吻，有大肆批判的"文化大革命"语体，有高高在上的领导批文……不一而足，模仿了不同的职业身份语调，读来令人捧腹。

最后，独语是情感的源源流泻，但不是放任的意识流，掌控小说整体的乃是一股强烈的情感之流，由作者牢牢把控；而对于注重故事性的小说来说，情感并不能代替故事，容易带来行文拖沓、情感过剩、"思想大于内容"等问题。当年有人直斥《柏慧》是"不成立的写作"，采用了"大人生随笔"的方式，表达的是一种思想或感怀，以作者的思想记录作支撑，"而不是作者体验世界而有的丰富的感性表达"，既不丰富也不深刻，是理想虚假的乌托邦，与博尔赫斯、普鲁斯特等人相比"假的还是假的"。①"叙述者一旦与倾诉者合为一体，他就把从容调度事实的权力让给了喋喋不休；倾诉语调一旦占据了统治地位，事实自身展示的权利就被褫夺了；由倾诉规定的狭窄叙事通道委实难以有秩序地通过庞大的历史与现实的兵团。"② 长篇"你在高原"是一部大书，它所包含的不仅仅是《家族》等十本书，甚至《柏慧》《远河远山》等都可以纳入其中，应该属于一个系列。《柏慧》采用了第一人称"我"的叙述方式，以给大学恋人和老师书信的形式铺开，记述了自己的大学生活、几次工作经历、辞职返乡种植葡萄园等各个阶段的遭遇。"我"也就是宁伽，其他人物比如拐子四哥、响铃夫妇、鼓额、酿酒工程师武早、女园艺师，包括瓷眼、柳萌（娄萌）、多毛男子（马光）等，都出现在"你在高原"之中。可以说，《柏慧》是"你在高原"的一个概述，所有的故事在后一部书中得到详尽叙述。"你在高原"仍然以"我"作为叙述者，是过去的追述者、现实的目击者和参与者，时间跨度长达半个多世纪，将自己的记忆、冥思、回想、经历、体验、情感、文化背景等一一收纳进来，是一次酣畅淋漓的诉说。"你在高原"虽然在结构上呈现出复调特点，但是其内在情感却是一致贯穿的，这些复调部分能够相得益彰天衣无缝地衔接组合在一起，正是统一

---

① 孙绍振：《〈柏慧〉：不成立的写作》，《小说评论》1995 年第 6 期。
② 徐德明：《〈柏慧〉当代知识分子的处境与选择》，《当代文坛》1996 年第 2 期。

于表达主题的需要以及巨大情感之流的凝聚贯通。谈到五四现代小说，陈平原认为："成就突出的是由第一人称叙事者讲述自己的故事或感受。"①在小说中，张炜的情感抒发主要通过三个方面来喷涌：一是第一人称的叙述者"我"直抒胸臆；二是通过小说人物忘情诉说；三是通过寓言故事，施行象征隐喻。张炜在表现人物的情感和思想方面，不像托翁和陀氏一样采用较为单一的手法，或者像海明威说的那样恨不得捂住托翁的嘴，或者像陀氏那样让人物一个劲儿地喋喋不休，张炜则是集合了两个人的特长，充分运用了对话语言、评论性语言和描述性语言。

三　鲁迅的影响及独语的对话性

张炜的独语与鲁迅有着亲密联系，他在许多场合和文论中都提到了伟大的鲁迅。"我一直阅读鲁迅，他是上一代作家、也是未来一切好作家们永远的精神导师。"② 认为他是所有好作家的"精神的生父"。③ 他在《"多元"与学习鲁迅》《荒漠之爱——夜读鲁迅》《爱：永恒的渴望》《宽容与苛刻》《大地的引力》《源于山川的思想》《土与籽》《奇遇》《污浊的旋流》《逼近》等文章中都提到了鲁迅，并试图与先生隔空对话。像鲁迅一样，张炜写下了大量的关于独语的文章，比如《请回答》《海的另一面》《无声无响》《语言》《急切的实质》《那个时刻》《早晨》《刻墨无痕》《要》《阶段性的思念》《水光溜滑的小孩》《田园深处》《不能，不能了》《邪魔与我》《温柔》《月光》《狐》《青鱼和网》《不能停止的诉说》《嫉妒》《悄语》《老人的琴》《柔情》《与怪人对话》《有趣的羊》《悬挂》《对庸人的乞求》《爱的边缘》《失去了名词的动词》《思乡》《眼睛》《自语的特征》……特别是《午夜思》《独语》《夜思》等篇什，从题目上看，大都与黑夜有关，与孤独有关，书写的也是孤独之物，是个人的感悟，都是独思独语。这些独语文字写的是一个人独醒时的悟语。独语作为一种表语方式，其内里是作家生命性质的体现，是其文学创作理念的另一种动态

---

① 陈平原：《中国小说叙事模式的转变》，北京大学出版社 2003 年版，第 93 页。
② 张炜：《交流与期待——答大学生》，《张炜读本》，花山文艺出版社 2002 年版，第 337—338 页。
③ 张炜：《回顾与畅想》，《我跋涉的莽野》，春风文艺出版社 2001 年版，第 142 页。

表达。

最初张炜没有多少人生阅历,其独语大多基于个人有限生命体验的想象。后来面对复杂的社会环境和来自历史、文化、人生等方面的逼问,关注的内容越来越广泛,思想性也越来越显豁达。以"你在高原"为例,他一方面注重实录,以旁观者的姿态看取社会和现实,讲述"我"的见闻特别是"我"的朋友的故事;另一方面,作为"五十年代生人"中的一分子,"我"也是参与者、经历者,有着自己的主观评判和感受,两者内外交感,波澜起伏。作者借助"我"由内而外地倾泻自己的感情,带有深刻的理性反思、自由精神、个性力量,甚至含有一些非理性的反叛意识。此类小说注重情感抒发,主观性较强,经常有脱离叙事情节的轨道,使得独语能够独立完成。这就是为什么张炜的小说读起来故事性不是很强的原因,小说文体上的风格特点就是散文化、诗化,富有浪漫气息,也是由独特的叙述方式——独语所决定的。

按理说,独语体式小说并非第三人称叙事,从小说人物的角度来观察,应该属于限制性的叙述视角,但是张炜的小说仍然给人全知的感觉。这是因为,作者充分调动了所有人物的讲述功能,不仅有叙述者的,有主要人物的,还有次要人物的,都会围绕着某个人某件事从各个方面展开叙述,叙事者的频繁转换(跳角)成为张炜小说的基本特点。不仅以"我"的视角叙述,还以小说人物叙述,出现了嵌套或者套盒的叙述模式。在时序处理上,与许多作家一样,张炜后来的小说都打乱了故事时间、叙述时间两者顺序同步前进的传统模式,在过去与现在或历史与现实之间有着较多跳跃,通过预叙、倒叙、插叙等手法基本上保持了既非线性又有规律穿插交替的模式。这种独语的内在叙述模式导致了外在结构上的复调特点。

有人认为,张炜创作的是一种典型的独白型小说,但是"其小说中人物的思想观念和道德品质的定性与评价,都没有超出作者的观念、意识框架,没有遇到来自人物内心的对话式的反抗",因而不存在多声部,只有一个声音。[①] 张炜小说的内在叙事模式虽然采用了独语体式,是一个人在

---

① 王爱松:《独白型小说的利与弊——张炜小说艺术的得失》,《常熟理工学院学报》2008年第5期。

说话，但是独语体并不是拒绝对话，而是处于一种欲对话而不得的状态。虽然渴望交流，实际上却没有希冀的听众或对话者——这里并不排斥寻找"知音"的愿望。但他何尝不想对话？他的小说表现出来的那种倾诉的欲望、对话的诉求十分强烈。然而，张炜所处的时代背景是一个众声喧哗的时代，而他又有意与流行的大众文化与主流的意识形态拉开距离，甚至采取对抗策略，他发出的声音有时候会湮没无闻，引不起人们的重视，或者引起重视又被群起而攻之。正是在这样的情境之下，纵然很难找到对话者，没有多少知音，他也坚守自己的立场，还是希望能够找到倾听者。张炜笔下的人物往往都是孤独的，他们有很多话要说，不断倾吐，但也只能说给自己，寻求一种自我心理安慰。独语在表语特征上重在一个"独"字，但不是完全拒绝读者或听众，也会有自己的虚拟的倾诉性对象，他同时坚信现实中也一定会有实际的倾诉对象，否则言说便失去了意义。即使对方没有回应，他仍然要叙说，这是由张炜所处时代面对历史与现实的孤独感、绝望感、所具有的现代悲剧意识所决定的。

张炜对自己的作品在多大程度上为人们所接受和理解有着一定的估计。就像波德莱尔对读抒情诗困难的读者大为不满："意愿的力量和集中精力的本领不是他们的特长；他们偏爱的是感官快乐；他们总摆脱不了那种扼杀兴趣和接受力的忧郁。"[①] 张炜也像波德莱尔一样渴望被人理解，但他也只能把自己的书献给精神的同类。

第三节　风格悲怆的弦乐五重奏
——"你在高原"的复调结构

长河小说"你在高原"是张炜的代表力作，包括10部书，共39卷，450万字；其中有四部书以前出版过，包括《家族》《我的田园》《忆阿雅》（《怀念与追记》）、《曙光与暮色》（《西郊》），均注有"你在高原"

---

① ［德］本雅明：《发达资本主义时代的抒情诗人——论波德莱尔》，张旭东、魏文生译，生活·读书·新知三联书店1989年版，第125页。

或"一个地质工作者的手记"的副题或题引,将它们纳入到"你在高原"时,有的几经修改或者重写;另外,《橡树路》作为单行本由上海文艺出版社同步出版;《荒原纪事》在2010年《中国作家》杂志第五期、第七期发表。选择用十本书组成一部大书,有作者深长的考虑,作为呕心沥血精心构筑的扛鼎之作,它是张炜历时二十载一手缔造的鸿篇巨制,规模宏大,结构繁复,笔触饱满,意蕴丰厚,其价值和意义在于以恢宏的气势张扬了张炜一以贯之的"道德理想主义"的精神追求和"审美浪漫主义"的艺术气质。在叙事特点方面,叙述逻辑和内在组织形式不同凡俗,全书整体及每部书的架构呈现出典型的"复调小说"特点,主要由"家族叙事""知识分子叙事""50后叙事""底层叙事""魔幻叙事"五大主题集成,即在结构上主要由五条明晰的"线"或者五大突出的"块"构成:一是对家族历史的不懈追索,一次次重现祖父辈的辉耀人生与悲剧命运,及其对家庭和后人带来的无情创伤,从而揭示被人遗忘的过去的真相,反思家国关系这一重大命题;二是对卷入"运动"洪流中的老一代知识分子无常人生际遇的叩问,试图探寻和还原不堪回首的历史真实;三是对残酷现实的批判,刻画被压抑的宁伽这一代知识青年面临的生存危机,他们与时代社会扞格不入,在事业、情感、家庭等方面屡屡碰壁、失败,遭受身体和精神上的双重戕害,只能通过流浪方式以示抗议、逃避现实、舔舐伤口、抚慰心灵;四是对生活在这片土地上的底层大众的深切关怀,作为被侮辱与被损害的,他们被奴役、被蹂躏、被驱赶,在城市化和商品经济发展进程的逼迫中,谱写了一曲曲冰冷的悲歌;五是通过拾掇山东半岛的民间地域文化,以象征和隐喻的方式,拷问整个民族的历史文明和文化精神意义。它们既可以单体抽绎、卓然独立、并行不悖,又环环相扣、紧密衔接、前铺后垫,是理解全书的一把"五连环"式的智力钥匙,它们像一首协奏曲中五个交响的乐章,又像是一组雄厚沉郁的弦乐五重奏,环绕回旋,在作者虚构与现实的天地里经纬交织成浑然一体。

一 二元对立的家族

自从《古船》开始,张炜的"家族小说"或者"家族叙事"特点就如影随形,成为不可移替的潜在结构模式。不过,张炜的家族小说已经不是古代和现代文学中青年男女为了追求爱情、自由或理想反抗封建大家庭的传统老套故事。在张炜这里,"家族"成为一种"人以群分,物以类聚"的身份辨别和归属手段,寻找"同类""同族""同道"或"自己人",成为文本意义的终极指向。

李洁非认为《家族》里同时有两个"家族"的概念,一个是在情节当中经历着命运的拨弄和悲欢的家族,一个却是抽象的、精神的家族,这两个概念交织在一起,同时又互相否定着。①《家族》相当于"你在高原"的一个总序,对全书系具有提纲挈领的统摄作用。该书凸显出正、负或善、恶两种性质的族类,它们之间的对峙和冲突是理解全书的关键所在。正面性质的族类又可分为两种意义上的家族,一是血亲家族,二是精神家族。前者指宁府和曲府,以叔曾祖父宁周义、外祖父曲予、父亲宁珂作为与主人公宁伽具有血缘关系的三代人为代表。作者巧妙地把他们放置在同一个地点、同一个转折时期,围绕着一场旷日持久的国共战争,多维度多层面展开叙述,其用意在于集中表现血亲家族为了解放事业做出的巨大贡献和牺牲。从政治信仰来看,宁珂、宁周义和曲予虽然分属三个不同的阵营,宁珂是"我们",宁周义服务于国民政府,曲予则是保持中立的开明人士,但他们要实现的目标愿景殊途同归,即建立一个天下太平的国家社会。依小说所述,遭遇家庭变故的宁珂由叔伯爷爷、省府参议宁周义抚养长大,接受良好教育,后来接触地下党,加入革命队伍,并被委派监控宁周义,同时利用这种血缘关系,借其权力数次解救革命同志(如殷弓、许予明等,包括宁珂自己);对于救命恩人,八一支队司令员殷弓争取不成,便除之而后快,不惜通过劫持宁珂的四姨太阿萍达到诱捕之目的;宁周义被公审、枪毙;支持革命的曲予遭到不明分子暗杀。小城解放后,尽管宁珂忘我工作,仍然横遭审查,对此殷弓选择了沉默;当年频繁行止于曲府的交通员"飞脚"变得飞扬跋扈,因被怀疑曲府丫鬟小慧子失踪与他有关而对宁珂心怀愤恨;宁珂被关押、批斗,判了七年徒刑,开始了漫长的非人般的劳动改造过程;宁珂的蒙难为家人带来了无法抚平的伤害,岳母和妻子家口被逐出曲府大院,不得不投奔忠实的老仆人,搬到海边的一座茅

---

① 李洁非:《圣者之诗——对〈家族〉的体味》,《当代》1995年第5期。

屋；直至去世，宁珂也没有平冤昭雪，儿子宁伽则一生都要背负一个不明不白的沉重的父亲。

与血亲家族二元对立的是另一个庞大族类。前者无不具有俊逸美好的外貌和表里如一的坚毅品格，爱憎分明，忠于自己的信仰，敢于舍生取义；后一家族里面的成员形象就不那么正大光明，而是长相猥琐，面目可憎，狡猾阴鸷，背信弃义，为达目的不择手段。诱捕宁周义是一例，枪毙"小河狸"又是一例：许予明被匪军麻脸三婶抓获，其女小河狸因喜欢他而将其私放；想念许予明的小河狸单枪匹马去找他，被伺机擒获；殷弓以顾全大局为由，下令将她处死，导致了许予明的发疯。恩将仇报、冷血无情是一方面，个人欲望的自私卑劣是另一方面：比如殷弓对宁珂爱人曲绮求之不得，形成了阴暗的嫉妒心结，充满敌视，以致对宁珂后来的不公遭遇无动于衷；比如与曲府联系密切的飞脚，表面豁达，私下调戏小慧子，将其劫走，填为妻室。他们纵然有功于革命，做出了牺牲，但成为胜利者、管理者之后，所作所为已然与当年大相径庭，革命斗志和气节荡然无存；当一系列"运动"到来时，无不明哲保身，丧失人格立场，诬陷迫害师长同僚；在位时居功自恃，党同伐异，离退后作威作福，倚老卖老，甚至参与权钱交易，勾结邪恶势力，欺小凌弱，为虎作伥。除了殷弓、飞脚之流，负面人物还有后面几部书中的吕南老、柏老、霍老、岳贞黎及宁伽岳父梁里等老家伙，后继者则是裴济、黄湘、斗眼小焕等人。在宁伽看来，这些既得利益者自欺欺人，言行可笑，不过是跳梁小丑，但他们又有着旺盛的生命力，同那些殉道者、不服从者一样不可剪灭。

论者认为，"作为群体的人类可以依据其善与恶、纯洁与污浊、精神性与物欲性等二元对立的砝码划分为两种不同的生存状态。这种尖锐的对立冲突中包含着作家明确的、直接的现实社会立场与社会批判"。[①] 由《家族》开始对宁伽的血亲家族故事展开叙述，后面九部书连续贯穿、续写、回忆和重复征引，所交代的个人和家庭命运遭际，所揭示的被遮蔽的残酷历史，成为十部书赖以构筑的厚重背景，从祖父辈以至今天宁伽的现实遭遇、承受的苦难，为十部书确立了悲怆的基调，而宁伽一代人的不懈反

---

① 王辉：《纯然与超越：张炜小说创作论》，中国社会科学出版社2007年版，第51页。

抗、追寻、诘问和反思，使得全书系延展着一条连绵不断的精神脉络。

二 知识分子的悲歌

从新中国成立到"文化大革命"的历史经验告诉我们，"知识分子的命运与中国现代化建设的进展之间，存在着十分明显的休戚相关的对应关系"。[①] 对待知识分子政策态度的阴晴冷暖，表征着中国社会和经济的兴衰变化。从20世纪三四十年代开始，在共产党专政地区和时期，知识分子一直是被团结、教育和改造的对象，到了"文化大革命"时期，几乎所有的知识分子都不同程度受到了政治拷问、鞭笞和戕害。尽管张炜笔下的知识分子以相对纯粹的学术从业者身份出场，远离政治权力和公共话语中心，姿态超然，然而他们的命运却几多辛酸浮沉。

张炜刻意对老中青三代知识分子的人生遭际和身心创伤进行了细描。[②] 为了弄清事件真相，主人公宁伽不断进行实地考察，寻访亲历者、见证者，搜集证据，不遗余力钩沉那段人性扭曲的变态历史。在《家族》中，宁伽所在的研究所老所长陶明的故事深深吸引着他，他跟随副所长朱亚去东部地区勘察，走进了老教授的受难之地，从朱亚口中了解到陶明被现任所长裴济构陷，送往农场和大山劳改的全部经过。陶明拒绝与当权者合作，不为他们写一个字，宁愿冒着生命危险从事繁重的体力劳动；他尝试过逃跑，很快被抓回；后来得到一些宽赦，跟随打井队四处找水，期间写下了一些普及性文字；他的问题得到澄清，返回城市，得知妻子多年前已在另一地点劳改时不堪侮辱而自杀；一个偶然的机会他看到两本署名裴济的著作，竟然出自自己当年写下的普及性读物；一个大雪早晨，他在办公室面对妻子遗物死去。在《忆阿雅》中，"口吃教授"的受迫害与宁伽的大学恋人柏慧的父亲柏老有关，因为他曾是柏老著作撰写工作组成员，他受尽屈辱，在锅炉房一角的小黑屋内死去，被人糟蹋的儿媳服毒跪死在老

[①] 何晓明：《百年忧患——知识分子命运与中国现代化进程》，东方出版中心1997年版，第378页。

[②] 颜敏从《家族》和《柏慧》两部书中发现张炜写了"三代知识分子"：不屈和不幸的第一代、充满屈辱的第二代、拒绝和寻找的第三代。参见《苦难历程与精神定位——〈家族〉和〈柏慧〉对知识分子命运的思索》一文（载《当代文坛》1996年第2期）。

人身边。在《曙光与暮色》中，详细记叙了老教授曲涴和他的妻子从结识到在非常时期被批斗、劳改、遭受迫害的经过；他不堪忍受而出逃，在大山里自力更生生活了不知多少个年月，最后死在山里；受尽屈辱的妻子淳于云嘉返城后，因不能接受残酷的事实而跳楼自杀。其他书中涉及的老一代知识分子还包括吕擎父亲、画家靳扬及许多不知名的教授学者。

陶明和曲涴的故事出奇相似，都是德高望重的学者，被学生或同事（裴济、蓝玉等）揭发而遭批斗，劳改中饱经虐待，但总有一些人不愿干此勾当，比如路吟、朱亚等，紧紧跟随自己的导师。路吟是曲涴同时招来的两个学生之一，另一个后来成为他的妻子，即淳于云嘉；曲涴被调到大山开矿的时候遇到了路吟，他们互相照顾；路吟因为生病的老师偷一条煎鱼被抓，受到当年的进修生、政委蓝玉和自己曾经的恋人红双子的残酷折磨而自杀。作为第二代知识分子，朱亚继承了老一代知识分子的高尚品格，专业过硬，但因坚守立场、不识时务而遭到排挤和打击；他长期在野外工作，患了严重的胃病，又被指派带队到东部地区进行勘察，得出了不利于"东部大开发"的结论，引起裴济、黄湘等人的不满；癌症晚期的朱亚连单人病房都住不上，结局是在宁伽一个人的陪护之下凄凉离世。

"文化大革命"虽然结束，许多冤假错案得到平反，但是逝去的永远都逝去了，留给人们的精神创伤却无法弥合，阶级斗争思维、人性的丑恶远远没有被废除。还有一个事实，一些当年叱咤风云的人物没有被清理，得到应有的惩罚，有的还被提拔重用，继续怙恶不悛。新时期以来，国家社会经济开放繁荣，文化学术不断勃兴，迅速进入商品经济社会的各种诉求无不围绕着经济利益展开新的角逐，而过快的经济发展不计后果，在给人们带来物质上的富足之时，也在破坏着人们生存的根基。由于"文化大革命"遗孽和唯利是图风气横行，有所坚守和倡导科学尊重事实的学者仍然是被压抑的对象，第二代知识分子进入的是另一个无法跳脱的圈套，甚至是一个铜墙铁壁构成的囚室。曲涴在大山里写下了"曙光与暮色"这一词组，意指年轻和代表希望的妻子，以及年老和走向绝望的自己，同时隐喻着对未来的期盼，但他没有料到像淳于云嘉、路吟、朱亚等的结局跟自己并无二致，不是被迫害致死，就是献祭于新生邪恶势力的屠刀。

这就是张炜式的悲剧——看不到光明的未来，正义似乎永远也战胜不了邪恶。这也是张炜小说强烈震撼人心之处。哲学家雅斯贝尔斯对悲剧中的胜利与失败有另一番分析:"胜利并非属于成功者而是属于失败者。在痛苦的失败中失败者胜利了。表面上的胜利者在真理中处于劣势;他的成功是转瞬即逝的过眼烟云。"[①] 这与萨义德的思想相合,他用"总是失败的诸神"喻指一切政治神祇,服务于政治权力和热衷于公共空间活动的知识分子不能依附其上,而要有主动选择和自由定位。

三 "50后"的精神病变

张炜在"自序"中说,"你在高原"的"主要部分还是一批20世纪50年代生人的故事"。"50年代生人"的生活背景和成长历程比较特殊,他们亲身经历过新中国成立以来发生的种种政治运动、最为惊心动魄的非常时期和重大历史事件,他们的人生轨迹、丰富阅历和复杂情感,不是后辈人能够完全领会和易于理解的。张炜在小说中倾力描写的"50后"是更为特殊的一群,他们寄生在城市,与父辈关系紧张,或因父辈历史、家庭出身等问题痛苦纠结,上一代人对他们的影响毕其一生,甚至是致命的。

作为主人公和线索人物,50年代生人的宁伽以自己的经历见闻为导航,用十部书把同龄朋友们的故事串联起来,深刻揭示了"这一代人的怕和爱"(刘小枫语)。缺少欢乐的童年,失恋的大学时代,在地质研究所的第一份工作,辞职进入杂志社,离职到东部平原种植葡萄,返城进入"营养协会"打杂,最后再次选择离去,一系列的失败履历让宁伽这个人伤痕累累,而造成这一切的原因可以直接追溯到他那得不到澄清、不被理解的父亲,通过父亲联结起遥远的悲壮的家族。父亲的阴影与荣光笼罩着他,让他时而深深地引以自卑,时而自视孤高,无论哪种性情都不能让他轻易融入到周围世俗的环境中去。总结他的前半生,所做的只有两件事,一是证明父亲的清白和家族的伟大,二是寻找"同路人"。作为50年代生人的代表,他的家庭出身、性格气质、人生遭遇与他的同类有着许多相似之处,这样的人物可以举出很多,比如《橡树路》《忆阿雅》等书中的庄周、

[①] [德] 雅斯贝尔斯:《存在与超越——雅斯贝尔斯文集》,余灵灵、徐信华译,上海三联书店1988年版,第103页。

吕擎、年轻的阳子，《海客谈瀛洲》中的纪及，《鹿眼》中的肖潇，《我的田园》中的武早、罗玲，《人的杂志》中的淳于黎丽，《荒原纪事》中的眼镜小白，《无边的游荡》中的凯平，等等。在别人看来，他们基本上是一群非正常的精神病患者，有的表现严重一些，有的轻微一些。其中庄周、吕擎、凯平、宁伽四个人尤为令人感到不解，他们都是居住或者原本可以居住在象征身份特权的"橡树路"上，但却宁愿搬离，频繁出走，与橡树路代表的这个城市为敌。他们之所以能够居住在这里，原因在于他们是城市管理者的后代。似乎并无不妥，然而在他们看来，这本身就是一个荒诞不经的理由。上一代人因为有功于国家社会，理所当然得到恩宠优待，而这又与他们这一代人有什么关系？而且，他们看到了一个城市既有橡树路这样的贵族区，也有居住在寒酸棚户的贫困区，还有更难以想象的乡下，他们不能对亦趋两极分化的不平等现实视而不见。更为可怕的是，上一代人今天的优裕生活是建立在这种不平等之上的。

　　除了所谓"代沟"、叛逆心理、愧疚感等因素，代际关系的紧张很重要的原因在于上一代对下一代施以强加以及控制的欲望，有的上一代对下一代造成了直接的伤害。宁伽不住在橡树路，是因为他首先认为他跟岳父一家不是一个"家族"的人，甚至认为岳父那一类人在战争年代曾经打过外祖父和父亲的黑枪，是他们造成了自己家族的不幸。昔日橡树路上的王子庄周是高干子弟，家境优越，妻子漂亮，他的出走与当年城市里展开的一场严厉打击"腐化行为"一案有关，城市管理者为了"保江山"从重处理了这一事件，而庄周曾经在指责好友"苍白青年"的材料上签过字，结果导致苍白青年被仓促处决。他深感愧疚，一走了之，混迹于城市打工族，与山野流浪汉为伍，自食其力，一度救助弱小。另一个优秀青年凯平，亲生父亲在战场上为救岳贞黎而受重伤，去世后岳贞黎成了他的养父；凯平接受了最好的教育，进了飞行大队，成为副大队长，前途一片光明；他和保姆帆帆互相爱慕，遭到阻扰，岳贞黎把帆帆嫁给了警卫员；凯平自愿退伍，搬离橡树路，进一家大公司当起了私人飞机驾驶员；最后他得知帆帆肚子里的孩子竟然是岳贞黎的。

　　50年代生人面临的生存危机，不仅仅来自学术上的攻讦和身心打压，也不仅仅是遭受那些"某某老"的压抑。就像朱亚看到导师陶明的死去，宁伽看到导师朱亚的死去一样，宁伽的命运似乎也逃不掉上两代导师的命运，这种重复和轮回是对未来的一种预示。"我一生下来就属于另一个家族——我们的这个家族不是靠血脉连接的，它所依靠的东西也许比血脉更为牢固和坚韧，以至于没有什么能够将其挣断和斩绝。"（《忆阿雅》）他们一生对自己的真实身份和精神印记充满模糊和漂移不定的焦虑。一般来说身份分为两类，一是先赋身份，指个人出生时的家庭出身及幼年经历，包括性别、种族、阶级、户籍等；一是自致身份，指个人通过努力而获得的身份，如人事身份、所有制身份、职称身份等。先赋身份稳定，是被定义的；自致身份流动，是被认同的。① 宁伽等人遭受了双重身份的失败，在皈依之路上迷失，又在当下失去了立足之地。在上一代人看来，这一代人在"背叛"。而自从宁伽的曾祖父宁吉骑上一匹红骒马像堂吉诃德一样外出游荡不归开始，这个家族就种下了不屈从、流浪奔走的基因。这是一个精神家族，是一种精神遗传。他们这些人大都是一些综合病症患者，症状虽不一样，他们的解药也只有一副，那就是奔走，流浪。他们是狂人，只有在流浪中追寻自己存在的意义。

四　触目惊心的底层叙事

张炜的小说具有强烈的批判现实主义色彩，善于通过小说创作对社会的各个层面和角落进行扫描刻画，反映各个阶层人们的生活和思想状况，在纵向钻掘和横向对比中深刻揭示长期潜伏、正在形成以及趋于激化的社会矛盾的根源，表达对国家治理、社会改革、经济发展和自上而下人民内部矛盾关系处理的意见。小说最为着力的地方就是向被忽视被压迫的社会底层投去深深一瞥，托出了一组"被侮辱与被损害的"群像图，它们触目惊心，甚至血泪淋漓。

在《家族》中，曲府丫鬟小慧子被飞脚劫走，限制人身自由成为生儿育女的工具；宁伽喜欢上了研究所档案室的女孩苏圆，两人情投意合，苏圆却告诉他她只是所长裴济包养的众多情妇中的一个。在《橡树路》中，钱扣村香子和小茴母女的故事催人泪下，小茴被糟蹋，报案反被污为卖

---

① 吴妍妍：《作家身份与城乡书写》，中国社会科学出版社 2009 年版，第 30 页。

淫，母亲香子去喊冤，也被糟蹋，绝望之下，母女买了三斤猪肉包了一锅掺了毒药的韭菜饺子，饱食而死。在《海客谈瀛洲》中，纪及的爱人王小雯因生活所迫，被逼成为霍闻海的玩物，遭受折磨，不得不选择自杀。在《鹿眼》中，肖潇带领学生去一个公司管理的岛上举行夏令营活动，不料发生中毒事件，骆明在医院中因押金不到位而延误，伙伴廖若发疯，在这背后是公司卑鄙的阴谋；"小肠""考上"了公司公关部，实则是从事性服务，被逼卖淫赚钱。在《忆阿雅》中，为富人提供服务的"阿蕴庄"里面豢养着一群被糟蹋的女孩，黑作坊里有个捅死流氓会计又自杀的叫"偏"的姑娘。在《曙光与暮色》中，因为一幅"齐白石"的画遭到威胁的小冷一家；冉冉的哥哥为了给她治血液病去金矿打工，最后死在那里，她出来寻找哥哥，被歹人糟蹋，得了"脏病"，路遇庄周，庄周决心到金矿打工挣钱为她医治，回来的时候她已奄奄一息。在《荒原纪事》中，宁伽寻找鼓额一家时，在一所村办企业里遇到了一个叫"小杆儿"的女孩，她被集团武装的头儿"连长"侵犯，父亲因此死去，她被蹂躏，几次逃跑，被打瘸了腿。在《无边的游荡》中，农村姑娘荷荷名义上是进入集团打工，实则充当卖淫工具，因被牵连进上司携巨款外逃一案而发疯，后来她进入"耗子"旗下的娱乐城从事色情服务，直到有一天娱乐城发生蹊跷火灾，她与娱乐城同归于尽……

改革开放以来，中国社会转型蕴含着市场化和现代化两大进程。"前者主要是一个体制转轨过程，即从高度集权的计划经济体制向多元和分散的市场经济体制转变；后者主要是一个结构转型过程，即从农业的、乡村的、封闭的或半封闭的传统型社会，向工业的、城镇的、开放的现代社会型的转变。"① 前者主要发生在城市，后者主要发生在农村。农村经济体制改革，加快了农民致富的步伐，也带来了诸多问题和矛盾。比如鼓励农民进城造成农村劳动力缺失，人们放弃土地，只留下了由老弱病残驻守的无望的乡村。城乡之间的差距表面上在缩小，实则在收入和政治社会地位上的差别日渐扩大。他们在物质上变得更为穷困，精神上更是一贫如洗。

---

① 郑杭生等：《当代中国城市社会结构：现状与趋势》，中国人民大学出版社2004年版，第37页。

张炜在早期中短篇小说中暴露的乡村政权的阴暗面在今天更加突出，"反动"势力也越来越强大。在"你在高原"中，作者的笔尖直指那些迅速崛起的地方企业集团，它们的发迹和发展是以破坏周围环境、牺牲人的生命为代价的。它们组织武装，私设公堂，上勾结当权者，下依仗邪恶势力，黑、白、红三道通吃。值得深思的是，这些企业集团的农民企业家大都有着艰苦的创业经历，在他们身上，人性的善恶两面共生，他们一方面同情受害者，一方面又庇护作恶者，最后只好采取睁一只眼闭一只眼的漠视态度。此时，张炜关心的已经不再是现代化给人们带来的好处，而是揭露其罪恶，不是寻找像隋抱朴那样实干有思想的理想人物来取而代之，而只是剩下了知识分子软弱无力的指证——结果他们无所作为，不得不选择逃避。王彬彬认为，隋抱朴这样的人物在现实生活中决不会大面积存在，作者希望改革的重任由这样的人来担当，希望历史的进步和伦理的进步能统一起来，求之过高；实际上，支撑着改革的，推动着历史前进的，恐怕更多的还是隋见素、赵多多这样的人。[①]

可谓至论！作为弱势群体的底层民众找不到向上通达的解决途径，寄希望于知识分子又不能——像宁伽、吕擎等人，他们"哀生民之多艰"，幻想通过自己的努力拯救弱小，当过问香子和小荷母女的冤情时，遭到关押毒打拷问，被赶出了深山。在求告无门的情况下，群体性的抵抗事件自然而然地发生了。在《荒原纪事》中发生了村民抵抗、打砸当地集团的群体性事件，本来这是一次有组织的抗议行动，后来演化为暴力冲突。类似此幕在2007年出版的《刺猬歌》中也出现过。当年的隋抱朴也曾试图通过"伦理主义"来为社会提供拯救方案，[②] 但是这笔账太难算了，算不出一个光明来，他阅读《共产党宣言》，相信托尔斯泰式的"无以暴力抗恶"，而隋见素则以"恶魔"形象弥补了隋抱朴缺少行动的缺点。在"你在高原"中，张炜笔下恶魔性的一面也终于显现出来，尽管均以失败告终，但至少说明作者在面对历史和现实社会矛盾时的判断是精准的。

---

① 王彬彬：《俯瞰和参与——〈古船〉和〈浮躁〉比较观》，《当代作家评论》1988年第1期。

② 刘再复：《〈古船〉之谜和我的思考》，《当代》1989年第2期。

五 翕动的魔幻大地

虽然魔幻现实主义对新时期以来的中国作家产生了不可磨灭的影响，但是对于魔幻现实主义的接受却呈现出比较复杂的状态，有的是接纳，有的是拒斥，有的尽管接纳了但是其创作距离魔幻现实主义较远，而有的表面上拒斥，但是在创作中却有着较为明显的魔幻现实主义倾向。张炜属于最后一种。张炜不仅拒绝承认，而且认为中国古已有之，他的这种心态反映了中国作家面对西方文学与文化思潮涌入有意与之"争夺权利"的欲望，[①]它还不仅仅是一种文化上的保守主义。

"你在高原"魔幻意味的获取主要通过两大方式：一是充分利用文学上的比喻、拟人、象征等修辞，采用夸张、变异、重复等手法，通过人的非正常感知状态，制造、传达魔幻感觉；二是采撷大量的神话传奇、原型故事、民间传说，或者虚构一些神怪异事，以隐喻表达或寓言功能出之，萦绕着浓郁的魔幻氛围。

作为"你在高原"十部书中最具魔幻气质的小说，《我的田园》中一再出现了"粉色苹果花瓣"的意象，它既可以作为喻体来形容事物，又因其本身所散发的丰富联想色彩，在频频闪现中产生了一个唯美、神秘或魔幻的化境：1. 几经交涉，宁伽与小村签署了买卖葡萄园合同，晚上因兴奋而喝多，他来到荒芜的葡萄园里，"四周好像飞舞着一些粉色的花瓣，它们柔软极了。我深一脚浅一脚地往前走。粉色的花瓣簇拥了我，扑在我脸上、手上。一只软软的小手掌伸过来，伸过来……我捏住了它"。2. 一个晴朗的月夜，同样喝了酒，他到海边散步，看到了"女侠"抓贼的场景，回到小屋，"睡意蒙眬中，粉红色的苹果花像雪片一样落下来，简直要把我的全身都埋起来了。我轻轻地把它拂开"。3. 他回城告诉妻子，他们拥有了一片葡萄园，在儿子房间里，"粉色苹果花像雪片一样往下坠落。它像鹅毛一样轻柔。小宁伸出手来：'爸爸，爸爸。'粉色的苹果花落到他的手上。'你看，你看。'粉色的苹果花瓣在微微颤抖。我扯过他的手，紧紧地握住了"。4. 夜里，他靠在葡萄架上，想起把妻儿接到葡萄园里的承诺，

---

① 殷国明：《20 世纪中西文艺理论交流史论》，华东师范大学出版社 1999 年版，第 430 页。

"今夜又是那个春夜迎接飞旋流沙、脚踏绵软踽踽前行时的奇特感受。粉色的苹果花轻柔地落下来,遮掩着黝黑的泥土"。5. 回想起与妻子爬泰山时的情景,山上的古迹"由苹果花似的汉字交攀堆积"。6. 他和大狗斑虎在沙滩上奔跑,想象着星星是不是"甩出粉色的苹果花似的熔岩"。7. 他幻想着葡萄园里大家相聚的场面,"车子一会儿就把我们带到了那片园林。一片片粉色苹果花一层一层叠在一块儿,仍在纷纷坠落……"8. 他去精神病院看望武早回到葡萄园,"我的心却留在了那个酒城……粉色的苹果花坠落下来,我双手接满了这些花瓣,捧在脸前,把它们的芬芳深深地吸进肺腑"。……这一特殊意象的频繁使用,显得文笔清芬,韵味悠远,像花溪一般流淌着主人公所有的欢欣与哀愁。

小说同时动用了大量的民间传说元素,使用了民间叙事方式,如"六人团惨案"的前后经过,毛玉与铁力沌的传奇故事,描写得亦真亦幻,相得益彰地映衬、衔接了历史和当下。需要说明的是,这一浑然自如效果的取得得益于作者恰到好处的意识流技法,使得插叙部分绝非毫无来由的子虚赋乌有辞,而是自然而然地融入到文本当中。更深一步,则走进了魔幻世界。通过细读可以发现,小说中的宁伽许多时间处于非清醒状态,比如醉酒、梦境、半睡半醒、病中、被袭击、精神打击、恍惚、失忆、幻觉、沉湎回忆等,这种神志不清或不能自已的"病态"很容易导致奇异发生,所以他可以和一棵老葡萄树进行长谈,与一只乌鸦对话,甚至能够闭着眼睛赶路。

中国拥有丰富的神话、志怪、神魔文学传统,也有着神秘、神异、神奇的原始思维,而魔幻现实主义的一个重要资源就是神话。作为一生踯躅于山东半岛的作家,张炜对这块土地上的风土人情、文化与文明有着透彻深刻的了解。特别是绚烂的民间地域文化,如以土地信仰、海洋崇拜为特点的古齐夷文化,带有极为神秘的魔幻因子或迷信色彩。在《橡树路》中,巨妖盘踞城堡、十二勇士刺杀巨妖的传说,是对权贵居住区"橡树路"、知识青年反抗压抑的隐喻。在《海客谈瀛洲》中,插入了十个《东巡》篇章,讲述的是秦始皇东巡、方士徐福与其周旋的故事,既是宁伽、纪及到东部考察得来的文学成果,也指青年知识分子与霍闻海等老家伙斗智斗勇的经过。在《鹿眼》中,雨神的孩子鲛儿被旱魃带走、雨神寻子的传说，以东部半岛"打旱魃"习俗为依据，指向小说中受到伤害的少年，饱含着对人性的深深追问。在《忆阿雅》中，凄美的阿雅报恩的故事暗示了时代社会的残忍。在《荒原纪事》中，被大神贬放的乌姆王和煞神老母合谋侵占他人地盘，本来反抗有理，但肆无忌惮的后果给当地带来了更大祸乱，喻指过度开发。

如果用乐器表演对应上述主题，"家族叙事"像是钢琴演奏，"知识分子叙事"则是中提琴演奏，"50后叙事"和"底层叙事"是小提琴演奏，"魔幻叙事"是大提琴演奏，它们的声调高低和风格各异，在乐章中起到的作用也不尽相同。贯穿全书的"家族叙事"除在《家族》中位居第一大主题之外，在后续的九部书中作为宏大的历史背景隐现，时而低沉，时而高亢，速度相对缓慢，是为慢板；"50后叙事"和"底层叙事"是两大重点主题，切入当下现实，一把主音，一把协奏，交相呼应，激发出高八度的尖利鸣响；"知识分子叙事"选择老一辈知识分子的遭遇为镜鉴，与"50后叙事"形成同声相应的"模仿复调"，又与其他主题形成不同旋律的"对比复调"，急促有力；"魔幻叙事"指向"藏污纳垢"的民间大地，相对完整独立，与小说主题故事形成不同声部的"对位"，是旋律适中的和声。"你在高原"全书系是如此，每部书也都具有复调结构特点，皆以物理学上的"串并联"电路组合方式链接具有共同特征和功能的多重主题。

关于"你在高原"，从第一部小说《家族》开始，张炜就意识到自己要写的是什么，要怎么写，将来要成为一部什么样的小说。在谈到《家族》的时候，他说它是"交响"，是"多声部"，"把各种声音收入心底，屏住呼吸寻找不和谐音、噪音……"[①]"我并不认为这部书写完了。它只是个躯干。它还将生长，延伸出枝桠、须络。它是一棵树，要长出侧枝、生出连体。"[②] 实际上，"你在高原"十部书无论在形式还是内容、精神内蕴等方面，都表现出十分鲜明的复调风格，这与张炜始终具有的文体创新意识是分不开的。

[①] 张炜：《八月手记》，《激情的延续》，湖南文艺出版社1996年版，第7页。
[②] 张炜：《心中的交响——与编者谈〈家族〉（辑录）》，《张炜名篇精选》（增订本，随笔精选），山东友谊出版社1996年版，第237页。

不过，小说结构上的复调风格如果处理不当，其弊端也很明显，比如为了一味平衡文本结构，造成每个故事支离破碎，行文到最后不仅呈现覆水难收之势，而且主题线索的多元并存，会使题旨变得模糊，甚至不知所云。复调结构小说考验作者的独特运思和非凡的文体把控能力，至少要在内容、形式和审美意蕴诸方面达到高度完美的融合。虽然"你在高原"很好地照应处理了各个主题之间的关系，避免了上述问题，比如作者安排处于三个不同时空中的朱亚、陶明、曲予同时死去（《家族》），达到了全书悲剧性的高潮，但是从接受角度来说，由于我们缺少优秀文学阅读经验，反之暴露出该书不够平易的不足，对读者的文学鉴赏水平要求较高。因此，这部书对作者来说是一次写作的"长旅"和考验，对读者来说也形同一次阅读"苦旅"和挑战。

第四章　张炜的民间立场与知识分子叙事

张炜的小说具有浓郁的民间文化色彩，呈现出鲜明的民间文化立场。作为民间表达的代表作家，他被仓促地指认，而其知识分子性及小说中的知识分子叙事话语容易被忽略。当代山东作家在民间文化方面有着相近的追求，以徐福传说在张炜小说创作中的演绎为例，通过对小说题材、故事主题、叙述策略、思想蕴含及精神背景等方面的分析，可以大略窥探张炜以及以他为代表的山东作家的集体选择和民间价值取向，发现他们之间及其与国内其他作家之间的差别。张炜的民间立场并不彻底，作为一个知识分子写作者，无法摆脱知识分子情结，知识分子叙事方式令其与真正的民间立场存在鸿沟。由于社会形势的变化，作者企图重建道德理想主义、进行精神启蒙，难免流于空喊，唤不起人们的同情和响应，孤立无援，劳而无功。长篇《橡树路》是"你在高原"十部书中的第二部，其重要性在于确立了"50后"叙事模式、关注第三代知识分子的命运、正式提出"高原"意象。处于现实与理想夹壁中的新一代知识青年遭受着父辈的戕杀，又不适应急剧转型的社会，只能以不合作姿态进行反抗。该书极力挥写的"流浪"主题透露着张炜文学观中深刻的"自省精神"，与西方世界中的"罪感文化"、中国的"乐感文化"、日本的"耻感文化"既相联系又相区别，是张炜始终坚守的"道德理想主义"的一种行动体现。

第一节　立足本土的民间文化叙事

新时期以来山东作家的共通之处或基本特点是秉持民间表达的可贵传

统,贴近大地,道德感强烈。"山东作家历来离'民间'最近,同时也离民间最远","在建立现实责任感和民间精神的基础上,山东作家同时形成了波谲云诡、境界壮阔的小说叙事艺术,在当代中国堪称独树一帜"。① 除却策略上的考虑,如同打在心灵上的烙印,又像是一种本能驱使,民间书写成为他们的共同选择,必然会带来沉郁劲健、浓烈奇诡的艺术风貌。作为山东作家群中的一个突出代表,张炜及其创作基本上能够反映出这一地域文学的整体水准、文化个性、思想情感和审美追求。"融入野地"不仅是一声深情的宣言,更是坚决的行动,具体落实在文本的字里行间,表现在作者的日常行为当中。张炜和他的小说真正沉潜到了社会底层深处,即使在徘徊于城乡之间的时候,也始终带有浓郁的"原乡"情结,他和他所塑造的主人公满怀希冀地一次次离开,又不辞劳苦地一次次返回,在城市与乡村的对比中看清了社会和人生的真相。

一 当代民间理论的发端与张炜的关系

陈思和认为"民间"具备三个特点:"一、它产生于国家权力控制相对薄弱的领域,保存了相对自由活泼的形式,能够比较真实地表达出民间社会生活的面貌和下层人民的情绪世界;二、自由自在是它最基本的审美风格,在一个生命力普遍受到压抑的文明社会里,其最高表现形态只能是审美的;三、它既然拥有民间宗教、哲学、文学艺术的传统背景,用政治术语说,民主性的精华与封建性的糟粕交杂在一起,构成了独特的藏污纳垢的形态。"② 在《中国当代文学史教程》一书中,陈思和将"民间"等同于"民间文化形态",做了进一步阐发。后来经过陈思和本人及其弟子、学界同人的不断发扬光大,民间理论在中国现当代文学领域产生了许多应用成果。地域性较强的山东作家张炜引起以陈思和为首的包括郜元宝、张新颖、王光东等人在内的"海派"学者的关注,是从《九月寓言》开始的,它是运用民间理论进行批评阐释时经常被引用的一个经典范本。值得

---

① 王光东、张清华、吴义勤、施战军、崔苇:《历史、现状、新的增长点——山东新时期小说创作五人谈》,《山东文学》1999年第7期。
② 陈思和:《民间的浮沉——对抗战到文革文学史的一个尝试性解释》,《上海文学》1994年第1期。

第四章　张炜的民间立场与知识分子叙事

揣昧的是，这部小说发表于1992年（出版于1993年），直到两年之后陈思和才发表了《民间的浮沉——对抗战到文革文学史的一个尝试性解释》和《民间的还原——文革后文学史某种走向的解释》，提出"民间"概念。在关于《九月寓言》的一次讨论中，有人称陈思和的"民间"涵定是一种新的文学视界。① 陈思和主编的《中国当代文学史教程》（1999年版）为张炜设立独立章节进行专论，评价极高，称《九月寓言》为20世纪中国文学的"殿军之作"，将其放在全书最后收尾。

毫无疑问，文学不能离开民间。"民间蓄藏一种生力，像土地一样有繁生茂长的可能。"② "文学一旦走进民间、化入民间、自民间而来，就会变得伟大而自由。"③ "民间其实不仅滋生了文学，还有政治、经济、文化，总之是一切。民间是土壤，离开了土壤，一切都不能谈了。民间对我意味着自由、个人和创造。"④ 张炜不仅在散文、随笔、文论及演讲录中强调民间的重要性，还通过农民耕种式的书写在数量繁多的小说作品中执着于民间表达。他毫不掩饰自己对于民间的看法，同时从写作之初就有深入民间、真实表达民间的自觉的艺术追求。1988年，他到山东龙口挂职副市长锻炼，期间写道："在这几年，是深入民间最好的机会，也是非常重要的选择了。必须收集一些资料，准备将来写比较长的一部书使用……"⑤ "比较长的一部书"应该是二十多年之后的"你在高原"系列十部书。张炜身体力行，为了积累第一手写作素材，几乎走遍了胶东半岛的大小乡村，并进行针对性采访，几十年来积累的资料素材有数十箱之多，这是一笔挥霍不尽的宝藏。这就是为什么他执着于写胶东半岛，写乡村，迟迟不肯转向的一个原因。"开掘，应该包括两方面的含义：在描写领域内的横向扩展；在有限范围内的纵深发掘。张炜是在后者。"⑥ 对于

---

① 陈思和、李振声、郜元宝、张新颖：《张炜：民间的天地给当代小说带来了什么？世纪末小说的多种可能性对话之二》，《作家》1994年第6期。
② 张炜：《演讲语录》，《张炜自述：野地与行吟》，中国社会出版社2007年版，第187页。
③ 张炜：《伟大而自由的民间文学》，《张炜名篇精选》（增订本，散文精选），山东友谊出版社1996年版，第285页。
④ 张炜：《远河—蘑菇——答李红强》，《我跋涉的莽野》，春风文艺出版社2001年版，第160页。
⑤ 张炜：《葡萄园畅谈录》，《大地的呓语》，东方出版中心1997年版，第34页。
⑥ 李成军：《在开拓中发展——简论张炜的小说创作》，《当代文坛》1986年第3期。

民间大地，他持有近乎崇拜的迷恋。"一个神思深邃的天才极有可能走进民间，从此他就被囊括和同化，也被消融。当他重新从民间走出时，就会是一个纯粹的代言者：只发出那样一种浑然的和声，只操着那样一种特殊的语言。他强大得不可思议，自信得不可思议，也质朴流畅得不可思议。……他不再是他自己，而是民间滋养的一个代表者和传达员，是他们发声的器官。"①《九月寓言》赢得了盛赞，它"不仅使人们摆脱了以往伴随着主流话语控制而产生的观念化阅读定势，获得了一种自由精神的生长和真正审美意义上的愉悦，而且使人们进入了一种'诗性'境界，这种诗性的境界就是对人存在的一种诗意关怀。由于这种诗性，我们才在藏污纳垢的民间世界中看到了美的光芒，也看到了民间世界在转化为艺术境界的过程中作家人文情怀的意义。"② 从创作实践来看，走在民间理论前面的张炜做到了这一点。

随着"民间"概念的明确提出、民间文化研究的兴起和深化，张炜作为一个典型个案得到专家学者的持续关注，以张炜为代表的山东作家群也走进了民间研究的视野。民间是一种精神立场，同时也是创作的源泉，尤其是在对待民间文学方面，谁也不敢轻视。"民间文学弥漫在作家的上下左右，有时就像视而不见的海洋。作家一直浸泡，感染，培植，于这中间生长，但却不一定十分清楚自己优越的处境。民间文学或多或少构成了作家文学气质的基础和母体。"方言的运用体现了他对于民间文化的深切认同。方言是真正的文学语言。他承认自己文学语言的形成深受民间文学叙述格调的影响。"我如果丢失了方言，也就丢失了自己文学的大部。方言在我作品中有时直接，有时是潜隐地发挥着作用的。我个人的创作力量十分依赖方言的支持，这使我心里有底。"③ 下文以"徐福"的传说如何进入张炜小说创作为例进行解析，从中可见张炜对待民间文化的态度，面对民间时采取的叙述策略，以及民间文化如何深深浸染着他的血缘文脉。

---

① 张炜、王光东：《张炜王光东对话录》，江苏大学出版社 2003 年版，第 123 页。
② 王光东：《民间的当代价值——重读〈九月寓言〉》，《文艺争鸣》1999 年第 6 期。
③ 张炜：《民间文学：视而不见的海洋》，《在半岛上游走》，作家出版社 2009 年版，第 308—310 页。

二 徐福传说在张炜小说创作中的演绎

唐代大诗人李白在《古风》中写道："徐市载秦女，楼船几时回。"说的就是秦代齐人徐福东渡的传说故事。据《史记·秦始皇本纪》记载，秦始皇三巡琅琊，三次均经过黄县，齐人徐福等上书言海中三神山事，并请求派遣童男女数千人，入海求仙。黄县就是张炜的出生地——山东龙口。黄县一带是远古东夷族莱牟人聚居的地方，周代尚有莱子国、牟子国，后来为齐所灭。黄县一带同时是齐国方仙道的发源地，徐福是齐国方士之首领，他是徐乡人。黄县的"徐乡城"历史悠久，故城是一处从新石器时代到秦汉时代的古文化遗址。据考证，黄县自古就是中朝、中日交通的重要海港。徐福三次渡海皆在黄县集结。① 在这块充满神秘诡异色彩的土地上，千百年来一直流传着徐福东渡求仙的传说，另外还有许多奇人异事，留下了许多原始的以及后人命名、建造的遗迹，这些物质遗产和文化遗存深深地影响着东夷人的文化心理和性格，同样也熏陶着张炜。不过，以徐福传说为代表的"东夷文化"并不是简单地被带进了张炜的创作。开始的时候或许还只是采撷一些传说故事作为点缀，但越到后来，这些传说故事在小说文本中大举侵入，有系统、也有极强的目的性，还出现了特别以此为题材的小说作品，不能不说这是创作主体的有意为之。实际上，徐福文化是生于斯长于斯的张炜无法抛却的一个重要精神背景。

张炜早期写海的小说篇什大都暗含着徐福出海求仙的传说因子。短篇《黑鲨洋》因为写出了海明威《老人与海》的味道，刻画了老一代和年轻一代渔人不畏艰险的精神风貌，写出了老葛、老七叔、曹莽等人身上体现出来的硬汉精神，因此张炜被称为"文学界的硬汉"。② 《海边的雪》《海边的风》等也皆如是。相传徐福三次出海，与海涛和海兽战斗，前两次均告失败，第三次得到了秦始皇的更多资助，携带了更多的武器和人力、物资储备，一路颠簸，历经磨难，远涉日本。这种不屈不挠的进取精神是东夷文化中崇利尚义、雄强精悍品质的映射，也与胶东半岛特有的地理环境

---

① 山东省徐福研究会、龙口市徐福研究会编：《徐福研究》，青岛海洋大学出版社1991年版，第1—7页。

② 张业松：《张炜论：硬汉及其遭遇》，《文艺争鸣》1993年第4期。

所形成的海洋文化相关联。

如果说张炜的短篇小说还只是零散地把徐福的传说引入其中，有时借题发挥，以抒发自己或者超然、或者去国怀乡、或者爱国、或者怀才不遇等情结的话，那么到了中篇及长篇小说中，由于篇幅的言说空间扩展，需要表达的情感更加复杂、细腻和丰富，传达的主旨亦更加深远，徐福传说在其中的分量无形中加重了。长篇《古船》中的徐福文化色彩非常浓厚，开篇即有徐福出海故地的地理、历史等方面的知识性介绍，那条出土的大船残骸据说是徐福东渡时的遗物，是一个遗落文明被重新发现的象征，是古老的东夷文化的见证，其寓意不仅仅是老隋家的命运浮沉，更是整个中国政治社会体制转轨以及传统文化兴衰的标志性符号。古船暗示的是一种亟待施展的伟大抱负，纵使遇到艰难险阻，屡屡碰壁，一度被埋没，但终能得见天日，不能阻拦有血性、有志向的人扬帆起航。表面上看去冷静死寂的隋抱朴怎么会对自己的遭遇和外面的社会变化无动于衷呢？古船同时承载的是溢满苦难的忧国忧民的爱国主义传统，国家的苦难，家族的困厄，个人的悲欢，都蕴含在流传数千年的徐福传说中。再比如《柏慧》和"你在高原"系列中的《家族》等，莫不以徐福文化为背景。《柏慧》中穿插着一连串"古歌"，用歌咏形式讲述徐福东渡的故事，它所指向的不是历史传说，而是为小说文本叙述服务，用以映衬父辈艰苦多舛的命运，辉映古今相连续的精神价值。两千年前，孔夫子曾经喟然嗟叹："道不行，乘桴浮于海。"论者说："按照中国人的思维习惯，一旦回到传统中去，难免不从儒家文化中寻找与发现精神支持。然而，张炜没有，他循着登州海角的地缘与血缘找到了一个正史有记载却又生活在历史传说中的人物——徐芾。"① 徐福这个人物是作者的自拟。

张炜后继的小说创作彰显的徐福文化或徐福精神越来越显明，起到了统笼贯穿全书的作用。《刺猬歌》中的霍公是一个怪异的人物，"生前有一个未了的心愿，就是驾舟入海，去访谈里面的几个小岛"，但是"楼船刚刚打造了一半，霍公走了"，死后村人把他放到建成的楼船上，伴着俊俏童儿，放进大海，"一去无踪影"，被"海神"接去，云云。这是徐福渡海

---

① 徐德明：《〈柏慧〉当代知识分子的处境与选择》，《当代文坛》1996年第2期。

的又一个追梦者。胶东半岛具有独特的海洋地理环境，形成了异于内陆的海洋文化，徐福传说是海洋文化的一部分，它们的内在精神是一致的，即不屈服，向往自由，追求流浪的不安分的生活方式。张炜擅长描写奔走跋涉流浪之旅，如《刺猬歌》中的"大痴士"，曾经浪荡天涯的廖麦，以及像戚金这样为了搜集民间文化资料的漂泊者，都是这种"游"基因的携带者。"你在高原"十部书中，宁伽长了一双"流离失所的脚"，家里墙角总是放着一个旅行包，有帐篷，各种野炊器具，似乎随时都在准备着把它拎起来出走。《橡树路》中，家境优越的庄周怀着替父亲还债的愧疚感、无法对抗现实的无奈感出走了，吕擎、阳子、余泽等年轻知识分子也走上了集体流浪之途。内陆传统农业文明的特点是偏于保守，安于现状，求取稳定生活状态；胶东人则不同，他们不甘平庸，不甘压抑，本着内心的召唤，追慕自由，拥有像大海一样恣肆汪洋、无边无际的胸怀，信奉无拘无束的行动哲学——这与徐福的积极进取精神是一脉相承的。

三 徐福叙事的两个典型文本

徐福传说的文化因子在张炜小说中无处不在，零碎征引还不能充分证明民间文化如何渗透进了作者的精神血脉，影响着作家的小说风格和气质。在后来的两个文本（《瀛洲思絮录》及"你在高原"系列之《海客谈瀛洲》）中，徐福传说作为故事主题或母题得到了尽情言说和发挥，足以见出张炜将民间文化与纯文学作品相结合所进行的创造性试验，以及为发掘抢救保全民间文化遗产所进行的努力。

对徐福传说的书写，最投入最详尽的莫过于《瀛洲思絮录》。为了写它，作者曾经去图书馆查阅史料。在这个中篇小说中，他几乎把自己所有钩沉了解到的关于徐福东渡传说的来龙去脉和那段历史时期的变迁、大事件都写尽了，也把自己对于这个传说和历史的个人理解倾吐完了。小说以第一人称叙述，记录了"我"（徐福）东渡过程的前前后后，较多的篇幅涉及齐灭莱夷、秦灭齐等历史事件，传达了作者对历史的思考，特别是对古老东夷之国的怀恋，以及想象绘写抵达日本岛后，如何"止王不来"、与土著周旋、管理这个集团、建立独立家国的经过。对故土亲人的深切怀念，不想效仿秦始皇的心理矛盾和痛苦，都因为使用了第一人称的叙述方式而表现得婉转细腻、淋漓尽致。作者设身处地让自己与先人徐福产生了紧密的心灵感应和思想沟通,通过表白自己的真实想法,化解后人对徐福的误解,同时也是作者对传说历史的一种别样阐释,为徐福这个历史人物的行为极力声辩。作者俨然就是徐福的化身。"分不清楚是我还是徐芾,乘楼船登瀛洲,宽袍广袖。""斯人离去三千年,历史传奇或已渗入几代人的血脉。我们已渐渐不再满足于此岸的遥想,于是转而倾听彼岸的诉说。"[1]古人的思想我们无法触摸,张炜对徐福的理解也许并不确切,但与过去那个英勇的决定和伟大壮举相比,张炜的生发无论如何都不能算是过度阐释和滥用感情。历史上的徐福是一个虚无缥缈的传奇或传说人物,而在作者笔下,则是一个有血有肉有着丰富感情的人物形象,他审时度势,身怀大义,敢作敢为,扮演的是一个不惧强权、勇于反抗、寻找自由生活的角色。当然,越是这样复杂的人物就越是孤独,孤独得让人难以理解,不仅同时代人不理解,后人也不理解。张炜写出了这种穿越数千年历史的孤独感,重塑了徐福,同时也达到了与古人精神极力相契合的程度。

在马林诺夫斯基看来,神话传说是具有社会功能的过去的故事,但充当着现在的"宪章",行使着证明现在的某些制度并维持其原状的功能。[2]它另一个重要的功能就是寓意。问题是,徐福离开了自己的故地,而张炜则是一个植根于故土的作家,两者在精神上是不是有些游离呢?诚如张炜笔下的徐福并不是一个情单义薄、背离国家的叛逆,他热爱自己的家乡,也爱那个东瀛岛国,年少时他曾经在齐鲁大地上游历,深入民间,与脚下的土地和土地上的人民有着深厚的情感联系,张炜写徐福恰恰是在表达自己对这片土地的厚爱。谁都不愿意轻易离开自己的祖国和家乡,只是由于她们被侵占,历史和文化被剿灭,自由精神被压抑,才不得不忍痛逃离,远行寻找新的栖息地。张炜寻找的是一个精神上的高地,也是一片类似乌托邦的思想领地。张炜借徐福东渡的传说,流露出建立"理想国"的奢望。

---

[1] 张炜:《瀛洲思絮录》,《东巡(公元前219—前210)》(徐福文化集成·之四),山东友谊出版社1996年版,第2页。

[2] [英]伯克(Burke, P.):《历史学与社会理论》,姚朋等译,上海人民出版社2001年版,第123页。

第四章　张炜的民间立场与知识分子叙事

李白在《梦游天姥吟留别》中写道："海客谈瀛洲，烟波微茫信难求。"长篇小说《海客谈瀛洲》的题目即来源于此。从结构上看，小说不是以单线故事叙述展开，而是具有"多声部"的特征，从技巧上看，应用了戏仿、反讽、拼贴等手法。杂志社编辑宁伽和古航海史研究青年专家纪及有过两次合作，一次是为一个"大人物"霍老（霍闻海）撰写传记，一次是受命为一个东部海滨城市论证该城市与秦始皇以及徐福出海地的关系，也便有了和粉墨登场的各色人物打交道的机会。宁伽和纪及本着实事求是的科学精神，四处搜集资料，进行实地考察。所谓的学术权威，像著名秦汉史专家蓝老，则被高接远送，警车开道，前呼后拥，对着博物馆陈列品毫无根据地随口下结论，伸出拐杖指着出土的弓弩说："这就是当年秦始皇东巡射杀大鲛鱼所用！"在徐福出生地考古发掘现场，蓝老"一手抺腰，一手扬拐，在半空里画了个半圆说：'不错，徐福当年——他就在这一带活动啊！'""学棍"王如一学术平平，说话半文半白，故弄玄虚，但是他与桑子这对"政治夫妻"的能量很大，混迹于学界，权钱两得。王如一的志向是编一部《徐福词典》，经常在人多场合突发灵感，大呼"得一词条"。王如一正在编辑的"徐福词典"、霍闻海空洞粗鄙充满政治词汇的"自传片断"、宁伽以秦始皇和徐福传说为素材写的"东巡"小说，以及纪及、王小雯、霍闻海之间的恩爱情仇，城市文化建设的乱象……，交相穿插、堆垒、并行，完成了整部小说。该书对以蓝老、王如一等为代表的所谓的专家队伍、投机的知识分子，以及急于将古代文化庸俗化、商业化的东部城市和企业，进行了无情讽刺和直斥抨击。

徐福传说作为故事原型，深深影响了张炜小说的叙事模式、价值取向、思想蕴含，甚至是作者的创作动机、精神状态。"原型又称原始意象（Primodial Images），它总是自发地显现在神话、童话、民间故事、宗教冥想、艺术想象、幻想和精神失常状态中，也会出现在儿童思维和成年人的梦中。"[①] 这在张炜那里表现得十分豁然。

目前，"徐福研究"是国内兴起不久的一个学术文化新亮点，一方面我们有这个文化资源，是徐福研究的根之所在，另一方面也受到来自日、

[①] 叶舒宪：《探索非理性的世界》，四川人民出版社 1988 年版，第 53 页。

韩等国徐福研究热的促动。徐福文化已经成为中国民间文化的一个重要组成部分。需要特别注意的是，根据张炜的创作活动年表，① 1989年他在龙口市任职期间担任了"山东省徐福文化研究会副会长"，1993年任"中国国际徐福文化交流协会副会长"，多次参加关于徐福文化的国际交流活动，撰写文章。1996年还推出了由他主编的《徐福文化集成》，汇集了徐福研究的阶段性成果。最近的消息是，张炜正在主持大型文化工程《徐福词典》编撰工作，已经在由他主持的"万松浦书院"启动——相信它和小说中王如一编写的《徐福词典》不会是一路货色。作为一个生活在徐福故地并有着强烈精神依赖的作家，离不开徐福文化的影响，相信将来的创作也离不开对徐福文化的摄取。

  徐福传说只是张炜深度汲取民间文化的一个典型例子，民间文化在张炜小说创作中的呈现并非片爪只鳞、一点一滴，也不是简单地搬移插入，而是从写作题材、素材、技巧到精神思想、文化史观等方面进行了全方位地浸漫。作为一个对土地持崇拜心理的作家，当他在描写自己的故地的时候，就会自觉不自觉地为身为一个东夷后裔而感到自豪和骄傲，对其大加称颂，忘乎所以。因为他深爱着这片土地，必然对这片土地上古往今来的民间文化资源有着深入的研究、痴痴的迷恋和自觉的追求。张炜对自己与故地的关系做了大量言说，他对故地有着深厚的感情和了解，这种感情和了解是用双脚亲自度量过的。他坦诚地说："我的写作大约就分成了两大部分。一部分直接就是对于记忆的那片天地的描绘和怀念，这里面有许多真诚的赞颂，更有许多欢乐。另一部分则是对欲望和喧闹的外部世界的质疑，这里面当然有迷茫，有痛苦，有深长的遗憾。"② 从文学作品来看，这段话是确切的，第一部分是张炜创作的源泉活水，第二部分则反映了他的立场，回应着维护人文精神、思想趋于保守的卫士姿态。张炜小说创作"生力"的源泉是民间大地，丰富的底层民间生活经历让他拥有了发言权，成为了这片土地上的代言人。他不仅直接描绘亲眼所见的民间图景，还长于想象，构建了一个精神上的民间世界。张炜小说创作采取的题材、反映

---

① 张炜：《张炜自述：野地与行吟》，中国社会出版社2007年版，"附录"。
② 张炜：《我跋涉的莽野》，《我跋涉的莽野》，春风文艺出版社2001年版，第4页。

的生活，其本身即带有民间审美特质；作者主观方面的民间审美追求也决定了他的小说只能是民间审美的。20世纪80年代中期兴起的"文学寻根"潮流波及了包括张炜在内的许多实力派作家，在精英知识分子地位剧烈摇晃的年代，他们纷纷寻找精神栖息地，探索不同于以前主流意识形态话语主导文学创作的新形式，做出了倾向于"文化"的选择，"民间文化"就是一个突破口。这个突破口一旦打开，立即散射出夺目的异彩，产生了许多优异的作品。

古往今来，山东半岛是一个多种文化交集的地带，同时因为自身地理的关系，也存在着不同的民间文化样态。比如在胶东地区，"由于特殊的地理位置和特定的历史机缘，胶东文化自身呈现出复合特征，在文化心态上也呈现出开放的多元性，这些特征与文化机缘也注定了胶东文学在文化学的品质上呈现出开放性的文化取向"。[①] 新时期以来，鲁东（胶东）作家群曾经集结了冯德英、王润滋、张炜、矫健、陈占敏等优秀的乡土作家，形成了相近的风土品格，但他们之间的区别也很明显，例如冯德英在表现题材方面的迥异。从山东作家群的大范围来说，他们又与有着革命传统的鲁南地区的苗长水、赵德发、李存葆等人不同，而鲁西南的李贯通、鲁西的左建明、鲁中的莫言等，呈现的是另几番风貌。不过，他们都把自己脚下的土地和自己理解的民间作为坚实的根据地和写作武库是毫无疑问的，不管是如实描写还是想象放大，均呈现出了五彩斑斓的神奇的艺术效果，相信他们的努力也不一定比张炜逊色。

第二节 流于惯性的知识分子叙事

自从当代"民间"概念提出以来，张炜作为一个代表作家被屡屡提及，其创作也像一座富矿被打开。稍具讽刺意味的是，对于"民间"的定性评价带有些许强加色彩，为张炜始料未及，他是被动接受这个正当流行

---

① 张丽军：《20世纪胶东文学与胶东文化》，《山东师范大学学报》（人文社会科学版）2008年第6期。

且偏重褒义的批评术语的。他承认文学创作的源泉来自民间，也不避讳自己的"知识分子"身份，并以此为傲。张炜的写作方式是农民农耕式的，精神姿态却是文人智识型的。张炜小说中的民间叙事和知识分子叙事，是两条互相缠绕并进的线索，它们在文本中的表现是不打掩护的，赤裸裸的，具有明显的模式化特征。从根本上说，看似民间和知识分子双重并举，实则是作者知识分子的身份使然，张炜无法摆脱知识分子文化思想幽灵的控制。张炜的中后期创作重点关注知识分子的命运，然而立足点落地于民间，在历史叩问以及对社会改革、现实改造、精神生活等方面进行了破坏与重建的努力。无奈作为一个逆行人，在"风沙扑面"的时代，其乌托邦理想不仅难以实现，濒于幻灭，而且启蒙者、拯救者的角色也显得有些不自量力、难以为继。

一 知识分子的民间想象

论者一般认为，民间与国家或庙堂、政治意识形态等上层建筑、知识分子处于三个不同的层次，彼此对立。从文学与文化角度看，民间是"中国文学创作中的一种文化形态和价值取向，……一种非权力形态也非知识分子的精英文化形态的文化视界和空间，渗透在作家的写作立场、价值取向、审美风格等方面"。[①] 当代作家不仅眼光向下，置身于民间，精神上也与民间大地气息相贯通，普遍呈现出一种悲天悯人的民间关怀。当然，绝对孤立、纯粹的产生于民间的文化立场是不存在的，只能通过知识分子的精神表现来传达。作家们的所谓民间立场实质上是一种"知识分子"立场，而且必然是当代知识分子的一种文化立场转换。这种立场以试图真实揭示民间的原始存在为旨归，包括物质和精神两个层面，除了真实记录乡间的生活琐事，描述风情民俗，开启被历史尘封的民间记忆，尤其是通过还原和想象等技术手段，绘制广袤的民间大地上芸芸生灵的生活图景和精神图谱，传达着对于民间的思考，特别是作者在深广的民间背景下的价值确认和精神追索。

民间理论研究的集大成者王光东认为民间审美的呈现方式大致可以归

[①] 陈思和：《中国当代文学史教程》，复旦大学出版社1999年版，第363页。

第四章 张炜的民间立场与知识分子叙事

纳为四个层次："一是对民间文化形态的内部式表现，也就是说作家自觉地用民间的视角来思考问题和叙述故事；二是自觉借鉴和运用民间的形式；三是对民间文化的转化与改造；四是知识分子的民间想象。"① 张炜的小说被列入"知识分子的民间想象"一类，并非没有道理，但是如果详加考察的话，对其民间成分的指认绝对不能草率地定于其中某一条。论者同时指出，"知识分子永远也无法摆脱与民间之间的关系，关键在于以什么样的价值立场和原则走进民间。"② 这个问题在张炜身上不是自然而然的，他的民间立场和知识分子立场貌似水乳交融，实则从根柢上就滋生出不可弥合的分裂迹象，就像两块极性相同的磁铁，贴得越近，排斥力就越大。

知识分子是一个复杂的概念。意大利马克思主义者、社会哲学家葛兰西把所有的人都看作是知识分子，但以其在社会中所起的作用来剥离出真正的知识分子角色。③ 在当代中国文化语境之下，知识分子的分工和作用亦趋精细和专门，作为作家的知识分子已然被崛起的公众人物形象所淹没，或者不得不陷于话语权的争夺。在"人文精神讨论"中表现出精英意识的张炜著作等身，却把写作视为一项与农民耕种一样值得尊敬的劳动，这与他拥有的农村生活体验有关，同时显示了他的写作立场和原则。从这个角度来说，他所理解的知识分子绝不是不食人间烟火、超尘拔俗、远离人民大众的方外之士，也不会刻意与人民大众对立起来。当当代作家们以在文学作品中轻贱、糟蹋、揶揄知识分子为能事时，张炜对此颇为不满和不屑，认为"知识分子是劳动精神的集中体现者，是辛苦和勤劳勇敢的典型，像工人又像农民——像一切好的劳动者。嘲笑知识分子就是嘲笑劳动者"，知识分子是劳动者中的"顶尖人物"，不应该被挖苦和诽谤。④ 在知识分子社会地位日益边缘化、想做一个自由的知识分子而不得、想承担社会责任而不能够的今天，张炜在小说中过分关心知识分子这一特殊群体的

---

① 王光东、刘子杰、杨位俭、姚涵：《20世纪中国文学与民间文化》，复旦大学出版社2007年版，"引论"，第6—7页。
② 洪子诚、孟繁华、张燕玲等编著：《当代文学关键词》，广西师范大学出版社2002年版，第214—216页。
③ [意] 葛兰西（Gramsci, A.）：《狱中札记》，曹雷雨等译，中国社会科学出版社2000年版，第4页。
④ 张炜：《文学是生命的呼吸》，《期待回答的声音》，明天出版社1995年版，第63页。

命运自有其独特意义——如果知识分子连自己的命运都把握不了,还谈何"为天地立心,为生民立命,为往圣继绝学,为万世开太平?"底层人民又该怎么生活?

张炜是以一个传统知识分子或者文人的身份出场的,他所传达的实际上是一种知识分子立场。以精英者居高临下俯视的精神维度,以"融入野地"的践行努力,站在民间穹宇之下,发出的应该是两种混合起来的声音。似乎很矛盾,但也很真实,这正是张炜的特异之处。中国文学或者中国文化历来由两种人书写,上层文人(知识分子)以及下层民众的自身写照和情感表达,并不绝对排斥。就像作为民间歌谣总集的《诗经》,"采诗之官"既是采集者、记录者,同时也是加工者、创造者,知识分子的介入使得这些歌谣具有了代言人,使其更具有文学审美价值和传播意义。小说是一个既对作者封闭又对读者开放的文字系统,其本质在于虚构(想象),其价值在于是否具有审美或现实意义。张炜文风的美感和愤世嫉俗的书生意气实在不应成为耽于想象、缺少生活的佐证,数十年来他用双脚走遍山东半岛,作品中大量挥发的民间元素与土地上的真相一一对应,他的创作态度无不宣示着作家的真诚和厚重。在论者看来,张炜小说缺乏的正是飞拔高超的想象力。或许,张炜用知识分子的温良笔墨抽离了自己不想看到和描写的东西,替读者做出了过滤和选择,唯美追求,道德至上,这一切的旨意在于精准落地,而不是盲目悬空,从而造成了"阅读期待"的递减。其实在张炜那里,真实也好,想象也罢,它们竞相托出,不加克制地放到了最大化,竭力再现大地及大地之子的原始狂欢图。他始终用知识分子的眼光看视芸芸众生,精心构筑他的民间世界,他在思考,在倾诉,在行动,其间安放着一颗知识分子起码所具有的"社会的良心"。

二 情不自禁的知识分子叙事

知识分子作家深入民间、书写民间已经不是什么问题,比如莫言对高密东北乡近现代乡村历史的血腥和变态描写,贾平凹对于陕西商州城乡间鸡毛蒜皮事无巨细的实录,都获得了极大成功。如果说贾平凹这个大俗大雅的家伙在作品之外还有一个知识分子在冷眼观看的话,那么张炜则把自己的知识分子角色完全融进了小说中,甚至可以从中找到作者清晰的影子，寻觅到作者早年生活经历的蛛丝马迹，触摸到作者的思想理路和精神品质。"张炜与莫言均为齐鲁大地之子，……在对民间世界的构建上，他们的创作呈现出不同的价值取向：张炜采取了更加理性化的知识分子视角，有着更鲜明的形而上的精神性追求；莫言则放纵人物的生命本能和艺术直觉，构建了一个更纯粹的民间世界。"[①] 与其他作家不同，张炜很少与描述的对象保持绝对的距离，这决定了他不擅长冷漠的叙事；他的一些小说视角转换非常明显，或者采用第一人称，或者第二人称，或者第三人称，跳跃反复，却很容易让人理清；而作品中的人物命运及个性与作者的命运及个性又互相映衬、补充、对接，形成多声部的复调韵味。因此，张炜的小说中总有一个"我"在，许多都是以有文化有知识的人物作为叙述主体，对知识文明和文化力量的追求也往往成为表述之目的，叩问着知识分子的坎坷命运，郁结着知识分子的文化情感。

　　张炜是一个敢于担当且具有强烈反思意识的当代知识分子，并没有像莫言宣称的那样彻底放弃"知识分子精英立场"。知识分子是他不可抛却的身份，尽管这种身份在小说世界中常常被邪恶势力、政治权力、世俗力量或者商品经济所摧折——正因为如此，知识分子身上才有故事可说，其命运浮沉更能反映整个社会的动荡变迁。关于知识分子的描写几乎充斥在所有的长篇小说中，如"你在高原"《柏慧》《外省书》《能不忆蜀葵》《刺猬歌》等，从中能看到作者的人生履迹和精神文化脉络。张炜笔下知识分子的命运深刻揭示了社会知识阶层的蜕变，他们从受人尊敬的位置上崩落下来，跌进实实在在的民间底层，是一个去神圣化的过程。长篇《刺猬歌》中的老校长在无产阶级专政时期受到村霸唐老驼的嘲谑欺凌，斯文扫地，被残害致死；他的儿子廖麦受到通缉追杀，接受高等教育之后回到乡村只想过晴耕雨读的生活，保卫自己的庄园和妻女，但是唐老驼儿子领导的唐氏集团的拆迁机器还是逼近了家园，女儿认贼作父，妻子与自己产生隔阂，孤军奋战的他只得选择离开。连独善其身的愿望都实现不了，知识分子的处境可想而知，其尴尬是知识分子在急剧动荡的社会运程中的真

[①] 张艳梅：《齐鲁作家的文化伦理立场——以莫言、张炜、尤凤伟为例》，《文艺争鸣》2007年第8期。

实记录。余英时对于"中国知识分子的边缘化"做过分析,认为近代知识分子与"政治权力"的过度结合(恰如班达对献身"政治激情""背叛"了的知识分子的呵责)、现代文化地位边缘化,促使知识分子进一步被动和边缘化,沦为边缘人。① 张炜的小说不仅以悲情的基调直接描写知识分子,同时也是他作为知识分子灵魂搏斗的自我写照。

在小说作品中,张炜着力挥洒对知识、文字、文化等的向往崇敬之情。他所重点描写的人物,有些看上去是"粗人",从事与文化无关的工作,却对知识、对文字、对书写保持着执迷的兴趣和虔诚、崇拜心态,不懈寻求。《秋天的思索》中看葡萄园的老得就是这样。他喜欢在纸片上写写画画,既不准别人看,又想让人了解这项神圣的工作,于是让小来"把手放在衣服上擦干净",把给杂志社寄送的信纸放在蓑衣上,指着上面整齐的一行行字说:"这就是'诗',你慢慢看吧,不要吱声。"他高兴的时候吟唱自己写的诗:"……春天一般化/春天干燥/秋天很好了/秋天往家收东西/到了秋天/我高兴得笑嘻嘻……"对于王三江的不满也写在诗里。早期张炜的创作正是使用了这种"诗性诅咒",与后期赤裸裸的揭露批判不一样。老得感叹:"书是个好东西啊!"这个人物形象在《护秋之夜》中曾再度出现,此时是被青年男女谈论的偶像,形象高大光辉,具有象征意味,与"黑暗的东西"相对,昭示的是光明的未来。这些作品反映的是20世纪七八十年代的社会景象,农村封建势力残余或者强权者披着合法化的外衣中饱私囊,干着欺凌农民的勾当,老得这个没有多少文化的人通过写诗、向杂志社投稿,以期达到控诉揭露的目的。在这里,知识就是力量。张炜的小说反映了特殊年代人们对知识的渴求,以及对文化人的膜拜心理。《远河远山》中的小主人公对纸与笔情有独钟,他不停地写,为了寻找志同道合的写作者疯狂奔走,与小雪、歪歪、疙娃、韩哥等痴迷于书写的人结下了深厚的友情。《丑行或浪漫》中大胆泼辣的刘蜜蜡丝毫不掩饰对有先天身体缺陷的老师雷丁的崇敬和对铜娃的爱意,而这两个人则代表着知识文化,后来她学会了阅读,通过学习知事明理,对农村邪恶势力也有了较为清醒的认识。同样的意绪在隋抱朴身上奇迹再现,

---

① 余英时:《中国知识分子论》,河南人民出版社1997年版,第163—173页。

他通过阅读《共产党宣言》，在书中寻找真理，寻找解决现实问题的途径，最终觉悟，从老磨房中走出来，成为力挽狂澜、敢于担当的人物，主持了粉丝厂的局面。

三 精神启蒙的无奈与民间理想的幻灭

陈思和认为张炜是最早寻找到"民间"世界的作家之一。"他的民间就是元气充沛的大地上的自然万物竞争自由的生命世界，《九月寓言》曾把他的民间理想主义发挥得淋漓尽致。但是张炜没有把民间世界视为逃避现实的世外桃花源，他仍然坚持了《古船》时代的知识分子精英的现实批评立场创作出一系列引起争议的中长篇小说。"① 这是溢美之词。把希望寄托在知识理性身上，从中寻找突破人生、解决现实问题的途径，是张炜给出的答案。一方面作者本身就是一个知识分子，有着类似的经历，在小说创作时也刻意地进行点染抒发。另一方面，在作者看来，知识分子沉到民间，处境并不好，还要与周围"黑暗的东西"做斗争，武器即是知识和文化以及科学理性。作者认识到，斗争对象不仅是"敌人"，还有亟待启蒙觉醒的大众，而未开化的大众则是站在不理解知识分子立场上的，甚或是敌视的、势不两立的。在《九月寓言》中，工人阶级被小村人称之为"工人拣鸡儿"，矿场经理之子挺芳是一个文弱知识分子（其父是一个虚伪的知识分子），他与小村格格不入，他被打，他带走了心爱的"肥"，离开了即将因疯狂开采而面临灭顶之灾的村庄。"好的知识分子像泥土一样质朴，而且具有强大的滋生力。""从历史上看，中国知识分子有一个警觉和反对技术主义的传统。"② 张炜常被论者批评为"保守主义"，认为他逆商品经济大潮和急剧推进的城市化进程而动，维护封建落后，反对科技进步，但殊不知他反对的是庸俗的唯技术主义，不能容忍的是现代化对大自然和人们原本美好生存环境的破坏。在这一点上，他与底层大众既站在一条战线上，又不能获得他们的充分理解和同情。更为让人失望的是，张炜对于启蒙的对象缺少真正的信赖和认可，也就是论者所说的启蒙和反启蒙的价值

---

① 雷达、陈思和等：《关于张炜的〈丑行或浪漫〉的反馈》，《大家》2003年第3期。
② 张炜、王光东：《张炜王光东对话录》，江苏大学出版社2003年版，第11—14页。

选择上存在冲突，因为他所欣赏的乡间的人都已经是至纯至善，要让他们摆脱自己的思想境遇，恐怕会陷入另一种不可预期的前途当中。在传统文明与现代文明之间，张炜也是矛盾的，面临着乌托邦道德理性和实践理性的两难选择。[①] 张炜沉入民间不仅是为了个人的情趣，为了逃避社会现实，安托不为主流意识形态所容的心灵，而是借助宣泄民间话语试图开辟一块净土，重新建筑扶植知识分子信心的文化飞地。但是，因为这里的情形更为复杂，将是一个艰巨的也许是不可能完成的任务。

在"你在高原"中，张炜一如既往地采用知识分子视角观察社会。作为知识分子的"我"直接出现在作品中，对于弱者一方，他是抱打不平、解人困厄、以达上听的"青天"寄托，同时代表着知识理性。当面对矛盾冲突的时候，主张通过合法渠道解决，避免付诸非法的暴力手段。但是当"我"试图介入调停的时候，却发现一己之力的微小，获得真相阻力重重。此时，知识分子不仅受到特权阶级或者既得利益者的威胁和报复，还会受到"被侮辱与被损害者"的误解和嘲弄。"你在高原"系列中的《橡树路》《鹿眼》《忆阿雅》《荒原纪事》等，都通过制造比较激烈的冲突，反衬出了"我"周旋于事件边缘或者置身于事件旋涡时的无能为力感。"你在高原"主要贯穿着宁伽这个"50后"知识分子在当代社会的遭遇，庄周、吕擎、阳子、余泽、纪及和岳凯平等人都是他的"兄弟"，是"迷惘的一代"。像出身书香门第的庄周、吕擎、岳凯平，敢于反抗家庭，不愿按照父辈安排承受优越生活，做既得利益者，凌驾于普通大众之上。像纪及这样优秀的青年学者不想欺骗自己的内心，秉笔直书，不会阿谀逢迎，对商业行为嗤之以鼻。张炜笔下的知识分子形象都是受难者，承传的是老一辈知识分子无私无畏、爱智慧、爱真理、爱科学的精神。"我想到了吕擎父亲，还有靳扬，想到了脸色苍黑的纪及。这是同一个家族，同属一个特殊的家庭……"（《海客谈瀛洲》）但是这些优良品格不为普世所容，结果得罪了城市的实际统治者，他们要么是当年的功臣，要么是"运动"中的当权者，要么是披着各色外衣或真或假的学术权威；得罪了谋取暴利不

[①] 陈连锦、艾晶：《论张炜创作心态的矛盾》，《西南民族学院学报》（哲学社会科学版）2002年第S3期。另参见《道德理想主义的现实困境——论张炜笔下的"文化寻根"》（张晨怡，《创作评谭》2005年第2期）一文。

第四章 张炜的民间立场与知识分子叙事

惜侵占人民家园的企业集团；得罪了依附于这些权势人物的宵小之徒，因而遭受到难以想象的打击迫害。最后，这些青年知识分子被迫逃离城市，走上流浪之旅。

萨义德在肯定知识分子的自由时，对乔伊斯笔下的人物戴德勒斯的格言"我不效劳（non serviam）"颇为倾心。另一方面，他和班达、福柯等人一样也把具有精英意识的知识分子推及为类似"天下为公"的责任承担者。"知识分子的代表是在行动本身，依赖的是一种意识，一种怀疑、投注、不断献身于理性探究和道德判断的意识；而这使得个人被记录在案并无所遁形。"① 如果说在过去他们的祖父辈遭受的是无奈的政治迫害，今天的知识分子（被讥讽为"叽叽分子""鸡巴分子"）所处的环境和形势一样严酷，他们不仅要面对情感危机、亲人的背叛，还要体验生存的艰难，非正常化的学术之争，利益之上的党同伐异，不能不让不善此道的人落荒而逃，或者以不合作的姿态——自我放逐来抵制对抗。这种消极、轻率、不负责任的出逃当然包含了许多无奈，不过萨义德以自身的体验积极肯定了知识分子的"流亡"命运，不管跨越国界与否，追求精神自由和生活解放的真正的知识分子只能是不被驯化的"边缘人"。

对于知识分子在民间性叙述中的价值，王光东认为，因为有了知识分子独立的精神介入和自觉反思，关注个人，关注那些受到抑制、伤害，脆弱地呈现甚至隐蔽存在的生活状态，通过叙事文本形成一种意义的敞开。知识分子的批判和反思在同时面向知识分子主体、民间意识形态和政治文化禁忌的过程中可以通过向民间的反抗意识，在精神上与被压抑和遮蔽的民间世界产生深刻的同构，民间的生存言说和审美意义就可以通过知识分子的主体转换而得到实现。② 正如他所言，进入新时期的知识分子因为主要借助理性精神将文化反思集中在自我疗伤和政治意识形态批判上，从而进入了一种盲区。知识分子体现自己价值的途径主要有两条，一是抨击、抵抗权势，二是启蒙、教育大众，均责无旁贷。然而在当代社会，

---

① ［美］萨义德（Said, E. W.）：《知识分子论》，单德兴译，生活·读书·新知三联书店2002年版，第20—23页。
② 王光东、刘子杰、杨位俭、姚涵：《20世纪中国文学与民间文化》，复旦大学出版社2007年版，第176页。

知识分子的歌哭似乎已没有多少市场和力量了，他们也没有资格、没有机会去做鲁迅《药》中的人血馒头。就像论者所说，"五四"时期知识分子遭到了大众的拒绝，限于孤军奋战境地，启蒙失败，而80年代的知识分子也没有将启蒙进行下去，其中的教训之一就是知识分子没有坚持自己的立场而走向了民间。① 许多人将知识分子启蒙大众的努力理解为穷酸文人的浅唱低吟、无病呻吟。知识分子何为，带有书生意气的民间立场其价值何在呢？

陈思和在使用"民间"这个概念时，包含着两个层面的意思："第一是指根据民间自在的生活方式的度向，即来自中国传统农村的村落文化的方式和来自现代经济社会的世俗文化的方式来观察生活、表达生活、描述生活的文学创作视界；第二是指作家虽然站在知识分子的传统立场上说话，但所表现的却是民间自在的生活状态和民间审美趣味，由于作家注意到民间这一客体世界的存在并采取尊重的平等对话而不是霸权态度，使这些文学创作中充满了民间的意味。"② 张炜显然属于后者。如上所述，他不仅是一个知识分子，而且小说中的重要人物或者叙述者往往可以纳入到知识分子范畴，《古船》《家族》《柏慧》《外省书》《能不忆蜀葵》《丑行或浪漫》等均是如此。《刺猬歌》中的廖麦读过大学，具有传统文人的思想观念，向往晴耕雨读的生活，固守自己的家园，对抗现代文明的侵蚀，对过去经历的苦难要写一部"丛林秘史"。廖麦身上有作者自己的影子，凝结了作者自己的亲身感受。然而，正是这种借他人之口来言说自己主观立场的做法导致了其民间立场的不彻底性。在非难者看来，张炜远不如莫言、贾平凹、余华、苏童等人聪明，后者干脆放弃了知识分子的立场，用通俗故事打动人。莫言倡导"作为老百姓的写作"，而不是"为老百姓的写作"，"所谓的民间写作，就要求你丢掉你的知识分子立场，你要用老百姓的思维来思维。否则，你写出来的民间就是粉刷过的民间，就是伪民间"。③ 张炜似乎并不精于此道，在知识分子备受奚落消解的时代，其"矫

---

① 李新宇：《泥沼面前的误导》，《文艺争鸣》1999年第5期。
② 陈思和：《民间的还原——文革后文学史某种走向的解释》，《文艺争鸣》1994年第1期。
③ 莫言：《文学创作的民间资源——在苏州大学"小说家讲坛"上的讲演》，《当代作家评论》2002年第1期。

情"评价也在于放不下知识分子的身份。我们可以认为,作者具有民间情怀,小说中流溢着民间意识,沾染了民间文化的气息,但尚不能称之为民间立场坚定,更不将其纳入到民间文学的范畴。

张炜说:"真正的'民间写作'既是宽阔的,又是处于庙堂与俗流之间的一个狭窄地带。在时下,真正的民间写作开始将知识分子性与民间性统一起来。从这个层面上看,真正的知识分子立场与民间立场在其内部又是相通的、一致的,它们二者可谓殊途同归。知识分子立场正是以民间立场为依据的。而伪民间立场说到底只具有另一种解构指向,它与消费至上的物质主义是一回事。"① 诚然,知识分子有责任去表述民间,或者通过对民间的书写来宣扬其对立面——国家的或政治的意识形态。但是知识分子是否能够与民间保持一致,特别是张炜能否坚定地融入到民间中去,哪怕是如其所想将两者予以统一,却是个问题。在《融入野地》中,他曾询问:"一个知识分子的精神源自何方?"他认为其本源乃是大自然。② 一旦具体到地面上,他的"民粹主义"倾向的弊端也就暴露无遗。"要有放眼世界的气度,先得自己有根。"③ 张炜认为自己的根深深地扎在民间。但是作为一个从农村走出来的城市人,他与民间大地貌合神离、油水分层,融入野地只是一声宣言,实际上他只是徘徊在故乡民间上空的一个孤魂野鬼。《外省书》发表之后,有人就说张炜已经"悖离民间,远离生活,接不上地气了",导致了小说"文气的匮乏"。"张炜扛着民间的大旗,在民间之外的山林安营扎寨,他内心里其实还是想保留一份'知识者的独立性'。"④ 张炜在处理民间的时候始终是隔着一层,不是隔靴搔痒就是过度想象,加之写得又多,上气不接下气实属正常。我们只能说,民间丰富的资源让张炜获得了充沛的想象力,给了他自由翱翔的空间,给了他复杂多样的情感世界,以及一个进行道德曲直判断的尺度,⑤ 而很难让他的创作能够像论者所说的那样达到对民间自在的生活状态和民间审美趣味完全

---

① 张炜:《伦理内容与形式意味》,《世界与你的角落》,昆仑出版社2003年版,第134页。
② 张炜:《融入野地》,《散文与随笔》,山东文艺出版社1993年版,第20页。
③ 张炜:《自尊与确定》,《世界与你的角落》,昆仑出版社2003年版,第42页。
④ 刘海波:《悖离民间的尴尬——从〈外省书〉看知识分子处境》,《文艺理论与批评》2002年第1期。
⑤ 王辉:《纯然与超越——张炜小说创作论》,中国社会科学出版社2007年版,第43页。

契合。

　　张炜身上不是缺失了什么,而是过多背负着什么。一旦这种背负成为一种惯性,流于空喊亦在所难免,尽管这不仅仅是知识分子的失职,甚至更重要的是来自政治权力、社会情境和文化语境的催逼使然。因此,一个值得达成共识的问题是,如何在主体反思、文化关怀和人文建构等多重维度下进行民间意识形态的表达,知识分子作家确实应该承担起批判和重建的双重责任,而且我们也应该宽容地给予他们施展才能的机会。有人在读了"你在高原"之后认为,这部书从整体上象征了"知识分子写作"的终结,20世纪以来不断被重复的知识分子身份认同、价值立场、历史和社会责任、知识分子道路等都已经趋于消解或终结,"你在高原"式的写作,一方面最大程度地完成了对于百年来知识分子写作的"集大成"的努力,另一方面仍然未能喻示新的思想标高与审美路向。[①] 但是"你在高原"的写作已经达到了知识分子写作的最高峰,后来的作家想要试图重构类似知识分子写作的境界已不可能。

第三节　一人二人,有心无心
——《橡树路》的深层意蕴

　　长篇《橡树路》是"你在高原"系列中的第二部,曾以单行本形式由上海文艺出版社出版。与其他九部书一样,该书不仅与整体书系叙事贯通、气脉连延,而且相对独立、自有乾坤。从《橡树路》开始,张炜正式确立了"五十年代生人"或"50后"叙事模式,着力关注第三代知识分子的命运,并成功塑造了庄周、吕擎、宁伽等几个典型的人物形象,他们在后续文本中似草蛇灰线,伏脉千里,若隐若现贯穿始终。该书正是通过描述这些知识青年无奈的生活遭遇、劳苦的流浪经历和痛彻的底层体验,充分揭示了社会转型期知识分子游离方内、彷徨无依的精神状况,清晰折

[①] 张光芒、陈进武:《"知识分子写作"的终结——从〈你在高原〉谈起》,《新文学评论》2012年第1期。

射出粗鄙与自卑、堕落与救赎、媚俗与逆流的人性差别、众生世相、生存法则,深刻反映了新时期以来中国城乡社会藏污纳垢的复杂面貌,蕴蓄着批判现实主义的震撼力量。

一 自我放逐的"流浪记"

长河小说的叙事安插着一条明显的时间线条,从故事推进的顺序来看,《橡树路》写的是宁伽刚刚从校园踏入社会前后时期的活动,记述了初到这个城市时在情感、生活、工作等方面的经历和感触。年轻懵懂的他闯进了贵族区、童话般的"橡树路",爱上了糖果店里的"凹眼姑娘",两个人开始约会,她嘴里总有一股烟草味,她给他讲"鬼宅"的故事;城里开展严厉打击"腐化行为"的行动,在一个黑色九月,曾在鬼宅鬼混的一大批青年被审判,带给她烟味的恋人"苍白青年"被处决,她被判了十一年徒刑;过了几年,社会风气发生转变,当年不为所容的腐化行为已见怪不怪;宁伽与橡树路人家的女孩结婚生子,并认识了阳子、余泽及同样居住在橡树路上的庄周、吕擎等人,他们志同道合、惺惺相惜,且是愤世嫉俗、不安分的一群。

小说主要写了四个(组)人的出走:一是昔日"橡树路上的王子"庄周,二是高校里的吕擎、余泽、阳子等人,三是吕擎的导师许艮教授,四是离开研究所进入杂志社旋即辞掉编辑部主任职务的宁伽。庄周出身高贵,父亲曾是这个城市的头面人物;他负责"青年艺术家委员会"的工作,为人嫉妒,又因筹措运转资金、帮助画家桤林等事项得罪了人;当年他在记录指控苍白青年的材料上签字的事被人利用,苍白青年被枪毙,好友桤林因此拒绝接受他,乌头也以此为要挟让他容忍与其妻的苟且行为,精神极度压抑,只好一走了之。吕擎、余泽、阳子等人因为参与抵制学校某个商业项目而遭到有关方面威胁,他们决定利用假期到南部大山做一次长途旅行,考察民情、打工、义务教学,寻找失踪的许艮教授的下落。三十多年前,为逃避运动审查,许艮与妻子不告而别,躲进了东北深山老林,与猎户女儿结下了一段孽缘,三十多年后,他抛开城里的优越生活,舍弃心爱的学术事业,返回大山请求猎户女儿的宽恕。厌倦了复杂人际关系的宁伽,因敬重和同情陶明、朱亚以及反对"东部大开发"项目受到胁迫，在岳父帮助下调到杂志社工作，但杂志社也不是洁净之地，他不愿昧心与徒有虚名的势利之徒合作，消极怠工，辞去编辑部主任一职，后被委派去东部平原一家企业采访，得以了解乡民的悲惨生活和地方企业集团的累累罪恶。宁伽、吕擎、阳子、余泽等人都归来了；庄周最终也回家了，但被父亲关了禁闭，他向宁伽讲述了自己出走的前因后果和经过；许良老教授找到了猎户女儿鱼花，誓愿陪她长相厮守，终老林下，了此余生。

  李泽厚认为，中国近现代知识分子共分为六代，第五代是"解放一代"，第六代是"红卫兵一代"[①]，张炜以及书中人物庄周等"五十年代生人"或"50 后"应该是第七；如果从新中国成立后算起，他们才是第三代。这一代人赶上了中国拨乱反正之后的好时候，作为上两代人的后辈，他们受馈的生活可谓不劳而获、坐享其成，庄周等人的自甘"堕落"和颠沛流离的奔走流浪行为让人感到不可思议。他们本是令人艳羡的橡树路上的"贵族"，要么是高官之子，要么是象牙塔里的天之骄子，要么是著名学者或其后裔，即使是困扰于父亲历史问题的宁伽，也做了橡树路上的入门赘婿；他们有的德高望重，有的是青年才俊，出身显赫，家境富裕，妻子漂亮，有一份好工作，却都不安于现状，反应敏感，对整个社会充满敌意。在现实生活中，他们被追名逐利、心怀不轨的人围攻，陷入四面楚歌，但他们并不轻易妥协，而是以不合作姿态处之，乃至宁愿舍弃优越滋润的生活，体罚式地放逐自己，以示抗议。

二 背负所有的"罪与罚"

  这些不同凡俗的人物是时代的"病人"，其病灶在于内心，源自强烈的自审意识和负罪感。中国儒家把每日"三省吾身"（为人谋而不忠乎？与朋友交而不信乎？传不习乎？）作为日常修养的必备功课，是在集体意志驱动下进行的一种个体人格反思，追求的是社会公共道德承载者——君子的行为世范。然而在人心不古、世风日下的今天，求诸自身与外在相契合的途径只能是摧眉折腰，丧失个性。不肯同流合污的庄周等人已然做不

[①] 李泽厚：《中国现代思想史论》，东方出版社 1987 年版，第 343 页。

成"穷则独善其身，达则兼济天下"的君子，而是在迷茫困顿中走向了"自审"，包括自我审视的自省，以及自我审判的自罚。如果用西方的"罪感文化"来解释庄周等人的心态，或许更为恰如其分。所谓罪感文化，指的是一种社会集体心理，衍生自基督教教义中的"原罪""本罪"等信念。原罪是指与生俱来的罪，因人类祖先亚当和夏娃听从蛇的谗言偷食禁果而犯下罪行，这是先天的、无法洗脱的，是一切罪恶的根源。因此，西方人习惯性地向上帝祈祷忏悔，希望得到赦免，消除负疚和羞愧感。本罪是今生所犯之罪，指因违犯了上帝的意志而自食其果。犯了这种罪，通过忏悔告白可以缓解心理重负，有必要还得采取实际行动去弥补、偿还、赎罪，以求得心灵的彻底解脱和安慰。

但是，庄周等人并非简单地"自犯罪，自加罚，自忏悔，自解脱"，[①]自轻自贱自贬，他们的罪感大致来自四个方面：一是父辈犯下的罪，二是社会颓坏之罪，三是欲望之罪，四是自己的过失犯罪。作为表现形式的罪果，后两种属于本罪，乃原罪使然。与西方人不同，中国人认为"人之初，性本善"，没有原罪，我们不妨将其理解为人的精神或性格缺陷，如自私、欲望、避祸趋利的本性，难以克服，否则就成了圣贤和神祇。对于此种罪过，大都可以为人们所理解和饶恕。另外，因为自己的无知、软弱或过失而无意导致他人受到伤害，也可以得到一定程度的原宥。庄周在指控苍白青年的材料上签字，没想到日后会成为置之死地的证据，为此备受朋友的误解和自己良心的谴责；当桤林遭到诬陷打击自杀致残之后，赏识其才华并施以全力救助的庄周认为是自己没有尽到保护朋友的责任，自责内疚。蒲松龄在《聊斋志异》开篇《考城隍》中写到，廪生宋涛被招到阴曹地府参加公务员考试，诗卷上写着"一人二人，有心无心"八个字，宋只记得自己答卷中有"有心为善，虽善不赏；无心为恶，虽恶不罚"之句，为"诸神传赞不已"。有人认为，此篇开宗明义，乃推重"仁孝之心"。另外，这八个字还可以当作字谜来解读，谜底可为"仁人志士"。庄周、许艮等人的罪行应属于"无心为恶"，是可以原谅的，只是他们不能

[①] 一粟编：《古典文学研究资料汇编：红楼梦卷》（第一册），中华书局1980年版，第252页。

原谅自己。至于前两种罪果,由于自视甚高的他们心脑里深深烙印着类似"父债子还""匹夫有责"这样的传统思想观念,纵然自身没有犯下过错,却扛起了本不该由他们承担的罪责。

在辨析中国古代思想时,与西方"罪感文化"相对应,李泽厚提出了"乐感文化"的概念。它是"天人合一"传统思想的成果和表现,"以身心与宇宙自然合一为依归"。[①] 乐感文化注重后天修养,塑造"内圣外王"的理想人格,罪感文化则主要通过祈祷的仪式或形式,达到清洁内心或脱罪的目的。还有人把日本文化的特征概括为"耻感文化",但其强制力来自外部社会而不是内心。[②] 可见,中国的乐感文化和西方的罪感文化有着更多的相通之处,但对未来期待各持一端:一个乐观,一个悲观。张炜笔下的人物可谓大慈大悲,他们具有一心向善的恻隐之心,胸怀匡正天下风气的"仁人志士"之意,要求用绝对的道德标准去衡量社会关系,苛求自我,追求"洁净的精神"。但他们不会皈依任何宗教,不会夸夸其谈,而是付诸行动,像苦行僧一样踏上了力所能及地度人和自度的救赎之路。

三 互相仇杀的"父与子"

张炜除了详尽刻画庄周等人内心的痛苦,同时竭力探询父辈的人生履历和精神理路,及其对后代造成的影响。令人感到震惊的是,这种影响竟是一种暴力摧折,而施暴者没有意识到自己当年也曾是与"万恶的旧世界"势不两立、不共戴天的"愤青""叛逆者"。作者有意托出老家伙们(如庄明、吕南老、梁里等人)年轻时期的事迹与今天庄周等人的所作所为进行映衬。庄明是一个大家族的长子,为了逃婚而参加革命,他参与创办革命根据地第一张报纸,办书店,出版革命书籍,并在一次大转移中受伤,革命胜利后成为掌管整个城市的"教父"级人物;吕南老是老棘窝大户人家的"方家老二",海外留学归来后带领穷人闹革命,包围了方家大宅,分了方家田产,砍了方家老大的脑袋,正是这样一个大义灭亲的革命青年,今天是影响城市文化界的泰斗,只消一句话就可以捧红或棒杀青年

---

① 李泽厚:《中国古代思想史论》,人民出版社1985年版,第312页。
② [美]鲁思·本尼迪克特:《菊与刀——日本文化的类型》,吕万和、熊达云、王智新译,商务印书馆1996年版,第154页。

学者;宁伽的岳父梁里就是那个带领同伴追赶方家老二队伍的"小铁来",一路上他们历尽千辛万苦,秋子的孩子被蚂蚁咬死,小双病死,二憨滚落山崖,后来他参加过战斗,受过伤(打伤了鼻子),最后理所当然也搬进了橡树路……他们背叛了豪门父兄,在战场上出生入死,功绩不可磨灭,但当革命胜利之后,仍然沿用战场或阶级斗争思维看待问题,离退之后权威赫赫,成了死而不僵的百足之虫。橡树路上流传的老妖传说,像一则寓言隐喻着这些父辈的无处不在。

庄明、爱旭夫妇对儿子的离家出走表示出极大的不解和愤怒,认为这是一种背叛。同时他们也深深自责:"要害在于长辈,责任在我们,而不在下一代。""就是我们这一辈人亲自动手,把一切都推倒了。……可是又没有建立起新的东西,把它们交给下一代。"愧疚之意似乎情有可原。但对庄周等人来说,这不是打江山保江山、父子交接班的问题,他们拒绝接受上天的恩赐,排斥现成的人生安排,反对强加的好意,追求自由选择的权利和适合自己的生活方式。他们抗拒的目标基本一致,践行方式大同小异。和庄周并称为"橡树路上的王子"的苍白青年,面对父辈的慷慨遗赠,自我麻醉,坠入了不能自拔的境地,导致被仓促枪毙的悲剧,成了长者发泄淫威的牺牲品。庄周无法摆脱"黑九月"的阴影,遭受着无边的精神折磨,走上了逃避之路。另一个优秀青年吕擎则以积极介入和反击姿态应之。他不想继承父亲的学者衣钵,不想让父亲的不幸遭遇在自己身上重演。"父亲是个书生,他没有能力反击。""我不干,我要反击!"他敢于站出来表明立场,进行抗争;他练习打沙袋,强身健体,时刻准备着迎接战斗。"谁也没有权利让我走进父亲一族。"他说,"'他们'是一个大家族,……我感到有一股天大的力量要把我推到父亲的路上去。就像我要继承这个四合院一样,父亲留下的全部都一定要让我继承,不管我愿意还是不愿意。……我不愿意继承,从形式到内容,什么都不愿继承。谁也没有权利把我按在一个我压根儿就不喜欢的地方。"宁伽这样表达对岳父一辈人的不满:"只有他们自己才是存在的,我们后一代,包括吕擎他们,大家全都等于没有,生下来也不作数……我们不能做自己想做的事,不能有自己的想法,我们必须有名无实——一句话,我们不能变成我们自己,我们必须被他们消灭……"于是,一场围剿与反围剿的亲子战就这样打响了。

　　孙隆基在分析中西文化差异时说，中国人崇尚"仁"，"仁者，二人也"，这个字意味着在中国"个体"基本上没有合法性，它必须由外力加以制约才能下定义，因此不论是上一代与下一代，都必须把"自我"抹杀掉，摆出处处以向自己下定义的对方为重的姿势。"中国人的每一代都不是盛开的花朵。每一代在被上一代抹杀了以后，又去将下一代抹杀。"西方人的关系强调"断裂"，让每一代人能够完全确立自己，不会把意志强加于下一代，而"中国人对代际矛盾的答案，则是要求下一代完全向上一代投降，并且认为只有做到完全认同的地步，才称作是'孝'。"[①] 他进而指出，如果西方文化是"弑父的文化"，那么中国文化就是"杀子的文化"。《橡树路》则同时包含了两种文化，从道德伦理、人性、政治、文化等角度进行了深刻反映。

四　精神自由的"忏悔录"

　　同样是父辈，吕擎的导师许艮则另当别论。吕擎激赏他识时务的性格，反对坐以待毙的父亲吕瓯。当运动来临时，许多人受到审查，遭受侮辱、虐待、迫害致死，许艮却离开热衷于运动的妻子陶楚，偷偷钻进了东北深山老林，与年龄差距巨大的猎户女儿鱼花有了肌肤之亲，过起了隐逸生活；运动过后，他抛下鱼花，返回城里，享受优厚的待遇，继续做他的学问，有一个看似幸福的家庭。但他对鱼花始乱终弃，背负着陈世美的骂名，受着良心的煎熬，数十年来难以释怀，不知经过了多少挣扎，一朝开悟，翩然而去。他说："我不是逃离，我是回来！看到这个木头房子了吧？这就是我的家！我要回家！我走的前一天一夜没睡，在纸上写了几个大字，因为用力把纸都划破了！我写的是——我不安！我行动！我反抗！我生活！"这显然不是一个老年人的心态，而与庄周等人生有相同的精神基因（或病因），可谓"同路人"。

　　从小说的描述来看，许艮是一个博古通今、学贯中西的学者，对儒、释、道、玄等中国传统文化思想和外国哲学有着很深的研究，尤其尊崇孔

[①] ［美］孙隆基：《中国文化的深层结构》，广西师范大学出版社2004年版，第197—198页。

子、斯宾诺莎等人。孔子在颠沛流离中周游列国,始终保持达观的处世态度,关心时事,积极参与政治活动,寻求施展抱负、发挥才能的机会。斯宾诺莎因不认同犹太教教义而受到迫害,被逐出了教会,搬出犹太人居住区,以磨镜片为生,同时进行哲学思考;磨镜片这项工作严重伤害了他的健康,因为吸入了大量硒尘,四十五岁时死于肺痨,终生未婚。黑格尔对斯宾诺莎的哲学成就及人格倍加推崇。罗素则说:"斯宾诺莎是伟大哲学家当中人格最高尚、性情最温厚可亲的。按才智讲,有些人超越了他,但是在道德方面,他是至高无上的。"[①] 许良还研究嵇康、竺道生等具有叛逆性格的人物,他们不屈从命运的安排,追求自由与理性。许良从来不碰钱。他研究"史前文明",搜集了大量的剪辑资料。他认为不仅今天有人类文明,大量证据表明过去也有人类文明,由于人类的疯狂之举,今天的文明将会像昨天一样经历灾难而烟消云散。"仍然疯狂地积累财富和高科技吗?"他认为,艺术、美、宗教都属于"善的积累"。斯宾诺莎在伦理学意义上认为哲学的目的是求得人的最高的善和最高的幸福。宁伽记得他最有名的名言是:"我们只不过是一种被欺骗了的动物。"可以说,在追求道德理性的努力当中,许良甚至庄周等人均经历了失败,因为只有圣贤哲人才能达到这种理想境界。于是,在出世与入世之间,有着丰富人生经历的许良选择了前者,终于看破了红尘,毅然决然放下一切,回去迎出当了尼姑的鱼花。鱼花还俗了,许良获得了超凡脱俗进行自我救赎的可能。

许良和庄周等人的出走容易让人联想到贾宝玉的出家。有人认为,贾宝玉深重的罪感心理是对君父思想的忏悔、对君父文化罪孽的救赎以及对生命悲剧的超越。[②] 当然,庄周等人的心里没有上帝,也没有佛祖,他们不是玩世不恭,而是信奉行动哲学,同样坚守道德理性,追求精神上的超脱和生命的自由。"一个人只活一次。""一个生命总会渴求自己的'诗意',无论这个生命多么木讷沉睡,一旦醒来,即可以历尽艰辛舍弃一切,去获取去追逐,去跟随。"如同书中所宣告,庄周等人的出走并非没有任何意义。他们不以出走为目的,也不以出走为终止,而是试图在出走这一

[①] [英] 罗素:《西方哲学史》(下),马元德译,商务印书馆1996年版,第104页。
[②] 张乃良:《贾宝玉罪感心理的文化分析》,《南都学坛》(人文社会科学学报)2007年第1期。

重大仪式中,用人生的极限经历来宣示自己的立场。吕擎在做山地之行时随身携带着一本"拜伦诗集",令李万吉等文学青年甚为崇拜、垂涎。"拜伦诗集"的出现并非偶然,让人联想起"拜伦式的英雄"。拜伦不仅自己的人生传奇,还在诗歌中塑造了与社会对立、孤独的反叛者的人物形象,他们拥有非凡的性格,追求自由和独立,敢于蔑视现存统治制度,不向世俗社会妥协,顽强坚定,宁愿为自由而死,也不屈辱而生,但又因过于高傲、脱离群众,崇尚个人奋斗,而前途渺茫,悲愤忧郁,注定是悲剧的结局。他们既是叛逆者,又是牺牲者。现实不会给庄周等人提供战斗的机会,他们只有沉入苦难的底层,闯入无物之阵,甚至双手互搏,自我挣扎。

五 彷徨无依的"孤独者"

论者认为,"张炜思想的双重矛盾在其小说中自然地表现为城市与农村的二元架构的对立,表现为以城市为代表的现代文明与以农村为代表的传统文明的映衬",书中人物必然要走向"绝望的回归"。[①] 从《橡树路》开始,"流浪奔走"主题在"你在高原"系列中频频出现。庄周等人满怀希望屡次出走,又带着失望屡次归来,陷入"出走—归来—出走"的怪圈,无可逃遁。

张炜以及书中人物庄周等属于"50后",是"八十年代的新一辈",经历了新中国初期建设、"文化大革命"、改革开放等重要历史阶段,为实现祖国"四个现代化"和经济发展贡献了力量。庄周等人品尝自己努力的成果、合法继承父辈的遗产都无可厚非,但是社会转型期泛起的黑泥沉渣、物化潮流和精神动荡把他们的美好憧憬摧毁。城市是充塞欲望的飞地,坚守不得的他们只有狼狈逃离。在"流亡"之路上,他们备尝艰辛,亲眼看见了社会底层民众艰难的生活状况:这是淳朴憨厚可爱无欺的一群,过的却是一种无比穷困和悲惨的生活,他们居无求安,食不果腹,几乎没有任何现代化的娱乐设施,现代文明的光辉照耀不到那里,而商业化、城镇化、现代化的戕害又加深了他们的苦难——土地被糟践,家园被

[①] 王辉:《纯然与超越:张炜小说创作论》,中国社会科学出版社2007年版,第51页。

侵占，空气、河流被污染，疾病高发，怪胎频现；面对邪恶势力的欺压，敢怒不敢言；他们被乡村企业集团廉价雇佣，在恶劣条件下从事劳动，男的做牛做马，女的甚至被逼良为娼，生命安全和人身权益得不到保障。庄周等人发现了城市与乡村之间的巨大差别，并把这种社会不公平的罪恶背负起来，认为罪由己出。他们在流旅中自食其力、救助弱小、义务办学、代鸣不平，却遭到权势人物和不法分子的驱赶、诬陷和迫害。何处是家园？无奈之下他们只好再度返回城市，但又对城市文明充满了不适应感。嘈杂的环境，同样贫富悬殊的城市内部两重天景象，钩心斗角、尔虞我诈的人际关系，令人窒息的生存空间，让吕擎一再延迟返程的日期，让庄周极少踏进这座城市宁愿跻身乞讨者之伍，让宁伽几度昏眩无法接受。因为城市中不仅有宁伽"引为同类"的"最优秀的儿女"，还有造成一切恶果的父辈，以及继承了父辈衣钵继续作恶的宵小之徒，比如乌头、斗眼小焕、李贵字等人。"卑鄙是卑鄙者的通行证，高尚是高尚者的墓志铭。"这句诗高度概括了两种截然不同的存在。鬼宅、老妖的传说再次挥发出一种冥冥的象征意蕴，城市这个欲望的温床让人失去理智，陷入淫乱的眩晕。

　　宁伽等人的自我超越之旅是没有现成的道路可走的，他们的罪感意识如同漫溢的汪洋河水，鞭挞着、召唤着原地待命的行动哲学的河床，交合在一起，随时出发，冲决奔突，向前开掘着坚硬的岩土。不论是在城市，还是在乡村，致命的孤独感让他们发出了绝望的呐喊，而在精神上则把自己置于一种形而上的悬浮状态。因此，他们不得不一遍遍地寻找一种象征——高原。"你在高原"书系的核心意象"高原"在《橡树路》中第一次出现了。凹眼姑娘记录了男友苍白青年（白条）糟乱的生活和颓废的精神状态，但他并非耽于淫欲之人，他之纵情享乐一定程度上是对这个社会发出的抗议。他在一首诗中写道："东部太热、太挤/我愿来世降生在/寒冷的西边/那个贫瘠的高原。"作为写实的存在，那里远离尘嚣，空气洁净，人情淳朴；作为写意的虚构，那里可以安托犯了罪的灵魂，达到精神上的超越。可是，他们连这个城市都逃离不了，乡下农村也不收容他们，无法超脱当前的困境，一切努力不过是妄想揪着自己的头发脱离地球。

　　该书一如既往地张扬了张炜强烈的批判现实主义风格，集中对城市的爱与恨、人性的善与恶、人心的罪与罚进行剖析和审判，是对今天商业化、"物质主义"的猛烈痛斥,对堕落的社会道德和畸形文化的激烈反击。"自省精神应该成为文学创作永不枯竭的源头之一。"① 在影响张炜思想和创作的作家中,他尤其赞赏俄国作家托尔斯泰、陀思妥耶夫斯基等人,视其为伟大的作家,在他们那里,"道德上的亏欠和污损,会面临永远追究的痛苦",作者慨叹,"在一个纵欲的物质主义时代,我们已经不能理解托尔斯泰式的自省、那种强烈的道德质疑和自我苛刻"。② 《复活》中的聂赫留朵夫,《罪与罚》中的拉斯科尔尼科夫,在庄周等人身上留下了浓重的投影。不过,因为《橡树路》写的是一些坚持绝对道德标准的人,行动上履实,思想上蹈空,他们的叛逆行为或有意义,但是很难见到社会效益,显示出实用主义和自然主义两种不同的道德观念的对立。溜须拍马、好色、追名逐利的同事马光问道:"一个道德家能使社会繁荣吗?"恐怕作者自己也难以做出最简单的回答,以致陷入了怀疑。张炜以及笔下的人物也只能在没落或者消失的传统文人、士大夫情结中作自怨自艾的检讨,或者精神上的自慰。不过,张炜还是知其不可而为之,曾经是20世纪90年代初"人文精神讨论"中闯将的他,用十部沉甸甸的文学著作向着假想敌做出了一次沉重而有力的回击。

---

① 张炜:《缺少自省精神》,《散文与随笔》,山东文艺出版社1993年版,第202页。
② 张炜:《独一无二的文化背景——在淄博读书大讲堂的演讲》,《告诉我书的消息》,新华出版社2012年版,第50页。

第五章　张炜文学创作的互文性特点

法国文艺理论家朱莉亚·克里斯蒂娃提出的"互文性"理论认为："每个文本的外观都是用马赛克般的引文拼嵌起来的图案，每个文本都是对其他文本的吸收和转化。"① 原型批评也有互文性理论的影子。在弗莱看来，"一首诗的生身父亲是谁，要比查明它的生母困难得多"。诗歌的母亲是自然，父亲是诗歌自身的形式，而诗人只是一名助产士，或者是"自然母亲的子宫"。② "父亲"是程式化了的文学原型。一切文学形式、每个作家的作品都可以在这个世界上、历史当中找到它的前文本，找到原型，都有它们的互文性关系存在。一般来说，通俗作品的原型不难找寻，而所谓的纯文学则没有那么容易。张炜是个特例，我们可以较为轻易地指出他的作品中存在的一些故事原型、对社会文化的戏仿痕迹以及与其他作家作品在结构形式、风格、主题甚至标题上的互文性关系。对外国作家的模仿，对中国现代作家的借鉴，对古代文学遗产的继承，对民间文学的汲取，特别是精神上的交集流贯，制约着或者说丰富着张炜持续深入的创作。如果从互文性理论的角度来关照张炜卷帙浩繁的文学创作，则会变得大繁至简，一览无余。马尔克斯曾说："就一般而言，一个作家只能写出一本书，不管这本书卷帙多么浩瀚，名目多么繁多。"③ 用"重复"理论的眼光来看，张炜也不过是写了一本书。这里从三个角度进行例证：第一是张炜小说中的重复问题；第二是通过少为人关注的儿童文学的写作来探讨与其他

---

① 王瑾：《互文性》，广西师范大学出版社 2005 年版，第 40 页。
② ［加］诺斯罗普·弗莱：《批评的解剖》，陈慧、袁宪军、吴伟仁译，百花文艺出版社 2006 年版，第 140 页。
③ ［哥伦比亚］加·加西亚·马尔克斯、普利尼奥·阿·门多萨：《番石榴飘香》，林一安译，生活·读书·新知三联书店 1987 年版，第 76 页。

作品的关系；第三是从不同文体之间寻找论证，以张炜的诗歌和小说来进行比较分析。在解读张炜的小说作品的时候，不断引用他的散文、随笔，也体现出不同文体之间的互文关系。

第一节 深度重复：理解张炜的一个诗学角度

每个作家的作品中都存在着或多或少的重复，它们有的是硬伤，有的无伤大雅，甚至于作品有利。在现代文艺理论中，"重复"是一个内涵十分丰富的诗学概念，看似简单明了，实则与戏仿、互文等术语一样承载着沉重的理论负荷。解构主义批评家 J. 希利斯·米勒在《小说与重复：七部英国小说》开首说："无论什么样的读者，他们对小说那样的大部头作品的解释，在一定程度上得通过这一途径来实现：识别作品中那些重复出现的现象，并进而理解由这些现象衍生的意义。"① 环顾域内，张炜不愧为深味重复手法的小说大家，在人物话语、文本语言、素材组织、结构形式、主题表达、思想内涵等方面，充分利用了重复的叙述技巧或表现功能，正是于无所不在的深度重复中，臻于他所追求的小说化境。对于这些客观存在的"重复"，不能止于表面理解，只有从诗学的角度去打量，透过现象把握本质，揭示其内在意义，才算真正读懂了作者。

一 饱受争议的"重复"

对于张炜小说中存在的"重复"现象的质疑由来已久。20 世纪 80 年代初，当他执着于耕耘乡土题材的时候，由于涉足领域相对狭窄，阅历不够丰富，素材积累不饱鼓，文法欠成熟，不可避免地在内容表现、主题表达、人物塑造、景物描写及结构形式等方面出现一些自我重复。1984 年发表的《黑鲨洋》和《海边的雪》两篇小说的"末尾结构和艺术构思就有重复之嫌。小说结尾写得都是有人海上遇难，最后被年迈的老者抢救脱险。"② 而

---

① ［美］米勒：《小说与重复：七部英国小说》，王宏图译，天津人民出版社 2008 年版，第 1 页。
② 墨铸：《在人与大海的回音壁上——关于张炜〈黑鲨洋〉〈海边的雪〉的艺术探讨》，《东岳论丛》1986 年第 1 期。

且,"不仅在个别场景和个别细节上,在人物性格上也有某些类似之处。这固然是由于取材和关注的对象所致,但也暴露出作者生活和艺术积累的不够充裕。"① 1992年发表的《九月寓言》是他的转型之作,被视为阐释"民间"理论的代表文本。邓晓芒却说,大量涌现的意象受到作者某种理念的支配,所谓的"山野精神""民间精神"等概念太抽象,而塞进的各种意象过分膨胀,并不带有直接的感性色彩,只是同一个概念出场的各种不同的道具,"这就使他努力搜集起来的这些意象显得重复、臃肿、拖沓、苍白",由于主观意念太强,使人感到有故意"魔幻"的倾向。② 90年代之后他的创作遭到了更多质疑,一直持续到今天的"你在高原"。有人在读了《家族》《柏慧》之后,震惊于作者创作的"枯竭",充斥了太多的陈旧和重复,因为"熟悉的生活已经写尽,又拒绝到新生活中浸泡","自我封闭,走进了精神的象牙之塔"。③ 包括《我的田园》《怀念与追记》《如花似玉的原野》等,"故事情节的淡化与重复,人物形象的暗弱与错位,情感把握的失控与浮泛,使作家90年以来的小说创作偏离了叙事文体的规范,表现了作家创作的偏执与某种书卷气,相对削弱了作品反映生活的厚度与力度。"④ 这几部小说正是我们看到的体系庞大的"你在高原"中的几部,当时的批评家预见不到它的最终成果,并不了解作者的意图,提出了尖刻的批评。

历时性的整体读解也有,有人指出,《古船》和《九月寓言》之所以获得成功,被列为时代的经典,不是形式上有多么突出,而是作品意蕴的深度开掘,但随后的作品思想意蕴很难与两者媲美,顶多是"重复性"诠释。⑤ 受到同样责难的还有《刺猬歌》,有人认为它是一部"失败之作"。由于主流批评界的热捧对张炜的基本艺术思维产生了误导,"虽然已经身陷某

---

① 李成军:《在开拓中发展——简论张炜的小说创作》,《当代文坛》1986年第3期。
② 邓晓芒:《张炜:野地的迷惘——从〈九月寓言〉看当代文学的主流和实质》,《开放时代》1998年第1期。
③ 王培远:《走向精神和人格的高原——张炜〈家族〉、〈柏慧〉读解》,《菏泽师范专科学校学报》1997年第1期。
④ 靳明立:《情感把握的失控与叙事文体的偏移——张炜"家族"系列长篇小说批评》,《济宁师专学报》1998年第1期。
⑤ 李莉:《论张炜长篇小说的"家族"化写作》,《西南民族大学学报》(人文社会科学版)2004年第6期。

种艺术困境之中，然而却并不自知。不仅不自知而且还颇以为得计，还认为大约只有自己这样的一种写作姿态与方式，才算得上是远离了喧嚣繁杂的时代现实的困扰，方才算得上是保持了一种难能可贵的对于时代的怀疑与批判精神"。《刺猬歌》中的廖麦与隋抱朴（《古船》）、宁伽（《柏慧》）、宁珂（《家族》）、史珂（《外省书》）等属于同一个人物谱系，言行举止、精神理路没有明显区别，属于"二度书写"；同时展开的故事线索的故事架构、思想主题、人物关系设置，包括对历史传说人物徐福的描写，常用意象，基本的艺术风貌，大都"自我重复"，因此张炜后来的创作没有超过《古船》。①这一批评可谓爱恨交加，入木三分，部分地抓住了问题的实质。

　　针对有目共睹的"重复"现象，也有很多人给予了认可，与缺少同情和欣赏性批评的指责不同，他们通过"重复"这扇门扉真正地走进了文本和作家的精神世界。从局部来看，比如《古船》中不断插入的对"文化大革命"事件的描写，采用了"一步三回头"的回旋方式，雷同的"文化大革命"场景以及重复采用的令人恶心和发指的手段使之变得荒诞，②使小说获取了预期的批判反思效果。从思想主题来看，有人认为从《一潭清水》、"秋天三部曲"到《古船》，反复出现的是对深挚玄远的人性之思的形象展示。③莫洛亚的话可谓箴言："在所有的艺术家身上，人们都可以观察到这种永不满足的'复合'声。一个谐振的主题，一旦将其唤醒，这个复合声便发生振动，也只有它才能产生出一种独特的音乐，正是由于这一独特的音乐我们才热爱这个作者。同样，也是出于这个原因，某些作家总是重复地写着同一本书……"从叙述语言和叙事方式来看，《九月寓言》中"絮絮叨叨"的琐碎话语，乃是为了探讨展示小村与命运之间的复杂关系，正可传达出那种荒诞与神秘感，叙述时表现出来的重复与散涣，实际上与小村人的生活节奏相合拍。④张炜喜欢写江河湖海、写山川大地、写

---

①　王春林：《空洞苍白的自我重复——张炜长篇小说〈刺猬歌〉批判》，《当代文坛》2007年第6期。
②　胡玮蒔：《张炜新著〈古船〉文坛反应热烈》，《上海文学》1987年第2期。
③　曹增渝、梅蕙兰：《人生之旅与人性之梦——路遥与张炜创作比较》，《当代作家评论》1989年第5期。
④　独木：《苦难命运的诗性隐喻——读〈九月寓言〉兼论张炜小说的艺术转向》，《小说评论》1993年第4期。

第五章 张炜文学创作的互文性特点

秋天、写葡萄园,故事的时空背景往往给人似曾相识的感觉,而且通过重复使用一系列完整自足的意象,呈现出一个宏阔的奇幻的文学世界。这些缤纷的意象打着作家独特的印记,是作家头脑中长期积淀下来的记忆浓缩物,被有意无意地赋予了一定的意义,使读者从中获得暗示、象征、隐喻等深味,与其他作家相比具有不可重复性。

张炜是一个在艺术上不甘人后的作家,虽然每部长篇都引起了争议,但无不出人意表,不同于前一部。很多人认为张炜的写作水平在下降,立场也有飘忽不定的变化,有人并不认同:"在我看来,张炜是不愿重复自己,他宁可'冒险'走出一步,也不愿求稳踏步。"《柏慧》和《家族》所招致的争议是因为作家"在文体上过于用心的实验意图所导致的",前者不大像小说,后者是"三重奏式的交响叙事结构",具有"非常态叙事"的文体特征。[1] 之后,张炜进一步发挥了多重奏式的叙事结构和非常态叙事文体在长篇小说中的应用,使之成为得心应手的叙述模式。在思想意蕴上,陈思和认为《能不忆蜀葵》没有重复批判现实主义作家的工作,仅仅表现人攫取资本与财富的欲望,而是面对纷乱的现实对遮蔽了的人的基本欲望进行祛魅,发现了人的"恶魔性因素"。[2] 在内在结构上,张炜小说中的历史、现实以及作者心灵的歌唱重复再现,像"回旋曲"一样,令他找到了顺乎四季的节奏,"时间的核心是节奏,节奏的本质是重复",但"不是简单的重复,而是一种诗意的重复,一种生生不息的流动,无穷无尽的奔跑追逐的过程"。[3] 从"民间"角度出发,王光东对张炜小说中的故事原型进行了探析,认为张炜小说中存在着许多与民间故事基本一致的故事原型,但不是简单地重复,而是有了创造,结合时代生成了新的意义。[4] 即使有人说张炜的创新不多,但他也"大都是沿着已开辟的道路走下来,有些作品不免有重复自己之嫌。作家踟蹰于一条艰难的创作苦旅:既要维护自己的创作传统,保持道德理想主义的姿态,又希冀寻觅一条新径开辟一

---

[1] 张清华:《张炜的意义》,《山东文学》1999 年第 11 期。
[2] 陈思和:《欲望:时代与人性的另一面——试论张炜小说中的恶魔性因素》,《文学评论》2002 年第 6 期。
[3] 严锋:《张炜的诗、音乐和神话》,《当代作家评论》2002 年第 4 期。
[4] 王光东:《意义的生成——张炜小说中的"主题原型"阐释》,《当代作家评论》2008 年第 4 期。

片新领地攀上一个文学新峰。"① 遗憾的是，很多人把张炜的小说从语言到内容到形式都抽象成了与道德挂钩的关系模式，批评张炜的道德评价，以至于忽视了它们的开放性、复杂性、可能性、多义性和模糊性，更没有从内在矛盾的绞缠中系统性地去认识其道德内涵。

二 从"重复"角度看"你在高原"的炼成

张炜中后期或者说究其一生的代表作应该是"你在高原"，作为文学创作生涯的最高峰，这个体大思精的庞然大物的长成绝非偶然，它是作家全部文学经验的总结，同时也是作家不断"重复"的结果。

要探知它的形成，不妨从一桩"笔墨官司"说起。1998 年第 11 期的《作家》杂志发表了一篇访谈文章，文中说："……我觉得张炜那种状态不好。你比如说他的一部长河小说叫作'你在高原'，一共 10 卷，中青出版社给他出，分别叫《童年》《我的家园》《怀念与追忆》等等，他也写他个体的成长，但我一看位置没有摆对，人站在作品前面。"② 随即第 12 期杂志登出了张炜的一份声明，声称"从未在中青社出过 10 卷本'长河小说'"，那"'10 卷'只能是盗用和拼凑品"，并称自己的状态"现在不好，过去也不好"，"写作对我真是幸福的苦役。要一口气写 10 卷长篇，这对我只会是一个梦想。"③ 谁能想到十二年后他竟然实现了这个梦想！这恐怕不是赌气使然，张炜一直有写作长河小说的野心，或许曾向外透露过自己的规划才有了中青社十卷本"你在高原"的闹剧。1992 年当被问及正在写作的长篇时他说："它是我多年的一个设想，眼下正设法动手干，让其变为现实。这个设想也许有点'自不量力'或'野心勃勃'，但我把困难想得也比较充分。现在只完成了一半的初稿，一边改定，一边逐部地发表出来。我只能说，它比《古船》和《九月寓言》长得多，也好读得多。不过因为长、涉及的历史长、事件和知识也多，要最后完成它可不是一件容易事。"④ 那

---

① 李莉：《人生苦旅中的固守与突围——论张炜新作〈丑行或浪漫〉》，《西南民族大学学报》（人文社会科学版）2004 年第 8 期。
② 张钧、邱华栋：《天花板上的都市摇滚——邱华栋访谈录》，《作家》1998 年第 11 期。
③ 张炜：《初冬小记——更正和说明》，《作家》1998 年第 12 期。
④ 张炜：《关于〈古船〉答记者问》，《张炜名篇精选》（增订本，问答录精选），山东友谊出版社 1996 年版，第 189 页。

第五章 张炜文学创作的互文性特点

时候的张炜野心勃勃,擅长写作长河小说的罗曼·罗兰、普鲁斯特、托尔斯泰、陀思妥耶夫斯基等人是其崇拜的对象,有朝一日能够写出像《约翰·克里斯多夫》《追忆似水年华》这样的长篇巨制是他的梦想。张炜深受前辈的影响,在长篇小说写作实践中,首先涉足并常写不懈、得心应手的就是家族小说,再进一步就是"世家小说",已经十分接近于长河小说。作为当代写家族小说的代表作家,张炜处于一种对外模仿的仰视状态,对内则是在风格和主题上进行自我重复。这也是重复和互文性理论得以成立的前提,任何一部小说的诞生都不是一个偶然事件,对现实的摹写,对经验的描述,对回忆的追记,使用的材料,故事原型,叙事模式,主题思想,都离不开社会的历史的文化的积淀,无法摆脱前人或者其他外界影响,从这一角度来说,现代作者已经消失死去。

当然,"你在高原"的最后完成,并非出于简单的模仿借鉴,而是经过了漫长积累的过程。早在80年代初他就有了写一部大书的想法。"我心里的东西能写很多——我必须花上一万张两万张纸来说清楚它……我要往我刚才讲的那种情形上靠拢。到底要写些什么有时一下子讲不清,不过我大致知道,就是写我的大李子树被砍伐前后我心里的滋味儿……"[①] 他还说:"我总有一天要更好地写出南山。"[②] 张炜一直在写自己生活过的故地,写与那棵大李子树有关的家族故事,这些故事及其背景在"你在高原"的开篇《家族》中有着充分展现,然而对作者来说还嫌不够,后续的每一部书似乎都在重复着讲述它们。《家族》开头重述了作者的想法:"我在想:我的愤恨和奔波到头来不过是求个结论,而那结论也许一张小纸就写完了。如果把我所知道的一切全记下来,那就远远不止一百张纸。这样一想,我就放弃了那一张小纸。"也就是从那时候起,"花上一万张两万张纸"来写它的念头折磨着他。他在《你在高原——一个地质工作者的手记/我的田园(完整版)》(2002年,漓江出版社)的序言中说明重写此书的原因时说道:"它们总括起来可以命名为'你在高原'——心的高原,精神与梦想的高原,永恒的高原。构成它的是一部部书,一个个片断;它

---

① 张炜:《文学讨论会》,《周末对话》,江苏文艺出版社1991年版,第258页。
② 张炜:《南山的诱惑》,《散文与随笔》,山东文艺出版社1993年版,第79页。

们无论有多么完整，有多少头尾相衔的故事在我漫长的心史之章里，也仍旧像断断续续的自语或日记，恍惚，内向，琐屑，芜杂……"这也是他第一次使用"你在高原"的书名，明确吐露自己的宏伟构想。2003年在接受采访谈到《西郊》时说："在我的许多书中，非这个家族而不写。我的这一类书有个共同的名称，即'你在高原'。我要把这个家族的故事写透。关于它的隐秘，对我来说是最大的诱惑和传奇。"[①] 在提到《我的田园》时说："《我的田园》并不是完全独立的书，它是'你在高原'的一部。因而它的总体色调要等到全书结束后才看得清。"[②] 他在《仅有一个旅途——关于〈怀念与追记〉》的访谈中也有过描述，提到了已经出版的包括在"你在高原"总标题下的四本书。"它们之间是各自独立的，尽管大的故事框架互有关联，但具体到每本书的故事都是新的。主人公除了'我'而外，其余大多不再重复。""'你在高原'不是我的自传，但它是书中主人公的家族自传。这个虚构的复杂家族过于庞大，所以要一直写下去，直到写成一部足以称作'懒老婆的裹脚——又臭又长'的书。这种书出生得很慢，已经写了快二十年，还要继续写下去。""全部的'你在高原'最终也许只是重复着这样的一句话：我有一个梦想……"[③]，等等，从众多表述来看，已经成为张炜放不下的心结。

在与"你在高原"有关的诸书中，作者先写了《我的田园》（1991年），然后是具有概述性质的《柏慧》（1994年，未收入）、《家族》（1995年）、《怀念与追记》（即《忆阿雅》，1996年）、自传性的《远河远山》（1997年，未收入）、《西郊》（即《曙光与暮色》，2003年），连同其他几部于2010年和盘托出。虽然这几部小说不像《古船》《九月寓言》等在一个时期内具有先声夺人的代表性，影响力不大，却是对一个时代甚至是几个时代的描述，是对历史的叩问，也是对现实的直视，是真正称得上"史诗"的著作，因此用力最多，有的几经修改和重写。而《古船》《九月寓

[①] 张炜：《最大的诱惑和传奇——关于〈西郊〉》，《书院的思与在》，广西师范大学出版社2004年版，第223—224页。

[②] 张炜：《作家的不同房间》，《书院的思与在》，广西师范大学出版社2004年版，第241—242页。

[③] 张炜：《仅有一个旅途——关于〈怀念与追记〉》，《书院的思与在》，广西师范大学出版社2004年版，第270—278页。

言》《外省书》《能不忆蜀葵》《丑行或浪漫》《刺猬歌》等市场反应较好的小说,并没有让张炜如此痛苦,都是在"你在高原"漫长的拉锯式的写作间隙完成的,它们之间当然存在着诸多联系。

码定主意之后,张炜对"高原"的揣思可谓夙兴夜寐,写下了许多关于想象西部地理上的高原以及象征高原精神的文字。"任何一部小说都是重复现象的复合组织,都是重复中的重复,或者是与其他重复形成链形联系的重复的复合组织。"[①] "你在高原"的灵感和素材来自很多方面,交际的朋友,走过的地方,当下的社会万象,都曾给他启发和影响。对于前文本的折射,就像作家们竞相模仿斯坦贝克的《愤怒的葡萄》,如莫言写了《愤怒的蒜薹》(即《天堂蒜薹之歌》),张炜写了《秋天的愤怒》。再比如对法国文学、帕斯卡的标题类重复,前者有"外省小说",后者有《致外省人书》,多少年后张炜也写出了《外省书》。他在评论青年作家汪稼明时,特别提到作者用"鹿眼"来形容一位姑娘的眼睛,[②] 他也喜欢用鹿眼来描述女性,还把"你在高原"中的一部小说命名为《鹿眼》。这是对同时代作家的一种重复。1989年他写过一篇《酒窝》的文章,里面提到一个单纯爽朗的英俊青年,自从喝醉过一次酒之后就变得沉默寡言,意志消沉,终有一天,他骑着摩托车出走,有人说他去了青藏,有人说他去了东北,"但很多人都肯定地说,他如今是在高原上了。"这个英俊青年在"你在高原"中投下了许多影子,那些与社会格格不入的青年知识分子有的真的走向了高原。这是一种自我重复。当年他熬夜写下的《从高原到天堂》以及《午夜思》等独白絮语,与这部大书的思想是一致的,它们的游魂在书中不断闪现。包括一些中短篇小说和散文随笔,也都为后面的大书服务。

张炜出生于古齐夷之地,神奇瑰丽的民间地域文化,古往今来流传的神话传说,是成就张炜的宝库。通读张炜的小说可以发现,所有的长篇小说都涉及了一些民间传说,尤其是徐福。以徐福传说为代表的那些本土的民间传说不仅作为小说可见的组成部分占据了大量篇幅,或者缘此生发,

---

① [美] 米勒:《小说与重复:七部英国小说》,王宏图译,天津人民出版社2008年版,第3页。
② 张炜:《低语》,《纯美的注视》,上海远东出版社1996年版,第191页。

徐福精神也在人物身上高高映照。徐福与秦始皇周旋，东渡至日本岛止王不来，与"你在高原"中那些知识分子青年不见容于权势，遭受迫害，与父辈对峙，宁愿奔波流浪，何其相似？徐福传说已经成为影响张炜创作的故事原型，叙事方式、故事内涵、人物命运、衍生的"反抗"意义，都基于此。热奈特在研究互文性时发现，一篇文本在另一篇文本中切实地出现，或者一篇文本从另一篇已然存在的文本中被派生出来的关系——后一种关系更是一种模仿或戏拟，后者即具有了超文性。徐福传说在《史记》的记载中则可视为一种"元文本"。[①] 统观张炜的近二十部长篇小说，这些稳固的相同的线索性素材使得它们保持着独特的共存和派生关系。然而，这些故事不是被简单地引用、抄袭，而是经过了不同形式的转换，对徐福传说的生发书写作为后生文本具有了"超文性"。小说有许多重复形式，"从细小处着眼，我们可以看到言语成分的重复：词、修辞格、外形或内在情态的描绘；以隐喻方式出现的隐蔽的重复则显得更为精妙……""从大处看，事件或场景在本文中被复制着"，"由一个情节或人物衍生的主题在同一文本的另一处复现出来"，"一个人物可能在重复他的前辈，或重复历史和神话传说中的人物"，这是就同一文本而言，而"作者在一部小说中还可以重复其他小说中的动机、主题、人物或事件"。[②]"你在高原"系列拥有一个相同的线索人物"宁伽"，都写到了血缘和精神上的家族，故事框架互有关联，相同的故事片段常常打破时空次序进行穿插，人物谱系、命运遭际、主题意蕴等也多有相似之处，难免给人重复之感。

最显见的重复莫过于对老中青三代知识分子的描写，《家族》中的老所长陶明，《忆阿雅》中的"口吃教授"，《曙光与暮色》中的老教授曲涴，都是深受"文化大革命"迫害的不幸者。为什么会一再书写这些出奇相似的人物与故事，或许可以从《柏慧》一书"我"写给"老胡师"的信中得到答案，他写道："实际上类似的故事正以各种形式在不同的地方展开。它们并不因逃出了我们的视野而变得虚幻。这些故事有时竟是那么相似相同，雷同得几近抄袭。从鉴赏的角度看，它们已经毫无意趣了，它

---

① [法] 萨莫瓦约：《互文性研究》，邵炜译，天津人民出版社2003年版，第19页。
② [美] 米勒：《小说与重复：七部英国小说》，王宏图译，天津人民出版社2008年版，第2页。

第五章　张炜文学创作的互文性特点

们在一诞生的那一刻就因雷同而失去了新鲜感。可是我这儿不是鉴赏。我面对残酷的真实只剩下了证人般的庄严和激愤。我有一天将不惜篇幅记下所有雷同的故事。因为不雷同就失去了真实……"① 重复和互文当然不是简单的雷同，正如米勒通过对有关论述以及具体小说作品的总结分析（德勒兹关于尼采和柏拉图对重复概念的对照），得出了重复的两种形式，一是柏拉图式的建立在与真实性相似的先决条件上以模仿为基础的重复，二是尼采式的建立在差异基础上的重复。两种形式不是相互否定和对立的，而是互相对应不可偏废舍弃。张炜把大量的类似事件在一本书及不同的文本中反复展示，还有与其他作家对迫害知识分子主题的书写，以及几代知识分子相同的命运，都是不同的重复形式。"文化大革命"作为一段惨痛的历史并非被很多人所熟识，甚至有人在故意忘却，张炜秉笔直书能够引起人们的重视和反省。

三　张炜对"重复"的理解

从研究叙述时间出发，热奈特非常注重叙述频率——即叙事与故事间的频率关系，又将其简称之为"重复关系"。② 他得出四种频率关系类型：讲述一次发生过一次的事，讲述 n 次发生过 n 次的事，讲述 n 次发生过一次的事，讲述一次发生过 n 次的事。在张炜小说中，最常见的是第二种和第三种重复关系，集中于故事情节、小说主题以及思想意蕴方面。并不是所有的重复都招致非议。戴维·洛奇就十分推崇海明威小说中重复手法的运用。③

张炜很早就意识到了自己创作中的"重复"问题。他主张表现自己熟悉的生活和题材，在最擅长的领域开拓创新，不要盲目跟风。但他在避免陷入低级的自我重复的同时又固执地走向了深度重复。初期张炜执着于写"芦青河"，他说："我相信那里的一切都是独一无二的，于是相信只要写

---

① 张炜：《柏慧》，北京十月文艺出版社 1994 年版，第 207—208 页。
② ［法］热拉尔·热奈特：《叙事话语　新叙事话语》，王文融译，中国社会科学出版社 1990 年版，73 页。
③ ［英］戴维·洛奇（Lodge, D.）：《小说的艺术》，卢丽安译，上海译文出版社 2010 年版，第 103—108 页。

好了它们，也就不会重复别人……"至于可能出现的自我重复："拘泥于表现一种生活的场景不免有重复的感觉。但我想只要真正写得好，也不是特别可怕的。当然这也要担风险，要经历不同程度的失败。迴避它的办法，只能是给自己定一个很高很高的要求。你要写一系列的作品和人物，在场景安排上，人物性格的刻画上，故事情节的结构上，尽量做到不重复——这真不容易。"① 根据他的阅读经验，举例说杰克·伦敦的淘金题材作品也给人以似曾相识的感觉。这是由一个人在刚开始写作的时候必然要回忆童年和少年所决定的，会不同程度地奠定作家一生的创作基调。

　　面对外界质疑，张炜搬出前辈进行辩解，亦自有对重复内涵的理解。他看到了重复的不可避免以及必要性。与修辞层面上的简单重复不同，对作者的风格凝成起着锻塑作用的重复是无法被他人模仿和重复的。他发现，纵观作家从最初到后来的创作，能看到一种"连续性"，"当他写出一部好的作品时，就像有一块巨大的石头摆在面前。再往前走的时候，就要绕过他自己摆下的这块石头。越是好的作品，需要绕开的路就越远。一路走下去，需要不断地放下一些巨石，这就会把自己前进的道路慢慢堵死"。"作家写出一部小说，下一部小说再来重复，比如人物有重复，语言有重复，结构有重复，甚至在微不足道的地方有一些重复，都要受到批评，读者会指责他抄袭自己。"索尔·贝娄是张炜欣赏的作家，当有人批评他重复或模仿自己的时候，他说模仿自己总比模仿别人要好。张炜从中读出两层意思：一是贝娄确实存在重复；二是像马尔克斯所说的那样"一个作家只能写出一本书"。② 索尔·贝娄、福克纳、巴尔扎克等人都是擅长重复的大师。"伟大的作家似乎有些矛盾的方面：一方面在不断地创新，另一方面又在不停地重复。"③ 因此，只有"那些非常自信的作家，才敢于写同一种人物和生活，并且一直写下去；他们敢于写同一片土地，一直地写下

---

①　张炜：《谈谈诗与真》，《散文与随笔》，山东文艺出版社1993年版，第242—243、252页。
②　张炜误会了马尔克斯的本意，马尔克斯接着还说："一个作家的某一本书比起他的其他几本书来往往显得更加突出，因而使人认为他仿佛此生只写了一本书，或者说，只写了一本重要的书。"参见[哥伦比亚]加·加西亚·马尔克斯、普利尼奥·阿·门多萨《番石榴飘香》，林一安译，生活·读书·新知三联书店1987年版，第76页。
③　张炜：《从创作到批评——在烟台大学的演讲》，《书院的思与在》，广西师范大学出版社2004年版，第141—143页。

去。这也许需要更大的力气。这是通俗作家所不具备的一种力气。"① "他的每一次创作活动,都是对于他个人的一次强调、一次不同角度的重复。"② 后来,张炜越来越体会到重复的重要,将其作为一项技法、一种文体形式来对待,并在创作中进行应用实践。

张炜文学创作中的"重复"不是一星半点,而是体现在从细节到大体、从局部到全部、从内到外、从一而终的方方面面。张炜大半生的文学创作始终走在重复的路上,重复自己,也在重复别人,重复自己可以说是从语言到技法到素材到思想再到生命性质的积累、叠印和强调,重复别人毋宁说是在除内容主题之外各个层面的学习借鉴,汲取他人所长并有所发挥创新,它们是形成文学个性的必然途径。花费四十年的时间写上一千万字也许并不太难,难的是在漫长的时间演进中不仅完成量的积蓄增长,而且还应有质的提升突破,能够不断给读者带去惊奇。张炜正是一个不断制造惊奇的作家,总在挑战自己,每一部作品都在尽量避免重复,同时又走向了深度重复。

第二节 童心写作:超越童年记忆的小说创作

自从写出较大反响的"你在高原"之后,张炜的长篇小说创作转向了儿童文学领域,开始陆续推出"半岛哈里哈气"系列,日前已出版了《老果孩》(包括《美少年》《海边歌手》《养兔记》《长跑神童》《抽烟和捉鱼》五册)和《少年与海》两种。这是张炜有计划有目的地精心炮制的"儿童文学"大餐,目标读者除了以学龄青少年为主,还献给与作者自己拥有共同"童年记忆"的成人。我们不能简单地用"儿童文学"目之,更不能轻视它的价值,在张炜的文学宇宙里,与其他作品一样具有同等重要的地位,也与其他作品有着如胶似漆的紧密联系。这里试以《老果孩》为

---

① 张炜:《坚信强大的人道力量》,《告诉我书的消息》,新华出版社 2012 年版,第 225—226 页。
② 张炜:《纯文学的当代境遇——在山东理工大学的演讲》,《在半岛上游走》,作家出版社 2009 年版,第 99 页。

例剖析其儿童小说的独特审美意蕴。

一 "半岛哈里哈气"系列的艺术风貌

该系列用"半岛哈里哈气"予以总括,主要人物、故事场景虽然一致,五个部分的主题内容却迥然而异,各自独立,别有天地。《美少年》讲述的是"果孩"和"老憨"两个好朋友对转学来的美少年"双力"进行捉弄和报复的故事,他们偷偷在双力的饭盒里放进了癞蛤蟆肉,想让他变成难看的癞痢头,结果险些酿出大祸。《海边歌手》讲述的是一群喜爱唱歌、机智勇敢的少年齐心协力设计救出被"蓝大衣"栽赃陷害的"铁头",并无私帮助最会唱歌的朋友常奇治疗嗓子的感人故事。《养兔记》讲述了果孩和老憨合伙养兔子的几次经历,一次他们得到一对怀孕的兔子,遇到难产,小兔子虽然保住了,母兔却不幸死去,而为了保护兔子不被伤害,他们想尽一切办法,最后不得不依依不舍地放生。《长跑神童》讲述的是擅长奔跑的果孩在运动会上屡破纪录的传奇,他梦想通过跑步特长保送高中,但因吃了同样渴望进入体校的"兴叶"赠送的"飞鱼鳔"而倒在县运动会的赛道上,他不想失去这个知己好友。《抽烟和捉鱼》讲述的是老憨、果孩等小伙伴们与"狐狸老婆""玉石眼"两个怪老头交往的趣事,他们从老人那里得到想要的吃物,学会了喝酒、抽烟,并走进了他们的内心世界,希望从中调解两位老人之间积蓄了几十年的宿怨。

儿童作家秦文君说:"我想能感动孩子的因素里,这几点是比较重要的:童年美好的情怀、趣味,角色的信念、毅力、命运,还有被人包容和包容他人的故事。"[①] 在张炜的儿童小说里,这些品质基本上都具备了。小说的各个部分篇幅虽然不长,但生动曲折、极富韵致,它们或以孩子们之间的矛盾为主线(《美少年》《长跑神童》),或以孩子和大人之间的冲突为重心(《海边歌手》《抽烟和捉鱼》),或以孩子与动物之间的交流为题旨(《养兔记》),皆以好奇、天真、顽皮的童心为核,以珍贵的友情为维系纽带,赞颂了青少年纯洁美好的诸多品质。特别是孩子们与大人之间的斗智斗勇,他们爱憎分明、机智勇敢、团结协作的精神,反衬出大人们自

---

① 秦文君:《感动今天的孩子容易吗?》,《中国儿童文化》2010 年第 6 辑。

私狭隘、自作聪明和虚荣可笑的面目，充分表现和肯定了孩子们有效调解、推动人际关系的积极作用。在《海边歌手》中，为了请"布褡子医生"出山为常奇治嗓子，老憨毫不吝惜自己珍藏的宝贝———一串闪亮的珠子，三胜为帮助常奇竟与父亲为敌，还不顾危险登上山崖为他采药，他们之间的友情超越了个人恩怨，冲破了大人的阻碍，可鉴日月。"成长"是儿童文学不可避却的一个重要主题，显形或潜伏在故事的表面上下。让·皮亚杰在研究儿童的语言和思维时，认为七岁或八岁以下儿童的语言和思维处于"自我中心状态"，九至十一岁则处于"混沌状态"，然后是逐步实现"社会化"，这是一个成长的过程。《美少年》即描写了青春期之前的少年儿童面对身体发育、异性问题等生理变化的懵懂认知，对事物、人及其行为善恶美丑的基本判断，以及对个人身世和未来命运的初步思考。比如在《养兔记》中，养兔子的经历让他们刻骨铭心，有喜悦也有悲伤，母兔难产的遭遇让他们对生命有了新的体悟。

整体来看，"半岛哈里哈气"系列是一部较为成功的儿童文学作品，具有儿童文学的一般特点，比如注重故事性、趣味性、知识性、形象性及教育性，可读性强，人物个性也很鲜明。除此之外，张炜还写出了自己的特色，在纷繁芜杂的儿童文学市场中，是一个闪闪发亮值得珍视的存在。

首先，因为是写给孩子们的书，属于儿童文学范畴，张炜采用了精准的儿童视角，以小主人公果孩的眼光去观察周围的世界，并给出自己的价值判断，与成人的世俗思维和训导语调大不相容，真正切进和展现了孩子们的内心。儿童文学是"以儿童的情绪想象思想（虽然作者已不是儿童）形式（即儿童本位的文学）构成的文学，此种文学专提供儿童欣赏的（自然成人要欣赏也不会禁止），由儿童的感官可以直接诉于其精神的堂奥的。"[①] 作为全书的"主叙述者"和主人公之一，果孩看到的是童话般的世界，一切都充满了惊奇和童趣，是值得一探究竟的对象。比如，他和老憨禁不住好奇心的诱惑闯进连大人都害怕或忌讳的"怪人"锅腰叔的鬼屋（《养兔记》）、"狐狸老婆"的园子（《抽烟和捉鱼》），从中找到了莫大的欢乐。儿童世界是大人未知的一个王国，是被遗忘的绿野仙踪，张炜的努

---

① 陈济成、陈伯吹编：《儿童文学研究》，上海幼稚师范学校丛书社民国廿三年十月，第4页。

力就是让自己的童年得以完美重现，能做到这一点就是最大的成功。

其次，立体多维地描摹了胶东半岛独特的地理环境，注重地方文化的渗入和方言土语的运用，弥漫着"重口味"的海水气息，洋溢着饱满浓郁的"齐夷文化"底色，大放异彩。小说撷取了许多民间传说素材，弥漫着大量的魔幻因子。在《长跑神童》中，果孩参加区运动会时被人有意踩伤，他赤脚上阵，在冲刺的最后一圈干脆闭上了眼睛，感到有一群兔子在前方带路，如有神助，夺得第一名。《美少年》中狐狸掳走美少年的传闻，《长跑神童》中不可复寻的林中泥屋老人，《抽烟和捉鱼》中狐狸老婆的传说和玉石眼讲述的动物闪化为人的故事，亦真亦幻。语言的地方特色也很明显，比如把细心称为"细发"，是当地人民实际操持的交流语言，但并不能构成阅读障碍，反而是调剂文本的增色成分。胶东半岛的文化属于齐文化圈，张炜认为是齐文化的发源地，概括起来"就是放浪的、胡言乱语的、无拘无束的文化，是虚无缥缈的、亦真亦幻的、寻找探索开放的一种文化，它很自由"。① 作为一种较为原始的文化遗存，它在"半岛哈里哈气"那里散发出奇异的辉光。

再次，成功塑造了一系列个性十足的人物，突破了一般儿童小说主要人物性格习惯模式化、次要人物过于扁平化、简单化的困局。皮亚杰认为，儿童既没有"个人化"，也没有"社会化"，但并非没有"个性化"。② 果孩的好朋友"老憨"，给人印象最深的是令人忍俊不禁的滑稽形象——背着一杆永也打不响的枪，偷着抽烟、喝假酒（酒壶装水），有一个爱喝酒、馋嘴、脾气暴躁、动不动就揍他屁股的爸爸，总把"那是当然的了"说成"那是虽然的了"；他的优点也不少，比如富有爱心，同情弱者，喜欢养小动物，心眼多，是一个粗中有细、敢作敢为、幽默可爱的少年。小说人物多以绰号命名，每个绰号都有来历，不仅符合儿童的直观感性思维，而且都鲜明突出，使得小说饶有趣味，比如火眼、老扣肉、铁头、蓝大衣、大背头、玉石眼、狐狸老婆、锅腰叔、布褡子医生、破腚、横肉、

---

① 张炜：《齐文化及其他——2007年春天的访谈》，《告诉我书的消息》，新华出版社2012年版，第266页。

② ［瑞士］让·皮亚杰：《儿童的语言与思维》，傅统先译，文化教育出版社1980年版，第5页。

金牙、紧皮,等等,皆立体形象,呼之欲出。

张炜曾说:"人直接就是自然的稚童。……一些高级的人类心智活动,比如文学,其中的一个最重要的内容,就是直接或间接地表达人与自然的关系。"① 还说:"人与动物是又斗争又合作的关系,……对我从小生活的环境来说,是很自然的表现。"② 通过小说的娓娓叙述,让我们认识了许多"哈里哈气"的动物,得以了解它们的生活习性和脾气,以及关于它们的传说故事。在作者眼里,人与动物的关系应该是平等的,他甚至高度赞美动物的品质,认为它们的德行高过人类。"人难以有动物的天真……天真是非大智大慧者不能有的。……就品质而言,我们许多许多人都不如一条狗。"③ 所以,他在其他小说中强烈反对打狗,痛恨虐待动物,抨击污染环境和生态恶化,指控人的罪恶行径。对于"半岛哈里哈气"来说,从人与动物的交往,到复杂的人际关系,形成了这部小说的内在叙事逻辑结构。

最后,笔调幽默,笑料百出,令人捧腹,满纸突出了"闹"的意趣。以《长跑神童》为例,李金问果孩是不是在练"田径",果孩对这个词儿感到陌生,他答道:"是的,田鸡很多……";兴叶的爸爸"滚蹄"的愿望是让儿子通过跑步特长进入"踢校"(体校);果孩跑步的时候冲刺了还停不下来,颇有"阿甘"风采;因为不习惯穿"疤眼老师"送的跑鞋,果孩在百米赛跑中败北,五千米赛跑时他赤脚夺魁,为了奖励他,园艺场场长又送给他一双跑鞋!在其他相对严肃的作品中,张炜呈现给我们的是充满讥讽和批判意味的"黑色幽默",而在这里,则是一种源自孩童内心惊异和喜乐感的天性之趣。说到"闹"的特点,尚没有人能像张炜一样如此重视,将其作为一种叙事技巧、场景刻画和文风来追求。整治"双力"是闹,打劫"狐狸老婆"是闹,对付"蓝大衣"是闹,欺骗"火眼"是闹,小的场景比如到铺老"玉石眼"那里捣蛋也是闹,全书通篇以"闹"字统笼,叙事节奏此起彼伏,故事腾挪多变,情节看点不断,行文脉络活泛,

---

① 张炜:《冬夜笔记》,《世界与你的角落》,昆仑出版社2003年版,第208页。
② 张炜:《齐文化及其他——2007年春天的访谈》,《告诉我书的消息》,新华出版社2012年版,第262页。
③ 张炜:《天籁,橡树和白杨》,《精神的思缕——张炜的倾诉与欣悦》,上海人民出版社1996年版,第15页。

符合少年儿童的年龄和性格特征需要。

二　从童年记忆到童心写作

论者认为张炜善于采撷"童年记忆里怀有的乡土的优美、纯洁、诗意",① 对于家乡胶东半岛及大而广之的大自然保持天然的亲近、挚爱,所以才会一再倾情书写。毫无例外的是,"半岛哈里哈气"系列的故事背景仍然置于作者故乡胶东半岛上那条潺潺流淌的"芦青河"入海口处的大海边,通过小少年、主人公"果孩"(我)的个人视角,以独特的日常生活体验、对周围环境事物的细致观察和心灵敏感,雕刻了一段与一群小伙伴共同度过的童年时光,记述了与"哈里哈气"的动物们亲密相处的珍闻奇事;那是一个"生长蘑菇的地方",张炜像采摘蘑菇一样将它们捡拾到盛载回忆的篮筐里,经马良神笔一一点染,立刻鲜活如昨,饱满生动,散发出独具魅韵的海风气息。

张炜经常不厌其烦地描写大海、密林和无数的动植物。他说:"我对林子和动物的喜欢,很大程度上决定了我的文学内容。"② 从大量的散文、访谈、演讲自述中我们得知,张炜的童年是在大海边的林子里度过的,"半岛哈里哈气"里面描写的场景同他创作的其他长篇小说一样,几乎是他的出生地周围环境的一个翻版。他所遇到的人,经历的事,观察到的动物,听来的传说故事,都在他的小说中神奇地复现了。"半岛哈里哈气"中的一些人物形象、动物名字个别曾经在张炜早期的作品中出现过,比如"老憨""常奇"、那只叫"老呆宝"的鹅等——这是一种明显的自我重复。"总之动物和大海、林子、人三位一体的生活,是几代人延续下来的一种传统。我写了这种传统,不过是等于在梦中返回了一次童年、重温了我的童年生活而已。"③ 这回好了,张炜干脆把忆想了四五十年的梦构筑成了纸上城堡,他的难忘童年也得以好好地安置和保藏,"安于回忆"了。

---

① 王辉:《纯然与超越——张炜小说创作论》,中国社会科学出版社2007年版,第148页。
② 张炜:《阿雅承诺的故事——传媒奖答辞》,《告诉我书的消息》,新华出版社2012年版,第218页。
③ 张炜:《齐文化及其他——2007年春天的访谈》,《告诉我书的消息》,新华出版社2012年版,第262页。

第五章 张炜文学创作的互文性特点

童年记忆作为进入作家文学世界的一种分析角度已为人们所熟知。有人问梅勒文学上最好的训练是什么,梅勒说是一个不愉快的童年。"我们说这个不愉快的童年,实际上说的是童年的记忆。"① 在苏童看来,"文学是延续童年好奇心的产物","优秀的作家往往沉溺于一种奇特的创作思维,不从现实出发,而是从过去出发,从童年出发"。② 苏童的说法已经不仅仅局限于童年记忆,而是深入到了创作的心理机制、创作过程以及作品的呈现等关系方面。循着童年记忆的痕迹,很容易从作者到作品做出某种解读,但这样的解读有个前提,即作品中存在着童年记忆的蛛丝马迹。由童年记忆更进一步就是所谓的"童心写作",这是基于心理学上的探讨,不仅可以有效解释特点明显的儿童文学作品,同时还可用以阐释像张炜这样易于表露心迹的作家的全部创作。

从文三十多年来,在文体、主题、精神思想、风格、语言等方面,张炜有过几次较为明显的转向。第一次转向发生在1986年长篇《古船》问世前后。在此之前,他以写作中短篇为主,之后专注于长篇创作。他一共写过一百三十多个短篇,十几个中篇,绝大部分写于20世纪90年代以前。它们均为乡土题材,故事发生在作者指认的"芦青河"流经的山地、平原、密林和注入的大海之滨,善于设情造景,揣摩和捕捉各个年龄段人的微妙的心理变化,揭示复杂的人际关系,暴露人性的黑暗和丑陋,颂扬真善美的东西,给人的印象是平实、干净和唯美,充满哲思,并带有淡淡的伤怀情绪。从创作机制来看,这个时期张炜的写作都有一颗"童心"照耀着全过程,以儿童或青少年视角来构思经营的作品并不鲜见。"文学的写就伴随着对它自己现今和以往的回忆。它摸索并表达这些记忆,通过一系列的复述、追忆和重写将它们记载在文本中,这种工作造就了互文。"③ 张炜作品中存在着大量的描写细节的重复,是占据作者童年印象最深固的部分,也将影响着他全部的文学创作。王安忆觉得曾经引起轰动的《古船》不如《九月寓言》写得好,认为后者"是个寓言性质的故事,形式上接近童话。"④ 可以说,张炜

---

① 马原:《小说密码》,作家出版社2009年版,第39页。
② 苏童:《创作,我们为什么要拜访童年?》,《中国比较文学》2012年第4期。
③ [法]萨莫瓦约:《互文性研究》,邵炜译,天津人民出版社2003年版,第35页。
④ 王安忆:《心灵世界:王安忆小说讲稿》,复旦大学出版社2007年版,第52页。

不仅不是首次涉足儿童文学，而且他的早期作品有不少都显示出了儿童文学的特质，而在他的中后期创作中，除了童年记忆或者童年印象的直接显现，作者的"童心"也在主导着他的文学创作。这种创作心态从文学的发生学来说可以追溯至"游戏说"。正如王安忆的分析中所提到的，张炜的"成人小说"中的主人公多具有儿童的一面，比如隋抱朴隋见素兄弟、师麟、淳于阳立、刘蜜蜡、廖麦和美蒂，有的像是没有长大的任性的孩子，有的有着孩童一般的天真无邪，《九月寓言》中的赶鹦、肥以及金友、露筋等不用说了，即使是那些被抨击、被嘲弄的人物，比如赵炳、工程师、红小兵、唐童、史东宾等，也都有孩子的一面。在"你在高原"中，这种孩子气更是弥漫在广大人物中间，宁曲两家的男人们，那些意气用事的青年知识分子（庄周、宁伽、阳子、吕擎、纪及、小白、武早、凯平等），包括许艮、曲涴等老教授，他们执拗地撞墙碰壁，处于被权势者玩弄欺骗打压的境地，多像是一群少不更事的孩子，而一旦彻悟之后，便毅然决然地出走，哪怕是寻到了一个虚无。

张炜在小说中多抒发一种对社会、历史、文化等方面的反省和反抗情绪，不能不具备特别的勇气，这种勇气来自一颗童心，能够面对现实敢于发出自己的声音。"从事艺术，就为了活得更真实，更自然，更有意义；为了保留人类最本真的天性，像儿童一样敏感、喜悦、多情。在这个商品化、政治化和概念化的社会里，本质意义上的人被阉割了，俗化了。""一个作家保持了童年的敏感极为重要；但仅有这点还远远不够。他还必须再把成年以后的复杂经验和童年时的最初敏感结合起来。"① 因此，他认为作家必须是一个有信仰的人。张炜十分重视创作状态，认为作家总是在觉得与周围环境有了某种隔离的时候才开始创作，那个时候，尘世的烦恼和欢乐皆离他而去，日常的喧嚣退去，宁静而孤立的一个人走进了安宁的园林，眼前会升华出一个永恒的图像："那就是在茵茵草地上出现了一个无比纯真的儿童。他健康、美丽，手执一枚红色的苹果。他微笑着向自己走来。他好像年轻了十岁。他准备随着那个儿童进入另一个世界。"② 这是一

---

① 张炜：《纯粹的人与艺术》，《纯美的注视》，上海远东出版社1996年版，第32—37页。
② 张炜：《葡萄园畅谈录》，《张炜自选集：葡萄园畅谈录》，作家出版社1996年版，第88页。

种很神奇的境界。在"你在高原"中，主人公脑海中一再出现"手捧鲜花的孩子"这一形象，这既是他童年的自己，也是对童年的留恋，一种对时世移易的怅惘情绪。他还说到老人和儿童的区别，在一个老人眼里，事情往往都在不断地重复，没有全新的东西，作家总是无数次试图让自己返回"原来"的那种状态。① 因此，对张炜来说，保持童心和童趣十分必要，也就是始终保有孩童时拥有的敏感性。在谈到童年对创作的作用时，他说："没有一个作家不是在写自己的童年，无论他正写什么和他要写什么。观察外部世界的角度，难以改变的趣味，甚至是表现的欲望，倾向，怪癖，都部分或全部地被童年所规定着。童年是人与神的结合部。人要自觉不自觉地在这个结合部上徘徊，寻觅。……写作也无非是与丧失童年的力量作斗争，这也是人生斗争之一种。"② 虽然张炜多次说到童年经历对一个作家的影响很大，但是张炜反对把从事文学描述成童年的一个突发事件，"一些童年事件会进入文学的描绘，但这种描绘不是文学的起因，而是文学创作的需要。"继而说，"一般来说，高雅的文学作品总是具有回忆的笔调。这种笔调会贯串一个作家的全部创作和始终。无论一部书在写什么内容，其内容是否属于他的过去，其总体语调也仍然有着回忆的性质。一个高雅文学作家的总体语调是回忆的，这是一个事实；这一点极有可能是区别于通俗作家的重要之处。……寻找那样一种适合自己的笔调的过程……文学就是一种回忆。他如果失去了回忆，也就无从抓住现实。原来现实只是回忆的入口和出口罢了。"③ 文学是回忆的性质对于文学与现实（过去的或未来的）的关系来说具有非常重要的意义。另外，始终保藏一颗童心是文学作品获得更多的自由和浪漫气质、塑造作者创作个性的一个保证。一个作家从童年出发，不断返回童年，拜访童年，不是在回避现实，而是在寻找过去现实中有助于改进当下现实的经验。

小说"半岛哈里哈气"系列可以看作是张炜写作上"返老还童"的一种征兆，同时也是多次转向和常变中保持不变的本质内涵的隐现。在早期

---

① 张炜：《葡萄园畅谈录》，《张炜自选集：葡萄园畅谈录》，作家出版社1996年版，第119页。
② 张炜：《诗性的源流》，《最美的笑容》，陕西人民出版社1998年版，第214—215页。
③ 张炜：《方式和内心需要》，《世界与你的角落》，昆仑出版社2003年版，第104页。

和中期创作阶段，张炜受到了不能自我突破的质疑甚至是责难。实际上，从他的一系列长篇小说来看，《古船》之后，《九月寓言》《家族》《外省书》《能不忆蜀葵》《丑行或浪漫》《刺猬歌》等都是他的全新探索，具有里程碑式的价值和意义。二十年多来，中国进入了一个政治、经济、文化、道德等全方位的社会转型期，这些作品不仅记录和反映了各个时期的真相和变化，同时也表达了作者深深的忧虑（或在妥协和抵抗之间挣扎）和思考（或焦虑）。张炜的理想道德或者他的"精神高原"，立足于一种大爱，爱人，爱自然，爱世界万物，是一种强烈的"爱力"的迸发。最为初始真挚的爱，只有在儿童的心底那里才能找到茁壮生长的土壤。要理解张炜爱的哲学，就要通读他所有的作品。实际上，"半岛哈里哈气"系列是与"你在高原"一同诞生的，张炜的左手是十部沉甸甸的"你在高原"，右手是五部乐观明快的"半岛哈里哈气"，前者凝重厚实，后者洗练，前者徘徊于城市和乡村之间，后者委身于乡间底层，前者重叙述、议论及独白，思辨过多，失之艰涩，后者重叙事、描写和典型人物刻画，故事性增强，激动有余。两者既相独立，又相呼应，既是一种调节互补，又可以拿来互相注释和解读。在"你在高原"里，正义仿佛永远也战胜不了邪恶——这种过分真实的现实感曾经让无数读者痛心疾首，这一万古不变之定理只能发生在简短的传说和幻想的头脑里，在"半岛哈里哈气"这样童话般的世界里。

三 张炜的逆袭

张炜的早期创作不仅离不开"芦青河"，在后续创作中，他的头脑里也始终萦绕着"芦青河"情结，挥之不去。当初，面对人们的批评，他做了认真总结，认为后来的创作之所以不能给人以"感奋"，缺少"生气"，在于越来越流于"纯技巧方面的探索"，作品越写越符合"规范"，离那条河远了。"我唯恐失去原来创作中所表现出和追求过的那种好的东西，比如诗的境界、细腻清丽的文笔，等等。""问题不在于写了河，而在于怎样写河。"（《再写芦青河》）他说："我命中注定了要在芦青河流域奔跑一辈子。"（《芦青河之歌》）从第一本书《芦青河告诉我》，到文集《芦青河纪事》，再到后来马拉松般的写作长旅，芦青河几乎是张炜唯一的创作宝库，

第五章　张炜文学创作的互文性特点

是最后的地母。为了保证充沛旺盛的创作力，为了让作品好看耐读，他声称还要"再写几年芦青河"。"半岛哈里哈气"是张炜的创作笔迹复归的一次尝试，也是一个指示信号。积二十余年之力，"你在高原"写的是作者和他的朋友们的故事，接下来他要写的是短一点的源自脚下和内心的故事。

与当下林林总总以畅销为目的的儿童文学不同，"半岛哈里哈气"显得有些传统，可以称之为儿童文学里面相对严肃的"纯文学"作品，能不能为小读者所接受是一个问题。毕竟，他写的是四十多年前的乡土，如今人、物皆非，像癞蛤蟆与癞痢头、毒鱼针、飞鱼鳔、兔子屎当烟末这样的奇笔，今天尤其是长在城镇的孩子无法想象，也不能够再有幸去寻找和体验。当然，陌生化的审美效果是制胜的法宝，特别是对 50 年代生人来说，怀旧情结深深吸引着他们，但是要以当下流行儿童文学的标准来审视它，稍嫌不够入时。对于所谓的文学"标准"，张炜一再提出批评，认为恰恰是当下"商业的标准"、对"某种利益集团"有用的标准，不仅与文学无关，而且给文学带来"严重的伤害和扭曲"，文学作为"人的心灵之业"，[1] 其标准应该是真理、道德和爱。在社会文化亦趋复杂化的网络时代，希望孩子们能够把心收到传达真爱的书本上来。

张炜是一个不惮于揭示真相、书写苦难的作家，只是他善于运用诗化写作方式进行表达，所以"半岛哈里哈气"系列自始至终都浸润着朦胧的诗情画意，人物的情感意绪也是醇厚绵长，令人回味无尽。曹文轩说，"今天的孩子，其基本欲望、基本情感和基本的行为方式，甚至是基本的生存处境，都一如从前"，只要"道义的力量、情感的力量、智慧的力量和美的力量"永在，[2] 就能够产生感动。初涉儿童文学的张炜竟然深谙此中奥妙，这与他早期"小清新"风格的创作不无关系。这是一种久违的风格，张炜的中后期创作充斥了太多的意识形态的观念上的东西，被许多人所诟病，现在他应该放松一下道德背负，舒缓一下所谓的社会责任，用早期的一种更为艺术的形式来表达自己的意见。

---

[1]　张炜：《求学今昔谈——在北京大学的演讲》，《告诉我书的消息》，新华出版社 2012 年版，第 26 页。

[2]　曹文轩：《追随永恒》，《中国图书评论》2000 年第 6 期。

第三节　张炜的诗：作为小说文本间性的存在

在追念已故诗人昌耀时，张炜高度评价道："昌耀是我最敬重的诗人之一。他那高阔而沉郁的诗章，是我重要的精神营养和学习范本；像他的《慈航》等杰作，真是常读常新。如此饱满、充盈、虔诚、神性激荡之作，我还是第一次读到。这么一位伟大的西部诗人，竟然无缘见上一面，真是我一生的憾事！"① 他们一位在西部青藏高原，一位在东部海滨平原，虽因巨大海拔差异、迢递路途阻隔而不曾谋面，却互相欣赏神交已久。后者对前者的诗歌非常推崇，从20世纪80年代就十分关注。昌耀也写过一篇题为《酒杯——赠卢文丽女士》的文章，里面特别提及张炜在一篇散文中描写的"利口酒"，赞羡不已，并敬称他为"张炜君"。② 90年代中期，山东诗歌界有关组织曾筹划邀请昌耀到鲁，两人本来有见面的机缘，但因昌耀当时处境窘迫、承担不起差旅费而未能成行。2000年，昌耀不堪病痛折磨自杀辞世。生死异路，永远的错失交臂令张炜抱憾终生。深深遗憾的或许不仅仅是张炜。如同大多数人一样，昌耀生前所知的是作为小说家、散文家的张炜，可能并不了解作为诗人的张炜。

一　创作概况及诗美特征

张炜坚持不懈地写诗，是一个虔诚的诗人。他开始文学创作之初，涉足的便是诗。他的一些重要诗作发表于1996年、1997年。目前，他已经正式出版了三本诗集：《皈依之路》（1997年，东方出版中心）、《家住万松浦》（2005年，时代文艺出版社）、《夜宿湾园》（2008年，上海文艺出版社）。通过民间渠道自印过一本诗集——《张炜的诗》（2008年，水云社）。一些诗作还被译介到海外。

张炜的诗歌以动辄数百行、上千行的长诗最具特色，也最能反映他的

---

① 赵剑平：《张炜与昌耀：诗人之憾》，《烟台晚报》2008年11月24日第18版，"文学角"。
② 昌耀《慈航》写成于1981年6月；张炜《利口酒》发表于1987年12月13日《大众日报》；昌耀《酒杯——赠卢文丽女士》写于1988年2月初前后。

第五章　张炜文学创作的互文性特点

创作水平和艺术成就，比如《皈依之路》《午夜半岛》《折笔之哀》《童砚》《马眼少女》《东去的居所》《无花果的花》《家住万松浦》《半岛札记》（组诗）、《饥饿散记》《松林》《1999年的春天》等。这些长诗和组诗以作者生于斯长于斯的故地——胶东半岛为地理背景，叙述内容多以作者的童年经历、家族历史以及望乡情感为线索，融进了悠久、浑厚、庞杂复令人惊异的地方历史和以海滨文明为特点的东夷文化，充溢着丰沛新奇的故事、传说、神话等民间文学元素，抒发的是对高天厚土大海森林万物生灵的无限热爱之情，思绪万千，感情炽热，用诗的形式和节奏一次次完成了对这片土地的朝觐和祭献。

　　张炜的代表诗作《皈依之路》与第一本诗集同名，长达2310行，分15章，61节。第一章"苍耳地"的起始部分以其开放的意蕴、舒缓的节奏和唤醒者的姿态切进，预示着这将是一次言说不尽的文字旅行。诗中的"我"是一个含辛茹苦的浪子，一个全知视角的倾诉者，指代的是作者在其他文本中执着书写的那些历经磨难的人，在诗篇中痛苦辗转，追忆、畅想和倾诉。与具有青少年特征的"你"相比较，成年的"我"先是回想起了童年的自己，以那片茂盛的苍耳地设景入情，叙写的是如同梦境一般的还乡之旅，记忆的闸门即此打开。在这里，再普通不过的被人鄙厌的苍耳有一种特殊的象征意义，它生长于贫瘠的乡村和山地，野生气息浓郁，散发出苦涩的味道，椭圆形的刺球果实还是一味中药材，它的出现如同看到十字架让人联想到受难。它恰如作者深爱着的脚下的热土，如同饱经风霜、痛苦挣扎的作者自己，还有为维护和坚守这片土地不惜付出生命的那些人——祖辈、前辈和同辈。张炜常用的红马、少女、父亲等意象在诗章里不断轮番闪现。少女代表着美好的事物，可以是现实具体的，也可以是传说虚拟的，是作者的理想寄托。红马和父亲暗含的是一段苦难的往事，是家族历史的重要构成，与脚下的故土割舍不开，它们同呼吸共命运，互相承载和印证，"家族叙事"是该诗也是作者其他作品的共同特点。接下来，"去北方""红河""人的一天"讲述的是"我"离开或者周旋于故地发生的故事。"小羊""心之纤弦"写的就是童年记忆。"黑苞朵""深谷"写的是一个年轻人的爱意，可以是对一个人，也可以说是对这片土地。"我走了，雪"写的是离去。"圣徒"写的是"我"怀着圣徒般的心态，表达自己对故地的虔诚和敬意，以及对抚育我们成长的大地和母亲的感恩之情。"麦田""一滴泪珠"写的是寻找求索之路。"永久的飞翔"是追忆"我"把自己交与这片土地、交与你的经历。"紫蓼"写的是梦中的念想。"礼赞"收尾并照应开头，再次献上作者对这片土地的挚爱。全诗与"皈依"的主题丝丝入扣，"路"则是对漫长的苦难历程的追述，以及"我"走失之后精神和肉体上遭逢的双重苦痛，特指忏悔、回归的旅程。

海德格尔说："诗人的天职是还乡，还乡使故土成为亲近本源之处。"[①]从内容上看，通过对大地的细描、想象、赞颂，穿插大地上生生繁衍的人和事，里面充斥着尘封的历史记忆，富含诡奇神秘的民间文化因子。他写尽了大地上的万千苍生。他写植物，野生的比如苍耳、小蓟、马齿苋、打碗花、蘑菇，种植的比如各种果木、红薯、高粱、玉米等庄稼；他写动物，野外的比如彩蝶、各种昆虫、野狼、黄鼬、松鼠、小鸟，蓄养的比如小羊、马、狗、鸽子，等等。凡是常见的被人们忽视的动植物，他都能叫出名字，都把它们当做是与人类平等相处的朋友，它们的存在正是大地旺盛的生命力之体现，蕴蓄着无限的活力，演绎着无数的神奇。从来没有一个小说家或者诗人能像张炜一样，对山东半岛上的景物和生灵做出如此事无巨细的描写，也没有人能够描绘出如此丰富多样的图谱，读来令人折服，叹为观止，沉醉其中。张炜的诗歌也写人，写自己的家族，写父亲，写外祖母，写祖先，写传奇人物（如徐福），还有胶东半岛上特有的海滨文化中传说的半人半怪的人。通过穿插这些人物的活动，对他们的故事进行回忆引述，一股苦难的血液蜿蜒着穿越整部诗作。

除了令人炫目的景物描写，更多的是情感的喷发倾泻。这时候诗人仿佛进入了癫狂状态，不能自控，任由情感的激流汪洋恣肆地荡漾，一泻千里，没有丝毫的滞碍。诗中的"我"和诗人，一个在其中迷失了，难以自拔，一个却慧眼如炬，牢牢掌控着诗歌的进度，把控着情感的闸门，让它大开大阖，滂沱而下；有时又娓娓道来，用委婉的叙述来告诉

---

① [德]海德格尔：《人，诗意地安居：海德格尔语要》，郜元宝译，广西师范大学出版社2000年版，第69、73页。

你过去曾经发生的故事,情感的强化让人容易相信其真实性。等到写《松林》的时候,这种鼓胀的满腹诉说的欲望有所减弱,但内在律动依然在延续。当时作者面对着一片万亩松林,不禁为之倾倒,产生了许多上天入地细入毫发的想象,对于这片松林,对于松林周围的环境,生长在其中的各种生物,远处的海港、大海以及这片土地上的传说故事,通过这片生机蔚然的树林召唤和聚拢,让它们感应、奔涌、翕动起来。就在这片松林地带,后来他建起了筹划已久的书院,取名"万松浦书院"。在《家住万松浦》一诗中,作者就以平和淡定的心态抒写了一种清新恬适的生活情调,"老狗嗅着繁星呼吸""一大早就商量养鸡""春天等来淅淅小雨",作者为万松浦设想的是一种陶渊明笔下描写过的田园牧歌式的隐居生活,在这里可以躬身劳作,进行哲学思考和文学创作,以及操办各种文化交流活动,鸿儒与白丁没有地位差别,是他个人想象和努力建构的"理想国"。

从形式上看,张炜的诗分行,几乎文不加点,只有在诗行内部断句时使用标点;不求长短整齐,相反,参差不齐正是作者所理解的诗歌所必备的特征,以此造成视觉上的建筑美感;不苛求押韵,追求自然的韵律,本着诗歌运行时内心情感的波动节奏而鼓荡、升降、缠绕、延宕、回响;分段不规律,皆出于节制绵长书写的要求,思路的转换、抒情的强调、节奏的顿挫,甚至是单行的过渡,都可以做短暂休止。张炜的诗散文化特征比较明显。诚如他对诗歌的理解,是一些"长短句子","当然,在很长的一首诗里面,总有一些句子像散文,看起来直观易懂,但是架构到一起之后,就组成了一首完整的诗章,它表达出来的东西,用散文和理论之类就很难去表达"。[①] 这种观念对他诗歌理念的形成和写作实践的影响是根深蒂固的,因此他并不忌讳使用描述性语言,也不避嫌叙事成分在抒情过程中喧宾夺主,为了追求感情的汹涌流畅和表达的开放贯通,甚至可以牺牲诗歌所特有的创造性和张力,肆意汪洋的铺排,雄浑开阔的诗美空间,势可通天的想象的巴别之塔,让读者目不暇接,食之不化,几乎闭塞了视听

---

① 张炜:《写作是一场远行——在香港三联书店的演讲》,《午夜来獾:张炜2010海外演讲录》,作家出版社2011年版,第135页。

神经。

这正如张炜在小说和散文中表现出的那种"完全表达"的欲望，总想把笔下描述的对象说尽。一个谦逊含蓄的人，在字里行间不给读者留出思考和想象的余地，是不是有意而为？"诗美意蕴的总根是生命意识，是爱，是自我意识与使命意识、自爱与爱人的统一，是天与人、生与死、爱与憎、幸福与受难、欢乐与痛苦、历史与未来、希望与绝望的统一。"① 显然，张炜的诗关注的是诗歌的内在问题，对人的内心，人的命运，人的情感，大自然和社会的和谐，等等，以期引起读者的广泛与深度共鸣。

二 诗歌与小说之间的互文关系

长河小说"你在高原"的书名容易让人联想起苏格兰诗人彭斯（Robert Burns）的一首诗——《我的心呀在高原》（My heart's in the highlands）。这是不是一种巧合？在张炜笔下，"高原"是作为一个具有明显喻指色彩的意象来处理的。不管在诗歌中还是在小说中，高原并不实指地理学意义上的海拔，不是西部高原，而是一种精神的高度。具有如此高度的人往往就是作者极力描写的知识分子受难者，是敢于牺牲的人道主义者，命运的遭际虽然令他们的人生陷于谷底，但是高扬的精神旗帜却让他们站在了一块圣洁的高地。确切地说，张炜的高原不在西部，也不在别处，而是位于地图上那个带有犄角的胶东半岛，在他愤怒而又虔诚的心底。

想要彻底读懂张炜的诗歌，如果不读他的小说，是无法想象的。因为他的诗歌所写同样是小说所要表达的东西，两者存在着互文性的对照关系。"一个文本有很多方法来提及另一个文本：戏仿、拼贴、呼应、典故、直接引述以及平行结构。""文学离不开互文性，因为，追根究底起来，所有的文本都摆脱不了其他文本的启迪，不论作家有没有意识到这一点。"② 如果读过《家族》，就知道《皈依之路》这首长诗其实就是它的一个诗歌版。如果再仔细一点的话，就会发现后者是由前者分布在整部书中十五个

---

① 洪迪：《大诗歌理念和创造诗美学：关于诗本体与诗创造的比较研究》，上海社会科学院出版社2007年版，第42页。

② ［英］戴维·洛奇（Lodge, D.）：《小说的艺术》，卢丽安译，上海译文出版社2010年版，第115页。

第五章　张炜文学创作的互文性特点

独白片段经过集合、分行而成的，它们一一对应，文字几无出路！面对疑问，张炜回答说：先有小说，后有诗歌，这首诗是从中抽出并转化而来的。在《皈依之路》《午夜半岛》《故地之思》《东去的居所》等诗作中，始终贯穿着张炜不断叙述的家族故事。尤其是"我"记忆的童、少年时的经历，海滨那片树林中的小茅屋，院子里大李子树下坚忍性格的外祖母，柔弱的母亲，还有在大山和海滩上受苦受难的父亲，外祖父、祖父辈骑的那匹忠诚的老红马，徐福东渡遗留的文化传说……像电影胶片一样一次次拉开又卷起不断放映。

无论在题材和表达的主题上，张炜的小说和诗歌呈现出一种互文性特点，相同意象的频繁使用只是一斑。论者认为，他的小说写作存在很多"重复"，一直在喋喋不休地诉说那段家族故事，咀嚼苦难，一再出现雷同的故事线索。不仅如此，他还借助诗歌形式重写家族历史。张炜小说的"诗化"特征已经被人注意到，而且从《家族》开始，作者已经开始诗与小说相结合的探索实验，典型的比如在"你在高原"之八《曙光与暮色》中，对国外诗人的诗句引用，以及作者自己的诗歌形式表达，多达数十处——尽管它们仅于作为书中人物一种思考形式而存在。"诗对我来说，是更高的东西。但是它与小说比较来看，二者的核心是共通的、一样的。"[①] 他一再强调自己的小说是"传统写作""纯文学"，强调其"诗性"。当然在对诗性的理解上，并不仅仅指诗意的描写或者心底的感觉，他更进一步，要求更高："好的作家不可能回避也没法回避社会问题，他应该是恪守'诗与真'的：'真'是真实地描绘人与社会，反映人类社会形态；'诗'是焕发自己的想象力，超越一般的再现和记述。'诗'与'真'合成的力量才能抵达人性的深处。"[②] 这样的诗化已绝非如语言文体形式上那么简单了。

面对这些诗歌中的长篇巨制，一定程度上超出了人们对它进行全息解读的能力。恰当地说，这些诗篇只属于作者自己以及他所钟爱的那片土

[①] 张炜：《地理空间和心理空间——在香港浸会大学"文学空间"座谈会上的发言》，《午夜来獾：张炜2010海外演讲录》，作家出版社2011年版，第180页。

[②] 张炜：《大自然、城市和文学——在香港中央图书馆的演讲》，《午夜来獾：张炜2010海外演讲录》，作家出版社2011年版，第90页。

地。他抒写的是对故地以及故地上的人、历史以及文化思索，是一种思想情感的诗性表达，写的是一首"精神史诗"。如何支撑"史诗性"的长篇诗作，似乎除非借助于娓娓道来的叙事不可，否则就会变得宏大、飘浮、空洞、苍白。20世纪90年代中后期，诗界对诗歌（先锋诗歌）中的"叙事"有过一次讨论，讨论的结果不难想象。"叙事性作为诗的一种品质被得到培养与实现，无疑是对诗之现状的一次根本性的变革。"① 此叙事又与小说叙事截然不同。"即使有一个故事，我认为在当代诗人那里，也不过是将之作为自己的写作线索和背景（我自己就是这样看待故事对于我的写作意义的）来使用的；正是故事使我们从它构成的线索和背景出发，以对过程的不断关注达到叙述的重点（而在这一对叙述的关注中），话语的'构成'方式对诗歌最终形态起着作用。因此，在诗歌的写作中，实际的情况可能是故事到了最后已经在叙述的过程中被抛弃掉，或者说已经被叙述超越了故事本身的含义，获得了对某种更为普遍的意义的呈示。"② 诗人孙文波的这段话可谓是对非"叙事"诗叙事品格的正解。张炜诗作中经常出现泛滥的抒情大于有失模糊的叙事的情况，不可否认情感也可以作为诗词向前运行的组织者，但他也不得不倚重叙事的线索来铺写诗篇。然而，当你试图从中寻找出一条清晰的故事线条时，这一努力又会变得尤为困难。

三 影响渊源及诗歌观

新时期登上文坛的作家，其文学创作主要受到来自三个方面的影响：一是新中国成立以来的"十七年文学"的影响；二是被认为是断裂了的"五四"以来现代文学传统的影响；三是已有的及新进的外国文学的影响。除了以"文化大革命"后复刊的《诗刊》为导向的诗歌主潮，现代诗歌传统，蜂拥而至的外国诗歌，包括崛起的朦胧诗一代在内，都对新时期以来的诗歌写作造成了不可磨灭的影响。像张炜一样热爱诗歌的一些小说家自觉或者不自觉地参与了当时诗歌解放或者蜕变的进程，但更多的是处于诗坛的边缘，坚持到现在仍在写作的人大都属于滞后型。这种后知后觉的状

---

① 曹文轩：《二十世纪末中国文学现象研究》，作家出版社2003年版，第383页。
② 孙文波：《生活：写作的前提》，《阵地》第5期；转引自曹文轩《二十世纪末中国文学现象研究》。

态，使得他们的诗歌一方面受到了众多诗歌资源的广泛影响，另一方面独守的姿态也让他们的诗歌在今天表现出了继承某种诗歌形态而不是追赶或者附庸某种潮流的可贵品质。

作为一个具有主动和自觉意识的诗歌写作者，张炜会有选择地向一切优秀诗人学习。"诗经和楚辞，是我心目中的好诗。""但我仍会循着诗经与楚辞的方向，去寻找诗之源头。"① 张炜对《楚辞》推崇有加，多次提到它对自己文学创作的影响。《楚辞》中的主人公佩戴香草，在野地徘徊心灵纠缠的神色，他那含英咀华的高洁气质，以及忧国忧民的崇高精神，深深吸引着张炜。中国古代源远流长的优秀诗歌传统，让写诗的小说家们从中汲取了丰厚的给养。

外国诗歌对张炜影响至深。对于20世纪八九十年代以降影响至今的诗歌资源，研究者认为：从70年代末开始，外国哲学、文学、诗歌理论和创作的翻译介绍，打开了中国大陆当代诗人的视野。……俄国与西方诗歌和诗学理论，是中国大陆"新诗潮"的重要"资源"。除了五六十年代已有许多译介的诗人之外，在"当代"此前未曾得到过有效介绍的现代诗人，也纷至沓来。② 张炜有许多"域外题材"的诗作，是他国外旅行的观后感，参观对象都是世界著名诗人和小说家，比如《费加罗咖啡馆》（艾略特生前在这里写诗、消磨时光的地方）、《长岛草叶》（指惠特曼）这两首，他不止一次提到过这两位伟大的诗人。他出版过一本关于读书的小书《艾略特之杯》，收录了两篇文章《艾略特之杯》《惠特曼的摇床》。从张炜的诗中，可以见出艾略特的《荒原》以及惠特曼《草叶集》的影响。尤其是前者，作者诗作中苍凉宏伟的"荒原"（高原、原野、旷野、荒野）意识与之有难解难分的联系，《午夜半岛》尤其强烈。在《心仪》（副题：域外作家：肖像与简评）一书中张炜列举了自己"心仪"的作家，也是认真研读过的作家，涉及的诗人有兰波、叶芝、聂鲁达、普希金、泰戈尔、马雅可夫斯基、莱蒙托夫、艾略特、米斯特拉尔、里尔克……他提及的没有来得及评述的诗人还有阿赫玛托娃、波德莱尔、拜伦、彭斯、惠特曼、但丁、

---

① 张炜：《皈依之路》，东方出版中心1997年版，"诗之源（代后记）"。
② 洪子诚、刘登翰：《中国当代新诗史》，北京大学出版社2010年版，第147页。

蒲宁、帕斯、谢普琴科、济慈……似乎这个名单可以无限地开列下去。他们都是世界范围内的优秀诗人,为人类留下了宝贵的诗歌遗产。

另外,不得不特别提及昌耀对张炜的巨大影响。张炜曾经盛赞昌耀的长诗《慈航》,这是一首赞颂爱与探求苦难生命的作品,其中展现的悲悯情怀和气势磅礴的感情之流具有穿透历史的人生终极感。一定程度上,从形式到内容再到意蕴层面张炜对他都有所学习和借鉴。昌耀常用的一些意象,比如马、少女、酒、箭镞等,常常出现在张炜的诗作中。张炜的西部"高原"意象也与昌耀个人所生活的青海西部以及诗作中的高原气象,有着精神相通之处。更不用说他还创作出了以"你在高原"为题的小说。应该说,昌耀是张炜的精神同类,永远生活在高原之上。

张炜对待诗的态度很虔诚,符合他所持有的文学价值观念。"我有点不问青红皂白地爱着诗。我觉得诗是文学的最高形式,当一种事物一种情感一种境界不能够用理论、也不能够用小说和散文,甚至不能够用戏剧和绘画、不能用任何东西来表达的时候,也就找到了诗。……我内心里对诗的定义是:当任何文体都不能表达的某种思想和意境、情绪,而最终不得不借助的那种文学形式——它就是诗。"或者,"当所有的文学武器都用光了也没法表达的东西,它就是诗了"。① 他如是说。"同时我开始写小说,但我知道诗对于我差不多等于一切。没有诗,即没有我的小说。""小说与诗是不能分离的,它们是一回事。我一直没有停止写诗,我在最痛苦和最幸福的时刻,首先想到的是写一首诗,而不是小说或散文。我可不是一个业余诗作者,诗是我的文学的全部。我在用各种方法写诗。小说的奥秘是诗。诗的奥秘还是诗。"② "散文和小说,不过是另一种诗,是诗所不能表达的一些具体之物而已。它们与诗,骨子里都是一样的东西。依此推理,脱离了诗性的小说,其实都是一些社会写作力量的自发行为,或者说是非文学的写作。"③ 对诗性的强调,恰恰是对文学审美性质的一种认识。同时他也很坦诚:"道理是这样,但受传统影响,有的小说家还要不停地写诗。

---

① 张炜:《写作是一场远行——在香港三联书店的演讲》,《午夜来獾:张炜2010海外演讲录》,作家出版社2011年版,第134页。
② 张炜:《诗是我的最爱》,《诗刊》2004年第3期。
③ 张炜:《小说家谈诗》,《扬子江诗刊》2002年第4期。

第五章 张炜文学创作的互文性特点

这因为有些东西小说还是难以表达的，有时还是虚荣心作怪，总觉得在诗这方面不能无所作为。"① 张炜一语道出了小说家写诗的真正奥义。

诚然，作为诗人的张炜没有作为小说家的张炜出名，个中原因很复杂，也很有趣。他的一本诗集的封底有这么一小段话："张炜虽是小说家，但这本《家住万松浦》还不能完全当作小说家的诗来读，应该当作诗人的诗来读。他的诗无论从诗的感觉还是写作技巧，都显露出了这是一部真正诗人的作品。"如果仅仅把它看作恭维之词，大可不以为意，如若认真追究，却又经不起学术性的推敲，争议显而易见。什么是"小说家的诗"？什么是"诗人的诗"？既然有"真正诗人的作品"，潜台词之下意味着也就有"非"真正诗人的作品，那么什么样的诗才算是真正的诗？这种强调和区分本身就很有问题。其原意无非是为了夸赞张炜是一个多面手，提醒人们重视和欣赏他的诗作，然而不严谨的表达却暗含着一个值得探讨的议题，或者是一个被遮蔽的事实，即人们对"诗人写诗"与"小说家写诗"持有的截然不同的两种态度。前者毫无疑问，后者却显得暧昧，甚至连它存在的价值和合法性都遭质疑。由于很多人不肯轻易承认诗歌界中类似的复杂性，无视、小看或者加以排斥，张炜的诗歌创作也就很难成为诗坛主流，而成了所谓的"体制内"的"体制外"，处于"地上"的"地下"状态。我们通常叫张炜"作家"，而不是"诗人"，如果非要叫他诗人，则是一种基于抒情气质、文学敏感或者创作风格上的修辞。尽管他是一个具有旺盛的创作生命力和多样创作才华的人，且均达到了一定的艺术水准，在各种篇幅的小说、诗歌、散文、文论等方面皆可成"家"，但人们看到的只是他头上小说家的大帽子，而不是诗人的桂冠。仿佛诗人是专属名词，不能跟作家画上等号。又也许是一种文体上的偏见，作家的称谓往往代表着一个人写小说的本领，而忽略了其他能力。"好像有一条不成文的规律，诗人写小说品位必高，而小说家写诗却大都失败。"② 小说家们的诗歌被看作是"副产品"，成就被认为不会很高，又不能站在诗歌潮流的前沿，诗歌史不会给他们留下一个位置。正是这种成见造成了"小说家的诗"处境

---

① 张炜：《地理空间和心理空间——在香港浸会大学"文学空间"座谈会上的发言》，《午夜来獾：张炜 2010 海外演讲录》，作家出版社 2011 年版，第 181 页。

② 罗振亚：《问诗录》，天津人民出版社 2010 年版，第 214 页。

的尴尬。张炜不以写诗名世，也是可以想见的了。而从另一个方面来说，进入新时期甚或是 21 世纪以来，文学边缘化尤其以诗歌为最，其中又以诗歌对文学的戕害、自毁最大，走向末路的诗歌写作、诗人们已经引不起大众的关注了。最后，诗人竟然成了一个可笑的讽刺。难怪有人指责，面对社会人文精神的滑坡，他们没有肩负起诗人应有的责任，"遗憾的是在当今我国，本应该由诗人扮演的角色，却拱手让给了小说家去担任。人们惊奇地看到，身孤势单，向着'现代物质文明'频频叫阵的竟是'二张'：一个是张承志，一个是张炜，都是写小说的。我们的诗歌界人在哪里呢？"① 可见，张炜在诗歌界还远远没有被认可，纵然写出了自己心中最满意的诗篇，也跟诗坛的潮流相去甚远。但是他所坚守的诗歌写作道路，其写作姿态，或许本身就显示出了他的可贵和存在的价值及意义。

---

① 袁忠岳：《无主与无语》，《诗刊》1996 年第 4 期。

第六章　张炜诗学思想的生成机制

　　张炜的诗学思想是一个较为完备的体系，有其哲学基础、美学思想，集文学理论与创作实践为一体，立论无不以"诗"为核心。张炜诗学思想的集中体现是对"纯文学"的固守，它以纯文学理念为主导，紧紧围绕着纯文学进行发言，创作也属于纯文学范畴。张炜的纯文学观是以"诗"为核心的诗学理念的另一种表述，要义是坚持文学的自律性、纯粹性和审美性，且不同于为艺术而艺术的唯美主义，强调充分发挥文学的社会功能，注重文学的时代诉求，深刻反映作家与社会、时代、人民、世界的关系。他的纯文学观是对流行的通俗文学的对抗，在对雅俗文学的划分上做出界定，企图以此来为真正的文学寻找诗学标准。他以中国现代文学的正统传承人自居，肩负着为文学正名的使命。探析张炜诗学思想的形成，离不开他所处的时代语境，作为一个"50后"作家，经历过"文化大革命"，参与了新时期以来的文学变革，在维护传统意义上的文学的尊严的同时，也在理性地面对当代文学的裂变，不是一味地顺乎市场需求。在艺术上，他广收博取，深深地滋养自己，又有所坚守。他看似倒退保守，实则激进先锋，是一个有着坚定的文学目标、不惜为此付出一切的固执的更是稳健的追求上升进步的作家。张炜也有自己的局限，因为他是一个具体的人，成长环境，受教育程度，传统和地域文化影响，将他塑造成了一个虽不完美却与众不同的"这一个"作家。作为一个立足于山东半岛辛勤耕耘的作家，他始终用饱满的笔触对生于斯长于斯的故土进行忘情书写，创作不仅带有鲜明的民间倾向，而且渗透着大量的传统文化因子。以儒家文化为主导的齐鲁文化，主张"天人合一"的道家文化，浪漫恣肆、哀乐无极的屈楚文化，以海洋文化为主要特征的齐夷文化，构成了张炜文化世界的主要精神形态，是其小说创作的重要思想资源。

第一节 纯文学观：张炜诗学思想的集中体现

20世纪前半叶的现代文学时期，纯文学或纯艺术理念的基本内涵是对文学的纯粹性、独立性以及审美价值的执守，但是由于时代背景的关系，经常处于被打压的状态。进入新时期以后，建设纯文学的吁请再次受到重视，但已不是过去以纯粹性为目的的简单要求，除了让文学回到文学自身，还对文学的功能性进行全新定位，恢复或赋予文学以真正的使命。随着政治、经济、社会、文化等各个层面的迅速转型，对于文学的约束和规范越来越失去效力，文学进入了空前繁荣时期。与此同时，张炜的纯文学观经历了一个较为漫长的发展演变过程，从早期坚持纯美的创作风格，到中期凸显其社会批判立场、与通俗文学等大众文化势不两立，再到最后进行自我调整，给通俗文学以一定程度的认同，显示了文学观念的移易，以及面对现实重压表现出的矛盾心态和在商业时代节节败退的无奈事实。当代作家对于纯文学的理解包覆了之前人们对于纯文学的观点，重点突出文学的终极价值，即对文学之社会性的确认，对人性的关注，对精神领域的探求，直达对形而上命题永恒性的叩问。90年代以来，包括张炜在内的当代作家对于纯文学理念的坚持和宣扬更像是一种求生策略。

一 纯文学提出的时代背景

在创作与批评领域，纯文学是一个重要的诗学概念，但是自从20世纪初提出以来至今百余年，仍然没有一个准确的公认的定义。据查，最早使用纯文学一词的是王国维，1905年他在《论哲学家与美术家之天职》中说："甚至戏曲、小说之纯文学，亦往往以惩戒为旨，其有纯粹美术上之目的者，世非惟不知贵，且加贬焉。"已经申明了纯文学的基本含义，即不同于古代忠君爱国、劝善惩恶的"载道"文学，而是具有"纯粹美术"

第六章 张炜诗学思想的生成机制

之目的或独立价值的文学,与其所坚持的纯粹性、超脱现实功利的艺术审美观相一致。[①] 随后,鲁迅、周作人等也提出过类似观点,意在说明文学的非功利性、纯粹审美的特性。再到后来,创造社、京派、现代派作家,尤其是在诗歌领域,陆续出现了一股绵延不绝的推崇纯文学的思潮,出发点源于对文学政治化、商业化的自觉抵制,并走向了"为艺术而艺术"的文艺理念或标榜"名士才情"的个人趣味主义。进入新时期以来,围绕着纯文学发生了多次论争,正是在不断的论争中纯文学从词面上开始得以确认,成为常用而含义模糊不定的文学术语。80 年代初,人们对倡导纯文学的目的很好理解,那就是试图摆脱过去政治对文学的强制规范,突出文学的审美性、自足性及其特有的规律性,"让文学回到文学自身"。80 年代中后期,"先锋"文学崛起,作为当时影响最大的文学事实也被称为纯文学领域的一场变革。

从表现内容和思想角度来看,先锋文学的纯文学性是对之前一段时间内追求历史感、主流意识形态及文学本质主义的一种解构;在形式与语言方面,则受到了外来文学的影响。90 年代,在市场经济、商业主义以及大众文化的冲击之下,纯文学乃至文学整体陷入了一场前所未有的危机,纯文学期刊纷纷倒闭,作家下海或者转向通俗写作,以迎合市场诉求,价值观念发生倾斜,思想紊乱。伴随着"人文精神"大讨论的进行,人们也在思考纯文学的命运,作家该当何为。2001 年,李陀在《上海文学》发表关于纯文学的访谈,再度引发关于纯文学的讨论。至于什么是纯文学,是否存在真正的纯文学,如果有它们的现状、前途命运如何,专家学者、作家们各持一端,没有形成一致性的意见。

通过梳理纯文学富有争议的历史可以发现,它是一个对文学发展起着重要作用却又充满悖论的命题。纯文学提出的时代背景虽然不同,但都具有强烈的目的性,或者希冀真正的文学观念的革新,从而改变文学的内部形态,或者借对文学的主张达到政治上的诉求,或者干脆出于对人文知识分子话语权的争夺。因此,讨论都发生在一些特殊时期、关节。对纯文学

---

① 王国维:《论哲学家与美术家之天职》,《王国维集》(第一册),中国社会科学出版社 2008 年版,第 182 页。

的提倡，存在一些共同的地方，比如对文学审美性的强调，大都反对工具论、功利性以及商业化，主张回到文学自身，①但又具有不同的表现倾向，有的注重文学的自足性，有的看重作家的主体价值，有的重视文学的介入、干预、批判功能，有的对人文知识分子的代表——作家提出勇于担当的要求，纯文学作家的态度也各不相同。

在凡此种种的纯文学观背后，可以看到，所谓的纯文学大都不"纯"，都含有强烈的指向性、针对性、功能性。对于纯艺术、纯诗、纯小说，在布斯的《小说修辞学》中是一个重要命题，指出在修辞学上它们是不纯的，不仅包含着许多作者议论、思想倾向、道德问题、人类情感等，它们的内容也不纯粹。新文学萌芽时期王国维、蔡元培等与梁启超等人的对峙，"五四"时期创造社与文学研究会的对峙，二三十年代一些作家和文学派别先后与左翼文学阵营的冲突、对峙，包括抗战爆发之后沈从文、朱光潜等部分没有转变的作家及受其影响后来被称作九叶派的诗人与抗战文学的对峙……，②众多作家和理论家为坚持和维护文学作为艺术的独立地位，或者凸显以审美为基本内容的独特功能而否定或限定其社会功用性，突出人性因素，或致力于纯正文体的建设，做出了坚持不懈的努力甚至是牺牲。

文学是人学，文学离不开政治，也要表现社会，特别是在新文学时期，文学具有极强的功用性，对偏狭的纯文学理念的坚守必然导致被群起而攻之的结果。鲁迅对纯文学的理解也没有那么偏狭。他在《摩罗诗力说》中说："由纯文学上言之，则以一切美术之本质，皆在使观听之人，为之兴感怡悦。文章为美术之一，质当亦然，与个人暨邦国之存，无所系属，实利离尽，究理弗存。"他又说文章有"不用之用"，"文章之用益神"，"涵养人之神思，即文章之职与用也"。不仅如此，还有"教示"的意义。新时期以来，一波又一波的纯文学论争把十年"文化大革命"的文学背景与左翼文学时期相比较，以反抗文学唯政治是瞻的功能性。后来出现的现代派、寻根文学、先锋文学思潮，都带有很强的叛逆性。有人将其

---

① 陶东风、和磊：《中国新时期文学30年（1978—2008）》，中国社会科学出版社2008年版，第125页。

② 胡有清：《中国现代文学中的纯艺术思潮》，《中国社会科学》1997年第3期。

理解为中国文学反抗既有传统文学观念的一种现代性的转换。表面看来它们是纯文学运动,实际上是一种带有强烈政治色彩的话语运动。①

按照李陀的追述,② 新时期以来纯文学提出的最大前景和背景,是七八十年代之交僵化的文学教条仍然严重地束缚着文学,文学解放的努力在于冲决、抵制和批判这些教条,而伤痕文学、反思文学的成就并不高,基本属于"旧"文学那一套。80 年代中期,一些作家通过写作开始打破伤痕文学、反思文学等进行变革,从朦胧诗到寻根文学、实验小说、新潮批评,才发生了变化。随着 90 年代市场经济的来临,面对文化商品化和文学商品化的巨大压力,也有很多作家不愿意下海、放弃文学,或者投身商业化大潮,而是采用坚守纯文学的方式来抵制商业化对文学的侵蚀,纯文学是他们找到的"一个护身符、一个依托、一个孤岛",使得这种抵抗获得了一种"合法性","获得一种道德与精神的支持"。在谈及 90 年代纯文学的困境时,他认为,人们对纯文学的不满是因为纯文学自己的不争气,比如"抵抗性和批判性"的消失,不能有效抵抗商业文化和大众文化的侵蚀,不能以文学独有的方式对正在进行的巨大的社会变革进行干预,等等。李陀只是看到了问题的一个方面,把整体文学的滑落归罪于纯文学,而没有看到造成这一结果的更多原因。纯文学之所以成为八九十年代以至今一个非常重要的术语,是因为新时期以来作家和批评家们对这一概念的思考已经不再是为艺术而艺术,而是在既有的历史经验教训下,面临当前的社会发展困境,对文学未来前景的忧虑,比如文学是否消亡的问题。具有干预功能的文学不是没有,而且很多,只是它们被大量的新生类型文学所遮蔽,在一个多元化、多样化的文学时代,这种文学也不可能成为唯一的事实。李陀对纯文学的理解沿袭的仍然是传统文学的陈见,也就是对文学功能性的强调。

学术界对纯文学的界定存在较大分歧,进入 21 世纪之后,特别是李陀访谈之后,"底层写作"、卫慧、棉棉等的"身体写作"兴起,纯文学又被推到了讨论的前台。有人认为,纯文学"牢固地建立起一套关于文学的主

---

① 陈国恩:《"纯文学"究竟是什么》,《学术月刊》2008 年第 9 期。
② 李陀、李静:《漫说"纯文学"——李陀访谈录》,《上海文学》2001 年第 3 期。

题、技巧体系与判断标准",但"在它当初的革命性耗尽之后,日渐沦为书写琐屑悲欢的托词,欲望化书写的掩护。当下文学充斥着细节肥大症与破碎性的社会经验,无法提供卢卡契所谓'总体性'的对社会的想象方式,只是以纯文学的形式高度不纯地传播着当代消费主义的意识形态或非政治的政治观念,从而成为现实秩序的黏合剂,主流意识形态的合谋者"。① 纯文学是对当前文学的整体性指认,但这个概念不断发生着流变或者异化,大家的理解也各不相同,张炜从中做出了更为细致的区分。

二 面向大众文化的诗性对抗

第八届"茅盾文学奖"出笼之后,引发了很多评议,特别是张炜的"你在高原"十部书令人瞩目。在这个所谓的文学边缘化时代,以衡定"纯文学"(长篇小说)质量为己任的茅盾文学奖一时间成为大众议题,一定程度上也反映了文学的当代遭遇。张颐武在《焦虑的"纯文学"》一文中对茅盾文学奖发生的变化进行概括,对"你在高原"进行了毫不客气的批评:"平庸在于哲理思考其实撑不住,都是些泛泛议论,人物如牵线木偶,在那里自怨自艾,不知所云",它的获奖是一种"媚雅"。② 如他所言,评委是否认真读过这部书值得怀疑,那么他所做的这一番先入为主的评价同样大可质疑。功利一点说,为了这个奖,从《古船》开始到《九月寓言》,张炜等了足有二十多年,大好的时光都花在了如何对付"纯文学"上。

从 20 世纪 80 年代中后期开始,随着改革开放、市场经济的蓬勃发展,文学创作商业化,大众文化兴起,使得相当一部分作家和批评家深感文学的衰微。他们自觉地对文学的命运进行思索,理所当然会想到采用文学方式,进而试图通过讨论来引起人们的注意,达到有所挽救的收效。当时的情况确实出现了如作家下海、投身商业化大潮、以批评谋利、写迎合市场的商业化小说等现象,而更多的作家则选择了用文学实践来抵御商业化对文学的侵蚀——也就是说文学并没有抛弃其批判性和抵抗性等职责,相反

---

① 刘复生:《纯文学的迷思与底层写作的陷阱》,《江汉大学学报》(人文科学版)2006 年第 5 期。

② 张颐武:《焦虑的"纯文学"》,《南风窗》2011 年第 19 期。

第六章 张炜诗学思想的生成机制

他们以笔为旗,坚持纯文学的创作道路,宣示自己的立场。张炜确实也对社会大众文化不满,更对文学江河日下的境遇痛心疾首。他对商业利用、放弃文学的行为感到痛惜,在小说创作中竭力进行揭示。1988年发表的《请挽救艺术家》,2001年发表的《能不忆蜀葵》,都以艺术家为描写对象,表达了作者对这个社会的不解和忧思,发出了挽救艺术家的呼声。除了小说创作,他还写下了许多散文随笔类的文字,记录了自己对某些朋友或者弃文学而去,或者走向商业化,或者依靠运作、操作文学来谋利的记录。但是要让他对纯文学给出一个专家学者都不能明确界定的概念也是勉为其难,尽管这个术语从80年代开始就深深困扰着他。

张炜对于纯文学的观点集中在《纯文学的当代境遇》一文中,[①] 从语言、情节、内容、主题、阅读、受众、作者七个方面做了分析。

在谈到纯文学与通俗文学的区别时,张炜提出了外节奏、内节奏之分,这是一个创新性观点,后来多次补充描述。外节奏指的是大的故事脉络,内节奏指的是故事脉络中的细节部分。从故事情节角度来说,纯文学的特点是外节奏慢、内节奏快,特别是内节奏,从感觉上来说能够给读者频繁的"刺激"。他认为文学应该回到语言,回到语言也就回到了原点,回到了把握的可能性。[②] 在他看来,低俗文学或通俗文学语言拙劣,文学性不够。只有"有教养的读者""真正有深度的读者"才能读懂纯文学作品,享受巨大的诗性,从中感受作者蕴含的生命隐秘。张炜关于纯文学的这些论述与他的小说创作与批评理论的观点是一般无二的。

并不是所有的当代作家都能像张炜那样对纯文学做出如此详细的分辨或者规定。比如,先锋小说代表作家残雪认为自己的小说属于纯文学,但是在形式、语言上也没有提出自己的创见,她对纯文学的理解重在对精神领域的探索。[③] 在这一点上张炜有过论述。残雪的纯文学观在当代作家中富有代表性,不过她对精神以及永恒之物前无古人、后无来者的探求走向

[①] 张炜:《纯文学的当代境遇》,《半岛上的游走》,作家出版社2009年版,第95—121页。此文是张炜于2004年9月在山东理工大学做的演讲,发表于《长江文艺》2005年第10期,又在《鲁东大学学报》(哲学社会科学版)2006年第3期以论文形式发表。

[②] 张炜:《丛林秘史或野地悲歌》,《半岛上的游走》,作家出版社2009年版,第245—247页。

[③] 残雪:《究竟什么是纯文学》,《大家》2002年第4期。

了一种偏执,比张炜往前多走了一步。

三 雅、俗对立以及纯文学的前途

张炜通过辨析"雅、俗"这两个二元对立的概念以确立纯文学的含义。"雅文学"或"高雅文学"(或"严肃文学")大体相当于纯文学,与"俗文学""通俗文学"形成对比。纯文学内部也有分化,在干预现实、反映生活、思想蕴含和精神质地等方面存在不同。张炜认为文坛上起码有两类不同的小说,一类靠情节的生动新鲜,另一类凭借境界、意味,总是依赖非常神秘的东西。这两类小说不仅是指通俗文学和纯文学,而在纯文学范围内仍然有这样的不同倾向。① 他在《文学是忧虑的、不通俗的》《艺术在本质上拒绝轰动》《艺术是战斗》等文论中阐述了纯文学的庄重性、严肃性和不通俗性,强调文学的一个最重要的任务是"唤起人类对一些根本问题的关注",文学与哲学一道思考关于世界与人类的问题,文学的本质是诗,越来越排斥故事化,同时也将经历一个缩小读者队伍的痛苦过程,不通俗性将成为基本特征之一。② 真正的艺术品只能是雅的,雅与俗是一对矛盾,难以通融,雅俗共赏只是一个美好的愿望。③ 纯文学的主题比较严肃,创作方法比较严谨,与流行的情爱和武打等通俗故事相区别。纯文学内部也有分化,有的作品质地还算纯粹,作者的趣味也比较高,但是它关心的问题大致平凡、探讨的深度不够,对社会生活的作用不大,不能参与一个时期的文化建构,不能在深层上给我们的生活提供崭新的东西,没有促成新的理念;而有一部分纯文学是"作者借以表达哲学和历史观政治观的一个方式",关怀绝对重要的事物,这样的作家实际上是一个哲学家,对生活的本质、对真理都有执着的追求,有透彻的表达和思辨。而纯粹消遣性的东西、恶俗文学很难影响人们的思想。④ 面对人们对纯文学的质疑及其前景判断的悲观情绪,他认为"纯文学的出路在于更加纯洁、更加

---

① 张炜:《不同的小说》,《散文与随笔》,山东文艺出版社1993年版,第120页。
② 张炜:《文学是忧虑的、不通俗的》,《散文与随笔》,山东文艺出版社1993年版,第184、186页。
③ 张炜:《葡萄园畅谈录》,《散文与随笔》,山东文艺出版社1993年版,第359页。
④ 张炜:《与大学生的马拉松长谈》,《忧愤的归途》,华艺出版社1995年版,第107—110页。

深刻，在于它一切方面的永不妥协性。"纯文学有不可替代的作用，除了消遣功能，它还能够提出重要的思路，提供思想，融合了历史的、哲学的、政治的诸多方面，是思想的综合体。然而，纯文学与政治读物的区别在于缺少直接性，有着长久的浸染性，有深深的情感介入，可以有力地说服人，改变人的立场和观念。它在文化上占据着非同一般的比重，有着不可或缺的地位。另外，纯文学对生活的反应也很快，它的干预生活的方式是独特的，既不是强制的命令的，又不是生硬和唐突的，它的力量柔和久长、以柔克刚，而且很难消失。纯文学维持的美好纯洁的声音，是一个时期、一个社会的和弦。没有了它，生活的旋律就立刻细弱单调起来。①

20世纪初，张炜在《文学三极与一次性出版》中提出，文学写作长时期以来呈现出"三极"状态：一、社会问题写作，即一般的现实小说和纪实文学等；二、娱乐性写作，包括武侠言情、演义与侦探小说、副刊散文和智性小品等；三、诗性写作，即通常称为纯文学和高雅文学的那一类。对于前两种写作，除了指出它们迎合大众趣味、削弱公民责任等的一面，张炜没有对其进行尖锐批评，态度亦趋缓和，但并非没有要求。至于娱乐性写作，他承认会给读者不同的愉悦和体验，过分排斥这一类文字是不必要的，也不现实、过于苛刻。他认识到，"在大众阅读的历史中，大概还没有什么东西可以与娱乐性的文字相抗衡"。多数人的阅读生活需要得到尊重。那些能够传续下来成为某种经典意味的娱乐性写作还是与"在风中吹来吹去的花哨纸片"有区别的。当然，他不能认同有人将娱乐性写作与诗性写作混淆、取代的做法，判断的方式是其语言品质、思想内核以及功用等。他认为狭义的或真正的文学写作只能是诗性写作，继而指出了诗性写作的四个特征：具有回忆性质、语言极度个性化、不断得到重复出版、在较高的阅读层面上得到认同。②"我们强调文学的雅与纯，但有些作家在一个时期内却走向了大俗，甚至呈现出吓人的芜杂。他们这样做的结果也

---

① 张炜：《你是艺术家，只要你不沉睡》，《期待回答的声音——93张炜文学周》，明天出版社1995年版，第28—31页。
② 张炜：《文学三极与一次性出版》，《世界与你的角落》，昆仑出版社2003年版，第52—62页。

可能另有期待。有些明明是浮浅通俗的作品，读后却透出深邃高雅的艺术才有的某种苍凉。实际上无论雅俗，无论时尚或保守，无论形俗而实雅或形雅而实俗，都会找到成功的例子。文学就像攀登，不同的方法和不同的路线都能到达巅峰。所以从这个角度上讲，文学世界是一个阔大无边的空间，它大得简直就像一个宇宙：按各种轨道运行的星球和星系还有许多，再亮的星体也不是唯一的。因而不能轻易评判一个作家，不能简单归结一种道路。因为作家是如此之多，方法是如此之多。""事实上，沿着自己的道路能够达到顶峰的作家就是一个好作家。"悲观无奈之后是妥协、肯定，尽管如此，他认为现在的文坛处于一个最好的时期："有各种各样的作家，最浮躁和最无聊的，最激进和最保守的；形形色色的选择和表现，无比的沮丧和喧哗，堆积成山的垃圾——这恰恰是产生文学巨人所需要的大背景。我们只有不停地提醒自己注意文学的全部复杂性，警惕自己别把某些标准看成是唯一的标准，才能避免认识的陷阱，才能于包罗万象之中有所领悟。我们必须多听、多看，结合自己生活和写作的阅历，进入对文学的不再片面的理解。"[①] 至此，张炜已经稍稍摆脱对"非纯文学"的成见，判断谨慎，开始从雅、俗绝对对立的思维逻辑中走了出来。

因为事关自己，关于纯文学与通俗文学的思考在作家那里比较多见。在史铁生看来，文学有三种："纯文学、严肃文学和通俗文学。"[②]"纯文学是面对着人本的困境。譬如对死亡的默想、对生命的沉思，譬如人的欲望和人实现欲望的能力之间的永恒差距，譬如宇宙终归要毁灭那么人的挣扎奋斗意义何在，等等，这些都是与生俱来的问题，不依社会制度的异同而有无。因此它是超越着制度和阶级，在探索一条属于全人类的路。"与张炜把严肃文学与纯文学有时混同不同，严肃文学侧重于社会、政治、阶级，比如"贫困与奢华与腐败，专制与民主与进步，法律与虚伪与良知"等问题，是为伸张正义而呐喊，促进着社会的进步，非常必要。他认为通俗文学主要是为了娱乐需要，还能提供知识，满足人们的好奇心，也是需要的。三者之间并非泾渭分明，你中有我，我中有他。不像张炜长篇大论

---

① 张炜：《文学的自我提醒》，《世界与你的角落》，昆仑出版社2003年版，第86—87页。
② 史铁生：《答自己问》，《病隙碎笔》，人民文学出版社2011年版，第178—179页。

以及几十年来苦苦纠缠，史铁生用一篇小小的短文说明了三者的关系，但没有深究。史铁生虽然认为三者可以分出高下，但都有其充分的存在理由。另外，他与张炜所持的相同观点是雅俗不能共赏，对作者来说没有中间道路，"雅俗共赏不在于书而在于读者"。

关于纯文学的现状与背景，《纯文学的当代境遇》一文做了阐述。首先，张炜对中国社会的基本判断是，从集体经济、计划经济突然进入了一个"半商业社会"，缺少心理准备，转型期的矛盾在于打乱了原来的秩序，又没有商业社会的运行规则，对文化和精神带来的是混乱影响。以独立自由精神为原则的纯文学写作既没有走出计划经济的强大干预，也没有进入自由竞争的领域。其次，进入商业社会之后，没有与之配套的知识分子作对应、平衡，知识分子的缺乏使得社会肌体没有产生抗体，缺少顽强的批判的声音去对抗。知识分子的作用是提示危机，是社会的良知。这与其人文精神"沙化"的判断是相同的。再次，国际方面的因素，物质主义横行、主导的时代，对文化的打击巨大，中国社会处于一个十字路口，也必将无法抵挡世界潮流。其四，电视的出现，对人的生命的伤害。其五是网络，比电视更具虚拟性，破坏性更强，杀伤力更强大。最后是文化问题，也就是现代文化对中国传统文化比如儒家文化的冲击，正处于崩溃的边缘，文化如此，文学更是难以想象。

对于纯文学的明天，张炜寄予希望，比较乐观。纯文学作为一种生命力的表达，只要人类存在，它就会存在，就会发展。他给出四个理由：一是在一个精神背景混乱的时期，总有少数苦壮成长者，"他们正在目击体验，让时代化为养料，加以消化，使其成长为精神之树"。"整个社会腐殖土很厚，烂掉的东西很多，有腐殖土才能长出旺盛的植物。"现在中国的社会状况有利于精神的生长。二是通俗娱乐制品、电视网络等尽管对人的吸引力十分强大，但是无力自我更新和发展，不会走向自身的深刻，只有重复，是量的增加、蜕化式繁殖，是浮浅层次上的延续，而纯文学作为左右一个时期的精神趣味仍然占领了精神和艺术的制高点，"真正的诗人和小说家会像哲学家思想家一样，存在并居于民族精神的中心位置"。三是汉语是大语种，一个纯文学作家能够找到自己的读者，获得支持。四是中国拥有东方文化、儒学等物质主义的对立面，文化以及文学传统很难在一夜消失。因为有着这些优越的条件，中国文学就存在希望。

张炜从80年代中后期纷杂的文学和文化语境中走过，受到了诸如先锋文学、现代主义思潮的影响洗礼，一般来说，对纯文学的界定大都不能绕开这一现代特征。张炜理解的纯文学与先锋作家以及现代主义作家不太一样，尤其是在后者所进行的文学形式实验方面持有深深的怀疑。另外，总体来看，张炜关于纯文学的观点是有意与流行的商业文化相抗衡，在与通俗文学、一般的社会性写作等比照中说明纯文学的特点，强调"诗性写作"、生命写作，正是以"诗"为核心的诗学理念的集中体现。

第二节 新时期以来张炜的文学选择

作为一个经历过"文化大革命"的"50后"作家，张炜与同时代人遭逢时变，居于时代前沿，站在中国文学和文化走向的十字路口，参与见证了新时期文学的革新发展过程。新时期以来的当代作家接受的文学影响来自"中外古今"多个层面。一般来说，以现代派、后现代主义为主的外国文学，中国现代文学或所谓的现代文学传统，成为他们便利共享的上游资源。八九十年代蜂拥而至的囊括现代派和后现代主义在内的各种文学现象、思潮、作家作品芜杂繁多，本土作家纷纷群起学习借鉴，从中摄取营养，有的甚至供奉膜拜，不惜一生跟随模仿。作为当代作家队伍中的一员闯将，中文专业出身、矢志于文学创作的张炜，不可避免对新生或新进事物有着相当的敏感和足够的了解，在他的创作中也可以看到有迹可循的明显遗存。除此之外，不论是中国古代还是国外19世纪以前，凡是人类历史上被确立为经典的优秀文学作品，都在他的阅读范围之内，一往情深，吸纳尤多。难能可贵的是，张炜还是一个注重向同时代人学习、善于进行自我审思的作家。虽然作为一个创作主体，他总是不能被称心如意地划入某个文学派别、思潮，但他难以逸出自己的时代，身上具有的一些当代作家的相近特点，这让他与文学主潮保持着一定的整体趋同性。张炜的文学创作与其诗学观念的生成受到中外诗学观念的多种影响，他在传统文学、现代主义文学与后现代派中上下取舍，左右逢源，在国内仿制与模仿风潮中进行着孤独的艺术探寻，最终在传统文化的深深浸染之下走向了所谓的"文化保守主义"。

一 中外诗学观念交集下的多元调和

在群星璀璨的作家群像中，张炜倾向于具有现实主义精神、批判性强且不乏浪漫色彩的名家、大家。这份名单可以列出数十个乃至上百个，在不同的时间阶段对张炜产生过程度不同的影响。对于早期创作而言，契诃夫、杰克·伦敦、欧·亨利、马克·吐温等短篇小说巨匠，包括屠格涅夫、舍伍德·安德森和孙犁等几位带有浓郁的诗化、散文化笔风的作家，深深地熏染了他。与大自然保持亲近、擅于自然景物描写，是他选择青睐对象的一个标准。苏俄作家（其他如普希金、莱蒙托夫、肖洛霍夫、托尔斯泰、陀思妥耶夫斯基、阿赫玛托娃、艾特玛托夫、阿斯塔菲耶夫、普里希文、普库林、高尔基等）给予张炜的影响不可估量，他的长中短篇小说、散文、诗歌、随笔、文论等所有体裁，无论是自然生态、乡土、流浪等题材或主题，还是苦难书写、道德感、自省意识、民粹思想、民间理想、贵族气质、人道主义情怀……各个层面都与之牵络着千丝万缕的联系。当谈及外来影响的时候，张炜毫不避讳这些作家，如数家珍。论者认为："张炜之借鉴俄苏文学，不只得其皮毛，而且得之神韵。他从俄苏文学汲取的主要是俄苏作家那种崇高的人格力量、博大的人道情怀、以及对人类前途和命运的深沉关注。这种文学精神的影响使他对以'追寻自我'为主旨的现代主义文学精神相当隔膜，他的创作始终都是一种在群体主义价值观统领下，有鲜明的道德理想主义倾向的创作。"[①] 19 世纪以前的古典主义作家在张炜心中居于崇高地位，为他欣赏的更有处于欧洲地理边缘的一些现代作家（如卡夫卡、茨威格、里尔克、米兰·昆德拉等），美国作家（如海明威、福克纳、索尔·贝娄、斯坦贝克等），拉美作家（如略萨、马尔克斯、阿斯图里亚斯、博尔赫斯等），以及因为获得诺贝尔文学奖而受到国际关注的其他第三世界作家。张炜出版过一本小书《心仪——域外作家：肖像与简评》，[②] 选择近六十位作家做出精要点评，并罗列了近

[①] 耿传明：《张炜与俄苏文学》，《外国文学研究》1995 年第 3 期。
[②] 张炜：《人的魅力——读域外作家》，文汇出版社 2002 年版。海外版（法国）题为《域外作家小记》。

百个自己喜欢的作家名单。张炜并不掩饰对于上述作家的热爱之情，极尽褒扬，而对于乔伊斯、劳伦斯等富有争议性的作家，评价虽然很高，但有所保留，写作上也不主张向他们靠拢。

新时期中国作家不仅受到西方现代派的影响，还把目光转向本民族的传统文化，继承了古代文学的艺术形式与表现手法。"散文体小说"是较早出现的创作风格，[①] 汪曾祺、贾平凹、史铁生、张洁等的早期创作体现得比较明显。王蒙借鉴西方意识流技法创作的小说也属于散文体笔风，后来的笔记体、寻根小说亦大概如此。这不是张炜一个人的选择，只是他在后来的长篇创作中对这种散化或者诗化的风格追求有着更为一贯的展示，而其他作家后来的创作并没有那么明显的贯彻。

张炜的阅读量超乎一般作家，至今仍然保持着每天数万字的读书习惯。他的另一个阅读癖好是，如果喜欢一个作家，一定要读他的全集，这其中包括了小说、诗歌、散文在内的各种文字，还有文论、思想或哲学著作，以及各个版本的作家个人传记。除了对哲学家、思想家、学者等有一定的阅读量（比如孔子、斯宾诺莎、海德格尔等），他尤其重视揣摩作家的文学思想，歌德、托尔斯泰、萨特、海明威、福斯特、爱默生、马尔克斯、略萨、库切等人的言论，大都能够被他认同接受，不仅在论说时时有引用，其观点也与之相贴近。也就是说，他对自己喜欢的作家不仅从作品中获取营养，还从作家的人格品质、文学观念等方面进行全方位的学习借鉴。作品中强烈的现实关注度、道德感、批判性，作家非同寻常的人生经历、人性魅力，关于社会、政治、文化、文学等方面的思想，即作家的作品、作家的人格及文学思想，在张炜那里是"三而一"的统一体。这些构成了张炜文学世界中最为中坚的内容和精神之核，即使时世移易而不改初衷。

贡布里希在《艺术的故事》一书"导论"中起笔便说："实际上没有艺术这种东西，只有艺术家而已。"对张炜来说，人品决定文品，他首先对艺术家本人进行考察，包括作家们不平凡的经历遭遇，往往成为评判的标准，为他欣赏的艺术家的作品才能得到确立，从而进入心目中供奉的最

---

① 庞守英：《新时期小说文体论》，山东大学出版社2002年版，第42页。

第六章 张炜诗学思想的生成机制

高神龛。张炜信奉的是那些"伟大"的作家。在他眼里,大师级作家才配得上使用"伟大"二字,只有莎士比亚、雨果、歌德、鲁迅、托尔斯泰、陀思妥耶夫斯基等少数几人,海明威和福克纳都还算不上。判断一个作家是否伟大需要上百年的时间。伟大作家显得"笨拙","他可能干得'不漂亮',但他干得很大,他关心的问题很大。他更真诚,他的主题往往也非常严峻。他写英雄、写悲剧、写崇高。伟大的作家好像都具有这种色彩。20世纪以后的现代主义作家往往很难在前面冠以'伟大'二字,因为背离了伟大作家的传统。伟大作家几乎无一例外都是理想主义者,是理想色彩特别浓重的作家。"[①] 张炜拥有雄伟的文学抱负,作品具有非常宏大的主旨,纵使在文学境遇和大众文化心态急剧变化的时期,穷且益坚,默然独守。在文学实践上,他以前辈的经典作品为航标,以前辈的文学主张为指引,逆风而行,不合时宜又不失时机地爆发出了一声又一声的尖音。

张炜倾心于所谓的古典主义作家,同时对现代以来的作家亦有借鉴,但他对于现代派文学的态度是有选择地批判接受。关于现代派,他更强调其与现实主义的联系,认为应该学习它的"质朴"精神,而不是形式上的花哨。现代派文学对于当代作家的影响是深入人心和骨髓的,张炜批评国内作家过分注重形式上的实验探索,但是连他自己也不能摆脱形式上的影响。而现代派文学作为一种文学精神已经在传统文学观念瓦解的废墟中树立起来。对现代派文学的评价,他仍然在对比中给出,笼罩在被他确立为至高无上的传统经典作家的标杆阴影之下。面对形形色色的现代派、后现代派,他始终保持着清醒的头脑,在深入认识的基础上取其精华、去其糟粕,有积极肯定,也有客观批判。"现代派作家了不起,甚至颓废派手里也有好东西,但他们都曾经是理想主义者;他们自己起码经历了漫长的寻找和探求,经历了心灵上的痛苦。理想主义也许是不能够跨越的,如若不然,那种所谓超脱的产物就会变得十分做作和廉价。"[②] 虽然他反对形式上的故弄玄虚,但他并不反对真正的创新,而且极力在创作中探索实践。现代派也好,后现代也好,在张炜那里并非了无痕迹,而是被他悄悄地消化

[①] 张炜:《我的忧虑和感奋》,《期待回答的声音——93张炜文学周》,明天出版社1995年版,第84页。

[②] 张炜:《心中的黄河》,《散文与随笔》,山东文艺出版社1993年版,第178—179页。

吸收，像腐殖撒入沃土，慢慢地滋养着他。在他的持续创作中，我们往往会发现他的每一部长篇小说都不雷同，在意蕴和气脉纵横贯穿的同时，还能够在形式上给人以惊奇，以致许多人在不同时期做出了"转型"的误判。但是这也不一定是好事，正如有人所说："张炜是思想感受丰富、具有强大自我修复、自我突破力的作家。但恰恰是这种丰富性使我想到大一统的中国当代文学共同体破裂以后在他身上反映的难堪的破碎和凌乱。……张炜的创作正好反映了当代文学共同体破碎之后在一个人身上造成的真实的撕裂。"① 这样的判断是比较准确的，同时说明了张炜作为一个当代作家的时代阈限，在受到来自四面八方的冲击的时候缺乏更为准确的选择能力，还不是足够自主、强大。

二 艺术"仿制"时代的孤独探寻

一个视个性为生命的作家，他宁愿重复自己，也不会重复别人。张炜艺术个性的形成与他长期坚持的个性化创作理念是分不开的，他始终守护着自己的园地，警惕着外物对自己的影响，执着于"纯文学"的创作方向，经常自我反省，避免从众，远离大流，与其他作家相区别。但是，任何一个时期的文学，只要给它充分的发展繁荣时间，都会经历一个竞相张扬个性而又同质消弭个性的阶段，这种文学现象或运动无时无刻不在。

以 1989 年作为分界，与 80 年代享受的礼遇、昂扬的氛围、自由的美好时光相比较而言，进入 90 年代以后，中国文学由于受到强烈的外来文化及文学思潮的冲击、洗礼，内部发生的变异、分裂以乱象呈现出来。像许多人一样，张炜也为此产生了深深的忧虑，几乎与"人文精神讨论"同时，不无急切地发表了许多犀利的言论。在《时代：阅读与仿制》一文中，② 他指出了当前从生活到文学各个层面模仿成风的不良现象。"世界上没有两片相同的大陆。可是我们却很容易发现大致相同的两个作家。"瓦尔特·本雅明在《机械复制时代的艺术作品》中阐明了机械工业时代复制带来的艺术"光韵"消失的后果。"光韵的衰竭来自于两种情形，它们都

---

① 郜元宝：《走出当代文学精致的瓮》，《上海文学》2008 年第 9 期。
② 张炜：《时代：阅读与仿制》，《张炜名篇精选》（增订本，散文精选），山东友谊出版社 1996 年版，第 303—310 页。

第六章 张炜诗学思想的生成机制

与大众运动日益增长的展开和紧张的强度有最密切的关联，即现代大众具有着要使物更易'接近'的强烈愿望，就像他们具有着通过对每件实物的复制品以克服其独一无二的强烈倾向一样。"① 艺术光韵指的是独一无二性、即时即地性、原真性。张炜所言的"仿制"与"复制"并不等同，但多有重合。仿制风潮的表现比如80年代以来颇有文化殖民意味的外国文学思潮蜂拥而进，创作和理论研究上的各种主义在国内都被演练了一遍。但我们自己的文学传统却发生了断裂和被遗弃，无法与世界实现接轨，陷入了文学失语的全球化焦虑之中。"现代化"热潮以及由此带来的工业文明的侵蚀，社会生产一体化、标准化，对生活自由的挤压，物对人的压迫，人与人之间以及人与自然之间关系的破坏，人的价值取向扭曲，伦理道德沦丧，物化、异化成为时代主特征，跌进了现代化的陷阱。文化、文学成为工业生产的对象，其操作形式只能是复制与同化，以娱乐消费为导向特征的浅俗的大众文化，强行改变了文学的生态。对此，法兰克福学派早已提出过批评。当我们讶异于面对着昔日资本主义国家曾经面对的困境时，难免不会产生一种时空逆转之感。

早在80年代中期，张炜已经看到了文学中的模仿问题。比如当时市场上泛滥的爱情小说，在他看来，故事毫无生气和陈旧。即使是被人称道的经典小说中的抒情、议论手法也被学习滥用。在当时处于大众狂欢的文学背景中，模仿是一种时髦，不模仿就会受到时人的鄙视，有"外省气"。张炜认为"这种仿制是一种瘟疫"，其缘由不是读书多了而是读书少了，读书少容易长出一双"套路眼"。张炜并不反对初学写作者积极的模仿，但是反对一直停留在模仿阶段，这不是一个成熟的艺术家所为。他说过一段非常精彩的话："不过更多的作家只厌恶'剽窃'，而不厌恶'剽窃性'——其实很多人在做一种缺乏自尊心的、剽窃性的工作。如果没有一些翻译作品放在那儿，有人就得失业或是改行。中国真正的先锋作家不是站在舞台中央，而是站在角落里——不是他们不愿走上来，而是他们的命不够硬。"② 张炜把新时期以来曾经生气勃勃、你追

---

① [德]本雅明（Benjamin. W.）：《机械复制时代的艺术作品》，王才勇译，中国城市出版社2001年版，第13—14页。

② 张炜：《心中的文学》，《散文与随笔》，山东文艺出版社1993年版，第255页。

· 217 ·

我赶、注重探索的文学之旅形容为一场马拉松比赛，坚持下来仍能保持活力的人就是胜利者。

张炜是这样说的，也是这样做的。虽然他对外来文学借鉴颇多，但是没有走上以模仿为能事、炫耀创作技巧的道路。其创作显示出来的是一种不失飞扬灵动的笨劲儿，是一种毫无轻浮之气的踏实，这种笨功夫、笨办法，使得他成了文学界的稀有动物。除了把他列为乡土作家，当代文学史似乎再也无法将其归类，就说明了这一点。而在民间立场、知识分子叙事、诗性书写等方面，他倒是显出了自己的独特性。

狄更斯在《双城记》中写道："这是一个最好的时代，这是一个最坏的时代。"虽然张炜对于当代的社会文化、文学状态做出了悲观的判断，但仍然认为作家正处于一个最好的时期。当前的写作环境"从某种角度看，它还是最好的。我是指这个环境比较起来看，混乱一些也宽松一些。精神上很制约的社会氛围是产生不了重要思想的。"虽然"写作是很冒险的。""对于思想者和艺术家，就是要在挑战中成长和生存。"① 他把新时期以来的文学分为三个时期：最初的复兴期（1976—1985年），接下去的高涨期（1985—1995年），以及现在的疲惫期（1995年—）。"浮躁的时代有害于创作，但浮躁最终只会损伤轻薄的写作。一个时期留下的全部焦灼、痛苦和无奈，最后都会无一例外地化为养料。"② 因此，他相信"国家不幸诗人幸"的说法。从他的创作中，我们能够看到他直面现实的冲动，以及叩问历史的勇气，再加上他的浪漫主义情怀，为我们呈现了一个既沉重又昂扬、既遥远宏大深邃又切近具体攸关的文学世界，他的这种"史诗性"别具一格。

三 走向"文化保守主义"

在文体上，张炜认为中国当代文学经历了三大模仿阶段："首先是对苏俄文学的模仿，而后是对19世纪西方经典的模仿，再后来是对现代派的模仿——直到今天对现代主义运动以来诸流派的模仿。"这一判断基于个

---

① 张炜：《文学是生命的呼吸》，《期待回答的声音——93张炜文学周》，明天出版社1995年版，第64页。
② 张炜：《龙口访谈》，《流动的短章》，作家出版社2000年版，第49—52页。

人的观察及创作体验，与学界的共识大同小异。当代文学正因为以"技术"上的模仿为能事，取法乎中下，所以导致其即将走到尽头。"综观眼花缭乱的中国当代文体实验，会发现其中的一部分常常是止于模仿，缺少自己民族和时代的精神文化对应。而在所有现代文体模式的原生地，其精神上演变承接的链条总是清晰可辨，有它们自己的文化依托。"① 文化，是张炜对当代文学状况做出分析判断的立足点。他一再强调民族文化、本土文化对于中国文学的品质和精神形成的重要性，如果以文化视角看取文学，他主张以中国的思想和传统文化为中心。因此，当"寻根"文学开始兴起的时候，他抱以热切的期望。1985年，阿城发表了《文化制约着人类》一文，张炜同时也说："民族文化渗透着、制约着全部的生活。……刻意去继续和寻找业已流失了的、淡弱了的传统中的好东西，仍然是值得赞赏的。我们向旧世界决裂的过程中，总有一些美好的事物被不适当地抛却。……在文化上跟传统形成断裂状态，是不能成为大作品的，也不能走向世界。"② 张炜极为关注这股文学思潮，他与寻根文学的发起者通信，撰写文章阐述自己的见解，予以支持，同时更加注重乡村民间题材的小说创作。在他来看，这是一场前所未有的对民族文化之根的寻索承续，对于现实生活的历史性关照由此开始，作品的思想性和艺术性也达到了一定的高度。虽然寻根文学代表作家行列中并不常有他的名字，但寻根文学确实深深影响了他一生的创作，难能可贵地保留着明显的寻根痕迹。2009年出版的《芳心似火：兼论齐国的恣与累》是一本散文随笔集，集中传达了张炜对于中国传统文化的研究和忧思，论者称之为"迟来的寻根"。其实，张炜并不迟钝，只是不爱弄潮，而且十分执拗。在小说创作中，对于历史的书写，浓郁的怀旧情结，对于古代文化的迷恋，执着的民间立场，以及对所谓现代化与现代文明的指斥、批判与抗拒，无不宣示着他保守主义的姿态。早期就有人指出，张炜的小说创作"都流露出那种拘守于传统道德与时代进程相错的心境。这种'两难情绪'延续下去就成为保守。"③ 当然，

---

① 张炜：《作家的出场方式》，《世界与你的角落》，昆仑出版社2003年版，第35页。
② 张炜：《心中的文学》，《散文与随笔》，山东文艺出版社1993年版，第260—261页。
③ 于青：《超越与沉落——谈张炜小说的艺术悟性》，《山东师范大学学报》（人文社会科学版）1986年第5期。

如同有人说的，张炜也呼唤新道德，是传统道德与现代意识相结合，① 这可能是一厢情愿。因此，到底是谁激进，是谁保守，从所站的不同角度来看有不同的区分。保守与激进之间有一条并不妨碍脚步的划线，两者存在着互相转化的关系。

保守主义是一般用于社会、历史、政治等学说领域的一个概念，它在人的心理、思想、行为方式等方面有着非常复杂的表现，要根据当时环境的特点和结构来做出判断，具有特殊性。与"传统主义"不同，不仅是对旧方式的依恋，也不一定是一种普遍存在的心理状态，保守主义行为是一种在有意或无意间表露出来的某种思想方式和行为方式倾向，其内容和形式常常能够通过历史的深层因素而得到解释。② 在曼海姆那里它可能是反理性的。对于张炜在20世纪90年代转向农业题材写作的保守倾向，实现了从《古船》到《九月寓言》的转折，原因有多个，有人认为：首先是由文化的视野、文化自身的多维性、结构性、悖论性特征所决定的；其次是他所面临的文化挑战的转移；还有文化视野的提升。③ 这是从广泛意义的文化层面来说的。张炜的保守主义是通过维护传统乡土文明、猛烈地批判现代性这两方面来实现的。张炜文化上的保守是辩证的，实际上他是理性地审视对待当前文化以及中西文化，他对中国传统文化的皈依是一种策略，更是一种文化需求。

即使是在中国，"文化保守主义"也是一个存在较大争议的提法，但其基本内涵相对固定。且不说从杜亚泉、梁漱溟到新儒家、现代新儒家（张炜曾呼吁向马一浮学习），20世纪80年代末、90年代以来，随着社会、政治、经济、文化等方面不断暴露出弊端和不良现象，负面效应凸显，曾经为现代化摇旗呐喊的知识分子如李泽厚等人的态度趋于温和保守，质疑、批评不断。文坛上也出现了向后看、转向保守的创作潮流。"世纪之交中国精英文化的裂变不只表现为一些人文知识分子对人之主体

---

① 陈宝云：《道德的感情化与感情的道德化——张炜创作一题》，《小说评论》1987年第3期。

② [德]卡尔·曼海姆：《保守主义》，李朝晖、牟建君译，译林出版社2002年版，第56—57页。

③ 张清华：《野地神话与家园之梦——论张炜近作的农业文化策略》，《小说评论》1994年第3期。

性的自觉消解和从文化启蒙立场的撤退，而且更深刻地表现在，其他依旧固守文化启蒙立场的人文知识分子面对着多种文化精神的冲突，无法确立现代化所要求的主导性文化精神。"① 张炜的《九月寓言》《柏慧》等作品就是这一时期蕴含相关批判思想的创作产物。张炜对外来文化的侵蚀、文学思潮的涌入始终保持着警惕，其表现就是对商品文化的自觉抵制。然而，他并不是彻底否定一切外来文化，否定对文学形式上的学习，只是对精神文化环境表示担忧，表达对以物欲膨胀走向浅薄庸俗、伤害创造力的消费文化不合作态度。他把文学创作形容为南方中国的古建筑"无梁殿"，中外文化如同从两面垒起的东西两面墙，要同时往上垒，垒到一定的高度再往中间凑，产生互相挤压依存的关系，形成拱顶，否则缺一面就不能完成。这就是学贯中西。② 而当时的情况，是西风压倒了东风，其势岌岌可危。张炜倡导的是一个民族的文学表达方式，感情表达不能模仿西方的中心。否极泰来，张炜的判断是，"先是开放之初单纯的自主自为，然后是随着对外开放的扩大走向了焦虑；这也正是现在的、自然的情形。这种焦虑在我看来是已经达到了顶点的，那么继续往前呢？如果再往前，它是必然要走回来的。作家们仍然要用自己的水土做自己的文学，舍此将没有他途。对我们中国作家而言，屈原和杜甫、李白他们走过的路，是必然要延伸过来的。中国文学的前途也就在这里，必在这里"。③ 尽管张炜承认自己受苏俄文学影响较大，但不同意创作中的一切都来自外国文学，他从外国文学学到的只是技法、精神，而不是内容，起决定作用的还是传统的东西，不能脱离本土的实际。

张炜屡屡提到的"土地"不仅仅是脚下的泥土和故乡，还是一种原生性的文化，是文化之根。他的保守倾向集中于两点实质性的行动：读古典，下农村。④ 这不是一声空疏的宣言，张炜对于古典文学的喜爱超过了一般作家。在他看来，先秦文学是最好的，以后的文学则"是逐渐走向渺小的过程"。他推崇《诗经》、诸子散文、《楚辞》。他曾经写出一本《楚

---

① 衣俊卿：《文化哲学十五讲》，北京大学出版社2004年版，第299页。
② 张炜：《心中的文学》，《散文与随笔》，山东文艺出版社1993年版，第262页。
③ 张炜：《焦虑的马拉松》，《我跋涉的莽野》，春风文艺出版社2001年版，第17页。
④ 张炜：《自尊与确定》，《世界与你的角落》，昆仑出版社2003年版，第43页。

辞笔记》，以自己的理解诠释《楚辞》，产生了较大影响，自2000年出版以来一版再版。屈、李、杜、苏是张炜的最爱，2014年出版了《也说李白与杜甫》，具有一定的学术含量。有人将具有魔幻色彩的《刺猬歌》等归于对魔幻现实主义的模仿，但他并不这么认为。他说他喜欢中国的神话传说，它们是中国文学的起点。他受到了拉美文学的启发，但是从根上看还是受到他所喜爱的以屈李杜苏为代表的文学、民间文学、神话传说、包括《聊斋志异》等这样的中国古代文学的综合影响。比如《外省书》的结构就是采用了人物列传的方式来结构小说，以古典小说的方式来浓缩历史。在谈到影响时，他列举了大量的俄罗斯、北美、拉美、欧洲作家，但也意识到只是吞食外国文学会失去自己的民族根性，陷入文学与文化的焦虑。"《外省书》的章法、谋篇布局，结构，都有回到中国传统的强烈愿望。"[1] 有人认为，张炜否认魔幻现实主义对自己的影响，不乏因担心自身民族特色丧失而产生的对外国文学的"排异"心理，[2] 实际上是对中国作家本土身份遗忘的一种忧虑，他反对的是盲目崇拜追随、导致失去了自己的"根"的做法。

第三节　中国传统文化对张炜的影响

任何一个作家的创作活动都离不开源自本土的民族文化的影响，以传统文化为基调的民族文化锻塑着作家自身，并且左右着他们的文学创作倾向、作品的内涵和审美意蕴。在当代作家队伍中，张炜似乎具有更为浓厚的"正统"色彩——与现代文学传统相接近，受到中国传统文化的熏陶和影响深重，创作上有着明显的体现。张炜小说中的大地情结、"民间"文化立场已为众多学者所关注，探讨它们离不开对传统文化的关照。民间文化与传统文化虽然有着很大区别，但民间文化最核心最稳固的部分来自深厚的传统文化积淀。以"仁""义"思想为内核的儒家文化，基于儒家文化之上的地域文化——齐鲁文化，主张"天人合一"的道家文化，开放浪

---

[1] 张炜：《交流与期待》，《张炜读本》，花山文艺出版社2002年版，第337页。
[2] 曾利君：《魔幻现实主义在中国的影响与接受》，中国社会科学出版社2007年版，第216页。

漫的屈楚文化，等等，这些从古代传承下来的宏富绚烂的哲学思想、文化精神，不是以零零散散的形式遗落在民间，而是从上到下在浸淫、冲击、改造民间的同时被民间吸纳接收，成为民间思想文化中的主导部分。"与80年代文化精神相比，更深入张炜之心、并更坚固地据有他的文化立场和情感的，是传统的民间文化，他在八九十年代所有思想变异与这一文化的命运有着密切的联系。"① 它们像一些纵横交错的有机脉络，在张炜的创作思想和小说文本当中蜿蜒生长。

一 道德至上：儒家文化的影响

张炜十分敬重孔子，欣赏其高尚人格，并且为儒学辩护。"我始终觉得儒学是中国文化的核心内容。"② 他承认自己受到儒家文化的影响，"我相信儒家文化流动在我的血液中。"③ 有人认为张炜是一个信奉儒学的现代知识分子，作品隐含了他的精神轨迹和心路历程，"反映了一个儒者由应对社会人生到反躬自省进而到追逐人生理想的心灵成长历程。在这个过程中，张炜集中思索的是情、理、欲的问题，亦即是儒家学说所要解决的一些核心问题"。④ 作为一个植根于齐鲁大地的作家，张炜及其创作始终高扬着人文精神和道德理想主义的旗帜，儒家文化的影响首当其冲。儒家文化（简单说，即孔子哲学）的基本观念是"仁"，内在的仁具有伟大崇高的道德价值。儒家认为，人存在的价值就在于成就道德人格；仁者爱人，是一种博大的同情心，恻隐之心，宽容忠恕的精神；儒家精神要求人们具有道德勇气，强烈的正义感，敢于担当，不惜舍生取义，杀身成仁；要求能够超脱于世间各种境遇，超越本能欲望。儒家文化的这一"仁""义"精神穿越古今，激荡天地。张炜在小说中塑造了许多所谓的"理想人物"，在他们身上闪烁着儒家的人格理想，比如《古船》中的隋迎之、隋抱朴，《家族》的宁周义、曲予及遭受迫害的知识分子陶明、曲浼等人。他们中

---

① 贺仲明：《否定中的溃退与背离：八十年代精神之一种嬗变——以张炜为例》，《文艺争鸣》2000年第3期。
② 张炜：《伦理内容和形式意味》，《世界与你的角落》，昆仑出版社2003年版，第131页。
③ 张炜：《翱翔于云端的精灵》，《书院的思与在》，广西师范大学出版社2004年版，第250页。
④ 於可训：《主持人的话》，《小说评论》2005年第3期。

的一些人虽然性格软弱，未免保守，有这样那样的缺点，但在大是大非面前显示出了鲜明的立场，有所坚守，而且特别隐忍，有的甚至为了捍卫自己的信仰付出了沉重的生命代价。即使是一些"小人物"，比如中短篇小说中的主人公，他们憨厚淳朴，爱憎分明，勇敢忠义，具有乡民特有的性格特点，是张炜极力赞颂的美好品格。所谓"礼失求诸野"，张炜在民间大地上寻找正在失落的理想人格，自有其独特的人性审美追求。"唯仁者能好人，能恶人。"（《论语·里仁》）这是张炜"爱的哲学"中敢爱敢恨的"爱恨辩证法"的思想渊源。

"你在高原"以一个知识分子"我"的视角贯穿全书，对于底层民众来说，"我"代表着伸张正义、为民请命的力量，但是这种力量极其弱小，在面对商品经济大潮和强权势力的时候往往不堪一击，因此他积极介入世事纷争的努力均告失败。虽则如此，这种知其不可而为之的努力体现的正是儒家入世、救世的思想，同时摇曳着难能可贵的人文关怀的光芒。有感于传统文化道德在当今社会和文化语境中的衰微，张炜忧心忡忡，心急如焚，故而不惜在作品中通过倾诉自语、借人之口道白等方式宣扬说教，有意对滋生道德败坏病菌的温床进行锤击，刻意维护他所秉持的传统道德理想。

张炜出生并长期生活在古"齐夷"之地，从小就受到齐鲁文化的熏陶，小说创作又扎根于齐鲁大地，当然会自觉不自觉地欣赏齐鲁文化，并有着自己的独特理解。张炜作品中的山川风物、生活场景、人物故事，人们多情重义、温柔敦厚的仁义精神、忧患意识和安贫乐道的人生态度，都反映出齐鲁文化的特质。齐鲁文化的核心也正是沉稳厚重、带有济世思想的儒家文化。对于儒家文化受到的无数诘难，张炜的态度是肯定其价值，辩证地去看待。"儒学本身不具有虚伪性，操作儒学的过程中可以产生虚伪"。他认为中庸之道是讲"文化辩证法"的，唯物质主义和技术主义，片面追求经济发展、舍弃传统文化中的精华，不利于社会的持续发展，一旦丢掉了儒学，也就丢掉了"诗意"，浮浅和极端化片面化的认识伤害了人类的根本利益，威胁到了人类的明天。①

---

① 张炜：《想象的贫乏与个性的泯灭》，《我跋涉的莽野》，春风文艺出版社2001年版，第89—90页。

第六章 张炜诗学思想的生成机制

二 出世情怀：道家文化的影响

诗人公刘曾把《古船》推荐给外国友人，认为它提供了儒释道合流的答案："我听到过一种私下的议论，隋抱朴和隋见素，似乎是一个双面人。前者侧重出世，后者侧重入世；这一对矛盾对立而又互补，本来就是几千年来造成中国知识分子无限苦恼的孽根。"① 儒家的理想，是把仁爱精神由亲人推广到所有人，推及宇宙万物，主张把人的精神提扬到超脱寻常的人与我、物与我之分别的"天人合一"之境。儒家的天人关系"其主调仍然是宗法伦理，所以天人谐调还是要归结为人际谐调。道家则有所不同，它既以超脱社会伦常为目的，于是把复归'自然'当作寄托身心的不二法门"，② 所谓"天地与我并生，万物与我为一"，道家文化主张自然、无为，返璞归真，倡导个性自由，歌颂生命自我的超拔飞越。道家文化与民间立场的关系血肉相连。民间是相对于上层庙堂的下层指向，对知识分子或者文人来说是另一个精神家园。在这里，他们可以涵养性情，安顿心灵，放逐理想，当游离于政治中心或者主流意识形态的时候可以将其作为退守之地。事实上，古代文人崇尚自然的目的更多的是为了寻求某种寄托；而对于当代的知识分子，由于远离了政治权力中心，亦趋边缘化，济世思想得不到实现，不得不沉潜到民间。"起自民间，通往的终点仍然是民间。"③ 张炜有自己的入世情怀，甚至一度高扬着道德理想主义的大纛，但是随着旧有的文化价值体系的崩盘，特别是面对市场经济的冲击，传统的文学创作在势利的、目光短浅的商业化社会中变得尴尬、举步维艰，知识分子又该如何安身立命？民间恐怕是最好的选择。张炜在自己的小说创作中寄寓了自己的民间理想，表达了深深的忧虑。他固守葡萄园，踯躅于脚下的大地，要在纸上建筑一个精神自由王国。张炜不仅在小说中固执地书写孤独的"自己"，告别喧嚣，逃离现实，融入野地，更在现实中建立起了一座与外界隔绝封闭的现代书院（万松浦书院），用微薄之力来挽救正在跌落

---

① 公刘：《和联邦德国朋友谈〈古船〉》，《当代》1988 年第 3 期。
② 张岱年、方克立主编：《中国文化概论》，北京师范大学出版社 1994 年版，第 86 页。
③ 陈思和：《论知识分子转型期的三种价值取向》，《陈思和自选集》，广西师范大学出版社 1997 年版，第 172 页。

的人文精神。即使是小说中那些仗剑走天涯的人物,他们传奇的经历,放荡不羁、逍遥自在、超然物外的情怀,也是作者苦苦追寻的生活方式和人生理想。更不消说那些苟活于大地上的生生不息的人们,他们安分守己,达天知命,甘于穷苦,淡泊名利,与世无争,完全是自然自为的生命状态。张炜说他受过道家思想的影响,但"我对大地的情感是自然的,因为我生活在大地上,我依赖它犹如生母。"① "没有对一片土地痛苦真切的感知和参悟,没有作为一个大地之子的幻想和浪漫,就永远不会产生那种文学。"② 张炜是以一个大地之子来看待自己与自然世界的关系的,这与道家思想基本一致。

有人说,张炜首先是一个道德家,然后才是一个小说家。在目前中国的苦难文学中,于"讽刺""残酷"之外另开"道德"一脉而功勋卓著者,当首推张炜。其小说的美首先是一种德性之美,在这种美中,人类存在的天道趋于澄明。"如果说,'讽刺'源于儒的'救世','残酷'源于佛的'启世',那么,'德性'则渊源于道的宽容、超越和明澈、和平。'讽刺''启世''德性',代表了苦难人生的三种艺术解救的传统方式。"③ 在《古船》当中,许多人物的名字来自《道德经》,比如"迎之""不召""抱朴""见素""其生";"含章"出自《周易》,《周易》虽被列为儒家经典,但也属于道家的经典文献。据此我们不妨"断章取义",从人物命名上判断小说人物的性格特征,以及作者通过人物塑造所要传达出来的文本功能和现实意义,实际上两者大体吻合。在这部小说中,道家文化的主要承载者是老中医郭运,他对隋抱朴的忠告以及对隋见素的疗治,采用的是中国传统的"养气之术",从夺取天下的政治意义上再来看隋抱朴阅读《共产党宣言》的"败笔","对于抱朴作为一个中国20世纪末的有志改革之士的影响应该说是相当积极的"。④ 但是,从早期清新风格的"芦青河系

---

① 张炜:《黑鲨洋》,春风文艺出版社2006年版,"自序",第2页。
② 张炜:《关于乡土》,《散文与随笔》,山东文艺出版社1993年版,第227页。
③ 郜元宝:《张炜论》,《文艺争鸣》1993年第4期。
④ 胡河清:《论阿城、马原、张炜:道家文化智慧的沿革》,《文学评论》1989年第2期。另请参见:《张炜小说中的道家精神》(张卫中:《徐州师范大学学报》2004年第1期),《浅论张炜所受的道家影响》[易向阳、张凝:《文学界》(理论版) 2010年第11期],《徘徊在文化厚土上的幽灵——论张炜长篇小说的文化意蕴》(李莉:《文艺争鸣》2004年第6期)等。

列"突然转到深蕴多重文化的《古船》,里面充塞着大量的对于道家思想学说的阐发,再到后来其他小说中道家思想的消失不见或者有意模糊,难免不会让人觉得有刻意为之的嫌疑。张炜后续的小说作品已经较少直接摘录道家经典语录或者做出评议,而是通过具体的人物命运描写来反映,笼罩着道家思想的阴影。

鲁迅曾说:中国根柢全在道教。道教和道家不尽相同,思想基础却并无两样。张炜的小说创作表现出退守、保守的姿态,偏安一隅,向往隐逸,乃物质与强权社会的逼迫所致。很多读者问:到底张炜有没有自己的一片葡萄园?作者这样回答:"登州海角……类似的葡萄园当然是很多的,但完全相似的一片也没有。它只能是作者心中的田园。"[①] 张炜做不到陶渊明那样"采菊东篱下,悠然见南山",更做不到像大文豪托尔斯泰一样在庄园里躬耕劳作,出世的情怀萦绕在侧,现实中实现不了,只好根据自己有限的生活体验和细致的观察付诸于笔下虚构。晴耕雨读并不容易,抵御外界的纷扰,抗拒世俗的诱惑,且战且退,张炜"得道"却没"成仙"。

三 自由浪漫:屈楚文化的影响

中国传统哲学的一个重要根基在于老子和庄子,有人认为,老子和庄子大概可以划归楚文化圈,紧接着楚地又出现了一位影响后世的重要人物——屈原。屈原思想的核心是"路漫漫其修远兮,吾将上下而求索",为了寻求真理九死未悔、自强不息的进取精神和强烈的爱国主义情怀。这与主张无为的道家文化相扞格。但是,两者在宣扬自然和浪漫主义格调上却如出一辙。浪漫主义是屈楚文化的精髓,也是张炜小说创作的基本风格特征。纵观他的所有小说作品,无不充溢着一种超然之气,小说中的生活或许是沉闷的,但是人们的心底却是自由的、张扬的,精神上是不可奴役和遏抑的。因此,张炜的作品具有强烈的主观色彩,充满神奇的想象,而且非常注重抒发个人的感受和体验,或者直接在作品中呓语倾诉,或者借小说人物宣泄情感。

---

① 张炜:《我的田园》,作家出版社1996年版,"后记",第441页。

张炜对屈原怀有一种特别的好感，这也是古代文人爱慕、追求高洁人格普遍具有的一种情结。作为政治和文化的"中间物"，向慕屈原与政治抱负得不到施展有关，因此才以悲剧性人物屈原自况。张炜始终保持着与古人精神上的沟通感应，而与两千年前的屈原更为靠近，因为两者具有很多先天的相似性。或者张炜在后来受到屈子的影响很大，不自觉地与自己的"精神导师"惺惺相惜，学习仿效。屈原在《楚辞》离骚篇中开首就说：帝高阳之苗裔兮，朕皇考曰伯庸。屈原对于自己的高贵血统非常自豪，而张炜在小说中常常追索自己的家族历史，叩问自己的身份，追记过去家族的荣耀以及所受到的历史苦难，这在《家族》一书中尤为明显。屈原是一个喜欢美好事物的人，《楚辞》中的他身穿奇伟的服饰，浑身缀满鲜花，披挂着香草，饰物闪烁，散发出兰馨的香气；他不仅在身上装饰奇异的花草，还以它们自比，映衬自己高洁的性格和完美的人性，同时也寄寓了作者的理想主义追求。

张炜对此由衷叹赏，将其视为伟大人格操守的必然修为，还列举出了爱兰的孔子、爱菊的陶渊明、梅妻鹤子的林逋……虽然张炜的手脚上沾满了故土的泥垢，但他更喜爱美好的自然事物、花草树木、山水、动物，他都以平等的眼光看待芸芸众生，关怀身边的巨细。1998年秋天，张炜常常去一座山中老屋，在那里耕地翻书，这次看的只有屈原。"我被淘洗被冲刷，接受着真正的神启与惊愕"，"然而我在午夜的寒冷或温煦中，在经受生命之水的洗涤中，却能自信地感知他的声音"。作者写道，"我沉浸陶醉的时刻，大山之外正泛着'全球一体化'的喧声。这喧声几可淹没我们的白天和夜晚。但我融入的一片时光属于另一个天地，人类历史上至为绚烂的一章就写在这里。如果连她也被'一体'化掉，那么末世之哀又将疼过几千年前"。[①] 真是"举世皆浊我独清，众人皆醉我独醒！"在这里他写下了《楚辞笔记》，用道德审美的眼光去把握《楚辞》、理解屈原，和着两千年前屈子的行吟，一唱三叹。屈子的不朽辉光映耀着张炜，张炜也在解说着屈子。

早在先秦时期，楚文化与齐鲁文化就有过此消彼长的相互交流和影

---

① 张炜：《楚辞笔记》，江西教育出版社2000年版，第1—3页。

响，即使在各地方文化特点消失、全国统一文化形成之后，楚文化在齐鲁文化里还留有遗迹。① 齐、楚两地在艰苦创业、追新逐异、兼收并蓄、尚武爱国方面有着许多共同点，一直到今天，这种文化渊源仍不可能完全消解。灿烂多样的古代哲学文化在当代民间仍有余续，甚至有些成为人们骨子里不可更易的东西，影响着人们的行为习惯和思维方式。

四 复杂多样：齐夷文化等其他文化影响

齐鲁文化更多的指的是儒家文化，而"齐文化是一种飞翔的文化，浪漫的文化，幻想的文化。儒家文化会让我理性地审视自己，而齐文化将把我引向很远。"② 正是这两股文化洪流的汇流交融，让张炜的创作呈现出无比内敛又无比张扬的个性。张炜最为钟情的是与古齐国东部相距不远的半岛"齐夷文化"，他受到齐国邹衍、淳于髡、徐福等阴阳家和方士文化，以及蒲松龄聊斋文化等影响，这些古人能言善辩，擅长滑稽、讽喻，也让其小说创作涂上了魔幻甚至是些许"怪诞"色彩。怪诞一词是相对于当时的历史情境来说的，由于邹衍等人其特长是"深观阴阳消息"，运用阴阳消长模式来论证社会人事，从时间、空间的流转变化中去把握世界，③ 思维方式与儒道不同。受到早期民间文学中的神仙观念以及《聊斋志异》中的鬼仙神怪故事的熏染，张炜的创作从一开始就走上了魔幻现实主义的道路。在他的作品中，我们能够读到纷繁复杂的传说故事，尤其是徐福传说，不仅作为素材片段填塞其中，而且作为一种具有象征意味的精神线索贯穿始终。尽管张炜对蒲松龄的小说评价不太高，但在创作实践中也自觉不自觉地受到了影响，承认借鉴过《聊斋》的"山野精神""民间精神"。如果考察一下明清以来在齐鲁大地上生活过的小说家，他们都离不开传统文化、齐鲁文化、具有地方色彩的民间文化的熏陶浸淫和影响，齐风鲁韵，成了他们不可抛却的共同的历史文化思想源泉。对作者来说，或许这并不是刻意的杜撰，因为在民间大地上，在人们的日常生活中，这是一种指导人们的日常行为方

---

① 逄振镐：《东夷文化研究》，齐鲁书社2007年版，第555页。
② 张炜：《翱翔于云端的精灵》，《书院的思与在》，广西师范大学出版社2004年版，第250页。
③ 张岱年、方克立主编：《中国文化概论》，北京师范大学出版社1994年版，第87页。

式的普遍存在的思想形态。乡人们立身天地，崇拜自然，笃信天命，敬畏鬼神，相信万物有灵，信奉生命轮回，因果报应，等等，这在张炜的小说中也多有描写与反映。与其说是张炜在故弄玄虚，不如说这是对民间大地做出的最真实的摹写，是民间大地的慷慨馈赠。

张炜在创作的同时还致力于传统文化的探索研究，写下了一些相关著述和文章。他对传统文化的精髓不仅自觉吸取，还在极力维护，站在一个文学家的角度，面对人们的误解和非难为之声辩。对于当代文学正在脱离传统的某种倾向，他在一篇文章中满怀忧虑地进行了分析、批判，痛切地呼吁，深憾传统"文化之核"的遗失。他反对脱离传统，"乡土观念包括对于传统的固守，对于昔日事物的留恋，对于一种文明的断断续续的追溯和衔连；显而易见，它同时也包括了久长思之的、小心翼翼的甄别"。① "文学的自主和自为，表明的是一个民族的资质、体量、蕴含，她的精神和文化的厚度及其储备。"② 可见，传统文化是构成张炜文学气质的一个重要部分，是其文学创作的精、气、神。探讨张炜小说创作中的文化特色，首要的任务就是要对其传统文化的承袭和文本体现做出梳理分析，这也是理解其他作家必须进行的一项工作。

但是也要认识到。"在反对西方文化霸权主义心态和情绪的支配下，更多地看到东西文化的碰撞和冲突，而看轻了两者的交流与融合，专注于西化对中国的负面影响，而看不到其积极性的一面，看不到一个世纪以来中国向西方学习所取得的巨大进步。"③ 这样的批评不无道理，将其绝对化也有失偏颇。张炜是一个视野开阔的作家，擅长用小说表现对文化的焦虑性思考，纵深展现中西文化、雅俗文化、代际文化、传统文化与现代文化之间的冲突，比如《外省书》，作者能把眼光望向美国，史铭等人在美国滑稽可笑的表现，史珂的不适应感，不仅仅批判了西方文化，也在进行自我文化反思。至于如何做到与西方文化交相融汇，主动用文学方式去反映的成功例子在中国当代文学中恐怕还不多。

---

① 张炜：《关于乡土》，《散文与随笔》，山东文艺出版社1993年版，第227—228页。
② 张炜：《想象的贫乏与个性的泯灭》，《我跋涉的莽野》，春风文艺出版社2001年版，第22页。
③ 武新军：《内在焦虑的衍变——张炜小说论》，《天中学刊》2003年第3期。

结语　理性诗学与文本诗学之间的抵牾

胶东地区有一句歇后语：眉豆开花儿——自角（自觉）。用来形容张炜的文学创作再合适不过。因为张炜是一个一生都在追求"美"的作家，而且有着充分的艺术自觉。

眉豆或眉豆花是张炜作品中一个不太被人注意的意象。《紫色眉豆花》是他于1982年写就的一篇短篇小说。这篇小说记叙了农村女孩"小疤"和老亮头的几次聊天，以对话方式，通过老亮头的嘴、小疤的回忆，使得春林（"楞冲"）的形象呼之欲出。他跟着部队开山，遇到事故，为了掩护五个战士失去了一条腿。眉豆花不仅辉映着小疤的漂亮、安静纯洁的品质，而且暗示着这对年轻人善良美好的心灵，也是两人之间朦胧的爱情的象征。到了《古船》，情况复杂多了。隋家老宅的菜园里种了眉豆，当年赵多多就是钻到眉豆架下，伺机调戏茴子。隋迎之被暗杀、茴子受辱自焚、隋家被抄之后，隋氏三兄妹被赶到了厢房里。院子里的地基上种了眉豆，民兵不允许他们私摘。当桂桂因饥饿和疾病奄奄一息的时候，隋抱朴竟然不敢摘一个被人摘剩下的干硬的眉豆角，只能捡拾落在地上的"卷皱的、蒙了尘土的眉豆叶子"充当食物。在眉豆架里，隋见素跟女孩约会，隋抱朴却没有那个勇气。他在蓖麻林里与小葵见面，小葵鼓励他站起来，让走过的人们都知道两个人好，但是："那一天抱朴没有站起来，也许就再也站不起来了。"眉豆或眉豆花作为乡间的美好事物，见证了爱情，也见证了苦难。后来，"紫色眉豆花"成了他的一本文集的名字。张炜在回顾自己的创作时说："我自己认定的东西，一些看法，是会比较倔强地坚持下去的。"[①] 为了达到思想艺术上的理想效果，张炜敢于一而再再而三地

---

① 张炜：《在半岛上游走》，作家出版社2009年版，第302页。

写自己熟悉的题材、人物、故事、意象，不惧于重复表现自己关注的主题，体现了他在文学观念上的执拗。

  从数量上看，张炜的创作蔚为大观，在当代文坛中少有人能及，让人一时难以把握。幸运的是，他有较为系统的诗学思想，通过他的文学观，比较容易理解其创作。不过，张炜的文学观和具体创作也不是高度谐和，而是存在着一些矛盾与冲突。张炜诗学思想的核心是"诗"，用"诗"来概括文学的本质，然而张炜小说作品中的诗性及其呈现形式并非一成不变，而是经过了明显的演变，到了中后期还出现了诗性大肆减损的情况。早期的作品充满了唯美的诗化色彩，也就是通常所说的富有诗意，这种诗意的获得主要依靠语言组织、风物描写、对人物的审美观照等方法。《古船》之后，作者的视野开阔了，对社会问题、人的精神层面探究得多了，承担的道德内容也增加了，形成了沉郁的风格。一些争议性较大的作品彰显出来的诗性已经不再细腻入微，而是粗粝有余。比如《能不忆蜀葵》《丑行或浪漫》《刺猬歌》，诗性的体现主要依赖于对英雄浪漫主义人物的刻画。到了"你在高原"系列，作者想要表达的内容更为庞杂，节俭的语言已不可能，唯美的追求被情节与思想的碎片所覆盖，纯粹的史诗性写法也失去了效力，很难看出它是一首长诗，只能是一幕幕的悲剧的连缀。音乐性，生命的内驱力，诗情画意，越来越少，非诗的东西越来越多。由于长期关注和表现一些常见的题材，比如知识分子、底层、城乡间对比、历史苦难等，写法上有模式化、惯性化的倾向。如果说张炜早期的创作犹如缓缓流淌的小河小溪，中期是众多支流汇聚而成的时而沉静时而汹涌野性磅礴的大江大河，现在则处于临近入海口的下游，呈泥沙俱下之势。好在张炜最近的创作又有了回溯或者自我突破的迹象，或许等到他这条大河冲出入海口，将会进入一个开阔的充分自由的境界。

  对于小说创作技巧相关理论的认识，张炜基于自己的创作经验，并且受到了经典作家们的影响。实际上，他的许多观点更像是在说教，读者不会服膺，连他自己也不能完全做到。比如语言的角度问题，其实是一种写作或者阅读时不可捉摸的感受，无法对它进行功能性分析，不太具有技术上的操作性。对于小说人物他也是矛盾的，一方面强调给人物以最大自由，一旦创造出来就具有了不依赖于作者的一面，同时又不愿意放弃作者

结语　理性诗学与文本诗学之间的抵牾

的家长身份。在他的创作中，那些被重点塑造表现的"正面人物"，即带有被牵着鼻子走的问题。相反，一些不是特别重要的人物，则给人们留下了深刻的印象，《古船》中的老中医郭运、隋不召就是如此。在"你在高原"系列中，虽然写到的人物多达上百个，但大都走马灯似的一晃而过。要把这十本书连贯起来，展现出更为阔大的诗意，光靠宁伽、庄周等几个悲苦的知识分子是远远不够的。笔下的心仪人物本身也不洁净，有的是卫道士伪君子，"烟火气"也很浓。这些人物的存在表明，世界上没有什么完人，因此张炜的道德哲学很容易被自己的另一面驳倒。如果梳理一下张炜小说中的人物，再结合作者自己几十年来的经历，会发现他们在精神上发生着病变，大概从《古船》开始，就变成了病人，而且病情越来越严重，致患精神分裂，最后成了不治之症。"张炜的创作史，实际上也是他个人的精神成长史，根据他笔下的形象系列，可以勾描出他的灵魂搏斗与发展的轨迹。"[①] 正如论者所说，张炜的小说人物经过了开始、上升、顶峰、下降的过程，《九月寓言》之后就变得越来越不可思议了。

张炜持有的纯文学观留下了太多授人以柄的漏洞或缺陷。随着通俗文学在市场上节节胜利，他对于通俗文学的看法也在转变，纯文学观也在调整。事实上，纯文学观的提出更多的是出于面对文学市场化做出的一种自我保护姿态，也是张炜采取的一个表面上看似反市场化、商业化实则希冀在市场中获取商业利益的一种应对策略。张炜的小说作品中也采用了大量的通俗文学的技法，甚至是一些固定的叙事模式，相同的素材内容，比如对于徐福的书写。有人说王朔和贾平凹、张承志和张炜，是两个俗物一对雅人。[②] 现在来看，也不尽然。特别是像贾平凹和张炜，虽然风格截然不一样，但两者都是兼收并蓄，在小说中都有民间立场与知识分子立场的冲突，只是贾平凹基本做到了大雅大俗，雅俗并举，而张炜似乎还在艰难地固守。

在张炜的诗学思想和创作之间，还夹杂着许多中间存在，比如社会现

[①] 摩罗：《灵魂搏斗的抛物线——张炜小说的编年史研究》，《当代作家评论》1997年第5期。

[②] 郜元宝：《两个俗物，一对雅人——王朔、贾平凹、张承志、张炜合论》，《上海文学》1996年第2期。

实对于张炜的影响改变，也在促动着他调整自己的文学观和创作。他在小说以及文论中提倡道德原则，宣讲诗意，不过出于对抗现实的考虑，但也有苟合和妥协。在现实生活中，张炜绝不是一个保守的老夫子，不是一个超凡脱俗的高士或者隐士。他在小说和散文随笔中抨击技术主义，就像《古船》中隋不召献祭于机器所暗含的思想，但是在现实生活中他却是一个对技术文明表现出相当热衷和迷恋的人。或许，这本就是人们对他的误读。像所有人一样，张炜没有反对先进的文明成果，也不排斥享受技术文明带来的便利，他本人或许会像史珂一样半推半就，只是保持着一定的清醒，表现出对人类文明与文化的反思，产生了对它们所带来的负面影响的忧虑。张炜是一个对机械很感兴趣的人。在一部"自传"中，他回忆说当年自己曾经亲手设计、制造过两台机器。① 可见他在小说文本、散文随笔文论以及现实的言语行为中存在着一些违拗的地方，产生了许多不可弥合的裂缝，裂缝的背后只有那份浪漫的情思是值得赞许的。

无论是在文学创作、文学理论方面，还是在社会现实中，张炜经常徘徊于保守与激进的两端，有其固守，也有其变革的思想，但最终因为受到时代、社会环境以及知识分子身份的局限，不能成为最具代表性的激进派，而偏向于守旧。余英时在论述20世纪初的"激进主义"时，认为中国人精神的激进化最初源自两个相关联的历史发展，"即分别是中国在世界上的边缘化和知识分子在中国社会中的边缘化"，② 这在80年代又是何其相似！而且，余英时还认为中国的批判传统有一种不可否认的独特性，即政治与社会批判主要由对"道"的解释来构成，而不是发现或者发明一种替代"道"的东西，因而中国知识思想传统中的激进主义是有限度的。对于张炜来说，他也没有曼海姆改造整个中国的社会系统的方案，在文学上也不能提出革命性的主张，只能做到在继承前人的基础上有所改进和超越。

在阅读张炜的过程中，经常会发现这种或明显或隐藏的不一致、矛盾

---

① 张炜：《游走：从少年到青年》，广西师范大学出版社2012年版，第98页。他在上大学以前曾经在一家橡胶厂做工，后来帮一个村子出谋划策，创建了一家工厂（作坊），并且设计图纸，制造了两台"硫化机"。多年之后，他到地方任职，在一次考察中，发现那两台机器竟然还在为发展乡村经济服务。

② 余英时：《20世纪中国的激进化》，《人文与理性的中国》，何俊编，程嫩生、罗群等译，上海古籍出版社2007年版，第344页。

或冲突,但总体来说,他的诗学思想与其具体的文学创作大体相一致。对于一个有着无比丰富的创作实践、有着充分的理论自觉的作家来说,其理论与创作不是两张皮,而是一个筋骨、血肉相连的有待继续发育的有机体。之所以说有待发育,是因为在作家那里,仅仅具有了一些理论旨趣,还有待上升到真正的理论高度。

在提及自己的同辈作家时,张炜把他们比作"战友",称他们都是"各怀利器的人"。[①] 新时期以来的中国当代作家,尤其是那些具有代表性的小说家,至少在文学背景、理论资源和文化语境等三个方面获得了敞开性的恶补供给,抑或是受到了压迫性冲击,面临着被狼狈裹挟走上迷途的危险,纷纷陷入了选择性的焦虑。他们一边进行创作实践,一边进行理论探索,做了许多试验性的尝试。这一努力最终表现出来的是作家们对小说文体的自觉。何镇邦认为,新时期文学形式发生演变有三大趋向,并且提出了一份对当代长篇小说进行文体研究的提纲。[②] 在对传统文学形式的继承与改造,对外来文学形式的吸收与融化,对各种艺术门类的借鉴以及各种文学样式的相互渗透和交融之下,对生活的把握,时空观念的建立,结构艺术,叙述方式,语言表达,等等,体现了作家们在小说文体上有了明显的理论自觉。这一点在先锋作家身上表现得十分明显,比如残雪、格非、马原等人,学界的研究成果已经很多。而那些不属于先锋派的小说家,比如王安忆、张炜等人,也在文体上进行着自己的探索。他们虽然不是先锋派,却是实力派,能够保持持久的创造力。目前,随着文学创作经验的日益丰富积累,他们的文学创作大都走到了进行阶段总结的时刻。对张炜进行个案研究,其意义就在这里。

---

① 张炜、王尧:《伦理内容和形式意味》,《当代作家评论》2002年第3期。
② 参见《建设中国现代文体学——关于文体学以及近年来文体研究、文体批评的综述》《当代长篇小说文体的演变及其思考》两文(何镇邦:《文体的自觉与抉择》,人民文学出版社1995年版)。

参考文献

一 研究专著

1. 颜敏：《审美浪漫主义与道德理想主义——张承志、张炜论》，华夏出版社2000年版。
2. 王辉：《纯然与超越——张炜小说创作论》，中国社会科学出版社2007年版。
3. 孔范今、施战军主编：《张炜研究资料汇编》，山东文艺出版社2006年版。
4. 贾梦玮主编：《当代文学六国论》，江苏文艺出版社2009年版。

二 相关论著

1. ［德］马克思、恩格斯：《马克思恩格斯全集》，中共中央马克思、恩格斯、列宁、斯大林著作编译局译，人民出版社1960年版。
2. ［英］罗素：《西方哲学史》，马元德译，商务印书馆1996年版。
3. ［英］D. D. 拉斐尔：《道德哲学》，邱仁宗译，辽宁教育出版社1998年版。
4. ［英］伯克（Burke, P.）：《历史学与社会理论》，姚朋等译，上海人民出版社2001年版。
5. ［英］约翰·穆勒：《功利主义》，徐大建译，上海人民出版社2008年版。
6. ［德］雅斯贝尔斯：《存在与超越——雅斯贝尔斯文集》，余灵灵、徐信华译，上海三联书店1988年版。
7. ［德］马克思·韦伯：《儒教与道教》，王荣芬译，商务印书馆1995年版。
8. ［德］韦伯（Weber, M.）：《新教伦理与资本主义精神》，康乐、简惠美译，广西师范大学出版社2007年版。

9. ［德］哈贝马斯：《现代性的地平线——哈贝马斯访谈录》，包亚明主编，李安东、段怀清译，上海人民出版社1997年版。

10. ［德］海德格尔：《人，诗意地安居：海德格尔语要》，郜元宝译，广西师范大学出版社2000年版。

11. ［德］本雅明：《发达资本主义时代的抒情诗人——论波德莱尔》，张旭东、魏文生译，生活·读书·新知三联书店1989年版。

12. ［德］本雅明（Benjamin. W.）：《机械复制时代的艺术作品》，王才勇译，中国城市出版社2001年版。

13. ［德］卡尔·曼海姆：《保守主义》，李朝晖、牟建君译，译林出版社2002年版。

14. ［法］雅克·马利坦：《艺术与诗中的创造性直觉》，刘有元、罗选民等译，生活·读书·新知三联书店1991年版。

15. ［美］弗洛姆：《弗洛伊德思想的贡献与局限》，申荷永译，湖南人民出版社1986年版。

16. ［美］本杰明·李·沃尔夫：《论语言、思维和现实》，高一虹等译，湖南教育出版社2001年版。

17. ［意］葛兰西（Gramsci, A.）：《狱中札记》，曹雷雨等译，中国社会科学出版社2000年版。

18. ［美］萨义德（Said, E. W.）：《知识分子论》，单德兴译，生活·读书·新知三联书店2002年版。

19. ［美］鲁思·本尼迪克特：《菊与刀——日本文化的类型》，吕万和、熊达云、王智新译，商务印书馆1996年版。

20. ［美］孙隆基：《中国文化的深层结构》，广西师范大学出版社2004年版。

21. 余英时：《人文与理性的中国》，何俊编，程嫩生、罗群等译，上海古籍出版社2007年版。

22. 李泽厚：《中国古代思想史论》，人民出版社1985年版。

23. 李泽厚：《中国现代思想史论》，东方出版社1987年版。

24. 余英时：《中国知识分子论》，河南人民出版社1997年版。

25. 何晓明：《百年忧患——知识分子命运与中国现代化进程》，东方出版中心1997年版。

26. 叶舒宪：《探索非理性的世界》，四川人民出版社 1988 年版。

27. 郑杭生等：《当代中国城市社会结构》，中国人民大学出版社 2004 年版。

28. 朱光潜：《西方美学史》，人民文学出版社 1979 年版。

29. 郭宏安等译：《二十世纪西方文论研究》，中国社会科学出版社 1997 年版。

30. 殷国明：《20 世纪中西文艺理论交流史论》，华东师范大学出版社 1999 年版。

31. 刘象愚等主编：《从现代主义到后现代主义》，高等教育出版社 2002 年版。

32. 马驰：《西方马克思主义与中国当代文论》，河南大学出版社 2010 年版。

33. 李荣启：《文学语言学》，人民出版社 2005 年版。

34. 孔范今主编：《二十世纪中国文学史》，山东文艺出版社 1997 年版。

35. 洪子诚：《中国当代文学史》，北京大学出版社 1999 年版。

36. 陈思和：《中国当代文学史教程》，复旦大学出版社 1999 年版。

37. 董健、丁帆、王彬彬主编：《中国当代文学史新稿》，人民文学出版社 2005 年版。

38. 张健主编：《新中国文学史》，北京师范大学出版社 2008 年版。

39. 陶东风、和磊：《中国新时期文学 30 年（1978—2008）》，中国社会科学出版社 2008 年版。

40. 孟繁华、程光炜：《中国当代文学发展史》，北京大学出版社 2011 年版。

41. 曹文轩：《二十世纪末中国文学现象研究》，作家出版社 2003 年版。

42. （香港）陈国球：《文学史书写形态与文化政治》，北京大学出版社 2004 年版。

43. 洪子诚、孟繁华、张燕玲等编著：《当代文学关键词》，广西师范大学出版社 2002 年版。

44. 洪子诚、刘登翰：《中国当代新诗史》，北京大学出版社 2010 年版。

45. ［法］热拉尔·热奈特：《叙事话语 新叙事话语》，王文融译，中国社会科学出版社 1990 年版。

46. 罗钢：《叙事学导论》，云南人民出版社 1994 年版。

47. 赵毅衡：《当说者被说的时候——比较叙述学导论》，中国人民大学出版社 1998 年版。

48. 陈平原：《中国小说叙事模式的转变》，北京大学出版社 2003 年版。

49. 申丹、韩加明、王丽亚：《英美小说叙事理论研究》，北京大学出版社 2005 年版。

50. 申丹：《叙述学与小说文体学研究》，北京大学出版社 2001 年版。

51. ［美］雷·韦勒克、奥·沃伦：《文学理论》，刘象愚、邢培明、陈圣生、李哲明译，生活·读书·新知三联书店 1984 年版。

52. ［美］R. 韦勒克：《批评的诸种概念》，丁泓、余徵译，四川文艺出版社 1988 年版。

53. ［美］M. H. 艾布拉姆斯：《镜与灯：浪漫主义文论及批评传统》，郦稚牛等译，北京大学出版社 1989 年版。

54. ［比］乔治·布莱：《批评意识》，郭宏安译，广西师范大学出版社 2002 年版。

55. ［法］托多洛夫：《批评的批评：教育小说》，王东亮、王晨阳译，生活·读书·新知三联书店 2002 年版。

56. ［加］诺斯罗普·弗莱：《批评的解剖》，陈慧、袁宪军、吴伟仁译，百花文艺出版社 2006 年版。

57. ［英］E. M. 福斯特：《小说面面观》，苏炳文译，花城出版社 1984 年版。

58. ［美］W. C. 布斯：《小说修辞学》，华明、胡晓苏、周宪译，北京大学出版社 1987 年版。

59. ［美］亨利·詹姆斯：《小说的艺术》，朱雯、乔佖、朱乃长等译，上海译文出版社 2001 年版。

60. ［英］弗吉尼亚·伍尔夫：《论小说与小说家》，瞿世镜译，上海译文出版社 1986 年版。

61. ［苏］巴赫金：《巴赫金全集》，钱中文主编，河北教育出版社 1998 年版。

62. ［西班牙］略萨：《中国套盒：致一位青年小说家》，赵德明译，百花文艺出版社 1999 年版。

63. ［捷克］米兰·昆德拉：《小说的艺术》，董强译，上海译文出版社 2004 年版。

64. ［美］米勒：《小说与重复：七部英国小说》，王宏图译，天津人民出版社 2008 年版。

65. ［英］戴维·洛奇（Lodge, D.）：《小说的艺术》，卢丽安译，上海译文出版社 2010 年版。

66. ［秘鲁］巴尔加斯·略萨：《谎言中的真实》，赵德明译，云南人民出版社 1997 年版。

67. ［英］托斯·艾略特：《艾略特文学论文集》，李赋宁译注，百花洲文艺出版社 1994 年版。

68. ［哥伦比亚］加·加西亚·马尔克斯、普利尼奥·阿·门多萨：《番石榴飘香》，林一安译，生活·读书·新知三联书店 1987 年版。

69. ［法］萨莫瓦约：《互文性研究》，邵炜译，天津人民出版社 2003 年版。

70. 王瑾：《互文性》，广西师范大学出版社 2005 年版。

71. 何镇邦：《文体的自觉与抉择》，人民文学出版社 1995 年版。

72. 张德林：《现代小说的多元建构》，华东师范大学出版社 1998 年版。

73. 庞守英：《新时期小说文体论》，山东大学出版社 2002 年版。

74. 王光东、刘子杰、杨位俭、姚涵：《20 世纪中国文学与民间文化》，复旦大学出版社 2007 年版。

75. 曾利君：《魔幻现实主义在中国的影响与接受》，中国社会科学出版社 2007 年版。

76. 吴妍妍：《作家身份与城乡书写》，中国社会科学出版社 2009 年版。

77. 王安忆：《心灵世界：王安忆小说讲稿》，复旦大学出版社 2007 年版。

78. 余华：《没有一条道路是重复的》，作家出版社 2008 年版。

79. 马原：《小说密码》，作家出版社 2009 年版。

80. 格非：《文学的邀约》，清华大学出版社 2010 年版。

81. 史铁生：《病隙碎笔》，人民文学出版社 2011 年版。

82. 一粟编：《古典文学研究资料汇编：红楼梦卷》，中华书局 1980 年版。

83. 中国社会科学院外国文学研究所外国文学研究资料丛刊编辑委员会编：《欧美古典作家论现实主义和浪漫主义》，中国社会科学出版社 1980 年版。

84. 伍蠡甫等主编：《西方文论选》，上海译文出版社 1979 年版。

85. 美国《巴黎评论》编辑部：《巴黎评论·I》，黄昱宁等译，人民文学出版社 2012 年版。

86. 周立波：《中国当代文学研究资料：周立波专集》，华中师范学院中文系编，内部刊印 1979 年版。

87. 陈思和：《陈思和自选集》，广西师范大学出版社 1997 年版。

88. 罗振亚：《问诗录》，天津人民出版社 2010 年版。

89. 洪迪：《大诗歌理念和创造诗美学：关于诗本体与诗创造的比较研究》，上海社会科学院出版社 2007 年版。

90. 衣俊卿：《文化哲学十五讲》，北京大学出版社 2004 年版。

91. 汪曾祺：《汪曾祺全集》，北京师范大学出版社 1998 年版。

92. 王国维：《王国维集》，中国社会科学出版社 2008 年版。

93. ［俄］托尔斯泰：《列夫·托尔斯泰文集》，丰陈宝译，人民文学出版社 1992 年版。

94. ［美］纪伯伦：《纪伯伦全集》，伊宏主编，甘肃人民出版社 1994 年版。

95. ［德］歌德（Goethe, J. W. V.）：《论文学艺术》，范大灿译，上海人民出版社 2004 年版。

96. 逄振镐：《东夷文化研究》，齐鲁书社 2007 年版。

97. 张岱年、方克立主编：《中国文化概论》，北京师范大学出版社 1994 年版。

98. 山东省徐福研究会、龙口市徐福研究会编：《徐福研究》，青岛海洋大学出版社 1991 年版。

99. 陈济成、陈伯吹编：《儿童文学研究》，上海幼稚师范学校丛书社民国廿三年十月。

100. ［瑞士］让·皮亚杰：《儿童的语言与思维》，傅统先译，文化教育出版社 1980 年版。

三　期刊文章

1. 李泽厚：《论康有为的哲学思想》，《哲学研究》1957 年第 1 期。

2. 范伯群、曾华鹏：《论冰心的创作》，《文学评论》1964 年第 1 期。

3. 本刊编辑：《生活诗意的描写》，《山东文学》1980 年第 3 期。

4. 陈光孚：《"结构现实主义"述评》，《文艺研究》1982 年第 1 期。

5. 赵鹤翔：《〈声音〉艺术特色试探》，《山东文学》1982 年第 11 期。

6. 王蒙：《一个值得探讨的问题——谈我国作家的非学者化》，《读书》1982 年第 11 期。

7. 雷达：《独特性：葡萄园里的"哈姆雷特"——关于农村题材创作的一

封信》,《青年文学》1984 年第 10 期。

8. 本刊记者:《为纪念〈山东文学〉出版 300 期——本刊举行茶话会》,《山东文学》1984 年第 12 期。

9. 于清才:《向芦青河唱出少年的歌——评张炜〈芦青河告诉我〉》,《山东师范大学学报》(人文社会科学版) 1985 年第 2 期。

10. 杨华伟:《"芦青河老人"走来了——浅论张炜小说近作的老人形象》,《广西民族学院学报》(哲学社会科学版) 1985 年第 3 期。

11. 吕家乡、宋遂良:《〈秋天的思索〉二人谈》,《山东文学》1985 年第 4 期。

12. 于广礼:《探索中的新突破——评张炜的几篇新作》,《山东文学》1985 年第 4 期。

13. 宋遂良:《诗化和深化了的愤怒——评〈秋天的愤怒〉》,《当代》1985 年第 6 期。

14. 杨政:《张炜的美学追求》,《山东文学》1985 年第 8 期。

15. 黄子平:《得意莫忘言》,《上海文学》1985 年第 11 期。

16. 倪培耕:《泰戈尔对中国作家的影响》,《南亚研究》1986 年第 1 期。

17. 萧平:《他在默默地挖掘——关于张炜和他的小说》,《中国作家》1986 年第 1 期。

18. 吴亮:《当代小说与圈子批评家》,《小说评论》1986 年第 1 期。

19. 墨铸:《在人与大海的回音壁上——关于张炜〈黑鲨洋〉〈海边的雪〉的艺术探讨》,《东岳论丛》1986 年第 1 期。

20. 李成军:《在开拓中发展——简论张炜的小说创作》,《当代文坛》1986 年第 3 期。

21. 于青:《超越与沉落——谈张炜小说的艺术悟性》,《山东师范大学学报》(人文社会科学版) 1986 年第 5 期。

22. 陈宝云:《张炜对自己的超越——评〈古船〉》,《当代作家评论》1987 年第 2 期。

23. 何启治:《壮阔、激越、凝重的历史长歌——略论〈古船〉的史诗色彩》,《文学自由谈》1987 年第 2 期。

24. 牛运清:《改革文学与文学改革》,《山东大学学报》(哲学社会科学版) 1987 年第 2 期。

25. 胡玮莳：《张炜新著〈古船〉文坛反应热烈》，《上海文学》1987年第2期。

26. 宋遂良：《真实的人生，完整的人性——〈古船〉人物漫议》，《当代作家评论》1987年第2期。

27. 陶东风：《历史尺度与道德尺度的二元对立》，《文艺评论》1987年第3期。

28. 陈宝云：《道德的感情化与感情的道德化——张炜创作一题》，《小说评论》1987年第3期。

29. 陈宝云：《说长道短——谈张炜对两个环境的处理》，《山东师范大学学报》（人文社会科学版）1987年第3期。

30. 周海波：《矫健的豪气与张炜的才气》，《山东文学》1987年第3期。

31. 陈村：《我读〈古船〉》，《小说评论》1987年第4期。

32. 雷达：《民族心史的一块厚重碑石——论〈古船〉》，《当代》1987年第5期。

33. 黎辉、曹增渝：《历史的道路与人性的冥想——评〈古船〉中对苦难的思索》，《小说评论》1987年第5期。

34. 李星：《执着于现实的非现实主义之作——评张炜的〈古船〉》，《文艺争鸣》1987年第5期。

35. 汪政、晓华：《〈古船〉的历史意识》，《读书》1987年第6期。

36. 陈宝云：《苦难——〈古船〉结构之核》，《文艺报》1987年1月3日。

37. 吴方：《"历史理解"的悲剧性主题——〈古船〉管窥》，《当代作家评论》1988年第1期。

38. 周克芹：《写在菊花时节——改革文学漫笔》，《当代文坛》1988年第1期。

39. 王彬彬：《俯瞰和参与——〈古船〉和〈浮躁〉比较观》，《当代作家评论》1988年第1期。

40. 罗强烈：《思想的雕像：论〈古船〉的主题结构》，《文学评论》1988年第1期。

41. 冯立三：《沉重的回顾与欣悦的展望——再论〈古船〉》，《当代》1988年第1期。

42. 鲁枢元：《从深渊到峰巅——关于〈古船〉的评论》，《当代作家评论》1988年第2期。

43. 公刘：《和联邦德国朋友谈〈古船〉》，《当代》1988年第3期。

44. 汪晖：《〈古船〉的两种历史观》，《当代》1988年第4期。

45. 何镇邦：《改革题材文学的深化》，《文艺评论》1988年第4期。

46. 李庆西：《寻根：回到事物本身》，《文学评论》1988年第4期。

47. 黎辉、曹增渝：《隋抱朴的人道主义与〈古船〉的整体意蕴——续谈〈古船〉的缺憾兼答丁彭同志的"商榷"》，《小说评论》1988年第4期。

48. 基亮：《关于〈古船〉叙事形式的分析》，《小说评论》1988年第5期。

49. 康夏：《情绪化的寻根思潮》，《齐鲁学刊》1988年第6期。

50. 张晓岩：《〈古船〉与现实主义》，《山东社会科学》1988年第6期。

51. 季红真：《历史的命题与时代抉择中的艺术嬗变——论"寻根文学"的发生与意义》，《当代作家评论》1989年第1期。

52. 刘再复：《〈古船〉之谜和我的思考》，《当代》1989年第2期。

53. 胡河清：《论阿城、马原、张炜：道家文化智慧的沿革》，《文学评论》1989年第2期。

54. 万同林：《反思文学、改革文学的再评价》，《文学自由谈》1989年第4期。

55. 曹增渝、梅蕙兰：《人生之旅与人性之梦——路遥与张炜创作比较》，《当代作家评论》1989年第5期。

56. 孙文波：《生活：写作的前提》，《阵地》第5期。

57. 周源：《张炜两篇小说的叙述分析》，《山东文学》1989年第7期。

58. 吴秉杰：《两种不同的文学话语——论通俗文学与"纯文学"》，《文学评论》1990年第2期。

59. 刘一玲：《张炜小说语言概述》，《徐州师范大学学报》1991年第1期。

60. 南帆：《札记：关于"寻根文学"》，《小说评论》1991年第3期。

61. 邱勋：《张炜的河》，《山东文学》1991年第3期。

62. 郭建磊：《病态与崇高——高觉新、祁瑞宣、隋抱朴悲剧人格纵论》，《齐鲁学刊》1992年第3期。

63. 李惠彬：《现代主义、独语与中国现代小说的艺术生成》，《齐鲁学刊》

1992 年第 3 期。

64. 王蒙：《清新·穿透与"永恒的单纯"》，《读书》1992 年第 7 期。

65. 王彬彬：《悲悯与慨叹：重读〈古船〉与初读〈九月寓言〉》，《当代作家评论》1993 年第 1 期。

66. 王光东：《还原与激情：读张炜的〈九月寓言〉》，《当代作家评论》1993 年第 1 期。

67. 程麻：《〈九月寓言〉解读》，《当代作家评论》1993 年第 1 期。

68. 郜元宝：《张炜论》，《文艺争鸣》1993 年第 4 期。

69. 张业松：《张炜论：硬汉及其遭遇》，《文艺争鸣》1993 年第 4 期。

70. 独木：《苦难命运的诗性隐喻——读〈九月寓言〉兼论张炜小说的艺术转向》，《小说评论》1993 年第 4 期。

71. 李伟：《从传统人向现代人的蜕变——谈张炜的中篇小说〈秋天的思索〉和〈秋天的愤怒〉》，《烟台师范学院学报》（哲学社会科学版）1993 年第 4 期。

72. 宋遂良：《一个作家的境界与追求——在"张炜文学周"研讨会上的发言》，《烟台师范学院学报》（哲学社会科学版）1993 年第 4 期。

73. 郜元宝：《保护大地——〈九月寓言〉的本源哲学》，《当代作家评论》1993 年第 6 期。

74. 郝永勃：《单向对话——阅读张炜》，《山东文学》1993 年第 9 期。

75. 陈思和：《民间的浮沉——对抗战到文革文学史的一个尝试性解释》，《上海文学》1994 年第 1 期。

76. 陈思和：《民间的还原——文革后文学史某种走向的解释》，《文艺争鸣》1994 年第 1 期。

77. 丁少伦：《寻找家园——关于〈融入野地〉的哲学思考》，《山东师大学报》（社会科学版）1994 年第 2 期。

78. 张新颖：《大地守夜人——张炜论》，《上海文学》1994 年第 2 期。

79. 张清华：《野地神话与家园之梦——论张炜近作的农业文化策略》，《小说评论》1994 年第 3 期。

80. 陈思和、李振声、郜元宝、张新颖：《张炜：民间的天地给当代小说带来了什么？世纪末小说的多种可能性对话之二》，《作家》1994 年第 6 期。

81. 郜元宝：《"意识形态"与"大地"的二元转化——略说张炜的〈古船〉和〈九月寓言〉》，《社会科学》1994年第7期。

82. 王辉：《张炜文学创作观论》，《聊城师范学院学报》1995年第1期。

83. 耿传明：《张炜与俄苏文学》，《外国文学研究》1995年第3期。

84. 李建军：《坚定地守望最后的家园——评张炜的〈柏慧〉》，《小说评论》1995年第5期。

85. 赵洪明：《自然、生命、艺术——论张炜的自然哲学》，《小说评论》1995年第5期。

86. 谢有顺：《大地乌托邦的守望者——从〈柏慧〉看张炜的艺术理想》，《当代作家评论》1995年第5期。

87. 陈思和：《"声音"背后的故事——读〈家族〉》，《当代作家评论》1995年第5期。

88. 宋炳辉：《面对苦难的现身说法——论张炜的三部长篇小说》，《当代作家评论》1995年第5期。

89. 李洁非：《圣者之诗——对〈家族〉的体味》，《当代》1995年第5期。

90. 孙绍振：《〈柏慧〉：不成立的写作》，《小说评论》1995年第6期。

91. 张颐武：《〈家族〉：疲惫而狂躁的挣扎》，《文学自由谈》1996年第1期。

92. 刘成友、徐清：《新历史小说的哲学困境》，《理论与创作》1996年第1期。

93. 吴义勤：《拷问灵魂之作——评张炜的长篇新作〈柏慧〉》，《小说评论》1996年第1期。

94. 吴炫：《张炜小说的价值取向》，《文学评论》1996年第1期。

95. 颜敏：《苦难历程与精神定位——〈家族〉和〈柏慧〉对知识分子命运的思索》，《当代文坛》1996年第2期。

96. 徐德明：《〈柏慧〉当代知识分子的处境与选择》，《当代文坛》1996年第2期。

97. 洪治纲：《逼视与守望——从张炜、格非、余华的三部长篇近作看先锋小说的审美动向》，《当代作家评论》1996年第2期。

98. 郜元宝：《两个俗物，一对雅人——王朔、贾平凹、张承志、张炜合论》，《上海文学》1996年第2期。

99. 王一川：《王蒙、张炜们的文体革命》，《文学自由谈》1996年第3期。

100. 周海波、王光东：《守望者的精神礼仪——张炜创作论》，《当代作家评论》1996 年第 3 期。

101. 刘烨园：《阅读张炜的基础——我所认识的张炜》，《理论与创作》1996 年第 4 期。

102. 张清华：《历史的坚冷岩壁和它燃烧着激情的回声——读张炜的〈家族〉》，《理论与创作》1996 年第 4 期。

103. 袁忠岳：《无主与无语》，《诗刊》1996 年第 4 期。

104. 陈思和：《"声音"背后的故事——读〈家族〉》，《当代作家评论》1996 年第 5 期。

105. 王培远：《走向精神和人格的高原——张炜〈家族〉、〈柏慧〉读解》，《菏泽师范专科学校学报》1997 年第 1 期。

106. 冯尚：《生命与道德的抗衡——张炜长篇小说批评》，《汕头大学学报》（人文科学版）1997 年第 2 期。

107. 胡有清：《中国现代文学中的纯艺术思潮》，《中国社会科学》1997 年第 3 期。

108. 摩罗：《灵魂搏斗的抛物线——张炜小说的编年史研究》，《当代作家评论》1997 年第 5 期。

109. 邓晓芒：《张炜：野地的迷惘——从〈九月寓言〉看当代文学的主流和实质》，《开放时代》1998 年第 1 期。

110. 摩罗：《张炜：需要第四次腾跳》，《当代作家评论》1998 年第 1 期。

111. 夏瑞虹：《诗意的叙述——张炜小说艺术二题》，《云梦学刊》1998 年第 1 期。

112. 靳明立：《情感把握的失控与叙事文体的偏移——张炜"家族"系列长篇小说批评》，《济宁师专学报》1998 年第 1 期。

113. 毕光明：《偏离与追逐：中国大陆的新时期纯文学》，《中国文化研究》1998 年第 4 期。

114. 张钧、邱华栋：《天花板上的都市摇滚——邱华栋访谈录》，《作家》1998 年第 11 期。

115. 张炜：《初冬小记——更正和说明》，《作家》1998 年第 12 期。

116. 刘宏伟、钟鸣、曹新伟：《贵族的写作——评张炜长篇小说〈家族〉》，《江西师范大学学报》（哲学社会科学版）1999 年第 1 期。

117. 王泉：《精神之旅中的点点繁星——论张炜小说中的几个主要意象》，《廊坊师专学报》1999 年第 3 期。

118. 李茂民：《苦难及其救赎：张炜创作中的文化主题》，《东岳论丛》1999 年第 3 期。

119. 杨晖：《严羽"气象"说述评》，《安徽师范大学学报》（人文社会科学版）1999 年第 4 期。

120. 李新宇：《泥沼面前的误导》，《文艺争鸣》1999 年第 5 期。

121. 王光东：《民间的当代价值——重读〈九月寓言〉》，《文艺争鸣》1999 年第 6 期。

122. 陈思和、张新颖、王光东：《张炜：民间的天地带来了什么》，《文艺争鸣》1999 年第 6 期。

123. 王光东、张清华、吴义勤、施战军、崔苇：《历史、现状、新的增长点——山东新时期小说创作五人谈》，《山东文学》1999 年第 7 期。

124. 张清华：《张炜的意义》，《山东文学》1999 年第 11 期。

125. 王光东：《重读张炜》，《山东文学》1999 年第 11 期。

126. 郭宝亮：《弑父的恐惧与家庭血脉的纠结——张炜小说叙境的存在性悖论》，《小说评论》2000 年第 2 期。

127. 贺仲明：《否定中的溃退与背离：八十年代精神之一种嬗变——以张炜为例》，《文艺争鸣》2000 年第 3 期。

128. 李洁非：《张炜的精神哲学》，《钟山》杂志 2000 年第 6 期。

129. 曹文轩：《追随永恒》，《中国图书评论》2000 年第 6 期。

130. 李陀、李静：《漫说"纯文学"——李陀访谈录》，《上海文学》2001 年第 3 期。

131. 吴义勤等：《〈外省书〉道德理想与艺术建构》，《小说评论》2001 年第 3 期。

132. 王凤仙：《世纪末的回眸——读〈外省书〉》，《当代文坛》2001 年第 4 期。

133. 雷达：《执著的追问，成功的超越——谈〈外省书〉》，《百科知识》2001 年第 5 期。

134. 莫言：《文学创作的民间资源——在苏州大学"小说家讲坛"上的讲演》，《当代作家评论》2002年第1期。

135. 刘海波：《悖离民间的尴尬——从〈外省书〉看知识分子处境》，《文艺理论与批评》2002年第1期。

136. 张炜、王尧：《伦理内容和形式意味》，《当代作家评论》2002年第3期。

137. 陈连锦、艾晶：《论张炜创作心态的矛盾》，《西南民族学院学报》（哲学社会科学版）2002年第S3期。

138. 王光东、李雪林：《张炜的精神立场及其呈现方式——以九十年代长篇小说为例》，《当代作家评论》2002年第3期。

139. 宗元：《张炜小说的民间情怀》，《山东师范大学学报》（人文社会科学版）2002年第4期。

140. 严锋：《张炜的诗、音乐和神话》，《当代作家评论》2002年第4期。

141. 残雪：《究竟什么是纯文学》，《大家》2002年第4期。

142. 张光芒：《天堂的尘落——对张炜小说道德精神的总批判》，《南方文坛》2002年第4期。

143. 白烨：《理想主义的挽歌》，《书摘》2002年第5期。

144. 陈思和：《欲望：时代与人性的另一面——试论张炜小说中的恶魔性因素》，《文学评论》2002年第6期。

145. 欧阳友权：《互联网时代文学生态》，《阴山学刊》2003年第1期。

146. 宫达：《在八百万台阶之上》，《大家》2003年第2期。

147. 石峰：《行驶与抵达》，《大家》2003年第2期。

148. 武新军：《内在焦虑的衍变——张炜小说论》，《天中学刊》2003年第3期。

149. 雷达、陈思和等：《关于张炜的〈丑行或浪漫〉的反馈》，《大家》2003年第3期。

150. 吴义勤：《心灵与艺术的双重跨越——析张炜长篇新作〈你在高原——西郊〉》，《文艺报》2003年4月8日。

151. 姜智芹：《张炜与海明威之比较》，《山东社会科学》2003年第3期。

152. 陈思和：《我看张炜的近作》，《湖南大学学报》（社会科学版）2003年第4期。

153. 聂伟：《"民间"的"地气"断了之后——试论〈外省书〉与〈能不忆蜀葵〉的精神诉求》，《湖南大学学报》（社会科学版）2003年第4期。

154. 李娜：《"野地"的重生——论张炜近年小说创作思想的演变》，《湖南大学学报》（社会科学版）2003年第4期。

155. ［韩］徐闰祯：《〈能不忆蜀葵〉：现代知识分子的神话》，《湖南大学学报》（社会科学版）2003年第4期。

156. 张懿：《理想化形象和神经症自尊——〈外省书〉和〈能不忆蜀葵〉的两例心理学解读》，《湖南大学学报》（社会科学版）2003年第4期。

157. 周龙：《沈从文、汪曾祺及张炜诗性艺境通论》，《江西社会科学》2003年第7期。

158. 南帆：《大地的血脉——读张炜的〈丑行或浪漫〉》，《博览群书》2003年第10期。

159. 王光东等：《丰富的纯真——关于张炜近期短篇小说创作的一次谈话》，《上海文学》2003年第11期。

160. 周龙：《沈从文、汪曾祺及张炜诗性艺境通论》，《江西社会科学》2003年第7期。

161. 张新颖：《行将失传的方言和它的世界——从这个角度看〈丑行或浪漫〉》，《上海文学》2003年第12期。

162. 张卫中：《张炜小说中的道家精神》，《徐州师范大学学报》2004年第1期。

163. 唐长华、陈红兵：《试论张炜小说的两个精神向度——从〈外省书〉〈能不忆蜀葵〉谈起》，《当代文坛》2004年第1期。

164. 刘绪才：《论张炜小说的民粹主义倾向》，《内蒙古师范大学学报》（哲学社会科学版）2004年第2期。

165. 李生滨：《展现生命诗意和大地浪漫的文学——关于张炜创作的回眸与述评》，《当代文坛》2004年第4期。

166. 李莉：《徘徊在文化厚土上的幽灵——论张炜长篇小说的文化意蕴》，《文艺争鸣》2004年第6期。

167. 李莉：《论张炜长篇小说的"家族"化写作》，《西南民族大学学报》（人文社会科学版）2004年第6期。

168. 李莉：《人生苦旅中的固守与突围——论张炜新作〈丑行或浪漫〉》，《西南民族大学学报》（人文社会科学版）2004年第8期。

169. 舒晋瑜：《文学是长跑——访作家张炜》，《中国图书评论》2004年第8期。

170. 彭维锋：《狂欢书写与修辞隐喻——以张炜〈九月寓言〉为个案》，《济南大学学报》（社会科学版）2005年第1期。

171. 王辉：《"发现"与"追思"——论张炜小说中"个体"存在的意义》，《聊城大学学报》（社会科学版）2005年第1期。

172. 陈思和、王晓明等：《文学创作与当下精神背景——关于张炜〈精神的背景〉的讨论》，《当代作家评论》2005年第2期。

173. 张晨怡：《道德理想主义的现实困境——论张炜笔下的"文化寻根"》，《创作评谭》2005年第2期。

174. 刘彦明：《论〈古船〉中的人格理想》，《东疆学刊》2005年第2期。

175. 李生滨：《回顾与透视：〈古船〉社会影响的再批评解读》，《理论与创作》2005年第2期。

176. 王洪岳：《现代小说作者论》，《浙江师范大学学报》（社会科学版）2005年第3期。

177. 於可训：《主持人的话》，《小说评论》2005年第3期。

178. 张均：《张炜与现代中国的仇恨美学》，《小说评论》2005年第3期。

179. 王泉：《论张承志、张炜及阿来小说的诗意叙事》，《海南大学学报》（人文社会科学版）2005年第3期。

180. 倪伟：《农村社会变革的隐痛——论张炜早期小说》，《文学评论》2005年第3期。

181. 刘超：《遥相张望，观之如炜——遥望张炜，走近张炜》，《理论与创作》2005年第5期。

182. 黄静：《张炜20世纪90年代长篇小说的反现代性叙事》，《南都学坛》2005年第5期。

183. 王辉：《多元融合与自由超越：张炜创作的思想资源》，《齐鲁学刊》2005年第5期。

184. 王辉：《论张炜小说创作的精神哲学》，《山东社会科学》2005年第6期。

185. 何启治：《是是非非说"寓言"》，《上海文学》2005 年第 7 期。

186. 斯炎伟：《当代文学苦难叙事的若干历史局限》，《浙江社会科学》2005 年第 6 期。

187. 赵亮：《沿着现代性的向度望去——张炜、张承志之于当代文坛的意义》，《山东文学》2005 年第 11 期。

188. 陶东风：《文学的祛魅》，《文艺争鸣》2006 年第 1 期。

189. 王辉：《童年记忆对张炜小说创作的影响》，《当代文坛》2006 年第 1 期。

190. 彭维锋：《自然权利诉求与现代性断裂——张炜小说研究的新路径》，《当代小说》2006 年第 1 期。

191. 陈黎明：《魔幻现实主义文学与"寻根"小说》，《文学评论》2006 年第 2 期。

192. 彭维锋：《历史与现实之间的思想突围——试论张炜〈你在高原——西郊〉中创作立场的转换》，《鲁东大学学报》（哲学社会科学版）2006 年第 2 期。

193. ［日］坂井洋史：《致张新颖谈文学语言和现代文学的困境》，《当代作家评论》2006 年第 3 期。

194. 刘复生：《纯文学的迷思与底层写作的陷阱》，《江汉大学学报》（人文科学版）2006 年第 5 期。

195. 冯晶：《张炜、莫言小说中的民间取向之比较》，《山东师范大学学报》（人文社会科学版）2006 年第 2 期。

196. 王辉：《论张炜小说创作中的阈限性因素》，《烟台大学学报》（哲学社会科学版）2006 年第 3 期。

197. 高山：《张炜小说的人称问题》，《名作欣赏》2006 年第 18 期。

198. 张乃良：《贾宝玉罪感心理的文化分析》，《南都学坛》（人文社会科学学报）2007 年第 1 期。

199. 何宇宏、段慧如：《只重存在不问成败——论张炜的保守主义》，《当代文坛》2007 年第 1 期。

200. 封旭明：《伤痕就是生命的年轮——张炜长篇小说的"救赎"多重奏》，《理论与创作》2007 年第 2 期。

201. 何平：《张炜创作局限论》，《钟山》2007 年第 3 期。

202. 王渭清、赵德利：《灵与肉双重欲求冲突中的苦魂——〈白鹿原〉与〈古船〉中女性形象的个案比较阐释》，《当代文坛》2007年第4期。

203. 曹书文：《〈古船〉：当代家族叙事的经典文本》，《河南师范大学学报》（哲学社会科学版）2007年第5期。

204. 王春林：《空洞苍白的自我重复——张炜长篇小说〈刺猬歌〉批判》，《当代文坛》2007年第6期。

205. 张艳梅：《齐鲁作家的文化伦理立场——以莫言、张炜、尤凤伟为例》，《文艺争鸣》2007年第8期。

206. 吴义勤：《小说新作三论》，《黄河文学》2007年第10期。

207. 张清华：《在时代的推土机面前》，《小说评论》2008年第1期。

208. 王光东：《意义的生成——张炜小说中的"主题原型"阐释》，《当代作家评论》2008年第4期。

209. 周立民：《故土、幻象与精神困惑——谈张炜的长篇小说〈刺猬歌〉及其他》，《当代作家评论》2008年第4期。

210. 汪树东：《生态意识与张炜文学创作》，《南京师范大学文学院学报》2008年第4期。

211. 王爱松：《独白型小说的利与弊——张炜小说艺术的得失》，《常熟理工学院学报》2008年第5期。

212. 王鸿生：《为大自然复魅——关于〈刺猬歌〉及其大地文学路向》，《文艺争鸣》2008年第5期。

213. 张丽军：《20世纪胶东文学与胶东文化》，《山东师范大学学报》（人文社会科学版）2008年第6期。

214. 郜元宝：《走出当代文学精致的瓮》，《上海文学》2008年第9期。

215. 陈国恩：《"纯文学"究竟是什么》，《学术月刊》2008年第9期。

216. 赵剑平：《张炜与昌耀：诗人之憾》，《烟台晚报》2008年11月24日。

217. 蔡敏：《张炜小说中神话原型与人物塑造》，《山东文学》2009年第11期。

218. 陶东风：《祛魅时代的文化图景》，《文学与文化》2010年第1期。

219. 王尧：《在个人与时代紧张关系中生长的哲学与诗学——关于张炜的阅读札记》，《扬子江评论》2010年第2期。

220. 赵剑平：《生命的品质——张炜印象》，《海燕》2010 年第 2 期。

221. 王延辉：《张炜肖像》，《扬子江评论》2010 年第 2 期。

222. 胡殷红：《张炜：回望历史与关注现实》，《黄河文学》2010 年第 8 期。

223. 孔庆林：《张炜小说研究综述》，《长城》2010 年第 8 期。

224. 铁凝：《在创作之路上攀登与超越》，《文艺报》2010 年 9 月 15 日。

225. 易向阳、张凝：《浅论张炜所受的道家影响》，《文学界》（理论版）2010 年第 11 期。

226. 秦文君：《感动今天的孩子容易吗?》，《中国儿童文化》2010 年第 6 辑。

227. 王薇薇：《在包容并举中走多元融合之道——论稷下学宫对张炜创作思想的影响》，《名作欣赏》2010 年第 18 期。

228. 房伟：《另类的乌托邦——张炜〈九月寓言〉的新民族文化想象》，《文艺争鸣》2010 年第 19 期。

229. 施战军：《〈你在高原〉探寻无边心海》，《当代作家评论》2011 年第 1 期。

230. 贺绍俊：《五十年代生人的精神之旅——读张炜的〈你在高原〉》，《当代作家评论》2011 年第 1 期。

231. 涂昕：《张炜小说中的两个层面和齐文化的浸润》，《当代作家评论》2011 年第 1 期。

232. 仵埂：《大地的情怀——从张炜的〈荒原纪事〉兼论其创作历程》，《中国作家》2011 年第 15 期。

233. 张颐武：《焦虑的"纯文学"》，《南风窗》2011 年第 19 期。

234. 王蒙：《张炜莫言获奖是对知青一代作家的肯定》，《新华每日电讯》2011 年 9 月 23 日。

235. 王万顺：《长河小说在中国》，《中国社会科学报》2011 年 11 月 29 日。

236. 张光芒、陈进武：《"知识分子写作"的终结——从〈你在高原〉谈起》，《新文学评论》2012 年第 1 期。

237. 苏童：《创作，我们为什么要拜访童年?》，《中国比较文学》2012 年第 4 期。

238. 贺仲明：《浪漫主义的沉思与漫游——论张炜〈你在高原〉》，《东吴学术》2012 年第 6 期。

239. 陈占敏：《〈你在高原〉的放飞》，《时代文学》（上半月）2012 年第 7 期。
240. 李掖平：《一个理想主义者行走的意义与价值——解读张炜的〈你在高原〉》，《时代文学》2012 年第 7 期上半月刊。
241. 王万顺、张炜：《生命的质地——张炜访谈录》，《创作与评论》2012 年第 10 期。

四 硕博论文

1. 王辉：《迷恋与拒抗下的孤独守望——张炜小说创作论》，博士论文，河南大学，2005 年。
2. 王薇薇：《论张炜作品与齐文化的承接关系》，博士论文，暨南大学，2010 年。
3. 任相梅：《张炜小说创作论》，博士论文，山东师范大学，2011 年。
4. 文娟：《挑战与应对》，博士论文，华东师范大学，2013 年。
5. 陈琪：《性爱、死亡、救赎——〈棋王〉〈红高粱〉〈古船〉对生命意识的诠释》，硕士论文，济南大学，2000 年。
6. 邝邦洪：《论张承志、史铁生、张炜的小说创作》，硕士论文，华南师范大学，2002 年。
7. 张妙文：《在现实与理想之间流浪——张炜小说人物形象分析》，硕士论文，南京师范大学，2002 年。
8. 任天华：《自由与狂欢——论张炜小说创作的生命哲学》，硕士论文，河南大学，2003 年。
9. 王艳玲：《张炜小说的传统文化情结》，硕士论文，西南师范大学，2003 年。
10. 佟文娟：《生活不在别处——张炜创作思想探寻》，硕士论文，延边大学，2003 年。
11. 孙晶：《精神家园的寻找——张炜八、九十年代长篇创作思想研究》，硕士论文，东北师范大学，2004 年。
12. 胡明贵：《张炜小说意象论》，硕士论文，福建师范大学，2004 年。
13. 刘绪才：《"地之子"的诗性创作——论张炜小说的审美内蕴、情感和品格》，硕士论文，内蒙古师范大学，2004 年。
14. 蔡沁云：《一个理想主义者的歌唱——论张炜小说的价值取向与艺术特

点》，硕士论文，华中师范大学，2004年。

15. 程大志：《变与常中的精神图景——论张炜的长篇小说创作》，硕士论文，山东师范大学，2004年。

16. 任秀霞：《流浪：此岸到彼岸的距离——张炜小说论》，硕士论文，武汉大学，2004年。

17. 陈述：《在坚守中前行——张炜长篇创作主题与思想在世纪之交的变奏》，硕士论文，东北师范大学，2005年。

18. 沈琛：《从理想宣谕到平等对话——论张炜近年小说创作的转向》，硕士论文，河北师范大学，2005年。

19. 卢锦萍：《救赎姿态与悖论言说——张炜小说论》，硕士论文，江西师范大学，2005年。

20. 冯晶：《融入野地——论张炜小说创作中的民间取向》，硕士论文，山东师范大学，2005年。

21. 李荣秀：《张炜小说创作的苦难主题及救赎理想》，硕士论文，山东大学，2005年。

22. 王丽丽：《精神还乡：论中国现代文学中的"还乡主题"》，硕士论文，苏州大学，2005年。

23. 臧海涛：《永不停息的跋涉之路——张炜长篇小说解读》，硕士论文，西南师范大学，2005年。

24. 胡俊：《诗与思的对话——张炜小说创作论》，硕士论文，安徽大学，2006年。

25. 张明：《挣扎与超越——张炜长篇近作创作论》，硕士论文，东北师范大学，2006年。

26. 乔懿：《自然主义与人道主义的统———试论张炜创作的生态文化立场》，硕士论文，山东师范大学，2006年。

27. 李淑梅：《论张炜90年代小说的叙事与精神探询》，硕士论文，扬州大学，2006年。

28. 黄岳峰：《从愤怒的批判到"野地"的温情》，硕士论文，浙江师范大学，2006年。

29. 刘波：《张炜诗化小说研究》，硕士论文，安徽师范大学，2007年。

30. 吕晓英：《民间立场的选择——论余华、莫言、张炜民间小说创作》，硕士论文，东北师范大学，2007年。

31. 何辉：《论张炜新世纪小说创作的转向》，硕士论文，河北师范大学，2007年。

32. 李娜娜：《在"本末倒置"的世界里寻找平衡——张炜文学创作管窥》，硕士论文，吉林大学，2007年。

33. 冯雪：《张炜小说与中国传统文化》，硕士论文，兰州大学，2007年。

34. 刘勇：《张炜小说论：心灵探索与文化省思》，硕士论文，厦门大学，2007年。

35. 查玉喜：《飘扬在精神王国上空的两面旗帜——张炜与张承志创作异同论》，硕士论文，山东师范大学，2007年。

36. 张舒丹：《坚守最后一片野地——张炜小说的自然言说》，硕士论文，浙江大学，2007年。

37. 刘英：《张炜小说苦难与救赎主题论》，硕士论文，曲阜师范大学，2007年。

38. 冯慧婧：《张炜小说的生命意志与精神家园主题》，硕士论文，中央民族大学，2007年。

39. 李育红：《张炜小说的历史叙事》，硕士论文，福建师范大学，2008年。

40. 蔡敏：《张炜小说的神话性》，硕士论文，湖南师范大学，2008年。

41. 韩晓岚：《论张炜长篇小说中的女性形象》，硕士论文，华东师范大学，2008年。

42. 龙颖：《在浪漫旅途上的奔跑——张炜小说创作论》，硕士论文，南昌大学，2008年。

43. 柳伟霞：《灵魂的搏斗——张炜创作心态分析》，硕士论文，南京师范大学，2008年。

44. 么玉贞：《论张炜小说中的女性悲剧命运》，硕士论文，青岛大学，2008年。

45. 王倩：《城乡文明中的跋涉和坚守——张炜长篇小说的精神探索》，硕士论文，山东师范大学，2008年。

46. 辛凤：《独特、诗性、灵动——论张炜〈九月寓言〉的叙事艺术》，硕士论文，陕西师范大学，2008年。
47. 阮阿陶：《构筑、对抗、还原——论张炜小说的生态性》，硕士论文，四川师范大学，2008年。
48. 杜湘君：《倾诉的品格——全球化语境中张炜的退守与歌唱》，硕士论文，苏州大学，2008年。
49. 廉新亮：《论张炜小说的道家文化精神》，硕士论文，郑州大学，2008年。
50. 陈铁柱：《张炜家族小说的亲子关系研究》，硕士论文，重庆师范大学，2008年。
51. 张洁：《精神的流浪与守望——张炜〈柏慧〉与索尔·贝娄〈赫索格〉的精神流浪主题比较》，硕士论文，重庆师范大学，2008年。
52. 白雪：《对生、共生、整生——论张炜小说中生态审美理想的发展》，硕士论文，广西民族大学，2009年。
53. 李振声：《张炜小说中的结构层次与"大地"意象》，硕士论文，复旦大学，2009年。
54. 封旭明：《在生存的漩涡中超越——张炜长篇小说生存意识论》，硕士论文，湖南师范大学，2009年。
55. 雷磊：《试论张炜作品中的俄苏因素》，硕士论文，华东师范大学，2009年。
56. 郝丽丽：《无尽的旅途——论张炜的创作及其精神追寻》，硕士论文，苏州大学，2009年。
57. 刘华：《论张炜小说创作中的生态意识》，硕士论文，东北师范大学，2010年。
58. 许燕：《论张炜小说中的逃亡主题》，硕士论文，西北师范大学，2009年。
59. 邓竞艳：《张炜与俄国文学》，硕士论文，湖南师范大学，2010年。
60. 张康：《论张炜小说中的"野地"意象》，硕士论文，湖南师范大学，2010年。
61. 成英玲：《精神家族与精神家园——张炜的家族叙事作品探析》，硕士论文，山东师范大学，2010年。
62. 王万顺：《民间文化与张炜小说创作》，硕士论文，聊城大学，2010年。
63. 郑伟：《知识分子情怀与民间性间的徘徊：张炜创作论》，硕士论文，四川师范大学，2010 年。

64. 胡春芳：《执拗的关注和悄然的转变——论张炜创作中的"道德理想主义"》，硕士论文，天津师范大学，2010 年。

65. 易向阳：《论张炜小说作品中的"水"意象》，硕士论文，湖南师范大学，2011 年。

66. 刘迎：《乡村守望与现代批判》，硕士论文，郑州大学，2011 年。

67. 薛猛：《张炜小说语言风格研究》，硕士论文，新疆师范大学，2011 年。

68. 张红静：《生态视野下的张炜创作研究》，硕士论文，新疆师范大学，2011 年。

69. 邓强：《坚守与回归——张炜散文的精神内涵探析》，硕士论文，青岛大学，2011 年。

70. 吕传笑：《张炜创作的精神流变》，硕士论文，青岛大学，2011 年。

71. 毛玉芳：《论张炜的民间想象世界》，硕士论文，东北师范大学，2011 年。

72. 刘希荣：《论张炜小说的精神追求》，硕士论文，延边大学，2011 年。

73. 张纪云：《自卑与超越的艰难——张炜小说创作心理探析》，硕士论文，兰州大学，2011 年。

74. 丁秀玲：《追寻和谐之美——生态美学视角下的张炜作品研究》，硕士论文，曲阜师范大学，2011 年。

75. 田永丽：《延续与转变——21 世纪前后张炜小说创作比较论》，硕士论文，山东师范大学，2011 年。

76. 任相梅：《张炜小说创作论》，硕士论文，山东师范大学，2011 年。

77. 贾丽莉：《绝望的追寻——论张炜小说中的乌托邦叙事》，硕士论文，上海师范大学，2011 年。

78. 周国飞：《论张炜的乡村题材小说创作》，硕士论文，重庆师范大学，2011 年。

79. 王倩倩：《张炜和海明威作品悲悯主题比较研究》，硕士论文，辽宁大学，2012 年。

80. 任继生：《栖息在"诗"与"道"的审美高地》，硕士论文，山东大学，2012 年。

81. 丁玥：《从"人物出走"看张炜小说创作的变化》，硕士论文，吉林大学，2012 年。

82. 余程程：《张炜小说空间叙事中呈现的悖论》，硕士论文，广西民族大学，2012 年。

83. 赵乐然：《论张炜早期成长经验与文学创作的关系》，硕士论文，山东师范大学，2013 年。

84. 田伟：《张炜〈你在高原〉研究》，硕士论文，西南大学，2013 年。

85. 田坤：《寄情乌托邦的精神之旅》，硕士论文，山西师范大学，2013 年。

86. 武睿：《迷惘与追寻》，硕士论文，陕西师范大学，2013 年。

87. 王琦：《一代知识分子的精神自救》，硕士论文，山东大学，2013 年。

88. 程伟：《论〈你在高原〉的苦难叙事》，硕士论文，浙江师范大学，2013 年。

89. 李艳玲：《论张炜的文学观》，硕士论文，东北师范大学，2013 年。

90. 李晓宇：《大地情怀的诗性坚守》，硕士论文，南京师范大学，2013 年。

91. 赵斌：《难以突破的文化制约》，硕士论文，南京师范大学，2013 年。

92. 王娟：《张炜小说中的动物叙事研究》，硕士论文，山东师范大学，2013 年。

93. 谭沁汶：《张炜小说的动物叙事探析》，硕士论文，西南大学，2013 年。

94. 张慧：《张炜小说伦理价值论》，硕士论文，兰州大学，2013 年。

95. 邱晶晶：《论〈你在高原〉的叙述艺术》，硕士论文，上海外国语大学，2014 年。

后　记

　　这是我正式出版的第一本书，是所谓的学术著作，而不是小说、诗歌、散文或其他文学作品。这是一个文学青年的悲哀。然而换一种身份来说，却又是值得纪念的欣喜。

　　这本书是在我的博士论文的基础上修改而成的。首先我得十二分地感激我的博士生导师李扬教授，从论文选题开始，一直到章节设计、写作、初稿修改、定稿，最后到毕业答辩，先生的指教贯穿于全过程，付出体现在具体的细节当中。转眼间已经毕业两年了，往事不堪回首，然而先生的关切、鼓励与希望，给我以长久的动力，他的学术津梁、造诣和品格，始终是学生景仰和行效的标杆。

　　对于"张炜研究"，自从硕士研究生期间受学于王辉教授，至今七八年矣。这么多年来，王老师在百忙之中还关心着我，经常垂问我的研究进展和学术进步，这是尤为令人感动的。

　　因为这一研究方向，我跟张炜先生也有一些交往。虽然通读了他的作品，但没有写出有分量的文章，很是惭愧。他看过我写的相关评论，有些观点并不认同，而且我对他还有许多苛责，也自知有些地方存在着学理上的谬论、牵强的逻辑、错误的分析、可笑的观点，但是他尊重我的理解，认为坚持自己的判断难能可贵。这是一个大作家的气派。

　　要感谢的人非常多，南开大学中国现当代文学博导组的乔以钢教授、罗振亚教授、李新宇教授、耿传明教授、李瑞山教授，博士论文答辩专家黄万华教授、王确教授，给我过建议、提供过研究资料的王光东教授、郑克鲁教授、邵旭东先生、马海春先生、张洪浩先生、刘夏女士、阿滢兄、袁滨兄、张期鹏兄、王海东兄、陈沛老师，还有帮助过我的其他老师、同学、朋友，提携过我的前辈，忍辱负重、翘首以盼的家人，在这里不一一列举了。

感谢单位的领导和同事，他们对我怀有很高的期望，令我不敢懈怠。

感谢潍坊学院提供的博士科研基金。

感谢中国社会科学出版社，感谢陈肖静编辑，她的热诚、严谨和负责，促成了本书的顺利出版。

围绕着这本小书，多年来有许多千头万绪的奇妙关系和不期而至的想法，编织起我现在的丰富又简单的世界。但是，对于自己的学术道路，不远的过去和未可知的将来，我常常在反省中怀疑，大到意义、值不值得，小到具体入微的问题，即将不惑的我还是一塌糊涂。原先我也是怀着骆驼祥子的想法，以为凭着自己健壮的身体，能吃苦，诚以待人，就可以混得开，闯下自己的一片天地，其实不然。当热望的气泡一再破灭的时候，我很担心自己也会变得精明起来。好在还有很多人关注着我、爱着我，于世态炎凉中，我感受到了这份温情。所以，我必须常常怀着这些感激，哪怕这些感激如同泰山压顶般增加了一层重负，但我觉得自己更踏实了，更坚定了，更有力了。

在张炜研究之路上，有许多同行的朋友，拙作借鉴了他们的成果，向他们表示感谢。张炜研究还将持续下去，如果这本小书能够为后来者提供哪怕一点有价值的参考，我就十分欣慰了。其实这本书像手里捧着的刺猬，我急于抛出它，但还是忍着捂了这么长时间，原因在于不自信，然而身上不断推来更多的工作，现在只好放它出去。如果有朋友发现了舛讹，或者愿意跟我探讨交流，将是我的荣幸，请通过邮箱（donghubi@126.com）与我联系。

2015年2月18日除夕之夜